KB269127

윤후명

모든 별들은 음악 소리를 낸다

Published by MINUMSA

For information address Minumsa Publishing Co.
506 Shinsa-dong, Gangnam-gu, 135-887.
www.minumsa.com

First Edition, 2005

ISBN 89-374-2024-4(04810)

오늘의 작가총서 24

윤후명

모든 별들은 음악 소리를 낸다

민음사

차례

하얀 배

카자흐스탄──알마아타, 우즈베키스탄──타슈켄트, 키르기즈 스탄──비슈켁, 타지키스탄──두샨베.

키르기즈스탄──비슈켁, 타지키스탄──두샨베.

나는 사이프러스 나무 아래 녹슨 철제 의자에 걸터앉아 중학교 때 지리 시간을 떠올리며 낯선 나라와 그 수도의 이름들을 무슨 암호를 외듯 몇 번이고 되뇌어 보았다. 중앙아시아의 네 나라와 그 수도들. 물론 이들 가운데 카자흐스탄──알마아타와 우즈베키스탄──타슈켄트는 어느덧 알 만한 사람들에게는 영판 어렵지만은 않은 이름들이 되어 있다곤 하지만, 키르기즈스탄──비슈켁, 타지키스탄──두샨베는 아직도 도무지 생소한 이름이 아닐 수 없는 것이다. 비슈켁? 두샨베?

그리고 사람 이름 류다. 나는 그 '여자 여름'에 류다를 찾아갔던 것을 잊지 못하고 있는 것이다. 그곳의 우리 동포들은 초가을의 며칠 동안을 '여자 여름'이라고 일컫고 있었다.

가만있자, 이야기를 어디서부터 시작해야 한다?

그렇다. 한 그루 나무가 있다.

얼마 전에 세검정으로 새로이 거처를 옮기고 보니 옆집과의 경계에 속한 축대 밑 땅에 침엽수 한 그루가 제법 튼실하게 자라고 있었고, 그 밑에는 누군가가 쓰다가 버리고 간 철제 의자까지 놓여 있었다. 그때부터 나는 거기 앉아 있는 시간을 홀로 즐기게 되었었다. 그리고 그 나라들과 거기서 만난 사람들에 대해 이것저것 생각해 보곤 했던 것이다.

그 침엽수가 바로 사이프러스 나무라는 걸 안 것은 그러기 얼마 뒤였다. 옆집에 드나들며 일하는 정원사에게 물어본 결과, 향나무 종류기는 한데 그냥 '따끔이'라고 부르는 향나무하고는 달리 편백나무에 가까운 종류로 흔히 사이프러스라고 부른다는 것이었다. 그는 또 '따끔이'는 예전과는 달리 이제는 값이 거의 안 나가는데 저 나무는 아직도 그래도 그보다는 값이 나간다고도 친절하게 알려주었다.

'아, 사이프러스!'

나는 나무를 새삼스레 쳐다보았다. 그게 그 나무인 줄 몰랐던 때부터 나는 그 이름을 알고 있었다. 뿐만 아니라 그것이 프랑스 말로는 시프레였음도 머릿속에 되살아났다. 그것은 외국 화가들의 그림에 많이 등장하는 나무기도 했던 것이다.

아니, 외국 화가들의 그림에 나오는 사이프러스 혹은 시프레가 아니다. 지난가을 어느 날, 먼 나라로 가서 다가갔던 것도 한 그루 그 나무였음을 나는 회상하고 있는 것이었다. 그 나무는 내게 무슨 특별한 의미처럼 다가왔었다. 그곳이 나무가 그리 많지 않은 중앙아시아 고원의 초원 지대라서 더욱 그랬을 것이었다. 그곳을 초원 지대라고 부르는 것은 지리학에서의 용어지만, 그렇다고 해서 어딜

가나 풀이 무성하다고 상상해서는 안 된다. 낙타가시풀이라 불리는 검불 같은 풀이 듬성듬성 바람에 나부끼는, 차라리 사막에 가까운 광야가 넓게 넓게 펼쳐져 있기도 한 것이다. 카자흐스탄의 그런 광야에는 마치 싸락눈이 뿌려진 것처럼 소금이 깔려 있었다.

내가 그곳에 가게 된 것은 다음에 소개하는 한 편의 글 때문이었다. 알다시피 소련이 무너지고 나서 중앙아시아에 살고 있는 우리 동포들의 실상이 알려지게 되었고, 또 서로 간에 오가는 길까지 트인 것은 예전에는 상상조차 할 수 없었던 일이었다. 그런 어느 날 카자흐스탄의 수도 알마아타의 한국교육원을 통해 한 편의 글이 전하져 왔던 것이다. 한국교육원은 소련이 무너지자마자 그곳에 들어가서 동포들에게 모국의 말과 글을 비롯하여 역사와 문화까지 가르치고 있다고 했다. 내게 다음의 글을 보내면서, 자신을 ‘담당자’라고 한 사람은 자기가 약간 손을 보았다고 솔직하게 밝히며 평을 부탁한다고 했고, 또 가능하면 한국의 발표 기관에 실을 수 있으면 좋겠다고 했다. 이제 그 글을 소개한다.

「말 배우는 아이」

──글쓴 사람 문 류다

아이는 소년입니다. 한국 말을 못합니다. 아니, 한국 말이란 요즘에야 그렇게들 부르는 거지 예전에는 한국 말이라고 하지 않았습니다. 한국 말이 아니라 고려 말입니다. 어떤 사람은 조선 말이라고도 했습니다. 그렇지만 요새는 고려니 조선이니 하는 이름 대신에 한국이라고 새로 듣습니다.

고려니 조선이니 한국이니 하는 것은 다 같은 곳이라고 했습니다.

할아버지의 고향이 있는 곳, 그 나라가 바로 한국이라고 했습니다.
그러니까 소년도 한국 사람이라고 했습니다. 예전에는 고려 사람이
라고 했지만 그건 모두 같은 나라라는 것입니다.

"점점 고려 말을 쓰지 않으니 걱정이야."

소년의 아버지는 늘 걱정하면서 소년에게 말을 배워주려고 애씁
니다.

"안녕하십니까, 해봐."

그러면 소년은 간신히 따라 해봅니다.

"안녕…… 하십…… 니까……."

꽤 어렵기는 해도 못 따라 할 것은 없습니다.

"아침, 저녁, 밤, 해봐."

"아…… 침……."

"저녁."

"저…… 녁……."

"밤."

"밤……."

나이 많은 어른들이 고려 말, 아니 한국 말을 쓰는 걸 들어왔기 때
문에 낯설지만은 않습니다.

그러나 며칠 전에 한국에서 어떤 사람이 와서 아버지와 함께 만났
을 때는 아버지로부터 배운 한국 말이 그만 입 안에서 얼어붙었는지
나오지를 않았습니다. "안녕하십니까 해야지." 하고 아버지가 앞서
서 말하는데도 머리만 꾸벅 숙였던 것입니다. 그런 소년을 본 어른
들은 허허 웃으면서도 어딘지 안타까운 모양이었습니다.

"알아듣기는 하는데 저럽니다."

아버지는 말했습니다.

어른들은 곧 보드카를 한 잔씩 따라놓고 이런저런 살아가는 이야

기를 합니다. 그 살아가는 이야기들이란 여간 답답한 것이 아닙니다. 타지키스탄에서는 전쟁이 일어나 많은 사람들이 죽고 다치고, 한국 사람들은 많이들 더 안전한 이웃 나라로 빠져 나왔다고 합니다. 우즈베키스탄에서도 몇몇 한국 사람들은 새로운 터전을 찾아 떠나려고 하고 있다고도 했습니다.

"그러니 여기 카자흐도 어떻게 될지 모르겠군요."

"그렇다고 어디 달리 갈 곳도 없습니다."

어른들의 이야기를 듣고 있으면 마음이 무겁습니다. 소년의 할아버지는 일찍이 한국 땅을 떠나 사할린으로 블라디보스토크로 다니다가 결국 중앙아시아 땅으로 강제로 실려왔다고 했습니다.

"너희들은 꼭 고향 땅에 가봐야 한다. 거기는 여기완 달라. 마을 바로 앞에 내가 흐르고 뒷동산이 있고 어디나 무척 아름답다."

할아버지는 그렇게 말하고 지난해에 세상을 떠났습니다. 한국하고 길이 열려 사람들이 오가기 시작할 무렵이었습니다.

중앙아시아의 천산 밑으로는 카자흐스탄, 우즈베키스탄, 키르기즈스탄, 타지키스탄이라는 네 나라가 있습니다. 천산의 높은 봉우리에는 한여름에도 눈이 하얗게 쌓여 있습니다. 그 모양은 매우 아름답다고 사람들은 말합니다. 그런데 할아버지는 고향 땅이 여기완 다르다고, 무척 아름답다고 했으니 그곳은 어떤 곳일까요?

언젠가 학교에서 돌아오자마자 어른들과 함께 시내 바깥으로 갔었습니다. 시내를 벗어나기만 하면 거기서부터는 끝없는 들판이었습니다. 사람들은 야생 양귀비꽃이 페르시아 융단처럼 깔려 있는 들판을 바라보며 걸었습니다. 야생 양귀비꽃이 활짝 핀 들판 너머로는 또 낙타가시풀이 자라는 사막 같은 들판이 끝간 데 모르게 이어집니다. 그리로 가고 나면 시베리아 땅이라고 했습니다. 아닌 게 아니라 중앙아시아 땅은 아름답다기보다 무섭다고 해야 하겠습니다.

그런데 무얼 하러 그곳엘 갔었느냐고요? 그것은 감자를 캐기 위해서였습니다. 그 들판 옆에 너른 밭이 있었고, 거기에는 트락토르(트랙터)로 캔 다음에 땅속에 남아 있는 감자가 꽤 많았기 때문입니다.

사람들은 감자를 반 자루씩이나 캐어 무겁다고 하면서도 즐거운 표정이었습니다. 세상도 험한데 먹을 것마저 떨어지면 어쩌겠냐고들 말했습니다.

"저리로 가면 시베리아가 되고 거기서 더 가면 원동 땅, 거기까지 가면 고향은 다 가는 건데……."

한 아주머니가 들판을 바라보며 한숨을 쉬었습니다.

"말이야 쉽지요. 거기가 얼마나 멀다고."

"그래도 저 애들은 쉽게 가겠지요."

소년의 어머니가 소년을 가리키며 말했습니다. 소년도 왠지 그렇게 믿고 싶었습니다.

"그러자면 고려 말을 잘해야지."

소년의 어머니는 소년을 바라보았습니다. 벌써부터 아버지가 몇 번씩 했던 말이라 소년도 잘 알고 있었습니다. 소년이 생각해도 그것은 너무도 맞는 말입니다. 자기 고향에 가서 말도 못한다면 그게 어떻게 자기 고향이라고 하겠습니까.

그래서 소년은 어른들이 다른 말을 하는 사이에 멀리 들판 쪽을 향하여 속삭이듯 입을 열어봅니다.

"안녕…… 하십니까……."

물론 그 말은 다른 사람은 듣지 못합니다. 그렇지만 근처에 있는 풀잎이며 벌레들에게는 들렸을 것입니다. 소년은 그것을 믿습니다. 비록 등 뒤에 있는 어른들은 못 들었을지 몰라도 앞의 들판의 것들은 분명히 들었을 것입니다.

빨갛게 활짝 피어 있는 야생 양귀비꽃들도 들었을 것입니다. 파릇파릇한 낙타가시풀들도 들었을 것입니다. 양고기를 굽는 데 쓰는 삭사울나무도 들었을 것입니다. 그 나무 밑의 사막쥐도 들었을 것입니다. 커다란 까마귀들도 들었을 것입니다.

"안녕…… 하십니까……."

소년은 이상하게 힘이 솟는 것을 느낍니다. 아름답기 그지없는 진짜 고향이 눈에 보이는 것 같습니다.

다음 날 소년은 동물원이 있고 놀이터가 있는 고리키 고원으로 갔다가 거기서 장미꽃을 꺾고 있는 아주머니 몇을 만났습니다. 그 아주머니들은 공원의 장미꽃을 살짝 꺾어다가 시장에 갔다 파는 것이었습니다. 그래서 그 아름답던 공원은 어느새 볼품이 없어져 있었습니다. 아버지는 말했습니다.

"세상에서 꽃밭이 다 버려지면 우린 여길 떠나야 한다. 사람들이 꽃밭을 짓밟는 건 그 다음에 다른 사람들을 짓밟을 마음이다."

어른들은 머리를 맞대고 어디로 떠날까를 생각하는 눈치였습니다. 그렇지만 무슨 뾰족한 수가 없는 모양이었습니다. 민족이라는 말이 여러 번 어른들의 입에 올랐습니다. 소련이라는 이름도, 레닌과 스탈린이라는 이름도 입에 올랐습니다. 다시 러시아, 블라디보스토크, 사할린이라는 이름도. 그러나 어느 곳도 지금은 험하기만 하다고 했습니다.

"그러니 지금 할 일이라곤 우리 모두 우리 민족 말을 잘 배우는 수밖에 없군. 그런 수밖에 없다."

아버지는 마지막으로 그렇게 말했습니다. 소년은 그 말이 가슴에 우즈베키스탄 사람들의 칼처럼 겨누어지는 듯했습니다.

소년은 학교를 마치기가 바쁘게 시내 바깥쪽으로 발걸음을 옮겼습니다. 책가방 속에는 빵 하나가 든든하게 들어 있었습니다.

천산에서 흘러내린 얼음물이 내를 이루어 사막의 호수를 향해 흘러가는 곳에 이르러 소년은 멀리 동쪽을 향하고 섰습니다. 그 길로 더 나아가면 지난해 할아버지가 동쪽으로 고향이 될 수 있는 대로 가까운 곳에 묻어달라고 해서 새로이 묘지를 쓴 곳이 나옵니다. 그리고 얼마 전과 다름없이 그곳에도 야생 양귀비 꽃밭이 페르시아 융단처럼 펼쳐져 있었습니다. 삭사울나무 대신 커다란 전나무들이 우거진 숲 속에는 까마귀들이 언제나처럼 두릿두릿 걷고 있었습니다. 그곳에는 들고양이들도 휙휙 지나다닙니다.

소년은 멀리 중앙아시아의 들판을 바라보며 무엇인가 깊은 생각에 잠깁니다. 그러다가 그 동쪽 들판을 향해 외쳤습니다.

"안녕하십니까! 이 말은 우리 민족 말입니다!"

그러자 야생 양귀비 꽃밭이 먼저 수런거렸습니다. 숲 속의 들고양이들이 귀를 쫑긋거리고 쳐다보았습니다. 커다란 까마귀들이 전나무 가지를 치고 날았습니다. 들판 저쪽에서 사막쥐들이 이리 뛰고 저리 뛰었습니다. 돌소금이 하얗게 깔린 사막으로는 큰바람이 일고 있었습니다. 천산에서 빙하가 우르르르 무너지는 소리가 들렸습니다.

소년의 말은 다시 한 번 크게 울렸습니다.

"안녕하십니까! 이 말은 우리 민족 말입니다!"

인용이 좀 길어지긴 했으나, 한 그루의 사이프러스 나무를 향해 간 그 긴 여정을 이야기하기 위해서는 어쩔 수 없다는 생각이 들기도 한다. 앞에서 이 한 편의 글 때문에 중앙아시아로 가게 되었다고 나는 분명히 밝혔었다. 하지만 좀 더 자세하게 밝히자면 그때 이미 나는 그것이 무엇이든 취재 일거리를 한 건 엮어서 러시아로 가는 여행을 계획하고 있었고, 그 여행에 중앙아시아를 곁들여도 괜찮겠다고 여긴 결과 그렇게 된 것이었다. 생각 같아서는 글의 주인공인 소년을 만나보는 것도 좋으리라 여겨졌다. 글을 쓴 류다가 주인공 소년과 어떤 관계인지 궁금하기도 했다. 그것이 꼭 '있었던 일'이 아니라 '있었음 직한 일'일지도 모른다고 생각하면서도, 그랬다. 어쩌면 류다가 바로 주인공이 아닐까 하고 넘겨짚기도 했었다.

그리하여 나는 떠났다. 하지만 그곳에 도착하여 곧 류다를 만날 수 있었던 것은 아니었다. 그래서 나는 지금 한 그루 나무를 바라보며 그 이야기를 하고 있는 것이다.

본격적인 이야기를 하기에 앞서서 먼저, 단순히 '떠났다'라고 말하기에는 비행기를 타기까지의 절차가 너무나 번거로웠기에, 간단하게나마 짚고 넘어가는 데 대해 양해를 구한다.

얼마 전까지만 해도 모스크바를 거쳐서 가야만 했던 것이 일주일에 한 번 직접 가는 비행기가 생긴 것은 그래도 다행이었다. 그래서 중앙아시아를 여행에 끼워 넣었지만 말이다. 말을 듣고 보니 개인이 비행기를 어떻게 전세 내어 띄우고 있다는 것이었다. 이런 까닭으로, 비자를 내고 표를 끊고 하는 일 자체가 뭔가 정상적이 아니었다. 당신은 지금 비밀 항로를 가려는 것이오. 그런 눈초리가 어디언가 숨어 있는 듯한 거래였다.

그렇다. 이른바 공공연한 비밀이라는 말이 있는데 실제로 그것이 그렇다고 해도 좋은 항로일 것이었다. 그러므로 탑승권을 취급하는 정식 항공사도 없는 것이다. 어떻게 물어물어 표 파는 곳을 알아내는 것도 쉬운 일이 아니다. 그리고 돈을 치르고 영수증을 받는다고 해도 끝까지 패신저 쿠폰이니 하는 정식 문건은 손에 쥐어지지 않는다. 그저 비행기에 올라탈 수 있으면 그것으로 그만인 것이다. 그럼에도 불구하고 일주일에 한 번 그 큰 비행기가 뜨고 있는 것이다. 알고 보면 간단한 이치긴 했다. 저 유명한 보따리장수들 덕분에 비행기는 수지 타산을 맞추고 있는 것이었다.

　그런데 무엇보다도 당혹스러웠던 것은, 내일이면 떠나야 할 전날 저녁 느닷없이 전화가 오더니, 올 비행기가 안 와서 내일 가지 못한다는 통고였다. 그럼, 어찌 되는 거냐고 묻자, 전화 속의 목소리는 저쪽에서 연락이 오기를 기다리는 수밖에 없다는 대답이었다.

　그 뒤의 우여곡절을 늘어놓을라 쳐도 한나절은 좋이 걸릴 테지만, 결국 일주일을 건너뛰어 나는 겨우 떠날 수가 있었다. 일주일을 걸러 비행기가 왔으니, 보따리장수들의 아우성이야 이루 다 말할 필요가 없을 것이다. 김포공항에서부터 러시아인, 카자흐인, 한국인들이 서로 보따리들을 들이밀고, 고함들을 질러대고, 삿대질들을 해대고 그야말로 난장판이었다. 말이 보따리장수지 그들의 보따리는 결코 보따리라고 할 수 없는, 거대한 화물이었다. 그래서 비행기는 여객기라는 사실이 무색하게 좌석의 거의 반쯤은 온통 짐 더미로 채워졌었다. 그리고 거의 담배는 골초인 데다가 디룩디룩한 살덩어리인 저 러시아 중년 여자들의 몸집. 어떤 사람은 러시아 사람들은 도대체 무얼 먹길래 처녀 때는 그렇게 날씬하다가도 시집가서 나이를 먹으면 그렇게 살이 찌느냐고, 연구 과제라고도 했었다. 아닌 게 아니라 엉덩이가 끼어 비행기 의자에 비비고 앉기조차 어려운, 저 불가능한 카츄샤, 불가능한 나타샤, 불가능한 라라들.

　비록 비행기는 그랬지만, 비행기가 날아간 항로는 짜장 새로운 시대를 실감케 하는 것이었다. 예전 같으면 어림도 없었을 하늘, 즉 중국의 하늘을 지나고, 몽고의 하늘을 지났던 것이다. 식물의 녹색이라곤 한 점 보이지 않는 온통 회갈색의 거칠고 광막한 고비 사막에 그래도 멀리멀리 작은 오아시스가 마치 버려진 사금파리처럼 반짝이는 것을 내려다보기 얼마 만인가, 서울을 떠난 지 다섯 시간, 셀렝가 강의 누런 물줄기가 가까워지면서 러시아 부랴트 자치 공화국의 울란우데에 덜커덩 비행기 바퀴가 닿았다. 거기서 기름을 넣고 다시 세 시간 삼십 분을 더 날아가야 하는 것이었다. 도착 예정 시각은 한밤중이었다.

애초에 그냥 '떠났다' 고 하려던 것이 그만 길어지고 말았다. 그러므로 이야기는 알마아타에 도착해서부터 시작되어야 한다. 그러나 이야기는 알마아타 공항의 활주로에 발을 딛자 나는 내가 왜 이곳에 왔던가 문득 막막한 느낌에 사로잡혔을 뿐이라는 데서 막히고 만다. 물론 나는 그곳에 도착하는 즉시 류다에 대해 알아볼 예정이었다. 그러나 그것은 어디까지나 부수된 일에 지나지 않을 것이었다. 어차피 내 일거리는 취재에 있었으므로 파고들면 뜻밖에 많은 이야깃거리를 얻을 수는 있을 것 같았다. 중앙아시아가 이슬람 문화권이니 더욱 그랬다. 그런데도 나는 뭔가 멍하기만 했다.

갑자기 왜 그랬는지 모른다. 모두가 먹고 살기 바빠서 그 어려운 비행기가 타고 오가며 보따리들을 져 나르는 판국에 나라는 인간은…… 하는 허탈한 마음이 그만 나를 주저앉히고만 있었다. 곰곰 따져보면 그 '나라는 인간' 도 여태껏 얼마나 세파에 부대끼며 아등바등 열심히 살아왔던가. 한때는 직업에는 귀천이 없다는 말을 몸소 체험해 보기라도 할 듯, 어떤 궂은 직업일지라도 선망의 대상으로 여겨야만 하지 않았던가. 실제로 쫓겨 다니는 신세였기에 이 작은 몸 하나 의심받지 않고 누일 공간이 없던 나는 뱃사람이 되어 선복(船腹)에 눕기를 꿈꾸었으며, 야간 경비원이 되어 경비실 뒷방에 눕기를 꿈꾸었으며, 웨이터 보조가 되어 술집 의자에 눕기를 꿈꾸었으며, 넝마주이가 되어 그들의 합숙소에 눕기를 꿈꾸었으며, 묘지기가 되어 하물며 무덤 옆에 눕기까지를 꿈꾸었다. 인간의 꿈은 한없이 높아질 수 있는 반면 한없이 낮아질 수도 있는 것이다.

그런 내가 홀로 중앙아시아의 낯선 도시에 떨어져 있었다. 그렇다면 세월이 흘러 쫓겨 다니는 신세를 면한 지 꽤나 오래된 지금 과연 의심받지 않고 안전하게 누워 잠들 곳이 있는가. 나는 내게 웬일인지 묻고 있었다. 하기야 그곳이 낯선 도시인 만큼 그곳에 홀로 떨어져 있는 내게 그런 물음은 당연한 것이라 하겠다. 그러나 문제는 그 물음이 서울에서의 나를 향하고 있다는 것이었다. 알 수 없는 일이었다. 나는 내가 그렇게 묻고 있다는 사실에 이상스럽게 가슴이 서늘해졌다. 분명히 그와 같은 고난의 시절은 지났으며 나는 이제 나만의 방, 나만의 완벽한 공간을 가지고 있다. 그런데도 왜?

그 물음과 그에 따른 미혹감은 마중 나온 한국교육원 직원과 함께 승용차를 타고 시내로 들어가면서도 줄곧 내게서 떠나지를 않았다. 내가 전화로 부탁을 한 그 ‘담당자’가 바쁜 일 때문에 직접 나오지를 못하게 되어 대신 나왔다는 직원은, 가로수가 예상보다 무성하게 우거진 길을 달려 호텔로 나를 안내해 가는 동안 중앙아시아가 처한 오늘의 현실에 대해 이것저것 알려주려고 애쓰고 있었으나, 그 대부분은 비행기를 타고 오며 옆에 앉은 두 한국 사람에게 들은 것이었다. 경제가 여간 어려운 게 아니라거나, 민족주의가 점차 드세지는 만큼 우리 동포들이 설 땅이 좁아지고 있다거나 하는 것은 신문에서도 몇 번 본 적이 있는 이야기였고, 카자흐스탄의 수도를 알마아타에서 다른 곳으로 옮기려는 계획이 수립되고 있다거나, 중앙아시아에 살고 있는 아흔 개 민족 중 유일하게 거지가 없는 민족은 우리 민족뿐이라거나, 지금 알마아타에 일흔 명쯤의 한국 기독교 선교사가 들어와 있는데 제각기 선교 경쟁을 벌이는 것도 문제라거나 하는 것은 비행기에서 들은 이야기였다.

그러나 또한 알 수 없는 노릇이었다. 그의 말을 듣는 둥 마는 둥 하는 사이에 나는 서울에서와는 달리 이제 비로소 내 방, 내 공간을 가지게 되었다는 생각을 하고 있는 나를 발견했다. 나는 ‘담당자’에게 몸을 눕힐 수만 있으면 되니까 싸구려 여인숙 같은 데라도 상관없다고 우스개처럼 부탁해 두었던 것이었다.

"살 곳을 옮기면 유대인들은 제일 먼저 교회를 짓고, 우리 민족은 학교를 짓는답니다."

여러 가지 이야기 끝에 그는 교육 기관에 근무하는 직원답게 말했다. 그리고 그는 비록 우리 민족이 스탈린의 강제 이주 정책에 따라 그곳까지 죽음을 무릅쓰고 쫓겨왔어도 같은 처지에 있었던 다른 민족들과는 달리 바로 그 교육열 때문에 비교적 잘살게 되었던 것이라고 덧붙였다. 나는 그의 말에서 비로소 우리 민족뿐만 아니라 독일 민족, 유대 민족, 쿠르드 민족, 체첸 민족 등등도 1937년을 앞서거니 뒤서거니 강제 이주를 당했다는 사실을 알았다. 시대는 조금 다를지라도 러시아에서의 유대인들의 강제 이주를 얼마 전 텔레비전에서 본 영화 「지붕 위의 바이올린」은 잘 보여주고 있었다.

하지만 이제 그와 같은 역사적 사실에 놀라움을 느낄 사람은 없을 것이었다. 그쪽으로 갔던 사람들이 이구동성으로 "아, 1937년!"을 외쳐서 우리의 시선을 끈 것도 벌써 몇 년이 흘러 있었다. 1937년은 소련 땅의 우리 민족에게는 그야말로 날벼락이 떨어진 해였다. 블라디보스토크를 중심으로 소련 극동 지방에 흘러 들어가 시난고난 살고 있던 우리 민족이 난데없이 중앙아시아로 강제 이주를 명령받고 모두 기차에 실려 간 해였던 것이다. 그러나 그 처참한 유민사(流民史)는 이제 알려질 만큼 알려져 낡은 이야기일 수밖에 없었다. 가령 이를테면 김 스탄케비치라는 우리 민족의 여혁명가가 한때 살았던 하바로프스크의 아무르스키 거리에는 그녀의 어여쁜 모습이 새겨진 동판이 아직도 붙어 있는 집이 있다는 것까지 알게 된 형편이었다. 게다가 거대한 역사의 수레바퀴가 어떻느니 저떻느니 하는 투의, 이른바 큰 이야기는 내 몫이 아니었다.

나는 아무리 작고 적은 것일지라도 그 의미를 찾고자 원하고 있

었다. "작은 것이 아름답다."라는 말을 믿어서가 아니었다. 믿기는
커녕 그 말은 철학에서 가르치는 바에 의하면 오류였다. 모든 사물
은 작아서 아름다운 것도, 커서 아름다운 것도 아니기 때문이었다.
사람도 마찬가지였다. 아름다운 것은 아름답기 때문에 아름다운 것
이었다. 아름다움이란 검증할 만한 절대적인 척도가 없는 것이었
다. 학교를 마친 이래 나는, 어느 편이냐 하면, 한 송이 나리꽃에서
신의 영화(榮華)를 본다든가 한 송이 연꽃에서 우주의 섭리를 본다
는, 그런 이야기를 더 좋는 사람이 되어 있었다. 작은 것이 아름답
다는 말이 오류인 것과 마찬가지로 큰 것이 훌륭하다는 생각 또한
오류임에 틀림없는 것이었다. 말이 나왔으니 말이지 거대한 수레바
퀴로 치자면 태양계처럼 거대한 수레바퀴가 어디 있겠는가. 은하계
처럼 거대한 수레바퀴가 어디 있겠으며, 나아가 우주처럼 거대한
수레바퀴가 어디 있겠는가. 나는 그렇게 항변하는 사람이 되어 있
었다.

　'일곱 갈래의 물'이라는 뜻의 카자흐 말이라는 '제투수' 호텔은
하룻밤 묵는 데 오십 달러나 받는 곳이었다. 그곳 물정을 모르고 알
고를 떠나 내게는 비싸다는 생각이 들었다. 그러므로 나는 오십 달
러 '나'라고 쓸 수밖에 없는 것이다. 그가 교육원 바로 위에 삼십 달
러 하는 호텔이 있기는 있다고 혼잣말처럼 중얼거리던 것으로 보아
알마아타에서 중간급의 호텔인 모양이었다. 그러나 그가 삼십 달러
짜리를 말한 것은 이미 어렵사리 방을 잡고 난 뒤 내가 주머니에서
돈을 마악 꺼내려는 즈음이었다. '몸만 눕힐 수 있는 곳'이니 '여
인숙'이니 한 내 말을 '담당자'는 전혀 빈말로 들은 듯싶었다.

　"비행기 도착이 워낙 늦고 식당도 모두 문을 닫아서 빵을 몇 개
가져왔습니다. 내일 아침까지는 이걸로 참으십시오. 그리고 문을
꼭 걸어 잠그고 누가 와도 열어주면 안 됩니다. 위험합니다."

　그는 위험에 대해 몇 마디 더 강조하고 내일 다시 연락하겠다는 말을 남기고 떠나갔다. 그의 말에 의하면 러시아보다는 덜하지만 치안이 말이 아니라고 했다. 더군다나 이웃 나라인 타지키스탄에서 내전이 계속되는 통에 난민들이 밀려들어 혼란이 가중되고 있다는 것이었다. 먹을 게 없어서 아파트에서 투신자살하는 사람도 심심찮게 신문에 나는 판국이니 오죽하겠느냐는 것이었다. 소련이 무너지고 나서 그 지역의 치안이 위험하다는 것은 신문, 텔레비전을 통해 널리 알려진 상황이었다. 그곳에 홀로 남고 보니 왠지 몸이 더욱 사려지는 느낌이었다.

　그가 떠나가자 나는 완벽하게 나만의 방, 나만의 공간에 남겨졌다. 오랜 세월을 지나 나는 비로소 외부와의 어떠한 관계도 끊고 홀로 있게 된 것이었다. 그런 뜻에서 누가 와도 문을 열어주면 안 된다는 주의는 내게는 오히려 고마운 것이었다. 그러고 보니 나는 그 어떠한 목적보다도 오직 그 방에 홀로 있기 위하여 그곳까지 왔다는 생각이 들었다. 그러기 위해서 중국 대륙을 지나고 몽고 고원을 지나고 바이칼 호수를 지나 멀리 서울을 떠나왔다는 생각이 들었다. 남몰래 숨어 있다는 행복이 그 방 안에 있었다.

　그러나 얼마 지나지 않아 나는 그에게 무엇인가 묻고 싶었던 말을 꺼내지 못했음을 알았다. 그가 '담당자'가 아니어서인지 어쩔까 망설이다가 그렇게 된 것이었다. 그것은 류다에 대해서였다. 얼마 전에 내게 글을 보여주었던 류다가 지금 어디 있는지 물을까 말까 망설이다가 그만 기회를 놓쳐버린 것이었다. 나는 평을 해달라는 부탁도 들어주지 못했고, 발표를 해달라는 부탁도 들어주지 못했다. 그리고 그것도 벌써 몇 개월이 지난 일이었다. 그러므로 그 일은 모른 체 넘어가야겠다고 마음먹기도 했었다. 그래도 그만일 것이었다.

그러나 시간이 흐름과 함께 나는 꼭 물어보았어야 했다는 쪽으로 생각이 몰입되었다. 모국어를 배우는 소년. 그 모습이 눈에 어른거렸다. 처음 그 글을 읽었을 때는 그 소년의 모습과 함께 야생 양귀비가 가득 핀 초원을 연상했었다는 기억이 났다. '담당자'가 손을 댔든 어쨌든 야생 양귀비는 개양귀비라고 해야 옳은 표기가 되리라고 여겼던 기억도 났다. 그 들판을 보고 싶다고도 여겼던 것이다. 이미 가을로 접어들었으므로 개양귀비가 만발한 들판을 구경하기는 틀린 일이었다.

나는 침대 위에 벌렁 드러누워 지난여름 김영삼 대통령이 러시아로 해서 우즈베키스탄에 들렀을 무렵 신문에 실린 그 나라 실정을 머릿속에 떠올렸다. 그곳에서는 독립과 함께 여태껏 써오던 러시아 말 대신 그들 민족 말을 쓰기를 강요해서, 생전 그 말이 그렇게 쓰일 줄 몰라 배울 필요도 없었던 우리 민족 사람들은 하는 수 없이 일자리에서 쫓겨날 수밖에 없다는 것이었다. 레닌의 혁명 이후 소련이라는 깃발 아래 언어도 문자도 러시아 것 하나로 단결된 틀을 갖추려는 이상한 역사의 수레바퀴에 잘못 갈린 우리의 모습이었다. 한때 모국에서는 일본 말을 배우지 않을 수 없었던 저 세월에 그곳에서는 러시아 말을 배워야 했었던 사실이 이상한 느낌으로 전해져 왔다. 그런 생각에 골몰하면 골몰할수록 모국어를 배우는 소년의 모습은 또렷해지고 있었다. 류다를 만나야 하는 것이었다.

앞에서 말했듯이 중앙아시아는 러시아로 가려는 내 여행 계획에 곁다리로 끼인 것에 지나지 않았다. 그러나 박물관이나 특징 있는 명소는 보아야 하는 것이었다. 거기에 내친김에 나는 이슬람의 묘제(墓制)를 보리라 했다. 세계에서 가장 아름다운 건축물은 인도가 이슬람의 무굴 제국이었던 시기에 황제가 죽은 왕비를 위해 지은 묘인 흰 대리석 건물 타지마할이라고도 했다. 엉뚱하게도 이란의 혁명가 호메이니의 묘당 앞에 씌어진 "마지막 한 방울 피까지 신을 위하여"라는 글귀도 떠올랐다. 하지만 그런 종류의 이름난 무덤만이 관심의 표적이 될 수는 없었다. 무엇보다도 공동묘지를 보아야 했다.

류다를 만나고 싶다는 말은 그러나 그 이튿날 아침에도 내 입에서 나올 기회가 없었다. 교육원에서 느닷없이 전화가 걸려와 마침 차편이 있어서 호텔로 보내니 우슈토베라는 곳을 다녀오라고 거의 강권하다시피 했던 것이다. 강권이라는 말은 어폐가 있다. '담당자'는 여전히 일이 바쁜 것에 용서를 구하고 나서, 꼭 보아야 할 것 같아서 며칠 전부터 차편을 수소문해 놓았다고 했다. 차를 타고 가는 사람이 바로 우슈토베의 한글 학교 선생님으로, 식당도 안내해 주리라는 것이었다.

우슈토베는 저 1937년에 우리 민족이 중앙아시아 땅으로 강제 이주당해 처음 닿은 곳이라고 했다. 그곳에 한글 학교가 광주에 있는 유지들의 지원 아래 운영되고 있다는 것이었다. 어느새 중앙아시아와 한국이 그토록 가까워져 있는지 놀라운 일이었다. 그러나 나는 그곳에서 그런 곳까지 다 보아야 한다고 마음먹은 적은 추호도 없었다. 어찌어찌하여 스쳐 지나간다면 또 몰랐다. 그와 같은 역사적인 흔적들을 보고 정리할 마음가짐이 내게는 준비되지 않은 것이었다. 거듭 말하거니와 나는 중앙아시아 자체를 스쳐 지나가려는 중이었다. 다만 그곳에 한글 학교가 있다는 사실에 호기심이 일지 않았다고 하면 그것은 거짓말일 것이었다. 하지만 무엇보다도 식당 때문에 나는 그 말을 따르지 않을 수 없었다. 전화가 왔을 때 나는 간밤에 교육원 직원이 놓고 간 마른 빵을 맨입에 물어뜯고 있는 참이었다.

말했다시피 류다를 꼭 만나야 할 의무 같은 것은 애초에 없었다.

그 글을 보내 온 것도 일방적인 일이었다. 그런데 간밤에 나 혼자만의 공간에 있다는 느낌이 강하게 나를 사로잡았을 때, 나는 그 만남을 다짐했던 것이다. 만나야만 한다고 다짐했던 것이다. 중앙아시아의 들판에 홀로 나가서 개양귀비와 들쥐들을 향해 우리말 "안녕하십니까!"를 외치는 소년을 만나지 않고 누구를 만난단 말인가. 뒤늦게 고백하건대 간밤에 가물가물 잠이 들 즈음 그 소년이 바로 나일 수도 있다는, 혹은 나일지도 모른다는 엉뚱한 생각이 선잠 속의 꿈결에서인 듯 내 머리를 스치고 지나간다고 느꼈었다. 그리고 나는 깊은 잠에 빠져 들었었다.

"러시아 글자를 처음 본 사람들은 저걸 펙토파라고 읽기도 하죠. 일본에는 실제로 펙토파 모임이란 게 있다고 해요. 러시아 여행이 어려웠을 때 왔었던 사람들의 모임이라나요."

광주에서 지원해 온 지 어느덧 일 년이 넘었다는 젊은 한글 선생은 식당 앞에서 'PECTOPAH' 라는 글자를 가리켰다. 그것이 러시아 글자의 레스토랑이었다. 러시아 철자가 다른 서양 철자와 달라서 읽기 어려운 것은 당연한 일이다. 그러나 그 정도는 단순한 변형만 읽으면 알게끔 되어 있다. 그런데 나중에 기회가 있어 레르몬토프 극장에 갔을 때 햄릿을 감레트라고 하는 데는 고개를 갸우뚱거릴 수밖에 없었던 것이다. 이것도 서방에서 첫 글자가 ㅎ발음이 나는 글자가 ㄱ으로 둔갑한 많은 예 중의 하나였지만 말이다. 예컨대 휴머니즘=구마니즘, 헤로인=게로인, 히말라야=기말라이, 히드라=기드라, 헤르만 헤세=게르만 게세, 햄버거=감부르기 등등등.

우리, 한글 학교 선생과 운전기사와 나는 러시아식 만둣국인 펠메니를 비롯하여 햄과 빵, 토마토, 야채 주스로 식사를 그럴듯하게 끝마치고, 독일산 니콜라이 2세 보드카 한 병을 사 넣고, 앞에서도 잠깐 비쳤듯이 소금이 싸락눈같이 깔린 광야를 향해 차를 몰았다.

그렇게 달려갔다가 달려오는 데만 꼬박 하루 해가 걸린다는 말에 나는 도시를 벗어나기까지도 여간 망설여지지 않았었다. 하지만 역시 식사까지 본의 아니게 대접받고 난 다음이었다. 류다를 만나는 일은 다음으로 미루는 도리밖에 없었다.

그런데 우슈토베를 향해 떠난 지 얼마 되지 않아 내가 류다에 대해 들을 수 있었던 것은 실로 우연이라고밖에는 설명할 길이 없다. 내가 한글 학교 선생에게 류다에 대해서 아예 물어볼 염도 없은 것은 당연한 일이었을 것이다. 카자흐스탄에만도 십만이 넘는 동포가 살고 있는 것이었다. 그러니 그가 류다를 알고 있으리라고는 꿈에도 생각할 수 없었던 것이다. 그러나 그 아침에 류다에 대해 무엇인가 알 수 있었다 하더라도 내가 우슈토베까지 가는 것을 어쩌지는 못했을 것임에 틀림없다. 그런데 그 한글 선생이 류다를 알고 있었던 것이다.

드시를 뒤로하고 멀리 평원을 마주하자 내가 개양귀비를 머릿속에 그린 것은 아무래도 류다의 그 글 때문이었다. 그 꽃이 페르시아 융단처럼 피어날 만한 곳이 어디일까, 사방을 둘러보아도 메마른 대지뿐이었다.

"개양귀비…… 야생 양귀비 말입니다. 그게 어디 많이 핍니까?"

하는 수 없이 나는 물었다.

"무슨 양귀빈지는 몰라도 봄부터 여름까지 온 들에 꽃이 핍니다. 꽃잎이 작은 접시꽃인 것처럼 넓습니다. 볼 만하지요."

한글 선생은 어디라 할 것 없이 손으로 바깥을 가리켰다. 하지만 그 바깥으로 펼쳐진 풍경은 여전히 을씨년스러운 가을 광야일 뿐이었다. 그럼에도 불구하고 내 눈에는 그 들판에 나와 "안녕하십니까!"를 외치는 한 소년의 모습이 보이는 듯했다. 내가 자꾸만 고개를 돌려 들판 여기저기를 살핀 것은 단순히 그 이질적인 풍경만을 보고자 한 것은 아니었을 것이다. 그런 어떤 어간에 나는 류다에 대해, 그 글에 대해, 마치 지나가는 말처럼 그에게 중얼거렸던 것이다.

"개양귀비 필 때 저런 들에 나와 우리말을 외치는 소년이 있었답니다. 안녕하십니까 하고 말입니다. 개양귀비 필 때 한번 와야겠군요."

그것은 얼마든지 픽션일 수 있는 이야기였다. 그러므로 내게 그것이 중요한 것은 결코 아니었다. 그보다 나는 그 황량한 광야에 꽃이 만개한 풍경을 머릿속에 그리고 있었고, 그 풍경을 그리다 보니 그렇게 말하게 된 것에 지나지 않았다. 그러자 그가 내게 얼굴을 돌렸다.

"아, 류다라는 여자가 그런 글을 써서 여기서 상을 받았습니다. 기억이 납니다. 《고려일보》에도 났었어요. 그 여자도 우슈토베가 고향이랍니다. 그걸 읽으셨습니까?"

나는 그의 말에 놀랐다. 현지 동포 신문인 《고려일보》에 그 글이 실렸다는 것인지, 상을 받은 사실이 실렸다는 것인지 분명치는 않아도, 하여튼 그가 류다를 알고 있다는 것은 내게는 놀랍고도 반가운 일이었다. 나는 "아." 하고 짧은 감탄을 내뱉었다.

그리하여 나는 류다에게로 한걸음 다가갔다. 그런데 여기서 먼저 밝혀야 할 것은 그의 말을 듣는 순간 나는 류다가 남자가 아닌 여자임을 알았다는 사실이다. 그가 류다를 알고 있다는 것보다 그 사실에 나는 더 놀랐던 것이다. "아." 하는 감탄은 그래서 나왔다는 측면이 더 컸다. 글에 나오는 주인공이 소년이었으므로 나는 의심 없이 류다를 남자로 받아들였었다.

그러나 나중에 주워들은 바로는 그것은 한심스러운 내 무식의 소치에 다름 아니었다. 간단히 말해, 류다는 류드밀라의 애칭으로서, 류드밀라는 여자 이름으로만 쓰인다는 것이었다. 변명이야 이리저리 늘어놓을 수 있을지 몰라도 이른바 국제화, 세계화의 시대에 그야말로 낯뜨거운 노릇이 아닐 수 없었다. 참고삼아 몇 개 ‘나중에 주워들은’ 애칭들을 소개하자면, 아가피야——아가샤, 보리스——보랴, 클라라——라라, 나데즈다——나댜, 예카테리나——카츄샤, 스베틀라나——스베타 등등이었다. 하기야 나는 청소년 시절에 라이너 마리아 릴케의 시를 처음 읽으며 그가 여자려니 한 적이 있기도 했으니, 할 말은 없는 것이다. 류다가 남자든 여자든 그것이 내게 무슨 상관이 있으랴. 그 글에 이름을 웬일인지 애칭으로 써놓은 것은 그쪽이 잘못한 것임도 나중에 안 것이었다.

어쨌든 류다는 여자였다. 그런데 최근에 우슈토베에 사는 그녀 오빠의 친구에게서 들은 바에 의하면 오빠를 따라 키르기즈스탄인지 타지키스탄인지 잘은 모르지만 그쪽 어디로 갔다고 한다는 것이었다.

우슈토베로 가는 길은 계속 달리면 사할린까지도 간다는 길이었다. 오른쪽 들판 저 멀리 이름 높은 천산 산맥의 줄기가 뻗어와서 산 너머가 중국이라고 알려주고 있었다. 천산이 위대한 것은 일망무제의 초원 멀리 장대한 모습을 보이고 있기 때문만은 아니다. 그 크고 작은 봉우리들에 눈과 얼음을 이고 있다가 조금씩 녹이면서 내를 이루고 강을 이루어 아래 들판으로 흘려보내기에 그 물줄기로 뭇 생명을 먹여 살리는 조화와 섭리가 거기에 있었다. 그래서 천산 아래 사막이나 초원의 물은 맑고 차고 달다. 알마아타가 광대한 옛 소련 영토의 팔 분의 일에 해당하는 땅을 가진 카자흐스탄 공화국의 한쪽 구석에 자리 잡은 도시인데도 수도가 된 까닭이 여기에 있다고 했다.

해는 대평원의 중천에 떠오르고 문득 검붉은 흙 언덕 사이로 뜻밖에도 호수가 나타났다. ‘흰 모래’라는 뜻의 갑체가이 호수였다.

천산 산맥의 험준한 골짜기를 굽이돌아 북류해 온 일리 강 물줄기
가 여기 모였다가 다시 발하슈 큰 호수로 흘러 들어가는 것이다. 초
가을 빙하의 물이 아침 햇살을 받아 뽀얗게 물안개를 피워 올린다.
바람이 휘몰아치는 호수 둔덕에서 아름답다는 말 대신 신령스럽다
는 말이 떠올랐다. 물 저쪽에 어김없이 도시가 있다고 했다.

　우슈토베까지는 또 하나의 시냇물과 작은 도시를 거친다. 길가
에선 난장에서는 쇠고기와 양고기와 야채를 판다. 양고기 꼬치구이
를 굽는 연기와 냄새가 진동하는 그 옆에서 해바라기씨와 호박씨를
한 봉지 사들고 다시 낙타가시풀만 듬성듬성한 황야로 나간다.

　이 광막한 사막 초원의 주인은 오랜 옛적부터 유목민들이었다.
몽고가 이곳에 침략해 오자 이 유목민들이 러시아의 황제에게 도움
을 청하게 됨으로써 이 땅은 최근까지 러시아에 속하게 되었다고
하는데 칭기즈칸과 티무르의 이름은 아직도 이 땅의 역사에 우뚝하
다. 그러나 고원 지대의 칭기즈칸 유적은 그저 흙 탑으로 솟아 있을
뿐 지금 주인은 여전히 유목민일 수밖에 없다. 말 위에 올라앉아 몇
백 마리의 양 떼를 몰고 가는 유목민 사내가 있고, 개를 앞세워 소
떼를 몰고 아스팔트 도로를 가로막는 유목민 소년이 있다. 그리고
사람 그림자 하나 없는 들판에 가끔 인간의 마을처럼 보이는 유목
민의 공동묘지가 있다. 여기서도 돈 있는 사람의 무덤에는 이슬람
사원의 모스크와 같은 모양의 작은 돔이 솟아 있다.

　우슈토베는 타슈켄트, 크질오르다 등의 지역과 함께 1937년에
한민족이 처음 이주되어 온 곳이었다. 반세기가 지난 지금 많은 사
람들이 다른 곳으로 옮겨 갔어도 팔천오백 명이나 생활의 뿌리를
내리고 있다고 했다. 처음 사람도 몇 없는 땅에 내버려진 이들이 닥
쳐오는 겨울을 맞아 부랴부랴 땅을 파고 갈대로 그 위를 덮고 진흙
을 올려 혹한을 견뎌야 했던 구덩이 흔적들은 아직도 군데군데 폐

허로 남아 있었다.

거의 한 달 동안 열차로 오면서도 숱하게 죽고, 황무지에 내동댕이쳐져서도 숱하게 죽고, 어느덧 이주 첫 세대 이후 4세가 주인이 되는 역사.

한 표트르, 박 니콜라이와 함께 찾아간 옛 흔적은 여기서 어떻게 사람이 살았겠느냐 싶었으나 흉한 역사의 상처로 엄연히 거기 남아 있었다. 그리고 바로 그 폐허에 유목민의 그것과는 또 다른 모습으로 자리 잡기 시작한 우리 사람들의 봉분 올린 무덤들이 '이 땅의 주인은 나'라고 말하며 새 마을을 일구고 있는 산 사람들의 마을 같아서, 한동안 삶과 죽음과 역사라는 것에 생각이 뭉뚱그려지면서 죄라도 지은 듯 무연히 서 있을 수밖에 없었다.

한글 선생은 우슈토베에 도착하자마자 류다의 오빠 친구에게 연락을 취하여 점심때 식당으로 불러냈다. 삼십 대 초반의 나이로 보이는 오빠 친구는 미하일이라는 이름을 가지고 있었다. 나는 내가 마치 류다를 만나기 위한 목적으로 거기까지 찾아간 것처럼 보이지 않을까 하는 공연한 우려로 다른 동포들을 대하는 것보다 오히려 더 시큰둥하게 그를 대했던 것 같다. 그의 말에 의하면 알마아타에 살던 그녀네가 키르기즈스탄으로 간 것은 벌써 몇 달이나 되었다는 것이었다. "오빠가 비즈니스를 합니다. 그래서 간다고."

미하일의 말에 한글 선생은, 이곳 사람들은 길거리에 서서 빵 하나, 모자 하나 파는 것도 비즈니스라고 한다고 웃음을 지었다.

"키르기즈스탄이라면……."

나는 천마(天馬)에 대해 말을 꺼내려다가 그만두었다. 내가 그 나라에 대해 알고 있는 것은 그곳이 천산 산맥을 끼고 있다는 것과, 옛날 하루에 천 리를 달린다고 했던 천마의 산지로 알려졌던 곳이라는 것 정도였다. 그 말은 어찌나 맹렬히 달리는지 몸에서 피 같은 땀을 흘린다고 해서 한혈마(汗血馬)라고도 부른다고 했다. 그러나 그것은 역사에 나오는 것일 뿐 그런 자리에서의 대화로는 적합지 않다고 판단된 때문이었다.

"키르기즈스탄에는 이식쿨이라는 큰 호수가 유명합니다. 사철 눈이 쌓인 천산의 봉우리 아래 있는데, 소련 시대에도 휴양지로 유명했지요. 여기 사람들은 이식쿨의 물이 밑바닥에서 바이칼 호수와 통해 있다고들 하지요. 서로 몇천 리나 떨어져 있는데 말입니다. 저도 아직 못 가봤습니다만."

한글 선생은, 가르치는 것도 가르치는 거지만 중앙아시아에 대해 흥미를 느껴 공부하고자 자원해 오게 되었다는 스스로의 말을 증명하듯 말했다.

"맞아요. 비탈리도 거기 호수 있는 데서 비즈니스를 한다고 말했어요. 비탈리, 류다 오빠 말입니다."

미하일이 덧붙였다. 그리고 류다가 같은 민족 사람을 남편으로 맞이하려고 애를 썼으나 잘 되지 않았다고도 들려주었다. 그 말이 상당히 심각한 내용임은 캐묻지 않아도 충분히 전달되는 것이었다. 게다가 한국에 한번 가보려던 것마저 잘 되지 않았다는 데야, 나는 왠지 내가 잘못을 저지른 것처럼 느껴졌다. 나는 그녀가 글에 썼던 "안녕하십니까! 이 말은 우리 민족 말입니다!" 하는 구절이 새삼 머리에 들어와 박혔다.

그러고 보니 나도 오기 전에 지도를 보며 그 호수에 눈길이 머물렀던 적이 있었다고 기억되었다. 그 호수뿐만 아니라 카자흐스탄 땅의 중심쯤에 자리 잡고 있는 발하슈 호수도 있었다. 그러나 세계에서 가장 깊은 수심을 자랑하는 호수인 바이칼의 위세에 밀려 그 호수들의 존재는 곧 흐려지고 말았었다. 언젠가는 꼭 바이칼에 가리라 하고, 호수는 그만이었던 것이다.

그런데 일은 여기서부터 계획과는 다른 길로 접어들고 만 것이 었다. 면밀히 살펴보면 '여기서부터' 라는 말은 실상 상당히 모호한 것이 아닐 수 없다고 해야 한다. 왜냐하면 키르기즈스탄이라는 말이 나오기 위해서는 애당초 류다가 있었기 때문이다. 그녀가 그곳으로 갔다는 사실 때문에 호수가 그 뒷그림으로 떠올랐던 것이다. 그러나 나는 다시 '여기서부터' 라고 말할 수밖에 없다. 그때부터 내 머릿속에는 뭔가 모호하게 중앙아시아라는 지역을 향했던 내 마음이 질서를 잡아가는 느낌이었다. 모호한 정신을 한데 모아 뚜렷하게 해주는 것은 구체적인 낱말임을 나는 새삼 깨달았다. 그렇다면 내가 이렇게 당당하게 말하는 그 낱말이란 도대체 무엇이었던가?

그렇다. 두말할 것 없이 그것은 천마와 호수였다.

먼저 천마는, 언젠가 텔레비전에서 실크로드 이야기를 방영했을 때 그곳 풍물과 함께 소개된 적도 있었던 기억이 났다. 이제 천마는 전설적인 이야기로만 남았으나, 그러나 그 전설의 흔적을 그곳 말들에서 더듬어볼 수는 있다고 암시하는 식으로 그 취재 필름은 끝나고 있었다. 그러므로 옆 사람들에게 그런 이야기를 해봤자 대화만 겉돌고 무거워질 우려가 있어서 나는 거기서는 꺼내지조차 않았다. 하지만 나는 그곳으로 가서 그 흔적이나마 내 눈으로 확인하고 싶다는 욕망이 불현듯 솟는 것이었다. 이른바 욱하는 성질 탓에 엉뚱한 구석에 몰리곤 해도 내 못 말리는 인생이 거기서도 반짝 하는 순간이었다. 승마는 물론 경마도 멀기만 한 내가 난데없이 천마의 흔적이라니.

그러나 호수는 달랐다. 특히 바이칼 호수는 그곳에 갔다 온 사람들이 누구나 입에 거품을 물다시피 하는 걸 여러 차례 본 적이 있는 만큼 별수가 없어서 포기를 했던 곳이었다. 중앙아시아에서 러시아의 바이칼로 가는 방법도 상당히 어렵게 되어 있었다. 그래서 비행기에서 그 호수의 한쪽 자락을 내려다본 것으로 갈증을 달래야 했던 것이다. 그런데 그 바이칼 호수와 밑이 통해 있다는 밑도 끝도 없는 말이 있는 중앙아시아의 호수가 등장한 것이었다. 그것도 사철 눈 덮인 천산 바로 아래 있다는 게 아닌가 말이다.

"여기 사람들이 말하는데, 그 호수 밑에 옛날 도시가 가라앉아 있다고 그렇게 말합니다."

내가 그 호수에 관심을 보이자 미하일이 말했다. 그는 드물게도, 서울 동숭동에 있는 해외동포교육원의 초청을 받아 어느새 한국에도 갔다 왔다고 했는데, 우리말을 꽤 정확하게 구사하고 있었다. 그의 말에 나는 더욱 홍미를 갖지 않을 수 없었다.

"호수 밑에……."

나는 음료수와 함께 나온 깡통 맥주를 한 모금 마시며 그 먼 호수를 머릿속에 그렸다. 미하일의 말에 의하면 키르기즈 말로 이식쿨의 이식은 뜨겁다는 뜻이며, 쿨은 호수라고 했다. 또, 이식쿨의 물은 위는 민물, 아래는 짠물이며, 이에 비교되어 발하슈 호수는 한쪽이 민물, 다른 쪽이 짠물로서, 서로 차이를 보인다는 것이었다. 그리고 키르기즈스탄의 소설가 아이트마토프가 쓴 『하얀 배』라는 소설까지 들먹거렸다. 부모가 이혼하는 바람에 그 호숫가의 할아버지 집으로 와 살고 있는 한 소년이 호수를 떠가는 하얀 배를 보면서, 커다란 물고기가 되어 배를 따라가기를 꿈꾸는 이야기라는 것이었다. 그의 말을 들으면서 나는 나대로 학교 시절에 읽은 독일 소설가 슈토름의 소설 『이멘 호수』를 떠올리고도 있었다.

"하얀 배라……."

신비하고 아름다운 광경이 내 머리를 자극했다.

그러던 나는 한글 선생이나 미하일 누구에게랄 것 없이 그곳까지 가볼 수는 없느냐고 조심스럽게 물었다. 미하일이 들려주는 이

야기는 모두 그 호수를 향한 내 마음을 한층 북돋기에 부족함이 없
는 것이었다.

그러나 미하일에 의하면, 알마아타에서 호수까지는 직선거리는
그리 멀지 않지만 천산 산맥이 가로막혀 있어서 서남쪽 고갯길이
뚫린 곳으로 빙 돌아가야 하기 때문에 상당히 멀다는 것이었다.

"꼭 거길 가봤으면 하는데…… 무슨 방법이 없을까요?"

나는 한글 선생과 미하일을 번갈아 쳐다보며 간청하다시피 했
다. 내 말에 미하일은 한참 동안 생각을 하는 듯하다가 마침내 자기
도 이 기회에 비탈리를 찾아가서 한번 만날 겸 같이 가보자고 말했
다. 알마아타로 가서 차편을 알아보자는 것이었다. 이렇게 되어 나
는 정말 뜻하지 않게 그 호수를 향하여 떠나게 된 것이었다.

우슈토베에의 여행에서 얻은 것은 적지 않은 셈이었다. 다른 것
은 그렇다 치더라도 무엇보다 우리 동포들의 무덤을 보았고, 그들
이 저 1937년에 내동댕이쳐 버려졌던 처절한 삶의 뿌리를 내리기
위해 광야에 파놓은 갈대 움막집의 흔적을 보았다. 오늘날 그곳에
문을 연 한글 학교도 보았다. 그러나 무엇보다도 내 가슴을 뛰게 한
것은 새로운 세계, 산속의 호수를 향해 가게 된 것이었다.

차편을 알아보자던 미하일의 말은 스타니슬라브라는 친구의 차
를 알아보는 것으로, 조금도 어려운 것이 아니었다. 운전을 해서 먹
고살면서 시를 쓰기도 한다는 스타니슬라브의 성씨는 이씨였다. 그
리하여 우리는 그의, 그곳에서 가장 보편적인 승용차인 지굴리 라
다를 몰고 셋이서 한낮이 조금 지난 시각에 알마아타를 떠났다.

앞에서 나는 처음 오십 달러짜리 호텔 방에 들렀을 때, 나만의 공
간을 향유하는 기쁨을 맛보았다고 했었다. 그런데 그 승용차가 어
느새 광활한 초원의 한가운데를 달릴 때, 왜 다시 그와 같은 느낌이
밀려오는지 까닭을 알 수가 없었다. 비록 동포라고는 해도 나와는

아무런 연관이 없는 사람들과 함께 미지의 곳을 찾아간다는 사실,
즉 달리 말해 밀행(密行)이 주는 안도감이었을까. 나는 행복이라는
쑥스러운 말을 속으로 굴리고 있었다. 중앙아시아의 산속 비경(秘
境)이 나만의 방처럼 나만의 공간으로 주어진 것이었다. 나는 그 안
으로 들어가 숨을 것이었다.

이제 다시 그 꼬박 한나절의 여행이라곤 해도 거기에는 여러 가
지 사연이 많긴 했었다. 무엇보다도 미하일이 십 년 전에 한 번 단
체 여행에 끼어 비슈첵에 갔었을 뿐, 스타니슬라브도 초행이어서
호수로 가는 길은 아무도 모른다는 점이 문제였다. 우리는 간단한
지도와 이정표에 의지해 차를 모는 수밖에 없었다. 여기에 카자흐
스탄의 대표적인 일간 신문인 《카라반》까지 길거리에서 한 장 샀던
것이니, 우리는 낙타만 타지 않았지 영락없이 카라반, 즉 대상(隊
商)이 되고 만 것 같았다.

그러나 말이 그렇지 이정표에만 의지한다는 것도 말처럼 쉬운
것이 아니었다. 중앙아시아란 중동이나 극동이나 동구나 그런 블록
과는 달리 상상 이상으로 광대한 지역인 것이다. 우리는 왼쪽으로
천산의 지맥을 바라보며 그저 짧고 빈약한 풀들이 펼쳐진 초원의
한가운데를 평균 시속 백 킬로미터로 달려만 갈 뿐이었다. 계절은
그곳 동포들 말로 '여자 여름'인 초가을인데도 벌써 초원은 누런
풀들뿐이었다. 그것이 이른바 '초원의 실크로드'인 것이었다. 그
초원의 길을 가끔 말 떼, 양 떼, 낙타 떼가 무리를 지어 어디론가 가
고 있었다.

초원은 말 그대로 풀밭일 뿐 나무가 거의 자라지 않는다. 자란다
고 하더라도 어쩌다 작은 관목이 한두 그루 비루먹은 것처럼 서 있
다. 그런데 정말 어쩌다 몇 그루 나무가 제법 수풀을 이루고 있다.
그중 대표적인 것이 느릅나무의 일종인 카라가지나무였다. 뿌리가

깊어 물을 능률적으로 빨아들인다는 것이었다. 그리고 그 다음으로 대추나무 비슷한 주다나무가 있었다. 무엇이든 그것이 얼마나 좋은 것인가를 알기 위해서는 그것이 귀한 곳에 가보는 것만큼 현명한 방법이 없을 것이다. 나무는 정말 귀한 것이었다. 그러므로 그 꼬박 한나절의 자동차 여행을 구구절절이 늘어놓지 않는 대신에 특징적으로 나무가 있는 몇몇 곳을 이야기하기로 한다.

나무에 대해서는 스타니슬라브가 시를 쓰는 사람답게 이것저것 많이 알아서 내게는 여러 가지 도움을 주었다. 드넓게 노출된 초원에서 드러내 놓고 소변을 보기도 뭣해 뒤늦게 몇 그루 나무를 발견하고 차를 세우고 그 아래서 일을 보았을 때, "이런 나무 한국에는 없소?" 하고는 검붉은 열매가 달려 따먹기도 하는 주다나무라고 가르쳐줌으로써 그는 나의 나무 선생이 되었던 것이다.

알마아타는 천산의 만년설이 녹은 물로 도시 자체가 오아시스인 셈이어서 거리에는 가로수들이 우리나라의 어느 도시보다 무성하게 우거져 있다. 그러나 도시만 벗어나면 곧 전혀 다른 풍경이 된다. 인위적으로 가꾼 가로수들이 외줄로 서 있는 곳도 잠시, 양 옆은 그저 밋밋한 들판인 것이다. 가끔 어디서 실어오나 싶게, 양고기 꼬치를 구울 때 쓰이는 삭사울나무의 울퉁불퉁 못생긴 고사목 둥치를 실은 트럭이 옆을 지나는 것만 보아도 그 나무가 신기했다. 삭사울은 중앙아시아의 소금기가 많은 땅이나 사막 토질에서 자라는 그곳 특산의 나무였다.

알마아타를 떠나 한 시간 반쯤, 길이 왼쪽으로 구부러져 달리고 얼마 지나지 않아 구르다이 고개를 넘으면서 뜻밖에 우리나라 것과 똑같은 수세(樹勢)의 미루나무들을 만난다. 미루나무들이 군데군데 쭉쭉 하늘로 치솟아 있다. 하지만 그 밖에는 키 작은 잡목들이 얼마쯤 자라고 억새가 나부끼는 정도에서 끝나고, 곧 중앙아시아의 고원은 풀조차 듬성듬성한 황무지가 된다. 구르다이 고개를 넘는다는 것은 천산의 지맥을 넘는다는 뜻으로, 그 산은 온통 삐죽삐죽하게 부스러진 잡석 더미로 이루어져 있다.

나는 보로딘의 「중앙아시아의 고원에서」를 듣던 날들을 회상하지 않을 수 없었다. 그 몇 년 전에 5·16이 일어나자 '혁명 검찰관'으로 으스스했던 아버지는 인생 유전이라는 낡은 말을 새롭게 증명이라도 하려는 듯 감옥에 들어가게 되었고, 나는 첫사랑이 마악 깨어진 뒤였다. 그 이중의 아픔을 그 동방적인 운율은 애절하나마 아득한 감미로움으로 달래주었다. 그 무렵 나는 학교고 뭐고 다 때려치우고 자립하겠다는, 그야말로 청운의 뜻을 품고 방을 구하러 다녔었다. 청운의 꿈이란 철부지의 꿈이었다. 그 여자애가 떠나간 그 가을은 그래서 그런지 유난히 숨이 가빴었고, 그 뒤로 나는 나이를 아무리 먹어도 그 무렵만 되면 까닭 없이 숨이 가쁘곤 하는 것이었다.

구르다이 고개를 넘어가면서 나는 퍼뜩 또 그놈의 계절이구나 하고 나도 모르게 얼굴이 질렸다. 그리 높은 고개도 아니었는데 숨이 가쁜 것을 느끼기 시작한 것이었다. 인생의 마지막 날에 사람들이 숨이 가쁜 것은 꼭 몸이 잘못되어서는 아닐 거라는 생각이 들었다.

그런 생각과 함께 어디선가 보로딘의 선율 같은 것이 들려오지나 않을까 귀를 기울이곤 한 나를 굳이 어리석다고 핀잔하지는 말기 바란다. 그곳에서 들려오는 것은 황량한 바람소리뿐이었다. 하지만 나는 그 바람소리가 바로 「중앙아시아의 고원에서」의 그 선율일 수도 있음을 알고 있었다. 몽고와 타타르와 투르케스탄 등 여러 민족 기병들의 말발굽이 달렸던 고원에는 몇 그루 카라가지나무만 서 있고 이상스레 적막이 감돌았다. 카라가지나무를 스쳐 가는 바람스리를 타타르의 피가 섞였다는 보로딘도 들었을 것이었다.

고개를 넘고서도 국경은 멀었다. 키르기즈스탄 땅에 들어서서 수도인 비슈켁으로 가는 길과 반대 방향으로 가면 된다는 게 고작 우리가 알고 있는 정보였다. 비슈켁이 무슨 뜻인지는 미하일도, 스타니슬라브도 모르고 있었다. 레닌의 막료 장군이었던 프룬제의 이름을 따서 불렀던 수도 이름이 소련의 붕괴와 함께 최근에 옛날 이름으로 환원되었다는 것이었다.

네 시간쯤 지났을까. 카자흐스탄의 마지막 마을인 게오르기예프카 마을을 지나고 머지않아 키르기즈스탄 땅으로 들어섰다. 미리 알았던 대로 비슈켁으로 가는 갈림길에서 왼쪽을 택해 달리던 우리는 길을 물을 겸 길가의 과일 장수에게 수박 두 덩이를 오십 텡게에 사서 실었다. 돈의 단위가 루블에서 텡게로 바뀐 것도 세상의 변화를 말해 주고 있었다.

돈 이야기가 나왔으니 말이지 공화국마다 자기네 돈을 만든 것이 그리 오래되지 않은 데서 우리는 전혀 예기치 않은 어려움을 겪지 않으면 안 되었다. 수박을 텡게로 살 수 있었던 것은 그곳이 국경 근처였기 때문이었다. 조금 더 달려 주유소를 발견하고 차를 세운 우리는 텡게를 가지고는 기름을 넣을 수 없다는 사실을 알았던 것이다. 그것은 쓰임새 없는 다른 나라의 돈일 따름이었다. 키르기즈스탄의 돈 단위는 솜이라고 했다. 텡게든 솜이든 내게는 괴상한 돈 이름이었다.

"다른 나라라는 거요. 다른 나라. 솜을 가지고 오라 하오."

미하일이 씁쓸하게 말했다. 소련 시절에는 같은 형제 국가로서 서로 모른 척할 수가 없었는데 어느새 이렇게 변했는지 모르겠다고 그도 놀라고 있는 것이었다. 텡게가 안 되면 달러는 되지 않을까 했으나 그것도 시골 구석이라 곤란하다는 것이었다. 기름이 아직까지 남아 있는데도 마침 주유소가 있는 걸 보고 들렀기에 망정이지 우리는 하마터면 꼼짝도 못할 뻔한 것이었다. 하는 수 없이 다음 주유소까지 가보자고 차를 움직였으나 우리는 마음이 무거웠다.

그런데, 나는 주로 나무 이야기로 그 여정을 이야기하기로 하지 않았던가. 기름이야 어찌 됐든 창밖으로 눈을 돌리며 카자흐스탄 땅과는 사뭇 다르게 키르기즈스탄 땅은 푸른빛이 짙다. 멀리 양 옆으로는 북쪽으로 쿤케이알라타우 산맥이, 남쪽으로는 테르스케이 알라타우 산맥이 대평원을 병풍처럼 아늑하게 막아서고 있었다. 그곳이야말로 진짜 초원이며, 여태껏의 황량한 풍경에 비하면 낙원이라고 해도 지나친 표현이 아니었다. 나무 한 그루 없는 산들과 달리 미루나무, 버드나무를 비롯하여 숲이 제법 우거지고 풀들도 싱싱했다. 말하자면 대평원 전체가 오아시스였다. 살펴보니 바로 길 옆으로 맑은 냇물이 흐르고도 있었다.

"깡트 강이오."

미하일이 손가락으로 가리키는 이정표를 보니 'KAHT'라는 글자가 보였다. 그가 깡트라고 발음했으나 나는 느닷없는 칸트의 이름에 자못 묘한 느낌이었다. 칸트라…… 그 독일 철학자를 읽던 무렵 나는 한 재수생 여자애를 만나 서로의 육체에 눈떠 가고 있었더랬다. 아버지는 감옥에서 나와 십 년 동안의 자격 정지를 겪느라 봉천동에서 돼지를 치고 있었다.

지금이 몇 시인지 알려면 시계를 보느니 그 엄격한 철학자가 산책을 나온 것을 보는 게 더 정확할 정도였다는 칸트는 『순수 이성(理性) 비판』에서 사람은 태어날 때 이미 이성을 타고난다고 말하고 있었던 것으로 기억되지만, 혹시 내 기억이 잘못되었는지도 모를 일이다. 오성(悟性)이니 생득적이니 하는, 일본 사람들이 만든 어려운 용어도 그때 배운 것들이었다. 그 『순수 이성 비판』을 『순수 이성(異性) 비판』으로 바꿔 보는 시각이 내 잠재의식 속에 있는 것은, 그 무렵 어두운 학교 뒷산에 올라가 몇 시간씩 서로 빨고 만지곤 하면서도 직접 관계를 갖지 못한 그 재수생 여자애와의 만남 때문이 아닐까, 나는 우스꽝스러운 생각을 한 적도 있었다.

칸트든 깡트든 그 작은 강이 대평원의 젖줄을 이루어 푸른 초원이 펼쳐지고 있는 것이었다. 스타니슬라브는 버드나무 중에서 수양버드나무를 가리키며 '눈물을 흘리는 버드나무' 라고 비유해 말한다고도 들려주었다. 길게 늘어진 가지가 눈물이라는 것이었다. 과장법치고는 좀 유별난 과장법이었다. 그 버드나무들 뒤쪽으로 모처럼 모습을 드러낸 인간의 마을에는 이슬람교 특유의 모스크가 눈에 띄는 교회당을 세우는 공사가 한창이었다. 그것도 중앙아시아에서 최근에 일어나는 대표적인 변화에 속했다. 종교가 살아나고 있는 것이었다.

키르기즈스탄에 들어와서 내가 유심히 본 것은 길 옆을 지나가는 말들이었다. 새삼스럽게 밝히지 않아도 천마의 흔적을 살피고 있었다고 하는 게 더 정확하겠다. 많은 사람들이 말을 타고 지나갔다. 말을 타고 말 떼나 양 떼를 몰고 가거나, 말을 타고 여럿이서 몰려가거나, 말을 타고 혼자서 산기슭을 가거나, 하여튼 말을 탄 모습은 흔했다. 그리고 그 말들은 한눈에 보기에도 키가 크고 날렵한 게 준마라고 하기에 부족함이 없었다. 천마는 사라졌다고 하나, 나는 천마를 보고 있다는 생각에 젖어 들었다.

대평원은 차를 달려 나아갈수록 점점 좁아져서 결국은 양쪽의 두 산맥이 마주치며 좁은 협곡을 만들고 있었다. 우리는 그 협곡 입구에서 간신히 발견한 주유소에서도 기름은 넣지 못하고, 사십 킬로미터만 가면 목적지에 닿는다는 말만 들을 수 있었다. 사방은 벌써 어두워져 땅거미가 내리고 있었다.

어쩔 수 없이 우리는 협곡 속으로 차를 몰아가는 수밖에 없었다. 이제는 서로 간에 말도 별로 없었다. 그때까지 우리는 뭔가 쉴 새 없이 이야기를 나누며 바깥의 단조로운 풍경에 맞서고 있었다고 해도 좋았다. 끊임없이 계속되는 구릉들과 몇 그루의 카라가지나무들, 주다나무들을 대상으로 하는 우리의 여행은 막막하기만 한 것이었다. 우리는 소련의 민족들에 대해서도, 각 공화국의 정치에 대해서도, 카자흐스탄의 자나르바예프 대통령에 대해서도, 이번에 역사 이래 처음 한국대사관 주최로 열린 개천절 기념식에 대해서도, 노래를 부르다 젊어서 죽은 한국계 가수 최 빅토르에 대해서도…… 떠오르는 대로 이야기를 나누었다. 이야기는 주로 스타니슬라브의 몫이긴 했지만 말이다.

어느 날 친구가 타타르 여자와 같이 다닌단 말이오. 그래 우린 깜짝 놀랐지. 왠가 하면 말이오. 타타르 여자는 남편을 막 팬단 말이오…… 축차 민족이라고 있는데 그 마누라가 밤에 옆집 러시아 사람하고 자고 온다 말이오. 그래 축차 사람한테 물었지. 이 세상에 뉘가 제일 바본가 하고 말이오. 그랬더니 축차 사람 말이 옆집 러시아 사람이라고. 킬킬킬킬…… 왜 그런가는 우리 서로 생각하기요…… 키르기즈 사람은 손님이 오면 양의 머리를 삶아서 내놔요. 그러면 손님이 먼저 칼로 귀를 잘라 주인한테 주오. 별 먹을 것도 없는데 말이오…….

이렇게 킬킬킬킬 나누던 이야기도 어디로 가고, 말했다시피 우리는 이미 입을 다물고들 있었다. 협곡은 양쪽의 산이 가파르게 좁아 들어와 한번 들어가면 나오기 힘들게 여겨질 정도였다. 왼쪽으로는 골짜기가 더 깊이 패어 그 아래 추 강의 상류가 흐른다고 했으나 강물이 흐를 아래쪽으로는 눈길이 닿지도 않았다. 산은 흙과 푸석돌로 이루어져 거대한 낙석이 금방이라도 쏟아져 내릴 것만 같은 데, 땅거미가 짙어가는 고갯길을 우리 차는 외롭게 달려가고 있었다. 나는 촉의 잔도(棧道)라는 말을 떠올렸고, 또한 서유기의 장면을 떠올렸다. 고갯길에 가끔 사슴이나 독수리 모양을 조각해 세워 놓은 것이 오히려 무슨 괴기한 곳을 안내하는 이정표 같아 보였다.

만약에 기름이 떨어진다면 천산 산맥의 한가운데에 갇혀 오도 가도 못하고 어떻게 될 것인가, 걱정이 앞섰다. 기름이 달랑거린다는 건 묻지 않아도 알 수 있었다. 게다가 떠나온 뒤 먹은 것이라곤 맥주 몇 깡통과 땅콩과자 조금밖에 없었다. 네댓 시간 부지런히 달려가서 호숫가에서 멋진 저녁을 먹으리라 했던 야무진 기대는 헛된 것이었음이 밝혀지고 있었다. 배는 고파지고, 멋진 저녁은커녕 당장 가지고 있는 것은 수박 두 덩이뿐이지 않은가. 날씨조차 초가을 답지 않게 쌀쌀해지고 있었다. 느낌만으로도 표고가 상당히 높다는 사실을 감지할 수 있었다. 나는 공연히 호수니 하얀 배니 뭐니 돼먹지 않은 환상에 사로잡혀 불현듯 생각을 일으킨 나 자신이 밉살스러웠다. 돌아갈 수만 있다면 그 자리에서 차를 돌렸으면 싶었다.

얼마를 기다렸을까.

언제부터인지 오르막길은 평지로 바뀌었고, 어둠 속에 나무들의 형체가 거뭇거뭇, 그래도 별빛이라도 있었는지 희부윰한 하늘빛을 배경으로 나타났다. 그리고 곧 흐린 전등 불빛이 하나 나무 사이로 비쳐 나오고 있었다.

"아제에스."

스타니슬라브가 무엇인가 다짐하듯 나직이, 그러나 힘주어 말했다. 나는 거기서 처음 '아제에스(A3C)'가 주유소임을 알았다. 건물의 창문에는 커튼이 내려쳐져 있었으나 철망까지 쳐진 창 안으로 아직 사람이 있는 듯싶었다. 나는 차 안에 앉아 있고 둘이서 그 창문 앞으로 갔다. 좀 떨어져서 보고 있자니 역시 잘 안 되는 모양이었다. 커튼을 들치고 내다보는 창 안의 여자가 줄곧 머리를 옆으로 흔들고 있었다. 나중에 안 바로는, 달러까지 안 된다는 것은 기계가 없어 가짜를 가려내지 못하기 때문이라는 것이었다. 졸지에 위폐범이 되어 중앙아시아의 오지로 숨어든 신세처럼 여겨져 헛웃음이 나올 수밖에 없었다. 다만, 이제 호수는 그리 멀지 않다는 것, 호수 바로 옆에는 잠잘 곳이 없다는 것, 그러니 여기 발특차 마을에서 묵어야 한다는 것 등을 안 것이 소득이었다. 어둠 속에 거뭇거뭇 나타난 나무들을 보고, 여긴 인간의 마을이다 하고 마음속으로 소리쳤던 것은 어떤 믿음이었을까 나는 지금도 생각을 모은다.

　주유소에 들른 것은 결과적으로는 목적을 달성하는 효과가 있었다. 우리가 맥이 빠져 한참을 넋을 놓고 있을 때, 다른 지굴리 한 대가 그 이름처럼 지굴지굴 굴러오더니 우리 옆에 멈췄다. 사전에 '떼굴떼굴'은 있어도 '지굴지굴'은 없음을 모르는 바 아니지만 꼭 이렇게 표현하고 싶은 것을 어쩔 수 없다. 우리는 그도 우리와 같은 신세려니 했었다. 그런데 운전석의 사내가 우리에게 다가오더니 기름이 필요하냐고 물었던 것이다. 우리가 얼씨구나 그를 따라간 것은 두말할 것도 없다. 그리하여 길 건너편 모퉁이를 돌아서 우리는 기름 한 통을 십 달러에 넣을 수가 있었다.

　발특차 마을은 키르기즈 이름이었고 러시아 이름으로는 르바치에 마을이었다. 기름을 판 사내에게서 그 이름을 확인한 미하일이 "아, 여기요. 르바치에, 여기요." 하고 큰 발견처럼 말하는 데서 나는 그곳이 바로 류다네와 관계가 있는 마을임을 눈치 챘다. 그러고 보니 거기까지 차를 몰아가는 동안 꽤 많은 이야기가 오갔음에도 불구하고 웬일인지 류다나 그 오빠에 대해서는 이렇다 할 말이 없었던 것이 의아했다. 나야 그렇다 치더라도 두 사람은 다 그 오빠의 친구였다.

중앙아시아의 동포들이 정 두고 살던 곳을 떠나는 것은 하등 특별한 일이 아니었다. 여기서, 떠난다는 것을 우리 경우에 비추어 셋방살이를 전전하는 것쯤으로 여겨서는 안 된다. 흔히들 아주 멀리, 어쩌면 영원히 못 볼 곳으로 떠나는 것이다. 가령 우즈베키스탄의 수도 타슈켄트에서 극동 러시아의 블라디보스토크나 우스리스크 등지로 떠나는 사람이 꽤 있는데, 이는 머나먼 몇만 리의 이역인 것이다. 그러니까 떠난다는 것은 그야말로 죽지 못해 살 길을 찾아 떠나는 것을 의미하는 것이다.

떠나는 사람이 많다는 것은 또 다른 사람도 그만큼 기로에 서 있음을 말해 주는 기준이 된다. 다른 민족의 나라치고도 민족주의가 드센 나라에 사는 사람들이니 더할 수밖에 없다. 언제, 어떤 변고로 또다시 저 1937년이 되풀이될지 모르는 것이다. 실제로 사회가 어지럽고 먹고살기가 어려워지자 목숨까지 위협받는 사례가 일어나고 있었다. 그렇다고 키르기즈스탄이 더 안전한가 하는 건 의문이었다. 그 민족은 좀 더 강퍅하다는 게 두 사람의 합치된 말이었다…… 나는 그들이 류다네 이야기를 굳이 하지 않는 것을 이런 측면에서 이해해야 될 것 같았다…….

"오늘은 늦었으니, 내일 비탈리한테 연락하겠어요. 전화가 다른 집 전화입니다. 르바치에에 다 왔어요."

미하일이 시계를 보며 말했다. 어느새 여덟 시가 넘어 있었다. 그리고 우리는 몇 번 호텔이 어디냐고 지나가는 사람에게 "가스티니차, 지아?"를 외친 끝에 어떤 호텔에 도착했다. '어떤' 호텔이 아니다. 바깥의 불은 외등 하나를 남기고 다 꺼졌으나, 그 불빛에 "AKKyy"라는 글자가 보였다. 내가 저게 무슨 뜻이냐고 묻자 미하일이 그건 키르기즈 말로서 '아크'는 하얀 것, '쿠'는 새라고 설명해 주었다. 그 새가 호수에 날아든다고 책에 씌어 있다는 것이었다.

하얀 새? 백조였다.

차를 호텔 맞은편에 세운 뒤, 두 사람은 내게 잠깐만 혼자 있으라고 하고는 걸어갔다. 외국인이 있으면 터무니없이 돈을 많이 요구한다는 것이었다. 나는 차에서 내려 서성거리면서 호수의 물 냄새를, 산골짜기에서 얼음이 녹아 흘러내리는 그 물의 알싸한 냄새를 코끝으로 맡고 있었다. 그것이 비록 다른 냄새일지라도 나는 그렇게 믿고 싶었던 것이다. 그리고 외부 세계에의 동경과 그 구제의 표상일 하얀 배를 머릿속에 떠올리고 있었다.

방 두 개에 삼십삼 달러를 낸 것은 전적으로 그들의 공이었다. 외국인인 경우는 그 두 배도 더 받으리라는 것이었다. 방까지 들어가는 동안 아예 입을 봉하고 있어야 한다는 엄명을 받은 나는 수박 한 덩이를 들고 벙어리처럼 어두운 복도를 걸었다. 한 나라의 말이 상황에 따라 위험 또는 금기 요소가 된다는 사실이 이상하게 내 뒤통수를 따라붙었다. 그 한 나라 말이 한국어였던 것이다. 일제 시대에도 우리말 대신에 일본 말을 쓰지 않으면 안 되게 강요당한 시기가 있었다…… 나는 입을 다물고 어두컴컴한 복도를 걸어가며 왠지 몸서리가 쳐지는 듯했다.

그래도 우리는 하룻밤을 묵을 방을 구했다. 그런데 정작 다른 문제가 기다리고 있었다. 그 시간에 벌써 호텔 식당은 문을 닫았고 그 근처 어디에도 먹을 것을 살 곳이 없다는 사실이었다. 그것으로 멋지거나 안 멋지거나 따질 것 없이 식사는 끝장이었다. 싸게 방을 얻은 것은 사실이었으나, 막상 호텔은 텅텅 비어 있었다. 종업원 남녀 몇만 복도 방에 모여 잡담을 나누고 있을 뿐 거의 비어 있는 것 같았다.

그곳은 소련 시대에는 소련 전체를 통하여 흑해 연안의 얄타처럼 이름난 휴양지였다고 했다. 그러므로 그때는 많은 휴양객들이 몰려들었을 것이다. 휴양객이라고 해서 돈과 여유가 있는 사람을 연상해서는 안 된다. 제도적으로 휴양이 허락되는 사람이 있는 것이었다. 그런데 소련이고 제도고 다 무너져버려 먹고살기도 어려운 마당에 휴양이란 어림없는 노릇이었다. 그러니 그 시간이 아니라 어느 시간에도 식당은 문을 닫고 있을 듯싶었다. 이제 배는 고프다 못해 쓰릴 지경이었다. 낭패였다. 아무리 궁리를 해봐야 헛일이었다. 하는 수 없이 우리는 한 방에 모여, 양손에 빵 하나씩을 들고 길가에 늘어서서 '비즈니스'를 하는 여인들에게서 하다못해 빵 하나 사오지 못한 주변머리를 탓하며, 수박이라도 갈라 요기를 하는 수밖에 없었다.

벌써 난방이 필요한 날씨에 방 안에는 온기라곤 없었다. 화장실에는 욕조도 없었다. 오 센티미터 정도 깊이로 사방 일 미터쯤 되는 네모진 법랑 받침이 벽돌에 괴어 있는 것은 그곳에서 물이라도 뒤집어쓰라는 것인지도 몰랐다. 온수가 나오리라고는 기대조차 할 수 없는 노릇이었다. 으슬으슬 떨려오는 방 안에서 수박을 우적우적 먹고 그들이 다른 방으로 가고 난 뒤, 나는 도무지 내가 왜 이런 데 와서 어처구니없이 수박으로 저녁을 때우고 뭔가 불안해 서성거리고 있는지 그저 한심하기만 해서 혼자 쓴웃음을 지을 수밖에 없었다.

어디론가 도망치기로 했다면 참으로 오지게 도망쳐온 셈이었다. 방을 찾아왔다고 해도 그랬다. 이제야말로 아무도 모르는 곳으로 온 것이었다. 한국의 공권력이 기를 써도 미치지 않을 곳이라는 터무니없는 생각을 왜 내가 하고 있는지 모를 일이었다. 나는 이제 당당한 한국의 공민이었다. 경찰이 핸드폰으로 조회해도 아무 염려 없는 확고한 주민등록증이 있었다. 내가 도망치던 시절은 아득한 유신 시절이었다. 그러나 나는 여전히 그 망령에 쫓기고 있는 것이었다. 나는 놓여났다는 자유와, 끈이 끊어져버렸다는 허탈감을 동시에 맛보며, 옷을 입은 채로 꾀죄죄한 침대에 몸을 눕혔다. 잠이 들면서 나는 하얀 새와 하얀 배를 볼 수 있다면 다소 위안이 되리라 스스로를 다독거렸던 것도 같다.

비탈리를 만난 것은 다음 날 아침 깨어나자마자였다. 문을 두드리는 소리에 잠에서 깨어난 나는 눈을 비비며, 미하일 뒤에 서 있는 그를 보았던 것이다. 새벽녘에 소변을 보러 일어났다가 다시 잠들어 내처 곯아떨어졌던 모양으로 방 안이 훤히 밝아 있었다. 날이 밝자 즉시 그에게 연락을 취했다고 미하일이 말했다. 우리는 악수를 나누었다.

"먼저 뭘 좀 먹어야겠어요. 금강산도……."

나는 얼결에 '금강산도 식후경' 이라는 말을 하려 했던 것이었다. 그러나 그것은 그들에게는 걸맞지 않은 말이었다. 나는 세수를 하는 둥 마는 둥 그들을 따라 밖으로 나왔다. 류다는 어찌 됐느냐고 묻고 싶었으나, 역시 내가 서둘러 물을 성질의 말이 아니라는 생각이 들었다. 그야말로 모든 것이 '식후경' 이었다.

그런데 그때 무심코 눈을 뜬 나는 비로소 보았던 것이다. 눈이 부셨다. 멀리, 이제까지와는 다른 모습의 웅대하고 장엄한 산이 검푸르게 앞을 가로막고 하늘 높이 솟아 있었다. 내 눈을 부시게 한 것은 그 산 위 쌓여 있는 흰 눈이었던 것이다. 사시사철 눈 쌓인 산 봉우리가 그곳에 솟아 있다는 것은 들어서 알고 있었다. 하지만 그것을 직접 본다는 건 역시 다른 일이었다. 그리고 내가 그 설산(雪山)을 경이롭게 바라보는 걸 안 다른 사람들이 일부러 차에 안 타고 기다려준 것은 고마운 일이었다.

우리는 식당을 찾아 헤맸다. 그곳이 휴양지라는 게 믿기지 않게 식당 자체가 드문 데다가 또 본래 늦게 문을 여는 모양이었다. 우리

46

식으로 아침 겸 점심이 되는데 비탈리도 한참 동안 이곳저곳 기웃거리기만 했다. 그러다가 카페라고 간판이 달린 곳을 먼저 발견한 것은 스타니슬라브였다. 아닌 게 아니라 그 앞에 세워놓은 쇠화덕에는 샤시리크, 즉 양고기 꼬치를 굽기 시작하는 신호로 삭사울나무 장작불이 붙여지고도 있었다.

"스카즈카, 옛날 얘기. 어린이 얘기도 됩니다."

미하일이 'CKA3KA' 라는 간판을 읽고 뜻을 말해 주었다. '어린이 얘기' 는 동화를 일컫는 것이리라 나는 짐작했다. 우리는 샤시리크 몇 꼬치를 주문하고 안으로 들어갔다. 카페기 때문에 레스토랑하고는 좀 다르지 않을까 했지만, 한마디로 그 식사는 그때의 나에게는 만점의 것이었다. 지금도 나는 식탁에 오른 음식들이 눈에 선하게 떠오른다. 양고기를 다져 넣고 노릇노릇 구운 벨랴시 빵, 걸쭉하고 구수한 양배추 토마토 수프, 질기지 않은 샤시리크, 맑은 레몬 주스, 버터를 발라 먹는 맨 흑빵, 그리고 그곳 특유의 조금은 시큼한 사과술.

비탈리가 까닭 모르게 나를 경계하는 눈치였으나, 그것은 동포끼리라도 이역에서 처음 만난 사람은 어쩔 수 없이 이방인이라는 점에서 충분히 이해가 되었다. 그들은 그들 나름의 대화에 열심이었다. 레닌에 의해 세워진 소비에트 연방이라는 나라가 칠십여 년 동안 남긴 가장 심대한 영향은 공산주의도 뭣도 아니라, 그 십오 개 공화국, 백오십여 민족에게 러시아 말과 글을 가르친 게 아닐까, 나는 그들의 러시아 말을 들으며 생각하고 있었다. "예."를 "다."라고 말하고 "아니오."를 "네."라고 말하는 그 말을. H=ㄴ, P=ㄹ, X=ㅎ으로 소리 나는 그 글을.

나는 그들의 러시아 말을 알아들을 수는 없어도 그들이 무엇을 말하고 있는지는 짐작으로 알 수 있었다. 요컨대 그 사회에 살아남

는 문제인 것이다. 이제 중앙아시아의 네 나라 어디서나 러시아 말
이 아닌 그 나라 말을 모르고서는 공적인 출세는 틀린 일이었다. 나
라의 주인이 된 민족으로서는 당연히 제 나라 말을 앞세울 것이었
다. 그러므로 밀려날 수밖에 없는 것이었다. 어떻게 할 것인가? 아
무도 대안이 없었다.

소비에트 연방이 무너지자 독일이나 이스라엘은 그 지역의 자기
민족을 조국의 품안으로 거두어들였다. 그런데 극동의 이상한 나라
'코레야'는 어떠한가? 일본이 물러간 지 이미 반세기가 지나고, 소
비에트 연방이 무너진 지도 몇 년이 지났건만, 남쪽과 북쪽으로 찢
겨 터무니없는 소모전을 계속하고 있지 않은가. 자기 민족을 거두
기는커녕 자기 민족이 조국 땅에 가보겠다는데도 초청장이자, 비자
다, 이모저모 까다롭기 짝이 없는 것이다.

"이식쿨을 가자고 말이지요?"

우리는 마지막으로 차를 마시고 비탈리에 이끌려 '동화' 카페를
나왔다. 모든 것이 잘 풀리고 있었다. 그러나 언제부터인가 류다를
못 보고 갈 거야 없지 않은가 하고 불만이 머리를 쳐들고 있음을 숨
기기 힘들었다. 호수를 본 다음에 우리가 할 일은 아무것도 없었다.
자칫 류다를 못 보고 갈 우려가 많았다. 애당초 먼 길을 온 목적은
내가 호수를 보고, 미하일이 그 친구를 보는 것이었다. 류다는 부수
적인 것이었다. 그러나 그렇다고 해서 여기까지 와서 횡하니 그냥
돌아간다는 것은 아무래도 불만이 아닐 수 없었다. 나는 그러면 그
럴수록 그녀를 꼭 만났으면 싶었다.

차가 움직이기 시작했을 때, 나는 앞자리에 앉은 비탈리가 듣지
못하게 작은 목소리로 미하일에게 류다는 어디 멀리 있느냐는 식으
로 넌지시 내 뜻을 건넸다. 그 뜻을 미하일이 비탈리에게 무엇이라
고 전달했는지는 모른다. 그 말을 듣고 나를 돌아보는 비탈리를 향

해 나는 그렇다고 고개를 끄덕였다. 내 고갯짓에 그가 다시 알았다는 듯 고개를 마주 끄덕였다. 나는 우리가 똑같이 고개를 끄덕거렸지만 과연 똑같은 내용을 두고 그런 것인지 아리송했다.

호수에 이르는 길은 어느 한군데로 정해져 있는 모양이었다. 가로수가 늘어선 한산한 거리를 얼마쯤 달리다가 왼쪽으로 굽혀 들어가니 앞으로 난데없이 여러 가지 놀이 기구가 들어선 유원지가 나타났다. 회전목마, 회전의자, 꼬마 열차 등 노랑, 빨강, 파랑 색색으로 칠해진 그것들은, 떨어진 거리에서 보아도 꽤 오랫동안 사용하지 않았던 듯 군데군데 녹이 슬어 방치되어 있는 모습이 역력했다. 규도로 보아 그 마을 사람만을 대상으로 한 유원지는 아니었다. 확실히 이름난 휴양지는 이름난 휴양지였다.

유원지의 입구에는 기둥머리가 모스크를 닮은 양쪽 기둥에 철제 대문이 달려 쇠 자물통으로 굳게 잠겨 있었다. 호수의 물가에 이르는 길은 달리 가까이 없다는 것이었다. 한참을 우왕좌왕하고 있자 관리인의 집인 듯한 저쪽 집에서 여인이 머리에 스카프를 중앙아시아식으로 두건처럼 쓰고 걸어 나왔다. 여인이 용건을 묻고, 아무나 문을 열어주지 못하게 되어 있다는 것을, 우리는 애걸복걸하다시피 하여 간신히 그 안으로 들어갈 수 있었다.

우리는 텅 빈 유원지를 가로질러 갔다. 불과 오래지 않은 옛 시절에 사람들이 몰려와 즐겁게 놀던 소리가 어디선가 들려와야 한다고 나는 어림없는 상념에 젖었다. 하지만 회전목마를 돌리는 톱니바퀴에서 버그러진 사슬은 끊어진 채 회전반 위에 나뒹굴고 있었다. 과도기의 소용돌이 속에서 생존에 급급한 오늘, 유원지는 사치에 불과하다는 것을 나는 알고 있었다. 먹을 것을 얻기 위해 공원의 장미꽃을 잘라다 파는 사람들이 있었다. 아니, 공원의 장미꽃 정도가 아니었다. 전직 경찰 간부가 남의 집 감자 몇 알을 훔치다가 들켜서 자살하고 말았다는 것이었다.

"호수가 다 왔어요."

미하일의 말에 내가 호수를 보았는지, 내가 보는 순간 그가 그렇게 말했는지 분명치 않았다. 나는 드넓은 호수의 푸른 물을 바라보았다. 멀리, 산봉우리가 푸른 물에 비치고 있었다. 산봉우리의 흰 눈도 푸른 물에 비치고 있었다. 실제의 산봉우리와 그 그림자가 모두 하나로 어우러져 이 세상을 이루고 있었다. 호수에 마을이 잠겨 있다는 말이 맞는 것 같았다. 어디든 물 건너편의 풍경이 물에 비쳐 보이는 것은 간단한 이치인데도 내게는 사뭇 다른 눈으로 보였다. 그렇게 넓은 호수에 비친 그렇게 높은, 눈 인 산이 비치는 것을 처음 보아서였을 것이다. 그러나 유감스럽게도 하얀 새와 하얀 배는 아무 데도 보이지 않았다. 여기서 백과사전에 나와 있는 그 호수의 개요를 뒤늦게나마 살피고 넘어가기로 한다.

중국에서는 열해(熱海)라고 부르는 이 호수는 면적 6,200평방킬로미터, 평균 깊이 279미터, 최고 깊이 702미터, 수면 표고 1,609미터로서, 유입되는 하천은 많아도 유출되는 하천은 없다. 한겨울에도 가장자리의 작은 부분을 제외하고는 얼지 않으며, 염분 농도 약 5.8퍼센트, 황어와 잉어 종류의 물고기가 다소 잡힌다. 남쪽을 제외하고는 평야가 발달해 있고 오아시스가 펼쳐져 있을 뿐만 아니라 휴양지가 있다.

과연 넓고 깊은 호수인 것이다. 건너편까지 마치 가까운 듯 나는 묘사하고 있지만 그것은 가장자리에 속할 뿐이며, 거기서 왼쪽으로는 끝이 안 보이게 물이 펼쳐 나가고 있었다. 그 저쪽 시야 바깥에 하얀 배가 떠가고 있는지 몰랐다.

유원지가 끝나는 데서 호숫가는 그리 높지 않은 돌 축대로 구분되어 있었다. 우리는 돌 축대에서 뛰어내려 마른 풀숲 사이로 호수의 물까지 걸어갔다. 유원지에서와는 달리 청량한 기운이 온몸에 끼얹혔다. 황갈색의 풀숲이 끝나는 데서 시작되는 호수의 파란 물은 멀어질수록 점점 짙어져 건너편에서는 감청색으로 변해 있었다. 호수의 밑물이 몇천 리 떨어진 바이칼 호수의 물과 서로 연결되어 있다는 말은 믿기지 않는다 하더라도, 또 어디에도 하얀 새와 하얀 배는 보이지 않는다 하더라도 그 감청색은 심원한 비밀을 간직하고 있음에 틀림없어 보였다.

호숫가로 작은 너울이 밀려오고 있었다. 나는 그 물에 손을 담갔다. 말이 '뜨거운 호수' 지 물은 적당히 차가웠다. 호숫가의 좁은 모래톱에는 얇은 고둥 껍데기들이 밀려와 겹쳐 있었다.

"이런 돈을 하나 던지면 다시 여기에 오게 된다고 합니다."

미하일이 동전을 꺼내 하나를 내게 내밀었다. 나도 주머니를 뒤져보니 웬일로 백 원짜리 동전이 손에 잡혀 나왔다. 우리는 동전을 호수로 던졌다. 그것으로 목적은 이룩된 것이었다. 곧이어 사진을 번갈아 찍고 우리는 호수를 등졌다.

그것이 전부였다. 뭐 먹을 거라도 준비했었더라면 좋았으련만 아무것도 없었다. 그토록 열심히 달려와서 불과 몇 분 서 있지도 않고 돌아가는 것으로 목적을 달성했다고 하는 것을 아무래도 옆의 사람들은 납득하지 못하리라 생각되었다. 그렇다고 해서 변명이랍시고, 여기까지 오는 그것 자체가 목적이었소 어쨌소 하고 늘어놓는 것도 걸맞지 않은 일이었다. 내키는 대로라면 그곳에 몇 시간이고 혼자 머물며 여러 가지 상념에 잠겨야 할 것이었다. 내게 쌓여 있는 여러 문제들을 서울에 묻어둔 채 그곳으로 허위허위 달려온 까닭을 스스로에게 물어볼 시간을 가져야 할 것이었다. 그러나 나는 다른 사람들보다 먼저 마른 풀숲을 헤치며 걸었다.

그와 함께 나는 내가 기를 쓰고 거기까지 도달한 목적이 달성되지 않았다는 생각에 사로잡혔다. 분명히, 호수는 그렇게 보기만 하면 그만이었다. 오는 도중에 말들을 보았고, 호수에는 손까지 담그지 않았던가. 더 이상의 목적이 실상 없었다. 그럼에도 불구하고 나는 미진한 것이 사실이었다. 무엇인가 호수가 거기까지 부른 비밀을 캐지 못하고 물러서는 심정이었다.

무엇일까? 나는 몇 번 확인하듯 호수를 되돌아보았다. 해발 천육백 미터가 넘는 곳에 위치한 호수였다. 듣기로는 크기와 높이로 따져 남미의 티티카카 호수 다음가는 호수라고 했다. 그 호수를 보겠다고 해서, 카라가지나무와 주다나무와 미루나무와 버드나무를 이정표로 달려왔고, 드디어 보았다. 그러나…….

나는 머리에 '그러나'가 꼬리표처럼 따라붙는 것을 어쩌지 못했다. 서울에서의 문제들은 서울에 가서의 일이다. 나는 그 꼬리표를 떼어 내려고 머리를 흔들었다. 그러나…….

그때였다. 유원지의 돌 축대를 바라보던 나는 거기 웬 나무가 한 그루 우뚝 서 있는 것을 보았다. 들어올 때는 눈에 띄지 않은 까닭을 알 수 없었다. 아니다. 그 나무만 서 있었다면 그냥 스쳐 지나갔을지도 모른다. 그러니까 나는 그 나무만을 본 것이 아니라 그 옆에 서 있는 한 여자를 함께 본 것이었다. 젊고 환한 얼굴이 나무 그늘에 묻혀 있었다.

"류다!"

미하일이 소리쳤다. 우리는 돌 축대를 올라가 그 나무 아래로 걸음을 옮겼다. 서로 몇 마디의 러시아 말이 오가고 난 뒤 내가 소개되었다.

"안녕하십니까."

맑은 눈동자가 나를 바라보았다. 순간, 나는 너무나 또렷한 우리 말에 놀라지 않을 수 없었다. 중앙아시아에서 처음 들어보는 또렷한 우리말이었다. 그리고 그 말 뒤에 '이 말은 우리 민족 말입니다.' 하는 말이 소리 없이 뒤따르고 있음도 또렷이 느낄 수 있었다.

"아, 안녕하십니까."

나는 엉겁결에 똑같이 따라 하고 말았다. 그와 함께 나는 그 단순한 인사말이 왜 그렇게 깊은 울림으로 온몸을 떨리게 하는지 형언할 수 없는 감동에 휩싸였다. 개양귀비 꽃밭이 수런거리고, 숲 속의 들고양이들이 귀를 쫑긋거리고, 커다란 까마귀들이 전나무 가지를 치고 날았으며, 사막쥐들이 이리 뛰고 저리 뛰고, 돌소금이 하얗게 깔린 사막으로 큰바람이 이는 광경이 눈에 어른거렸다. 천산에서 빙하가 우르르르 무너지는 소리가 들린다고도 생각되었다.

나는 호수 건너 눈 덮인 천산을 바라보았다. '그러나'라고 미진했던 마음이 그녀의 "안녕하십니까."에 눈 녹듯 스러지는 듯싶었다. 건너편 천산이 내게 "안녕하십니까."의 새로운 의미를 배워주고 있다고 받아들여졌다. 멀리 동방의 조상 나라를 동경하며 하얀 배를 그리는 모습이 거기 있음을 알 수 있었다.

그녀가 그 그늘에 서 있던 나무가 바로 러시아 말로 '키파리스'인 사이프러스였다. 스타니슬라브는 그 나무가 본래 중앙아시아에는 없는 나무로서 그루지야에나 가야 많다고 설명해 주었다. 아마도 유원지가 북적거리던 시절, 무슨 기념으로 심은 나무일 것이라고도 했다.

그날 그녀를 만나서 이야기를 나눈 시간은 매우 짧을 수밖에 없었다. 우리는 곧 알마아타로 돌아가야 했고, 또 내가 그녀와 오랫동안 함께 있어야 할 이유도 특별히 없는 것이었다. 그러나 나는 그 어느 때보다도 많은 느낌을 받았다.

　키르기즈스탄의 사이프러스 나무 아래 우리 민족의 말인 "안녕
하십니까."의 의미를 전혀 새롭게 말하는 처녀가 있었다. 나는 돌
아오는 차 안에서도 내내 그 모습이 머리에서 떠나지를 않았다. 그
리고 그 나무 아래서 호수를 바라보았을 때 물에 비치던 하얀 만년
설의 산봉우리를 눈에 그렸다. 그리고 그것이 바로 하얀 배의 또 다
른 모습이라고 깨달은 나는 입속으로 가만히 "안녕하십니까."를 되
뇌었다.

원숭이는 없다

아파트에 정기적인 소독날이 되어 우리는 쫓겨나다시피 바깥으로 나왔다. 무슨 적당한 빌미가 없나 하여 이런 궁리 저런 궁리로 시간을 죽이던 차에 옳다꾸나 하고 옆의 작은 공원으로 모인 것이었다. 연출가 김형과 배우 김형, 그리고 나. 말이 연출가고 말이 배우지 솔직히 말해 그 방면으로는 별로 빛을 못 보고 그저 앙앙불락하고 있는 처지들이었다.

끼리끼리 모인다는 말대로 나 역시 이들과 한패를 이룰 수밖에 없었다. "나 같은 귀두(鬼頭)를 세상이 몰라주니, 민주화가 돼봤자 그게 뭐겠나 이런 생각이 듭니다. 안 그렇습니까. 캬를캬를캬를." 연출가 김형은 거의 언제나 이런 말을 농담으로 던지고 있었다. 귀재라는 낱말 대신에 우스개처럼 귀두라는 낱말을 만들어 사용하고, 또 여러 사람들로부터 '칠면조 소리'라고 놀림을 받는 독특한 웃음소리로 얼버무리고는 있었으나, 자기 능력에 대한 자부심과 세상에 대한 불만을 곧이곧대로 드러내는 말이었다. '칠면조 소리'의 웃음이 아니라면 더욱 씁쓸하게 들릴 말이었다. 그러나 그 '칠면조 소리'에 기대는 바가 커서 그가 언제나 허물없이 던질 수 있는 말인 줄을 우리는 알고 있었다.

우리들은 이른바 수도권이라는 변두리 동네에 이사 와서 서로 끼리끼리임을 알아보고 곧 죽이 맞아 친한 사이이기는 했지만, 그리고 온갖 할 소리 안 할 소리 하며 어울리고 있었지만, 단 한 가지 가장 중요한 것만은 잘 모르고들 있었다. 이를테면 누구의 마누라가 생리통을 앓고 있다는 것까지 알고 있었지만, 도대체 어떻게 해서 생활을 꾸려가나 하는 의문만은 무슨 금기처럼 서로 건드리려고 하지 않았다. 보릿고개가 없어지고 절대빈곤이 없어진 지 오래인 사회라고는 떠들어대도 그것과 상관없이 먹고산다는 문제처럼 심각한 것이 어디 있단 말인가. 그런데 이 심각한 문제 앞에서 허울 좋은 우리는 말할 수 없이 허약한 존재에 지나지 않았다. 그래서 누군가가 "이 동네엔 등처가들이 많다면서요? 마누라 등쳐서 먹고사는 사람들. 껄껄껄." 하고 너털웃음을 웃었을 때 우리는 아무도 따라 웃지 않았었다.

소독약의 약내가 다 사라지자면 오후 한나절이 걸릴 것이었다. 그것은 그때까지 우리가 매우 자연스럽게 어울릴 수 있다는 것을 뜻했다. 남들은 한참 일터에 나가 일하면서 또 세상 보란 듯이 노동조합이니 뭐니 만들어 당당하게 뛰어다니는 한낮이었다. 작은 공원에는 한쪽 다리를 질질 끌거나 지팡이에 몸을 의지한 늙은이만 어쩌다가 한둘 유령처럼 모습을 나타낼 뿐이었다. 그러니 건장한 나이의 가장으로서 소독약을 핑계로 공원에 나와 앉아 있는 처지인 만큼 '귀두'가 어쩌고 변명을 하지 않을 수도 없는 노릇이었다.

"여기 이 벤치에들 단골로 와 앉으니 아예 명패까지 만들어다 놓읍시다. 국회의원이나 무슨 높은 사람들 책상 위에 있는 것처럼…… 캬를캬를캬를." 건축 공사장 현장 식당에서 기르고 있는 칠면조가 그런 소리를 낸다는 걸 처음 안 것도 셋이 함께 있을 때였다. 그것은 제 영역에 누군가 들어오면 지르는 위협과 경고의 소리라고 여겨졌다. "김형은 그 개들 흘레붙는 소리 같은 칠면조 소리만 안 내면 출세할 텐데." 하고 누가 지적할라치면 그는 되받아 말하곤 하였다. "글쎄 이게 내 등록상푠데 칠면조가 허가도 없이 써먹고 있으니 세상 칠면조들 죄 집합시켜놓고 따질 수도 없고…… 다음부턴 이런 행위를 않겠습니다. 사죄 광고를 내랄 수도 없고…… 캬를캬를캬를."

"칠면조 고기 거 별맛 없습디다. 퍼석퍼석해서 우린 별로…… 미국 놈들은 뭐 그런 걸 좋아하는지 몰라." 배우 김형이 거들었다. "월남에 갔을 때 나도 몇 번 맛봤었는데……." 그러자 갑자기 월남(越南) 이야기가 나왔다. 분명히 캐보면 월남 이야기가 아니라 먹는 이야기에 지나지 않았지만, 아마도 이렇게 된 것은 칠면조의 맛에서 비롯된 먹는 이야기 때문이었으리라. 어쨌든 월남전 참전용사인 배우 김형은 월남 이야기부터 시작하고 있었다. 그는 언제나 눈을 일부러 크게 껌벅여 보이려는 것 같은 버릇이 있었다. 그 모양을 보고 있으면 아마도 배우들은, 특히 출세하지 못한 배우들은 저런 식으로도 얼굴 표정을 만들고 있어야만 하는가 하는 생각이 들게끔 했다.

어쨌든 월남 이야기가 끼어드는가 했더니 이어서 원숭이 이야기가 끼어들었다. 월남에서 원숭이를 먹는다는데 우리가 개를 먹는 게 뭐 그리 야단스러우냐는 요지의 이야기였다.

"원숭이가 개보다 사람 쪽에 훨씬 가깝지 않은가 말야."

그와 함께, 원숭이 요리가 등장하면 늘 이야기되듯이, 산 원숭이의 두개골을 빠개 골을 빼먹는다는 방법이 입에 오르내렸다. 이 이

야기는 꽤 여러 번 들은 적이 있으나 직접 그렇게 먹었다는 사람을
한 번도 만나지 못한 것은 이상한 일이었다. 이야기인즉 산 원숭이
의 두개골만 도드라져 나오게끔 가운데 구멍이 뚫린 식탁이 우리나
라의 숯불구이 식탁처럼 놓여 있고 거기에 산 원숭이를 꼼짝 못하
게 조여놓고 두개골의 정수리를 두들겨 깬다는 것이었다. 산 원숭
이라지만 바둥거리지도 못한다. 아니, 아무리 밑에서 바둥거려봤자
두개골은 별수 없이 평온한 상태로 놓여 있다. 두개골은 무슨 과일
처럼 쪼개져서 뇌수를 드러내 놓는다. 이걸 먹는 겁니다. 하하하 하
듯이 누군가가 선뜻 숟가락을 가져간다. 그렇지. 열대에는 두리안
이라는 원숭이 머리통만 한 과일이 있다. 그걸 쪼개면 안에 하얀 크
림 같은 과육이 나온다. 바로 이걸 먹는 겁니다 하고 누군가가 말한
다. 모두들 미끈미끈한 것을 찍어든다. 단백질 썩는 냄새 같은 게
코를 찌른다. 이 과일 이름이 뭐라고 했죠? 두리안이라고요? 그거
사람 이름 같군요. 두리안, 두리안. 두리안. 이 과일나무는 종려나
무처럼 높게 자란다. 그래서 과일을 딸 때면 원숭이를 올려 보내 따
서 밑으로 던지게 한다고 한다.

　　"하기야 월남에서는 원숭이 값이 싸니까……."

　　배우 김형은 다리 어디에 수류탄 파편 자국을 가지고 있었다. 수
색중대의 무전병이었다고 그는 말했었다. 망중한의 이런 이야기 가
운데 나는 엉뚱하게도 그 며칠 전에 신문에 조그맣게 났던 한 기사
를 떠올리고 있었다. 그것은 과학자들이 저 화성에서 오십만 년 전
에 이룩된 것으로 보이는 어떤 문명의 흔적을 발견했는데, 그 흔적
이 홰를 타고 앉아 광활한 우주 공간을 응시하는 거대한 원숭이의
얼굴 모습이라는 것이었다. 그리고 아울러, 아직도 역사의 수수께
끼로 영국 어느 평원에 늘어서 있는 거대한 돌기둥들과 같은 것들
도 관측되었다고 곁들이고 있었다고 기억되었지만, 내게 갑자기 다

가온 것은 그 원숭이의 모습이었다. 홰를 타고 앉아 광활한 우주 공간을 응시하는 거대한 원숭이.

5월 들어 햇볕은 금방 본격적인 열기를 띠어가고 있었다. 금년은 몇십 년 만에 오는 짙은 황사 현상이라고 보도되었듯이 4월은 온통 바람과 뿌우연 모래 먼지로 가득 찼었다. 그리고 5월이 되고 황사가 걷히자마자 염천으로 돌입하고 있는 것이었다. 모두들 이제는 어찌 된 셈인지 봄이란 게 없어졌다고 말하고 있었다. 과연 그런 말을 들을 만도 했다. 봄이나 가을은 오는가 하자 어느 틈에 사라져버리는 것이었다. 교과서가 한반도의 겨울 날씨에 대해 삼한사온이라고 적어서는 안 되는 데서부터 기후는 사실상 달라진다고 보아야 했다. 일이십 년 사이에 모든 것에 걷잡을 수 없는 변혁이 오고 있었음을 기후가 단적으로 보여주고 있다고들 했다. 눈을 들면 공원 한구석의 운동장으로 햇빛이 자꾸만 눈동자 조리개를 좁히며 쏟아지고 있었다. 그 운동장 가장자리에 철봉에 스무 살 남짓한 나이의 청년이 사지를 쫙 벌리고 매달려 있었다. 그 모습은 말리기 위해 막대기를 버팅겨 매달아 놓은 무슨 짐승 껍질 같아 보였다.

그것과는 상관없이 나는 한 마리의 작은 원숭이를 눈앞에 그리고 있었다. 그 어느 해였던가. 국민학교 때, 의붓아버지를 따라 곡마단의 천막 앞에 서 있었던 기억이 그 한 마리의 작은 원숭이를 떠올리게끔 한 것이라고 생각되었다. 그 밖에는 원숭이와 내가 직접 맞닥뜨린 사건은 내 생애에 없었다. 이 경우에도 그 원숭이를 기억한다고 해서 그놈의 얼굴 생김새의 특징까지 요모조모로 뜯어서 말할 성질의 것은 아니다. 사람에 있어서도 인종이 달라지면 그게 그 사람 같아 보이는 판국에 원숭이의 얼굴까지 개별적으로 구별할 눈은 내게는 물론 웬만한 사람에게도 없을 것이리라. 곡마단의 출입구 위에서는 가로막대에 올라간 광대가 등에 멘 북을 발로 차서 치며 나팔을 불었다. 의붓아버지는 나와의 위화감을 줄이기 위한 의도로 그런 종류의 구경거리를 보는 방법을 택하리라고 작정한 모양이었다. 그래서 이미 나는 몇 번인가 곡마단 구경을 했었다. 높은 그네를 타거나 막대 위에 접시를 올려놓고 돌리거나 사람이 들어간 상자에 칼을 쑤셔 넣거나 하는 따위로 뻔한 구경이었다. 줄을 서서 기다리던 나는 목줄에 매인 작은 원숭이가 출입구 옆 가로막대를 홰로 하여 오도카니 쭈그리고 앉아 있는 것을 보았다. 나는 그 원숭이에게 마음이 끌렸나 보았다. 우리는 똑같이 어리다 하는 감정에서부터 알 수 없는 곳에 끌려와 있는 신세를 나와 견주어 어떤 동류의식을 느꼈었다고 여겨진다. 불쌍한 원숭아, 네 아빠 엄마는 어디 있니. 나는 원숭이에게 몇 발짝 다가갔다. 내가 한 행동은 그것뿐이었다. 그러나 원숭이는 얼굴을 반짝 들고 유리로 해 박은 것 같은 반들거리는 눈으로 나를 바라보았다. 나는 무슨 시늉인가를 하였다. 아마도 우호적임을 나타내는 시늉이었을 것이다. 그런데, 순간, 원숭이의 팔이 휘익 뻗쳐오더니 내 얼굴을 스칠락말락하여 스웨터를 옭아줘었다. "으악!" 나는 겁에 질려 소리 질렀다. 인간은 자신의 우호적인 태도가 상대방으로부터 배척당할 때 가장 절망하고 분노하는 것이라면, 그때의 내가 그랬다. 그러나 나는 그 어리고 작은 짐승에게 단지 스웨터 한 자락을 잡히고 있는 데 지나지 않음에도 불구하고 겁에 질린 채 어쩔 줄을 몰랐다. 원숭이가 유난히 팔이 길다는 것과 아울러 악력이 대단하다는 것을 나는 그때 확실히 경험했다. 누군가가 와서 원숭이를 때려 팔을 거두게 한 뒤에서야 나는 그 손아귀에서 가까스로 벗어났다. 나는 지나치게 새파랗게 질려 있었다. 그런 일을 겪어서인지 그날의 곡마단 구경에 대해서는 아무런 장면도 남아 있지 않다. 아마 혼쭐이 났다고 해도 과장이 아니리라.

　그 뒤 나는 원숭이 꿈을 여러 번 꾸었는데 나타난 것은 어김없이 그 원숭이였다. 그리고 꿈이 아닌 현실에서도 한 마리의 원숭이를 두고두고 머릿속에 간직하게 되었는데 그것은 자신이 아무리 외로운 상태에 빠져 있다 하더라도 함부로 다른 사람에게 나타내고 함께 나누기를 바라서는 안 된다는 교훈으로서의 원숭이의 얼굴이기도 했다.

　"그건 그렇고 오늘은 어디로 좀 움직여보는 게 어떨까들. 소독약 냄새가 여기까지 오는 거 같아서."

　나는 제안했다. 목이, 가슴이 무엇엔가 짓눌리듯 답답함을 느끼고 있었다.

　"어디, 뭐, 좋은 데라도 있나요?"

　배우 김형이 동조하는 눈치를 보였다.

　"좋은 데긴 뭐 원숭이 구경이나 할까 하는 거죠."

　나는 웃음을 띠고 우스개를 말하고 있었다. 그러나 내게서 그런 제안이 나온 것은 나로서도 뜻밖이었다. 그 바로 직전까지 나는 그 따위 계획은 꿈에도 생각지 않고 있었다. 아닌 게 아니라 연출가 김형이 캬를캬를 웃을 듯한 표정으로 "원숭이? 진짜 원숭이를?" 하고 묻는 것도 당연했다. 나는 장난처럼 나온 내 말에 왠지 강한 책임감을 느꼈다. 그것은, 이야기가 원숭이에 대한 것이었고, 실제로 소독약 냄새가 내 코끝에도 아른거리기 시작한 결과, 아무런 대안도 없이 해본 소리였다. 아니, 내가 '원숭이 구경이나 할까.' 하고, 입 밖에 냈을 때 내가 뜻한 것은 '진짜 원숭이' 구경이 아니라 그저 사람 구경이나 하자는 것이 아니었을까. 그랬음에 틀림없었다. 그렇다. 내가 무료에 못 이겨, 혹은 어떤 강압감에 못 이겨 '원숭이 구경이나 할까.' 라고 중얼거린 것은 어디 사람 구경이라도 하러 가자는 뜻에 다름 아니었다. 그런데 말을 마치자마자 나는 문득 책임감을 느꼈다. 늘 그렇듯이 아무 말이나 툭 던져놓고 상대방에서 자세한 걸 물어오면 '그저 그렇다는 얘기지, 뭐.' 하고 얼버무려도 그만이었다. 그러나 나는 알 수 없는 손아귀에 덜미를 잡힌 느낌이었다. 왜 그럴까. 사람을 원숭이에 비견한다는 것은 어떤 짐승의 경우와는 좀 다르기 때문이었을까.

"어찌 됐든 일어나 보자구요."

나는 손에 들고 있던 담배꽁초를 쓰레기통으로 던졌다. 원숭이와 사람은 너무 닮았다. 그래서 원숭이는 애초부터 재수 없다는 구설수를 뒤에 달고 다니는 게 아닐까. 자기와 닮은 사람을 만나면 당황하게 되듯이, 같은 옷을 입은 사람을 만나면 당황하고 불쾌하듯이, 누구 말대로 나는 '끄끕한' 마음이 되었다. 진짜 원숭이를 찾아야 한다. 어디선가 이런 목소리가 들려오는 것만 같았다. 숨이 막혔다. 나는 여전히 목덜미를 움켜잡힌 채였다. 웬 손아귀가 이리도 억센가 하고 실제로 현실의 일인 양 여겨 나는 흘낏 뒤를 돌아다보기까지 했다. 등나무 시렁 위로 성글게 뻗은 덩굴줄기 사이에서 햇무리가 뭉그러지듯 빛났다. 그리고 나는 한 마리의 원숭이를 보았다는 착각이 들었다. 그것은 어릴 적 곡마단 천막 앞에 오도카니 앉아 있던 그 작고 어린 원숭이로 보였다. 여간 기분이 언짢은 게 아니었다. '이놈이 아직도 날 놓지 않고 있어!' 나는 속으로 외쳤다. 그러나 속으로 외쳤다는 이 소리는 거의 바깥까지 들렸을 지경이라고 생각되었다. '지독한 놈!' 하고 나는 뒷말을 달았다.

"진짜 원숭이가 있는 데가 어디 있긴 있을 텐데…… 가령 저쪽 변두리 장 같은 곳엘 가면……."

나는 가벼운 현기증을 느끼며 쫓기듯 중얼거렸다. 나 자신 내가 몽유병자 비슷한 상태에 빠져 있다고 생각되었다.

"변두리 장이라뇨?"

배우 김형이 물었다. 그렇지 않아도 그는 매사에 핼끗핼끗 호기심이 많은 사람이었다.

"닷새마다 서는 5일장 같은 게 아직도 섭다. 그리 볼 건 없지만 약장수가 들어와 한바탕 북새통을 떠니까…… 맞아, 원숭이도 있었던 것 같은데."

지난가을에 우연히 그곳에 가서 장터 구경을 한 적이 있었다. 검정 고무신이 쌓여 있는 난전 옆으로 대장장이가 벌겋게 속까지 단 시우쇠를 모루 위에 놓고 치고 있는 광경만이 예전 장터 풍경으로 남아 있었다. 그 밖에는 5일장이고 뭐고 조금 과장해서 표현하면 슈퍼마켓을 산만하게 흩어놓은 꼴이었다. 그때 거기를 뭐 하러 지나치게 되었는지에 대해서는 어슴푸레하게 잊어먹은 상태였다. 분명히 무엇 때문에 갔을 터인데 그 무엇은 잊어먹고 그 언저리 풍경만이 남아 있었다. 좀 비약이지만 삶도 결국은 그러리라는 데 생각이 미치면 여간 어정쩡해지는 게 아니다. 그러니까 무엇 때문에 사느냐고 물으며 어설프게 괴로워할 일은 아닌지도 모른다. 그러다가 장터 한구석에 닭이나 오리를 비롯해서 개, 고양이, 염소, 비둘기에 꿩이며 거위까지 파는 장사치 앞에 이르렀고 마침내 또 한 번 새로 공연을 벌이는 약장수 패거리들을 볼 수 있었던 것이다.

"확실히…… 원숭이도 있었어……."

나는 스스로에게 확신을 불어넣기 위해 단정적으로 말하려고 애썼으나, 원숭이를 보았다는 기억은 아리송하기만 했다. 그 바로 옆에 여러 가지 동물들을 파는 장사치가 있어서, 거기서 끌어낸 연상일까. 아니면 그런 약장수들은 흔히 원숭이를 끌고 다닌다는 고정관념을 앞세워 자신에게 유리하게 끌어낸 상념일까. 원숭이는 거기 어디에 오도카니 앉아서 과일이나 과자를 야금야금 먹고 있다가 느닷없이 끌려나와 억지스러운 재롱을 떨며 사람들 앞을 한 바퀴씩

돌곤 했다는 기억이 떠올랐다. 틀림없는 듯했다. 약장수에 원숭이가 없다니 말도 안 되는 소리였다. 틀림없었다. 그 약장수들이 보여주는 쇼도 결국 천편일률적이긴 했으나 오래간만에 보는 터라 그러려니 하면서 나는 그 옆에 꽤 오래 맴돌았다. 땟국에 전 '쭈쭈복'을 입고 작은 소녀가 텀블링을 하고, 난쟁이 부부가 나와 서로 마주보며 고고인지 디스코인지 엉덩이춤을 추었다. 제법 우산 위에 불덩이도 돌리는가 하더니, 재담에 격파무술 시범으로 이어져갔다.

"지금 나오실 분은 오랫동안 지리산에서 도를 닦으며 무술을 연마하신 높으신 도사이십니다. 요전에 서울운동장에서 열렸던 전국무술대회에서 영예의 일등을 차지하시고 여러분도 보셨으리라 믿습니다만 얼마 전 엠비시 텔레비전에도 출연하셨던 분입니다. 워낙 높으신 분이라 웬만해서는 모습을 나타내시기조차 꺼려하시는데 금번, 금번만 특별히 여러분들께 그 높으신 무술을 보여드리기로 했습니다. 어느 누구도 선생님의 무술을 이제 다시는 볼 수 없습니다. 왜냐하면 선생님은 오늘 이곳에서 시범을 보이시고 곧장 다시 도를 닦으러 지리산으로 들어가시기 때문입니다. 여러분은 일생에 큰 행운을 잡으신 겁니다. 다른 곳에서 한 번만 더 보여주십사고 애걸복걸해도 결단코 이번이 마지막이라는 겁니다. 그러므로 여러분들께서는 이후로 다른 어디에 가서도 선생님의 신기에 가까운 무술을 볼 수 없으실 뿐만 아니라, 아울러 부탁드릴 것은 또한 오늘 이 자리를 일어나시자마자부터는 선생님의 무술에 대해 입을 꼭 다물어주십사 하는 것입니다. 다른 마을 사람들이 우리 마을에는 왜 안 데려오시느냐고 항의를 하는 날에는 저희들은 그날로 굶어죽는 수밖에 없습니다. 선생님은 결코 약장수가 아니십니다. 엠비시뿐인 줄 아십니까. 케이비에스 「만나보고 싶었습니다」 시간에도 직접 나오신 걸 여러분들 잘 아실 겁니다. 지금도 여기 와 계신 걸 알면 금방이라도 신문사에서 달려올 것입니다. 그런 선생님을 특별히 모실 수 있었던 것은 선생님께서 여러 어르신네들 앞에서만 꼭 한 번 하늘에서 받은 신기의 무술을 보여주시겠다고 어렵게 허락하셨기 때문입니다. 영광스러운 일입니다. 자, 그럼 선생님을 모시겠습니다. 마지막으로 다시 한번 꼭 부탁의 말씀 드릴 것은 다른 데 가서는 이런 걸 보았다고 말하면 안 된다는 것입니다. 자, 선생님께서 나오실 때 박수로 맞아주십시오.”

그럴듯하게 꾸며대는 소개말과 함께 휘장이 쳐진 미니버스 속에서 건장한 중년 사내가 큰스님이나 걸쳐야 할 십조가사를 거창하게 늘어뜨리고 잔뜩 위엄을 떨치며 뚜벅뚜벅 걸어 나왔다. 앞서 등장해서 여러 가지 잡스러운 쇼를 보여주던 역할들은 바람잡이들에 지나지 않았다. 그는 합장을 한 뒤에 가사를 고이 벗어 개어놓고 가운데 떡 버티고 서서 우선 머리로 각목 몇 개를 쉽사리 부서뜨려 보였다. 각목을 어떻게 처리해 놓았든 아니든 나 같은 약골에게는 그것만도 아닌 게 아니라 신기에 가까웠다. 구경꾼들도 오금을 사려쥐었다. 이어서 붉은 벽돌을 쉽사리 깨고 나서 또 이어서 차돌은 어느 정도 힘을 들여 어렵사리 깼다. 그의 몸놀림에는 무술인다운 절도가 유난히 강조되어 드러나 보였다. 그리고 마지막으로 도저히 깰 수 없는 듯한, 주춧돌로나 쓰면 알맞은 크기의 우악스런 돌이 받침대 위에 올려졌다. 돌이 아니라 차라리 바위였다. 옆에서 거드는 행자 차림의 젊은이가 그 위에 수건을 접어 올려놓고 숨마저 죽인 채 뒤로 물러났다. 그는 심호흡을 하고 나서 돌 위에 손을 얹었다.

“소생이 이번에는 이걸 한번 깨 보이겠습니다. 달리 깨는 것이 아니라 공중에 뛰어올라 몸을 한 바퀴 돈 뒤에 내려오면서 이마로 이걸 받아서 깨 보이겠습니다.”

엄청난 일이 벌어지려는 찰나였다. 구경꾼들은 흥미로운 눈빛에 긴장하는 기색이 역력했다. 그때 나는 바로 옆의 포장집에서 국수를 시켜 먹고 있었다.

"뻔질나게 오믄서 지까짓 게 도사는 무신 늠의 도사. 돌은 깨지도 않는 걸 가지고!"

아까부터 술에 잔뜩 취해 실성한 듯 히죽히죽 웃기까지 하며 포장집 아주머니를 추근거리고 있던 사내가 침을 탁 내뱉었다. 나도 이미 그것을 눈치 채고 국수라도 한 그릇 시켜 먹을까 하여 구경꾼들 틈을 빠져나온 참이었다. 이제는 구경거리란 없고 약을 파는 순서만 남아 있게 마련이었다. 그렇지만 그 과정을 빤히 아는 사람에게도 약장수가 구경꾼들을 꼼짝 못하게 얽어매 기어코 약을 사게끔 하는 솜씨야말로 '신기'가 아닐 수 없을 것이다. 그는 정말 '도사'로 불려 마땅했다. 그러는 사이에 어느덧 해가 설핏해지고 있었다.

거기에 원숭이는 과연 있었던가. 나는 여전히 아슴푸레했지만, 있었다고 믿어보고 싶었다.

"자, 어서 가자구요. 장에 가면 원숭이가 있다구. 틀림없이, 여기서 소독약 냄샐 맡고 있느니 바람 쐬러라도 가자구요. 택시 타믄 얼마 안 걸려요."

헤어날 활로를 찾은 사람처럼 나는 말했다. 어차피 얼마 동안 집 구석에 들어가지 못할 바에야 어디론가 갈 곳을 찾기는 찾아야 하기도 했다.

"원숭인 뭘…… 골이라두 깨먹을 거라믄 몰라두. 캬를캬를캬를."

연출가 김형은 망설이는 눈치였다.

"아니 원숭일 꼭 보자는 건 아니지. 그건 이를테면 건달 세계의 명분이랄까."

나도 따라 빙긋이 웃어 보였다. 그러나 곧 나는 그가 왜 망설이는지 까닭을 어렴풋이 짐작할 수 있었다.

"별 볼일 없는 사나이들일수록 명분 하나만은 그럴듯해야지. 그렇지 않습니까? 그러니까…… 거, 왜, 원숭인 우리나라엔 없는 동물 아뇨. 그걸 보러 간다는 건 굉장한 명분이지. 김형, 그렇지요?"

나는 농담 섞인 투로 배우 김형 쪽을 향해 동조를 구했다.

"원숭이를 보러 간다…… 하, 그거 명분 하나 기막힙니다. 이 숨 막히는 시대에 말입니다. 뭔가 오는 게 있군요. 이놈의 일상을 한번 벗어나 봅시다. 마누라 등쌀에다 3김씬지 뭔지 도통 답답한 시대에 말입니다. 원숭이……."

그는 웃지도 않고 눈을 껌벅이며 대답했다. 그가 무슨 생각을 하고 있는지는 몰라도 어딘가 진지한 면모가 없지 않았다. 숨 막히는 시대라는 말은 마침 민주화를 외치며 최고조에 달한 데모의 열기와 그에 맞서 엄청나게 터뜨리고 있는 최루탄의 독한 가스에 휩싸인 저 거리들을 연상시켰다. 그의 진지성에 건성으로 그런 제안을 했던 나는 얼마쯤 주춤했다. 그는 나 같은 어중된 부류와는 달리 암울한 정치와 시대를 걱정하고 있었다. 어느 때나 어중된 인간은 그와 같이 시대고를 짊어진 사람들에 의해서 삶의 중추를 가누고 있다는, 큰 빚을 지고 살아가는 것이다.

"솔직히 말해 난 못 가요. 마누라가 직장에서 곧 돌아오거들랑요. 씨바."

연출가 김형은 이번에는 '칠면조 소리'를 내지 않았다. 나는 알고 있었다. 그의 아내는 이웃 공단에 직장을 가지고 있다고 했는데 네 시면 퇴근해서 집으로 돌아왔다. 빨라서 좋은 게 아니라 이상했다. 솔직한 편인 그가 아내의 직장에 대해서만은 어물거리는 것은 아마도 정상적인 취업 상태가 아니기 때문일 터였다.

"우리 마누란 새벽에 일을 끝냈으니깐 그런 걱정은 없네요. 허허허."

배우 김형의 아내가 새벽마다 우유를 배달하고 있는 것을 우리는 알고 있었다. 얼핏 들은 바에 따르면 그는 경기도 어디의 면사무소 직원, 즉 '당당한 공무원'이었다는 것이다. 그런데 어릴 적에 단한 번 무대에 섰던 경험이 나이가 들수록 그를 아프게 쑤셔대서그만 때려치웠다는 것이었다. 연극을 해야만 살 것 같았다는 것이었다.

"우리 마누란 우유 배달도 못 하고 밥만 축내니……."

나는 그가 들으라고 하는 말은 꼭 아니었지만 혼잣말처럼 우물거렸다.

"형이야 유산이 워낙 많잖수. 허허허."

배우 김형이 이죽거렸다. 그가 유산이라고 하는 것은 이사 올 때받아가지고 온 쥐꼬리만 한 퇴직금을 일컫는 것이었다. 그것도 다떨어져 간당간당하다고 아내는 조바심을 치고 있었다. "나래두 뭘해야 할까 봐요……." 하고 아내는 흐린 얼굴을 들고 바깥을 응시하곤 하는 것이었다. 이 동네엔 등처가들이 많다면서요…….

"거기 김형은 마누라한테 봉사하시고 우린 떠납시다. 원숭일 보구 옵시다."

나는 배우 김형을 잡아끌었다.

"맞아요. 원숭일 보구 우리가 진화해 온 역사에 대해 곰곰이 따져봐야지요. 사실 우리네 살아가는 꼴은 조삼모상서의 원숭이 꼴인지도 모르니까요. 아침에 세 개 주고 저녁에 네 개 준다면 길길이뛰며 화를 내다가도 반대로 아침에 네 개 주고 저녁에 세 개 준다면좋아라 하는 원숭이 꼴……."

내게 있어서 원숭이란 단순한 하나의 상징에 지나지 않았다. 그것은 조금만 유별난 동물, 이를테면 곰이라든가 늑대라든가 오소리라든가 하물며 족제비라도 상관없었다. 그런데 그에게는 이제 원숭이는 다른 동물로 대체될 성질의 것이 아닌 듯싶었다.

"어서 가요, 가. 가서 원숭이 똥구멍이 빨간지 어떤지 확인하고 오쇼. 캬를캬를."

손짓하는 연출가 김형을 뒤에 남겨놓고 우리는 무슨 굉장한 일이라도 있는 사람들처럼 공원을 빠져나갔다. 부랴부랴 택시를 잡아타고 나자 원숭이는 훨씬 구체적인 과제로 내게 다가왔다. 그렇다. 지금 우리는 원숭이를 찾아서 가는 것이다. 해를 타고 앉아 우주 공간을 응시하는 거대한 원숭이가 아니라 구체적인 한 마리의 원숭이. 작지만 결코 가까이 가서는 안 될 원숭이.

언뜻 길가에 내걸린 '부처님 오신 날'의 플래카드와 원숭이의 모습이 겹쳐서였을 것이다. 언젠가 화보에 실렸던 저 인도지나 반도 크메르 왕조 때의 유적이 눈앞을 스치고 지나갔다. 그 유적은 오랫동안 버려진 채 밀림 속에 숨어 있었다고 했다. 이리저리 얽혀 완전히 휘감긴 덩굴줄기 속에서 마침내 장엄한 불두(佛頭)가 나타나고 있었던 것이다. 그것은 밀림 속에 아무렇게 버려져 있었으나 언젠가 나타나줄 사람을 기다려 외로움을 견디는 지극한 지혜를 전하려는 의지의 모습처럼 보였다. 힘주어 굳게 다문 입이 그랬고 덩굴줄기에 갇힌 채 아직도 형형하게 빛나는 듯한 눈이 그랬다. 그것은 살아 있는 거인의 머리였다. 그런데 그 모습이 왜 살아 있다고 느꼈을까. 그 옛날 돌을 다룬 솜씨의 빼어남 때문이었을까. 물론 그렇기도 했을 것이다. 하지만 거기 덩굴줄기를 타고 얼굴을 오르내리고 있던 원숭이들이 없었더라면 어땠을까 하는 생각이 새삼스럽게 들었다. 수많은 원숭이들이 있었다. 그리고 그 수많은 원숭이들이 분명히 성스러운 얼굴을 짓밟고 있음에도 불구하고 오히려 수호하고 있다는 느낌이 든 것도 이상한 일이었다. 수많은 원숭이들은 성상(聖像)을 지키기 위해 끽끽거리며 모여든 원시 부족처럼 보였다. 그러자 부처의 얼굴이 따뜻한 피가 도는 얼굴로 살아나고 있었던 것이다. 이것은 오래전에 본 화보를 다시금 해석해서 얻은 결과이다. 그러나 이런 결과에 이르기 전에도 오랫동안 밀림이라는 말과 부딪칠 때마다 나는 그 부처의 얼굴을 떠올렸으나, 그것은 덩굴줄기에 의해 이리저리 얽힌, 잔뜩 비끄러 매여 구속된 얼굴일 뿐이었다. 그 구속된 부처의 모습이 내 마음을 찌르고 있었다고 나는 고백해야 한다.

그런데 거기에 원숭이가 있었다. 예전 보았을 때도 원숭이는 있었다. 그러나 그것은 부처의 얼굴을 짓밟아, 안 그래도 황폐한 모습에 처량함마저 더해 주던 경망스러운 짐승들이었다. 하지만 우연찮게 원숭이를 찾아 택시를 타고 가는 도중에 그 원숭이들은 다른 모습으로 내 뇌리에 되살아났던 것이다. 알 수 없는 노릇이었다. 이렇게 원숭이들이 역할을 바꿈과 함께, 나는 처음 그 화보를 보았을 때 내가 나도 모르게 숙제를 가진 채 살아왔다는 사실을 깨달았고 또한 그 숙제가 모습을 드러내는 순간 풀리고 있다는 사실을 깨달았던 것이다. 밀림 속에서 부처의 얼굴은 원숭이들에 의해 신비하고도 생생한 삶을 영위하고 있었다. 부처의 얼굴은 덩굴줄기에 비끄러 매여 있는 처참하고 무력한 모습이 아니었다. 덩굴줄기라는 세속의 결박과 고난 속에서도 의연히 희망의 빛을 내뿜는 얼굴, 결연히 달마(達磨)를 외치는 진중하고 환한 얼굴, 그것이었다.

"원숭이가 정말 있을까요?"

배우 김형이 중요한 질문이라는 듯 물었다. 왜 그렇게 집착하는지 모르겠어도 그는 그 나름의 어떤 궁리를 하고 있는 모양이었다. 또 그 시대고인가 하는 생각이 들자 공연히 역겨움마저 느껴졌다. 나는 그의 진지함이 여러 가지 공부나 경험이 모자란 데서 오는 열등의식의 결과라고 여겨졌던 때가 종종 있었다. 그렇게 여겨질 때는 그를 만나고 있는 것이 고역으로 변했다.

"글쎄, 운이 좋으면 있겠고…… 없어도 그만 아니오?"

나는 다소 퉁명스러운 말투로 받았다. 내가 원숭이에 대해서 여러 상념을 굴리고 있는 만큼 그도 그렇단 말인가. 우스꽝스러운 일이라고나 해야 했으나 불쾌한 기분이 앞섰다. 이 사람, 왜 자꾸 원숭이, 원숭이, 하는 거야. 남은 지금 크메르의 밀림 속에 가 있는데, 하는 심정도 곁들였다. 그러자 그가 입을 열었다.

"석가모니 부처님의 전생 설화에 보면 말입니다. 부처님이 많은 전생을 거쳐서 가비라 국의 왕자로 태어나는데 그 전생 중에, 물론 다른 많은 동물들도 있습니다만. 원숭이도 나옵니다. 오래돼서 기억은 흐릿하지만……."

그 말에 나는 흠칫 놀랐다. 마치 그가 내 뾰족한 마음의 일단을 엿보고 있는지도 모른다는 생각이 든 때문이었다. 그렇지 않고서야 난데없이 그의 입에서 '석가모니 부처님'은 웬 것이란 말인가. 그도 '부처님 오신 날'의 플래카드로부터 생각을 연기(緣起)하고 있었음에 틀림없었다. 그렇다면 내가 밀림 속의 부처의 얼굴을 더듬고 있을 때, 그는 한술 더 떠서 그 부처의 전생 설화를 더듬고 있지 않았는가!

"김형은 불교 신잔가 보군요."

나는 흐트러진 감정을 재빨리 수습하려고 애썼다.

"신잔 무슨 신자겠습니까. 해마다 이맘때쯤 꽃피는 봄은 석가모니의 계절이요, 또 눈 내리는 겨울은 그리스도의 계절이요 하고 있는 거지요."

다분히 연극 대사투의 말임에도 불구하고 반감만을 앞세울 계제가 아니었다. 나는 눌리는 느낌이었다. 한두 마디 말로 갑자기 그가 나보다 한 수 위에 있게 되었다고 생각하니 불뚝 부아마저 끓었다.

그는 어떤 경우에도 나보다 밑에 있어야 마땅하다는 게 내 평소의 자리매김이었던 것이다.

"하, 거 참 좋은 신앙입니다."

나는 짐짓 차창 밖으로 눈을 돌리고 감탄도 아니고 비아냥도 아닌 어정쩡한 투로 말했다. 어서 빨리 벗어나서 몇 마디 말 때문에 생긴, 잘못된 질서를 바로잡아야 한다.

"꽃피고 눈 내리고…… 생각해 보면 얼마나 기막힙니까. 눈물 나지요. 다 와가는가 보죠?"

그가 배우로서의 능력을 은연중에 발휘하고 있다고 믿고 싶었다. 그는 이제까지의 그와는 달리 보였다. 더 이상 말을 붙였다가는 그야말로 무슨 선지식(善知識)이 또 나를 압도할지 모를 일이었다. 나는 입을 꾹 다물고 크메르의 밀림 속에 있는 부처의 얼굴을 떠올려보려고 했다. 그러나 목적지가 가까워서 들쑥날쑥 건물들이 붙어선 비좁은 길에 들어서서인지 그 얼굴은 잘 떠오르지 않았다. 할 수 없었다.

"마침 오는 날이 장날인 모양입니다. 잘됐군요. 원숭이가 있겠어!"

나는 기대감에 넘쳐서 말이 크게 나왔다. 말이 장날이지 이미 옛 풍습이 사라진, 도시 가까운 시골장은 활기를 잃고 있었다. 우리들은 택시에서 내렸다. 그도 이리저리 휘둘러보기는 했지만 장날치곤 보잘것없다고 실망한 눈치였다. 하긴 과장이기도 했다. 너무 급격한 변화를 일으키며 어디론가 내닫고 있는 세상인지라 며칠 전이 옛날이 되고 마는 실정이었다. 불과 얼마 전까지도 있었던 풍물이 하루아침에 사라지는 판국이었다. 예전의 우리 삶이 향수를 머금고 찾아갈 만한 시골장은 이제 아무 데도 없는 것이었다. 그렇긴 해도 그날따라 장은 워낙 보잘 것이 없었다. 그런 정황이 원숭이가 있겠다는 기대감에서 급속히 바람을 빼고는 있었으나, 우리는 오토바이상점을 지나 약장수들의 터로 향했다.

"뭐 볼 게 없네. 장이라고……."

그가 뒤따라오면서 중얼거렸다. 원숭이를 못 보리라고, 그래도 괜찮다고 그쪽에서 미리 실망의 부담을 덜어주려는 배려 같았다. 나 역시 택시를 내릴 무렵과 내리고 나서의 상태가 완전히 반대로 바뀐 데 놀랐다. 원숭이가 있을 기미는 전혀 없었다. 나는 이상하게 벌써 단정을 내리고 있었다. 원숭이는 없다.

"없으면 또 어떻겠소. 어디 가서 막걸리나 한잔 하고 가믄 되는 거지. 원숭인 그저 있으나마나 재미로 내세운 거 아뇨."

나는 무뚝뚝하게 말했다. 야채장수의 마이크 소리가 우렁우렁 울리고 있었다.

"있으나마나는 아니지만…… 없는 데야 할 수 없겠죠."

그는 사실대로 말하고 있는 것이었다. 그러나 그 말도 왠지 내 비위를 거슬렀다. 언제까지고 삼류로 남아 있다가 죽을, 삼류 연극 쟁이 같으니라구. 나는 부글부글 끓어오르는 감정을 꾹 누르느라고 숨까지 식식 몰아쉬었다. 약장수 터가 보이기 시작했으므로 원숭이 가 없으리라는 건 기정사실이 되어 있었다. 왜냐하면 그 터에는 있 어야 할 약장수가 아예 보이지 않는 것이었다. 이번 장에는 오지도 않은 모양이었다. 왜 원숭이는 들먹거려가지고 이 꼴이 되었는지 알다가도 모를 일이었다.

"없군요. 아예 약을 팔지를 않으니. 전에는 도사가 나와서 이마 로 돌을 깨고…… 틀렸어요. 원숭일 보믄 재수가 없다더니…… 저 기 국숫집은 그대로 문을 연 모양이니 거기서 막걸리로 목이나 축 입시다. 원숭인 없어요."

나는 그의 의사도 묻지 않고 그리로 향했다. 나는 풀이 죽어 어 깨마저 내려앉았다. 원숭이 따위를 찾아서 무엇 때문에 여기까지 씨근벌떡 왔는지 도무지 알 길이 없었다. 원숭이는 없다. 따져보면 아무 일도 아닌 것이 확실한데, 무엇엔가로부터 된통 당한 느낌이 들었다. 그 약장수 패거리는 어디 다른 곳에 '도사' 를 모셔놓고 아무 효험도 없는 밀가루약을 신경통이나 온몸이 쑤시는 데 특효라고 한바탕 사기를 치고 있을 것이었다. 빌어먹을. 나는 얼굴까지 벌게졌다. 그러나 어떻게든 내 심리 상태를 감추지 않으면 안 되었다.

내가 향하는 대로 그도 휘적휘적 따라오고 있었다. 이제 원숭이야 있든 없든 그만이라고 덮어두려고 해도 자꾸만 마음이 걸렸다. 더군다나 그와 집에 갈 때까지 같이 있어야 한다는 생각이 들자 갑자기 죽은 원숭이의 시체라도 등에 걸머지고 있는 느낌이었다.

"아주머니, 나 아시겠어요? 저번에 여기 와서 국수 한 그릇 먹고 간…… 오늘은 막걸리나 한 통 줘요. 휴우, 벌써 날씨가 더워지네."

포장집 안은 후끈거리기조차 했다. 그와 나는 좁다란 판대기 의자에 나란히 앉았다. 그가 원숭이에 대해서 더 이상 이러쿵저러쿵 하지 않는 것만도 다행이었다. 아주머니가 막걸리통을 흔들어 내놓는 동안 다시 돌이켜 생각하니 약장수 패거리들이 없는 것이 잘된 일이라고도 여겨졌다. 만약 그들이 있는데도 원숭이가 없었더라면 더욱 낭패였을 것 같았다. 내 기억이 정확하지 않음에도 나는 그렇게 믿고자 하는 의지를 앞세워 없는 원숭이가 있다고 허상을 세워놓은 것은 아닐까. 그럴지도 모르는 일이었다. 아니, 그렇지는 않았다. 원숭이는 있기는 있었다. 그런데 지금 없는 것이었다.

"아주머니, 여기 혹시 약장수들, 원숭이 끌구 다니지 않았습니까? 원숭이 구경왔는데."

나는 용기를 내서 물었다. 어차피 원숭이 놀이는 끝난 것이었다. 이제 원숭이 이야기는 끝내도 무방할 것이었다. 언제부터인지 쓰잘데없이 원숭이, 원숭이 하고 다녀서 몸 어디엔가 원숭이 냄새가 잔뜩 배어 있는 듯했다.

"자, 원숭이를 위해서 한잔."

나는 맥빠졌다는 듯 목소리를 낮추고 컵을 쳐들었다. 그가 말없이 컵을 들어 부딪혔다.

"약장수 원숭이요? 원숭이는 많아요. 종종 뵈는 게 원숭인데요 뭘. 원숭이가 있음 구경꾼들은 한둘이라도 꾀게 마련이니까요."

아주머니는, 당신네들 처지두 알 만하우, 하듯이 비싯 웃음을 머금었다. 요즘 세상에 오죽 변변찮으면 원숭이나…… 그러자 그가 눈빛을 빛냈다.

"어디, 있습니까? 원숭이 보러 왔으면 골은 못 빠개 먹어도 낯짝은 봐야지."

그가 힘주어 말했다. 아주머니가 놀란 듯 뒤돌아보았다.

"오늘두 있었는데…… 파장이라…… 요전번 약장순 원숭이가 없지요. 난쟁이다 뭐다 잔뜩 있으니까. 대신 다른 사람이…… 마찬가지로 약장수지만요. 저쪽으로 갔어요. 요 언덕 너머 쪽으로요. 그 사람 집이 거긴가 그렇다나 봐요."

그곳에 원숭이가 있었다는 것은 사실이었다. 나는 멀거니 그를 쳐다보았다. 그러나 원숭이가 있었다고 하더라도 이제는 하등 흥미가 없었다. 그것은 애초에 막걸리 한 잔에 달랠 수 있는 갈증에 해당하는 흥미였는지도 몰랐다. 다만 원숭이가 있기는 있었다는 사실이 증명되어 위로는 되었다. 그러나 그의 태도가 어딘지 미심쩍었다.

"어때요? 이왕 여기까지 왔으니 산보 삼아 거길 가봅시다. 원숭이야 어디까지나 명분이지요. 오래간만에 시골길을 걷는다는 것도 괜찮겠는데. 난 사실 집에 가야 할 일도 없고요. 어떻습니까? 바쁩니까?"

그가 은근하고도 집요하게 달라붙었다. 죽었던 원숭이가 다시 살아나는가 싶었다. 나는 어떻게 대꾸해야 좋을지 몰라 잠시 망설였다. 원숭이에는 흥미가 사라졌다기보다 질렸다는 편이 옳을 것이다. 그러나 '집에 가야 할 일도 없고요.' 하는 그의 말만큼은 내가 할 말이었다. 아내는 아직 소독약 냄새가 채 가시지 않고, 바퀴벌레의 시체가 나뒹구는 집구석에 기어들어와 암담한 표정을 짓고 서성거리리라. 그렇지만 그의 뜻에 선뜻 따르기가 좀 뭣한 데가 있어서 나는 막걸리잔을 들며 일단 오늘은 좀 늦지 않았느냐고 미지근하게 대꾸할 수밖에 없었다.

"늦을 게 뭐 있습니까? 해 지기 전까지만 갔다가 돌아가믄 그만이지. 사실 원숭인 많다지 않습니까. 가는 데까지 가보자 이겁니다. 오늘은 나도 이상한 점이 있습니다만, 하여튼 갑시다. 원숭이를 찾아서 간다…… 이 시대에 우리가 할 일이 뭐 별로 없지요. 지랄 같은 세상 아닙니까?"

그가 막걸리 한 잔에 취했을 리는 없었다. 그가 구체적으로 어떤 현상을 가리켜 '지랄 같은 세상'이라고 하는지는 설명하지 않아도 알 수 있었다. 그러나 나는 울분을 토하는 데는 신물이 나서 그저 고개만 끄덕거렸다. 그러면서 눈길을 떨구고 있는 참에 "자, 일어나서 갑시다." 하는 소리가 들려왔다. 술을 잘 못하는 체질인 데다가 낮술이어서인지 개씨바리라도 앓는 듯 충혈되어 있는 그 눈이 유난히 번들거린다고 나는 느꼈다.

어느 정도 기운 해도 벌겋게 충혈된 빛이었다. 우리들은 원숭이라는 이상의, 정의의 기치를 높이 들고 바야흐로 언덕을 향해 나아가고 있었다. 어차피 그리 된 바에야 나는 원숭이에 대한 정열을 다시금 불러일으킬 필요가 있다고 생각되었다. 그래. 또 한 마리의 원숭이가 있기는 있었다. 붉은 얼굴 바탕에 흰 점이 뚝, 뚝, 뚝, 뚝, 찍히고 눈 둘레가 흰 동그라미로 강조된 탈의 원숭이였다. 옷차림도 아래위가 다 붉었다. 봉산탈춤이었지, 아마? 나는 기억을 더듬었다. 거기 등장한 원숭이는 소무(小巫)와 어울려 엉덩이를 흔들며 음란한 장면을 연상시키는 춤을 추었다는 기억이 되살아났다. 하지만 그뿐이었다. 그 원숭이는 내게 아무런 영감을 불어넣지 못했다. 영감은커녕 말마따나 재수 없는 원숭이에 불과했다. 나는 그 요망스러운 엉덩이짓을 빨리 머리에서 떨쳐버려야만 했다. 그렇다면 다른 원숭이는? 나는 머리를 쥐어짰다. 그러자 너무도 잘 알려진 원숭이가 비로소 나타났다. 원숭이 생각을 하면서 그 이름이 왜 그토록 늦게 나타났는지 의아스러울 지경이었다. 삼장(三藏)법사를 따르는 손오공이었다. 하지만 손오공도 내게는 별 힘이 되어주지 못했다. 그저 터벅터벅 걷고 있는 내게 손오공이 와서 빨리 좀 걸으라고 한들 그것이 무슨 의미가 있을 것인가. 나는 불법을 구하러 천축으로 가는 스님이 아니었다. 그런데 원숭이를 찾아서 가다니, 원숭이는 뭐 말라죽을 원숭이란 말인가.

언덕을 넘자 높다란 돌산이 나타났다. 언덕 밑에서부터 돌산 밑까지는 버려진 개펄이었다. 그리고 한쪽으로 물이 반듯반듯 네모지게 고인 곳은 염전이었다. 더욱 낮아진 해가 잿빛의 개펄 위 나지막한 하늘에 삶은 게의 등딱지처럼 빨갛게 붙어 있었다. 우리는 말없이 서서 담배를 한 대씩 피웠다. 아주 멀리, 영원히 아무도 모를 비의(秘意)의 땅으로 온 것 같기만 했다. 말을 맞추지 않아도 우리는 돌산까지 가보자는 데 합의하고 있었다. 돌산 밑으로 집 몇 채가 있는 작은 마을이 눈에 잡히는 듯했기 때문이었다. 누가 먼저라고 할 것도 없이 우리는 걸음을 옮겨놓았다.

군데군데 갈대와 나문재가 자랄 뿐 개펄은 죽은 땅이라는 말을 연상시켰다. 작은 농게 한 마리라도 눈에 띌 법하건만 전개되는 것은 잿빛의 젖은 땅뿐이었다. 그 땅의 단조로움은 모든 살아 있는 것들에게 오로지 침묵만을 강요하는 듯싶었다. 아메리카 사막의 혹심한 환경도 방울뱀을 기르고 있다는데, 어쩐지 섬뜩한 느낌도 들었다. 여기저기 좁다란 골을 이루어 물이 질척질척 흐르고 있을 뿐인 것이다. 그곳을 오직 돌산으로 가는 것만이 목적인 두 사내가 살아 움직이고 있었다. 돌산으로 간 다음에는 물론 돌아오는 것만이 일이었다. 내가 그렇게 알고 있듯이 그도 잘 알고 있을 것이었다. 사막 같군 하고 나는 말하려다가 그만두었다. 그곳은 틀림없이 바닷가 개펄이었다. 그러나 그런 사실 때문에 말을 못 꺼낸 것은 아니었다. 무슨 말을 하기에는 우리 두 사람은 서로가 너무 고립되어 있는 것이었다.

얼마나 걸었을까.

황량한 개펄을 지나 우리는 염전으로 들어섰다. 수차(水車)가 아무렇게나 뒹굴고 있는 것으로 보아 소금 굽는 일은 일찌감치 걷어치운 모양이었다. 우리는 염전 논두렁길을 밟고 돌산을 마주 안듯이 하고 걸었다. 돌산 언저리의 표고가 높아진 탓인지 해는 곧 넘어가려고 하는 참이었다. 빨갛고 반투명으로 사위어가는 해였다. 침묵으로 가득 찬 그 개펄 땅에서는 해마저 하나의 정물이었다. 돌산 밑에 분명히 몇 채의 집이 뚜렷한데도 얼씬거리는 그림자조차 보이지 않았다. 그곳은 오히려 괴괴한 정적마저도 감돌았다. 논두렁길이 끝나고 동네 어귀로 들어섰지만 사람 모습은 눈에 띄지 않았다. 사이사이에 적산 가옥들이 아직도 끼여 서 있는, 염부들의 동네 같았다. 염전이 폐쇄되자 모두들 어디론가 떠나간 것이 분명했다. 땅거미가 스며들어 집들은 더욱 우중충해 보였다. 으스스한 바람이 돌산을 감아 내려오고 있었다. 도대체 우리가 왜 이런 곳까지 왔는지 막막해졌다. 혹시 우리는 돌아가는 길을 잃어버린 것이 아닐까.

아니, 돌아가는 길 자체가 없는 것이 아닐까. 낡고 허물어진 빈집에서 평생을 유령으로서 살아야 하는 것은 아닐까.

그때였다.

"뭐 하는 사람들이오?"

바람결을 타고 분명히 사람의 목소리가 들려왔다. 소금기에 절었는지 잔뜩 가라앉은 목소리였다. 우리는 깜짝 놀라 그 자리에 멈추었다. 목소리의 주인공은 그나마 좀 성한 적산 가옥 앞에 서 있었다. 낡은 작업복을 걸친, 키가 작은 사내였다. 우리는 사내를 보고도 입이 잘 떨어지지 않았다.

"아, 예…… 여긴 빈 동네로군요."

배우 김형이 겨우 입을 열었다.

"이젠 빈 동네가 됐소. 모두들 떠나갔소만…… 여긴 어찌들?"

사내는 경계심을 늦추지 않았다. 우리가 무슨 일로 여기까지 온 것일까. 알 수 없었다. 그냥 오다 보니 왔다는 것도 틀린 대답이었다. 우리는 맹목적인 가운데 열심히, 서로의 고립감에 대적하며, 무슨 극기 훈련이라도 하는 듯 거기까지 이른 것이었다.

"이 동네에 약장수가…… 원숭이가……."

나는 무슨 말인가 해야겠다고 생각해서 입술을 달싹거렸지만 내가 생각해도 어처구니없는 말이었다.

"뭐요? 약장수? 원숭이?"

사내의 말은 어느덧 카랑카랑한 목소리로 변해 있었다.

"예…… 원숭이를 끌고 다니는 약장수를 찾아왔습니다."

배우 김형이 겨우 문장을 만들었으나 그것은 암호로밖에 들리지 않았다. 사내가 여전히 경계심을 늦추지 않은 채 우리들의 아래위를 훑어보았다. 우리들은 죄지은 사람처럼 몸을 움츠렸다.

"보아하니 멀쩡한 사람들 같은데 여긴 그런 사람이 없어요. 나하고 내 집사람밖에 안 남았단 말요. 원숭이라니? 원숭이 따윈 없단 말요.”

사내는 경계심 대신에 화를 내고 있었다.

“예…… 원숭이가 없구만요.”

배우 김형이 기어들어가는 목소리로 말했다. 그러고 보니 우리가 왜 그렇게 주눅이 들어 있는지도 알 수 없었다.

“이 사람들이 누굴 놀리나…… 원숭이 따윈 옛날부터 없었소. 그리구 어서들 돌아가쇼. 여긴 해가 진 후에는 출입이 금지돼 있는 곳이니까. 경고문을 못 읽었소? 일몰 후에 어정거리다간 꼼짝없이 간첩이 돼요. 총 맞아 죽어도 말 못 해요. 아닌 밤중에 원숭인 무슨 원숭이. 어서들 가쇼. 큰일 날 원숭이, 아니 사람들이군.”

“아니, 총을요? 총은 무작정 쏘나요?”

나는 머리를 조아리며 물었다.

“총이란 쏘라고 만들어놓았다는 말이 있지. 더군다나 아닌 밤중에 원숭이 암호를 대고 다니다간 총을 맞기 십상이지, 어서들 가요.”

사내의 말은 명령같이 들렸다. 우리는 대꾸할 말조차 잊어버렸다. 날은 이미 어두울 만큼 어두워 있었다. 우리는 뒤도 돌아보지 않고 그 사내 앞을 떠났다. 수차의 그림자가 어스름 속에 괴물처럼 보였다. 밤중에 개펄에 나가 뭔가를 잡던 사람이 군인의 수하를 받고 도망치다가 총에 맞아 죽은 데 대해 며칠 전에 공원에서 만나 이야기를 나눈 적이 있었다. 나처럼 그도 그 사실을 떠올리고 있을 것이었다. 그러고 보니 그 돌산으로 접어들 때부터 우리는 무엇인가 으스스한 기분에 젖어 있었다. 꼭 총알 하나가 그러게 만들었다고 할 수만은 없었다. 굳이 다지자면 이 강산에 서로 총부리를 겨눈 채 깊이 침투돼 있는 흉측한 불신의 괴저 탓이라고나 해야 할 것이었다. 그도 나처럼 다리가 제대로 움직이지 않는 것이 어스름 속에 더욱 과장되어 나타났다. 다리를 후들후들 떨고 있는 것이었다.

"우리가 왜 여기 왔는지 몰라."

나는 두려움을 이기기 위해 말을 건넸다. 그래도 그는 말없이 걷기만 하고 있었다. 몸을 거꾸러질 듯 앞으로 수그리고 걷고 있는 그 모습은 흡사 원숭이 같았다.

"우리가 왜 여기 왔는지 몰라."

나는 그가 못 들었는지 모른다는 생각이 들어서 그에게 얼굴을 가까이 가져다 대고 호소하듯 말했다. 그제서야 그가 겁먹어서 쪼그라든 얼굴을 내게로 돌렸다. 화가 난 듯도 했다.

"쉿, 나도 모르겠어요. 그리고 다신 원숭이 얘기를 하지 맙시다. 재수 없어요. 빨리 여길 빠져나가야겠어요."

그때 나는 내 눈을 의심하지 않을 수 없었다. 그의 얼굴은 단순히 겁먹거나 화난 얼굴이 아니었다.

"아니, 그 얼굴이……."

나는 분명히 '그 얼굴이 도대체 뭐요?' 하고 물으려고 했었다. 그러나 말이 이어지지를 않았다. 마악 밀려든 어둠 탓이려니 하려고 해도 헛일이었다. 나는 내가 잘못 보았나 해서 자세히, 그러나 그가 눈치 채지 않도록 살펴보았다. 틀림없었다. 옆에서 본 얼굴도 틀림없었다. 주둥이가 튀어나오고 가장자리가 털로 둘러져 있는 얼굴.

그랬다. 그것은 영락없는 원숭이의 얼굴이었다. 어찌 된 노릇이란 말인가. 나는 악 소리가 나오려는 것을 간신히 짓눌렀다. 무엇엔가 홀렸다는 생각이 들었다. 그렇지 않고서야 멀쩡한 사람 얼굴이 원숭이 얼굴로 보일 까닭이 없었다. 다리만 후들후들 떨리는 게 아니라 아래위 이빨이 서로 부딪치는 소리가 수차 소리처럼 들려왔다. 그는 자기가 원숭이로 변했다는 사실을 전혀 의식하고 있지 않은 듯 부지런히 걷고만 있었다. 나는 공포 때문에 온몸이 돌처럼 굳어버릴 지경이었다. 그러나 어쩔 도리가 없었다. 내게 이미 사람으로서의 자유는 사라져버렸다고 나는 느꼈다. 그러자 조금 앞서 가던 그가 내게로 얼굴을 돌린다고 생각되었다. 아마도 잘 걷고 있는지를 보려는 모양이었으나 나는 그 얼굴을 정면으로 쳐다볼 수가 없었다. 이런 일이 어떻게 일어났는지 끔찍한 노릇이 아닐 수 없었다. 그런데 난데없이 그의 비명에 가까운 목소리가 들려왔다.

"아니, 그 얼굴이 뭐야? 꼭 원숭이 아냐!"

나를 보고 하는 말이었다. 나는 소스라치게 놀랐다. 아니, 그렇다면 나도 어느새 원숭이로 변했단 말인가. 그가 그렇게 보았으니 어김없는 사실일 터였다. 어느 순간에 우리는 둘 다 원숭이로 변하고 만 것이었다. 왜, 무엇 때문에 그런 사태가 일어났는지 따진다는 것은 무의미한 일이었다.

"사실 아까부터 얘기하려고 했는데 우린 지금 무슨 마술에 걸렸나 봐요. 그래서 둘 다 원숭이가 됐나 봐요. 킬킬킬."

나는 그를 안심시켜야 한다고 생각해서 짐짓 웃음소리를 곁들였다. 아니, 그만을 안심시키는 게 아니라 나 자신도 안심시키지 않으면 안 되었다고 해야 할 것이다. 하지만 그 웃음소리도 웬지 내 웃음소리같이 들리지 않았다.

"둘 다 원숭이? 설마 그럴 리가?"

그는 곧이들리지 않는다는 눈치였다. 그러고는 자기 자신은 아직 원숭이로 변했다고는 믿을 수 없다고 덧붙였다. 그것은 나도 마찬가지였다. 그가 나를 원숭이로 보았다고는 할지라도 나는 그렇게 여겨지지 않았다. 단지 그가 원숭이 몰골을 하고 있다는 것만은 내 눈을 믿어 의심치 않았다. 그러니까 우리는 서로 상대방만을 원숭이로 보고 있는 셈이었다. 해가 중천에 있을 무렵부터 원숭이 타령을 하고 있었던 결과 눈들이 어떻게 되었는지도 모를 일이었다. 아니었다. 갑자기 어둠 속에 수하를 받고 옆구리에 들어온 총부리 때문이었다. 그것도 아니었다. ……하지만 그 전말에 대해 이러쿵저러쿵 따지고 있을 겨를이 없었다. 그것에 대해서는 서로가 상대방을 원숭이로 보고 있다는 것만으로도 충분했다. 다만 우리는 어쨌든 함께 그곳을 빠져나가야 한다는 데는 의견의 일치를 보고 있었다.

"빨리 갑시다. 무서워서 견딜 수가 없어요."

"그래요. 서둘러야겠어. 이러다간 꼼짝없이……."

'꼼짝없이'라는 말 다음에 할 말이 죽는다는 것인지 원숭이로 영영 남게 된다는 것인지에 대해서는 나도 몰랐다.

그는 다시 휘청거리는 걸음으로 앞서나갔다. 다른 말은 더 없었다. 개펄이 어둠 속으로 빨려 들어가고 있었다. 나는 그의 뒤를 따라 부지런히 걷기 시작했다. 죽은 땅 위로 바람이 부딘 쇠붙이 소리를 내며 불어왔다. 왔던 길이 맞는지 어떤지도 감을 잡을 수가 없었다. 나는 무슨 말인가를 하려고 했지만 머릿속까지 어둠이 들어와 꽉 차버린 느낌이었다.

만약에 우리가 원숭이가 되어야 했던 까닭을 알 수 있는 자가 있다면 그것은 저, 홰를 타고 앉아 광활한 우주 공간을 응시하는 거대한 원숭이뿐일 것이라고 여겨졌다. 그토록 우리는 어떤 힘에 의해 봉쇄되고 무력하게 되었으며 진실로부터 버림받았다……는 생각에 내 원숭이 몰골은 더욱 볼썽사납게 보이리라 싶었다.

아무 말도 없이 우리는 앞을 향해 걸었다. 그가 몸을 앞으로 구부린 것처럼 나도 덩달아 몸이 앞으로 구부러졌다. 잘 보이지 않는 길을 더듬어 될수록 발걸음을 빨리하자니 자연 몸이 뒤뚱거릴 수밖에 없었다. 우리 둘은 극도의 공포에 휩싸여 쪼그라진 원숭이 얼굴

들을 하고 컴컴한 어둠 속을 허둥거리며, 그토록 우리가 벗어나고
자 몸부림쳤던 일상을 향하여 거의 사력을 다해 발걸음을 옮겨놓고
있었다.

散花歌

　이 작은 서민 아파트에 산 지가 벌써 오 년이 되었다. 그러므로 내가 그 사내와 안 지도 벌써 오 년이 되었다는 이야기가 된다. '대영설비'의 주인인 그 사내는 우리가 처음 이사 왔을 때 화장실의 변기를 갈아주었다. 셋방살이를 하다가, 근근이 모은 몇 푼 돈에 빚까지 얻어서, 이른바 독신자용이라는 방 하나짜리 아파트 말고는 대한민국에서 가장 작은 평수에 속하는 아파트로 이사 오자마자 짐을 들이기가 바쁘게 아래층 여자가 뛰어올라왔던 것이다. 변기 깨진 거 알고 계시죠. 다짜고짜 던지는 말에 처음에는 무슨 뜻인지 알지를 못했다. 멀쩡한 변기가 깨지다니? 겉으로 보기에 아무 흠집도 없었다. 그런데도 아래층 여자는 물을 버리면 자기네 집으로 흘러내리니까 물을 버리면 안 된다는 것이었다. 도대체 수세식 변기에 물을 버리지 못한다면 어떻게 사용한단 말인지, 쉽게 말해서 똥오줌을 어떻게 눈단 말인지. 전에 살던 사람들은 여태껏 어떻게 살았단 말인가. 어안이 벙벙할 노릇이었다. 아무리 게딱지만 한 아파트라지만 과연 그럴 수가 있는 것이며, 또 아무리 아파트에서의 생활이 삭막하다 삭막하다 하지만 과연 그런 억지를 부릴 수가 있는가 하고 나는 역정부터 났다. 처음 이사 왔다고 텃세를 부리는가도 했다. 게다가 아래층 여자의 말투는 으레 우리가 그 사실을 모르고 이사를 왔을 것이며, 따라서 속았다는 뜻까지 은근하고도 강하게 시사하고 있었다. 나는 씩씩거리며 전에 살던 사람들은 그럼 똥오줌도 누지 않고 살았겠느냐고 항변했다. 그야 우리가 알 바 없죠. 아래층 여자는 눈을 동그랗게 뜨고 말했다. 도무지 말이 통하지 않는 여자였다. 그야 우리가 알 바 없죠? 이제 겨우 제 집이랍시고 마련하여 좁은 집이나마 발 뻗고 자리라고 뿌듯한 마음으로 이사를 왔는데 변기는 도대체 어떻게 된 변기며 이웃은 또 어떻게 된 이웃이며…… 하기야 바른말이지 전에 살던 사람들이 똥오줌을 누고 살았든 안 누고 살았든 무슨 상관이 있으랴. 나아가서 그들이 똥오줌을 안 누고 신선처럼 살았다면 그 아니 기특한 일이랴. 그러나 나는 그것만은 안 보고도 아는 것이다. 그들은 분명히 똥오줌을 누고 살았다!

그런데 변기는 오래전부터 깨어져 있었고 물은 버릴 수가 없다는 데는 할 말이 없는 것이었다. 일의 진위야 어찌됐든 이런 막무가내의 이웃과 어울려 살려고 잔뜩 뿌듯한 마음까지 먹고 이사 온 내가 비감스럽기조차 했다. 배설의 쾌감이니 카타르시스니 하고들 말하지만 똥오줌을 눌 때마다 느끼는 비감——만물의 영장이라는 인간도 이 장면에서만은 별 볼일 없다는 느낌마저 되살아났다. 어떻게 똥오줌을 안 누고 살 수는 좀 없을까. 정 어쩔 수 없다면 남자들은 그렇다 치고 여자들만이라도 어떻게 똥오줌을 안 누고 살 수는 좀 없을까. 안 누고 살게 할 수는 좀 없을까.

이런 측면에서 나는 남녀평등을 주장하는 사람들과는 확실히 어느단큼 거리가 있는 것 같다. 꽃처럼 아름다운 여자들이, 새처럼 지저귀고 물처럼 속삭이고 그러면서도 새침을 떼고 토라질 줄도 아는 그 여자들이 똥을 누고 오줌을 눈다는 것은 있을 수 없는 일이었다. 중학교 때의, 모모한 여대를 나와 물상 과목을 가르치던 그 여선생이 과연? 그리고 미술 과목을 가르치던 그 여선생이 과연? 그때는 쉽게 상상할 수 없는 일에 속했다. 그 미술 선생은 언젠가 나를 일부러 불러 "너 공부 잘하는 애가 사군자를 예수, 석가, 공자, 소크라테스라고 쓰다니, 증말이니?" 하고 그 덧니를 살짝 드러내 웃으며 꾸중을 주기도 했었다. 미술 시험에 웬 그런 문제가 나오나 하면서도 나는 신이 나서 써넣었다. 소크라테스 대신에 마호멧이라는 이름이 떠올라 잠시 망설였으나 마호멧은 아무래도 군자(君子)에 들 수는 없을 듯싶었다. 그는 한 손에 코란이라는 책을 들기는 하되 다른 한 손에는 칼을 든다고 씌어 있었다. 뿐만 아니라 그 얼마 전 읽어본 마호멧 전기에서 그는 과부하고 결혼해서 어디로 도망쳤다가 군대를 이끌고 전쟁을 일으켰다가 하고는 했다. 그래서 사군자의 마지막 자리는 소크라테스가 차지했다. 나는 미술 선생이 꾸중을 줄 때까지도 틀림없이 그렇게만 믿고 있었다. 나는 미술 선생의 "증말이니?"의 뜻을 알아듣지 못하고 우두커니 서 있었다. 그러자 미술 선생은 "매, 란, 국, 죽."이라고 알 수 없는 말을 읊조리고 나서 "매화, 난초, 국화, 대나무의 네 가지를 사군자라고 하는 거야. 알겠지?" 하고 덧붙였다. 나는 내 귀를 의심했다. 선생님이 혹시 문제를 잘못 알고 있는가 하였다. 그날 나는 "예." 하고 미술 선생 앞을 물러나기는 했어도 완전히 승복하지는 않았었다. 매화, 난초, 국화, 대나무? 그게 사군자라면 예수, 석가, 공자, 소크라테스는 더 진짜 사군자야. 그리고 훨씬 뒷날이 되어서 홀로 『개자원화첩(芥子園畵帖)』을 펴놓고 난초를 친답시고 열심히 봉안(鳳眼)을 만들 때 나는 비로소 쿡쿡 웃었다. 어쨌든 그 여선생들은 우러러보기에도 훌륭하고 아름다웠다.

아래층 여자의 주장에 따라서 나는 하는 수 없이 꾹 참고 아래층으로 내려가 살펴보지 않을 수 없었다. 내가 물이 밖으로 흐르는지 살피는 동안 아내가 물을 부었다. 변기에 연결되어 있는 물도 버려보았고 따로 물을 받아서도 버려보았다. 그 결과 아닌 게 아니라 놀랍게도 물이 흘러내리는 것이었다. 것 보세요. 변기를 갈아야 할 거예요. 아래층 여자는 의기양양하게 말했다. 변기를 갈고 안 갈고가 문제가 아니었다. 도저히 그럴 수는 없으리라고 똥이니 오줌이니를 들먹거렸던 내 낭패감이 문제였다. 어느 나라의 마리아상이 주기적으로 눈물을 흘린다거나 신라시대에 만든 어떤 절의 철제 불상이 땀을 흘린다거나 하는 신문기사까지 떠올랐으나, 그런 원인 모를 물과는 달리 물은 틀림없이 우리집 변기에 물을 버렸을 때만 흘러내렸다. 꼼짝없었다. 나는 진땀을 흘리며 몇 번이나 반복해 보았다. 일단 우리집 변기를 통해 물이 흘러내린다는 것을 안 이상 반복해 볼 필요는 없었다. 그것은 단지 그때까지의 내 기세를 누그러뜨리고 물러설 만한 명분 때문이었다. 나는 그 과정을 통해서 스스로를 충분히 납득시켰음을 아래층 여자에게 알리고 싶었다. 그런데 그 반복의 과정을 통해서 나는 아직은 여전히 수수께끼로 남아 있던 점에 해답을 얻을 수 있었다. 전에 살던 사람들은 똥오줌 문제를 어떻게 해결했는가. 수수께끼는 간단했다. 여러 번 반복해 보니 물은 물탱크의 꼭지를 잡아당겨서 버릴 때는 흘러내려도 다른 통에 받아서 버릴 때는 괜찮다는 사실이 밝혀진 것이었다. 이제 변기의 구조를 설명해야 할 차례인데, 그렇게까지 하고 싶지는 않다. 다만 물탱크의 물은 수도관과 연결되어 들어오는 데 반해 다른 통에 받아서 버리는 물은 직접 부어진다는 차이만을 이야기하면 족할 줄

안다. 수도관과 변기의 연결 부분에 끼워져 있는 고무에 문제가 있
는 것이었다. 그러나 이렇게 상세히 알게 된 것은 '대영설비'의 주
인인 그 사내를 불러와서 수리를 의뢰한 다음이었다. 나는 새로 이
사 온 집에서 전에 살던 사람들처럼 다른 통에 물을 받아 버리면서
살고 싶지 않았다. 그래서 그 사내를 찾아갔던 것이다. 물론 처음
이사 온 터에 '대영설비'나 그 사내를 미리 안 것은 아니었다. 문득
떠오르는 대로 관리사무소 쪽으로 걸음을 옮기다가 그 간판이 눈에
띄어 들어간 데 지나지 않았다. 그는 점포 안의 모서리에 앉아서 낡
은 보일러를 이리저리 들여다보고 또 두드려보기도 하고 있었다.
보일러를 비롯해서 상수도, 하수도, 타일, 전기 등을 두루 말끔히
고쳐준다고 하는 안내간판을 달고서도 막상 그 점포 안은 어수선하
고 우중충했다.

"어떻게 오셨습니까?"

사내의 쉰 듯한 목소리도 그의 점포 못지않게 우중충했다. 생활
에 찌들고, 모든 데 흥미를 잃은 목소리였다. 나는 잘못 찾아오지나
않았나 하는 생각이 들 정도였다.

"변기 있습니까?"

나는 차라리 없어서 그냥 나가게 되기를 바라는 마음이었다. 남
의 집을 말끔히 고쳐주는 게 전문이라면 그 점포 자체가 말끔해야
할 것이었다. 그리고 그곳에 갖추어져 있는 물건들도 그래야 할 것
이었다. 그럼에도 불구하고 그곳은 아예 고물상을 방불케 했다. 물
건들은 얼마나 오랫동안 팔리지 않았는지 하나같이 먼지를 뒤집어
쓰고 빛깔마저 바래 있었다.

"있습니다. 해드리지요. 몇 동 몇 홉니까?"

그가 일손을 멈추고 나를 바라보았다. 점포를 휘둘러보아도 눈
에 띄지는 않는 데 있다는 대답이었다. 게다가 우중충한 빛 속에서

나를 바라보는 그 얼굴은 화색이라고는 조금도 없어서, 그런 표현이 사람의 얼굴에도 해당되는 것이라면, 정말 '회칠한 무덤' 같았다. 저것은 피가 도는 사람의 얼굴이 아니라 밀랍도 아주 거칠고 값싼 밀랍으로 만든 얼굴이다. 나는 영락없이 그렇게 느껴졌다. 거기에 까칠하게 자란 수염은 사람이 죽은 뒤에도 얼마쯤 자란다는 그런 수염을 연상시켰다. 나는 살아오면서 그런 얼굴의 사람을 두엇 만났었는데 다들 허심탄회하지 못하고 별것도 아닌 것을 가지고 비밀은 역시 재산이라는 듯 숨기는 유형의 사람들이었다. 이 사내가 '납(蠟)인형의 비밀' 인 양 숨기고 있는 비밀은 무엇일까. 하지만 이 결코 호감을 느낄 수 없는 사내의 하찮은 비밀이 무엇이든 더 이상 호기심을 발동할 뜻은 없었다. 나는 될 수 있는 대로 빨리 변기를 갈아달라고 말하고 점포를 빠져나왔다.

　얼마 뒤 누군가 벨을 눌러 나가보니 그가 서 있었다. 생각보다 빨리 온 것이었다. 변기와 간단한 연모를 들고 있었다. 현관 앞에 서 있는 그의 창백하고 무기력한 얼굴은 그의 나이가 몇 살인지 전혀 짐작할 수 없게 했다. 사십 대 초반일까 아니면 후반일까. 그는 점포에 앉아서 맞던 태도와는 달리 나를 향해 지나치게 굽실 인사를 하며 안으로 들어왔다. 그런 태도도 왠지 내 비위를 건드렸다. 내가 왜 사내를 이렇게 못마땅하게 여길까 하면서도 어쩔 수가 없었다. 나는 그를 조금 전에 처음 만난 데 지나지 않았다. 그를 싫어하고 미워할 만한 무엇도 없었다. 그는 화장실의 변기를 고쳐주고 나는 소정의 금액을 지불하면 그만이었다. 감정이 개입되는 거래도 아니었다. 그런데 왜? 이사 오자마자 하필이면 변기 따위로 속을 썩여 그 감정이 애꿎은 사내를 대상으로 옮겨갔는가 알 수 없었다. 나는 그를 처음 본 순간 싫다는 감정부터 앞섰다. 주는 것 없이 밉다는 말이 있는데 과연 그랬다. 얼굴도 얼굴이지만, 때가 전 검정색

점퍼를 입고 머리를 또 유난히 짧게 깎은 겉모습도 불균형스럽고 을씨년스럽기만 했다. 그러나 이 모두가 내가 왈가왈부할 성질이 아닌 것이다.

"오늘 이사를 오셨군요. 없는 사람들 살기엔 그저 그만이죠. 저도 이십칠 동에 삽니다."

그런데 사내의 말이 다시 나를 자극했다. 아무 거리낌 없이 나를 '없는 사람들'로 싸잡아 묶어버리는 것이었다. 그렇게 말할 때 그는 알 듯 모를 듯한 웃음을 히죽 입가에 띠기도 했다. 이미 말했듯이 대한민국에서 가장 작은 평수의 아파트에, 그것도 빚까지 끌어서 이사 온 주제에 내가 '있는 사람들'에 속한다고는 말할 수 없다는 것을 모르는 바 아니었다. 그렇지만 그의 말은 불쾌했다. 더군다나 그도 이십칠 동에 산다고 동류항에 함께 속함을 강조하는 말에는 불쾌하다 못해 소름조차 끼쳤다. 나는 알고 있다. 나는 '없는 사람'이다. '있는 사람들'이 얼마나 큰 집을, 얼마나 넓은 땅을, 얼마나 많은 돈을 가지고 있는지 들어서 알고 있었다. 언젠가 그 '있는 사람들' 중 어느 한 사람 집에 도둑이 들어서 여러 가지 금품을 훔쳐갔다가 경찰에 잡힌 적이 있었다. 그리고 훔친 금품이라는 게 신문에 나왔었다. 나는 처음으로 물방울무늬 다이아몬드라든가 무슨 금딱지 시계라든가 하는 것들이 있어서 그 하나가 '없는 사람'의 전 재산과 맞먹기도 한다는 사실도 알게 되었다. 신문에는 그런 것들이 줄줄이 나열되었었다. 그러므로 그가 나를 '없는 사람'이라고 말한 것은 조금도 틀리지 않는 말이었다. 그러나 나는 오래전부터 그런 식의 가름에 저항을 느껴왔었다. 세상에는 인간의 종류를 가르는 방법이 무수히 있지만 내게 '가진 자'와 '없는 자'로 가를 수 있다고 처음 가르쳐준 것은 찰즈 램의 짧은 수필이었다. 하지만 가졌다고 해서 행복하며 못 가졌다고 해서 불행하다고는 생각하지 않으려고 다짐해 왔기 때문에 내게는 그런 가름이 의미가 없는 것이라고 여겨왔었다. 일찍이 떵떵거리며 살 싹수가 노란 것을 알고 지레 그런 방어책을 강구해 왔는지도 모른다. 그러니까 사내가 나를 단순히 '없는 사람'으로 취급해서 우리는 같은 동아리라고 호감을 나타낸 것이 내가 오랫동안 강구해 온 방어책 따위는 아예 안중에도 없이 손쉽게 나를 파고들어 와 내 알량한 자존심을 건드린 게 분명했다. 내가 은밀하게 만들어 내게 입힌 보호색은 사내에게는 아예 눈에 띄지도 않는 것이었다.

"이게 이렇게 돼서야. 보세요. 그러니까 새는 겁니다. 그런데 이집 얼마 주셨습니까?"

그는 변기를 깨고 연결 부분을 손가락질해 보이면서 물었다. 그가 화장실로 들어가는 즉시 문을 닫고 말았어야 했던 것을 그러지 못한 게 탈이었다. 도대체 겉으로 멀쩡한 변기가 어떻게 되었길래 물이 새는가 확인도 해야겠어서 그럴 수가 없었다.

"팔백오십."

연결 부분은 아귀가 딱 맞지 않은 채 고무가 어긋나 있었다. 나는 고개를 끄덕거렸다.

"많이 올랐군요. 비싸게 준 게 아닙니까?"

"모르죠."

나는 그만 문을 닫고 방으로 들어오고 말았다.

사내와의 첫 번째 만남은 이렇게 이루어졌다. 그것을 시작으로 하여 지난 오 년 동안 그는 어쩌다 서로 마주칠 때마다 알은체를 해 왔다.

어느 날 나는 우체국에 다녀오다가 오랜만에 그를 만났고, 그가 알은체를 하는 바람에 나도 건성으로 알은체를 했는데, 그때 문득 지난 세월을 헤아려보았다. 나는 벌써 이 아파트에 오 년을 살고 있었다. 나는 믿을 수가 없었다. 다시 한 번 꼽아보았다. 틀림없이 오 년이 흘러 있었다. 그와 함께 나는 오 년이라는 세월이 내가 한 집에 살기로는 내 생애에서 가장 긴 세월임도 깨달았다. 아아, 그렇구나. 이 사실을 깨달은 나는 새삼스럽게 깊은 감회에 사로잡혔다. 오 년이라는 세월이 내가 여태껏 한 집에 산 가장 긴 세월이라니. 아무리 해마다 '다사다난' 하고 험난한 역정이라지만, 어지간히도 떠돌아다니며 살았구나. 삶이란 애당초 부박(浮薄)하기 그지없는 것이어서 하루하루 먹고살기에 급급하여 떠돌아다니다 보면 그야말로 '별 볼일 없이' 끝장이 나는 것인지도 모른다. 아아, 나는 제법 고즈넉하게 한탄해 마지않았다. 아아, 부평초같이 흘러다니다가 덧없이 사라져버린 세월이여. 인생이여. 나는 신파조의 한탄을 머릿속에 떠올리면서, 절실한 대목에서는 역시 신파조가 제격이야 하고도 생각해 보는 것이었다. 아아, 인생의 무상함이여.

내가 한 집에 붙박고 산 오 년이 이제까지 어느 곳에서의 생활보다 길었다면 그 세월은 여러 가지 뜻에서 결코 짧은 세월이라고는 할 수 없겠다. 그러나 지금 와서 돌아보면 오 년이란 세월도 옛사람의 과장법대로 하릴없이 수유(須臾)에 지나지 않는다는 느낌이 짙은 것이다. 그렇게 느끼는 것도 어차피 나이 탓인지 모를 일이다. 흔히들 해방을 기념 삼아 '올해는 해방 몇 년' 이며 따라서 해방둥이들이 성년이 되었다느니 서른이 되었다느니 서른다섯이 되었다느니 해오다가 드디어는 '올해는 해방 사십 년' 되는 해로서 해방둥이들이 장년이 되었다고 신문에서부터 대서특필하기 시작했다. 사십 년이면 모든 방면에서 장년다운 면모가 보임 직하고 또 그래야만 한다는 것이다. 사십 년이 어디 짧은 세월인가. 그 지겹고 지겨웠던 일제 삼십육 년보다 긴 세월을 어떻든 독립된 나라로 지내왔으니 사십 년의 성과를 되돌아봄도 무척 의미 깊은 일이 아닐 수 없다는 말이었다. 비록 해방둥이라는 영광된 칭호는 듣지 못할지라도 이른바 우리 나이라는 것에 따라서 나도 어김없이 장년의 나이를 먹게 되었다. 해방 이듬해 태어난 나는 '해방 몇 년' 하면 우리 나이로 그 '몇 년'을 같이 먹게 된다. 그래서 '올해는 해방 사십 년'이라는 말이 나오자 나는 아, 사십, 내 나이가 어느덧 마흔 살이 되었구나 하고 머리를 끄덕거렸었다. 도리 없이 나는 마흔 살이 되고 만 것이었다. 지나온 세월은 짧은 것이었는가 아니면 긴 것이었는가. 알 수 없다. 그리하여 이 나이는 빛나는 나이인가 아니면 빛바랜 나이인가. 알 수 없다. 다만 이십 대까지만 해도 끔찍하게 여겨지던 마흔 살에 내가 도달했다는 사실만 알 수 있을 뿐이다. 나는 베란다 밑으로 내려다보이는 아파트 단지의 운동장을 흐리멍덩한 눈으로 바라보면서 마흔 살의 나이에 대해 무엇인가 생각하려고 노력했다. 인생은 사십부터라고 광고 따위에서 악을 쓸 때마다 나는 사십이라는 나이가 불쌍하고 가련하고 한심스러워서 눈물이 나올 지경이었었다. 오죽하면 저렇게까지 해야 하는 나이라니. 그러니까 사십은 한물가도 단단히 간 나이임이 분명했다. 고등학교 때 편지로 사귀던 한 여학생은 사십이라는 나이의 추함을 어떻게 견디겠느냐고 혐오감을 나타내며 그 전에 죽겠다고도 썼었다. 그녀가 맑고 아름답게만 살다가, 추하게 되기 전에 뜻대로 자살을 감행했는지 어떤지는 몰라도, 그 혐오감은 나도 그녀 못지않았었다. 그런 나이의 어른들이란 가령 꽃잎에 두고 맹세하는, 이 세상에서 하나밖에 없는 아름답고 진실한 사랑에 대해서도 진부한 웃음을 흘리며, 게걸스럽게 먹고 마셔서 뒤룩뒤룩 살만 찌며 꿈 없는 미래를 탁한 눈으로 바라보는 사람들이었다. 순간순간이 영원과 맞닥뜨릴 것 같은 순수한 사랑의 진실을 알 수 없으며, 그래서 육욕적이며, 마비된 굳은 감각으로 사물을 둔하게 감지하며, 목적 없이 그날그날을 살아가는 사람들이었다. 사십이란 그런 나이에 확실히 도달했음을 말해 주는 나이였다. 내가 그 나이가 되었다! 그 나이가 되기 위해 나는 이 아파트에서 오 년을 살았던 것이다!

어린 시절의 혐오감과는 또 달리 사십이라는 나이와 결부시켜 무엇보다도 먼저 들먹여지는 말은 이른바 불혹(不惑)이었다. 나이를 조금씩 먹어가면서 때때로 젊음이 지겹고 따분할 때마다 나는 은근히 불혹을 기다리는 마음이 없지 않았다. 사십이란 나이는 세상일에 미혹(迷惑)되지 않는 나이라는 것. 돌이켜보면 나는 이것저것 쓰잘데없는 일에 혹하여 정열을 얼마나 허비했는지 모른다. 모두가 스스로를 못 견뎌 빚어내는 방황이었다. 그런데 방황이라고 하면 다른 일들은 다 젖혀놓고 언젠가 술 먹은 다음 날 새벽 불현듯 인천으로 달려가 아무 생각 없이 배를 타고 가 내린 섬에서 한 마리 달랑게를 잡아가지고 오며 '게가 되고 싶다. 게가 되어 홀로 바닷가 개펄에서 살고 싶다.' 어쩌고 되뇌던 일이 웬일인지 우선 떠올랐다. 그날 되돌아오는 배에서 나는 깜박 잠이 들었다. 그사이 게는 어디론가 도망쳐버렸었다. 그러는 동안 서른아홉이 되어, '아홉수'에 걸린 것인지 생전 안 가던 병원까지 들락거리면서 간신히 도달한 마흔 살이었다. 그러나 여기서 내 신변에 관한 시시콜콜한 이야기는 늘어놓고 싶지도 않고 또 그럴 겨를도 없다.

우연히 사내와 만나 지난 오 년의 세월을 되돌아보게 된 얼마 뒤, 나는 다시 사내를 찾아가지 않으면 안 되었다. 내가 그를 혐오하면서도 다시 찾아가곤 하는 까닭은 그의 인상이 비록 '회칠한 무덤' 같다곤 하더라도 그의 솜씨만은 나무랄 데가 없기 때문이었다. '다시 찾아가곤'이라고 하는 것은 지난해에도 한 번 찾아간 일이 있었기 때문이다. 그의 솜씨만은 정말 나무랄 데가 없었다. 그런 종류의 일은 언뜻 보아서는 나무랄 데가 없어 보여도 사용하면 할수록 조그만 결점이 차츰 신경을 건드려서 두고두고 짜증을 내게 하는 경우가 많은 것이다. 그런 일에서의 그의 솜씨는 돈을 모으는 유대인의 솜씨와, 요리를 하고 마누라를 건사하는 중국인의 솜씨와, 남의 것 받아들이는 일본인의 솜씨에 결코 뒤떨어지지 않을 듯싶었다. 처음의 변기도 그랬고 지난해의 하수도도 그랬다. 그래서 이번에도 나는 사내를 부르기로 작정했다. 죄는 미워하되 솜씨는 미워하지 말라는 격이 된 것이다. 이번에 사내에게 맡길 일은 세면기였다. 아이가 올라가 몇 번 발을 구른 뒤 세면기는 벽에 고정되어 있던 못이 빠져 덜렁거리게 되었고, 손을 본다 본다 하는 사이에 그만 떨어져 박살이 나고 말았다. 게다가 곧 집을 내놓고 조금은 넓은 집으로 옮기려는 욕심도 있어서 어쨌든 빨리 고쳐야 했다. 나는 트레이닝옷 차림으로 집을 나섰다.

이놈의 게딱지만 한 아파트가 다닥다닥 붙은 동네에서나마 곧 떠날지도 모른다고 생각하니 그동안 그런대로 정이 안 들은 것도 아니라는 느낌이 들었다. 처음 이사 와서는 삭막한 분위기에 참으로 견디기가 힘들었다. 서울에 대단위 아파트들이 들어설 때부터 시멘트의 정글이라는 말들을 하면서 다잡아서 한마디로 실패작이라고들 했었다. 최소한의 생활공간 확보에도 실패하여 삭막하기 그지없는 수용소 군도처럼 되어버렸다고 혹평하는 사람도 있었고, 그런 아파트에서 자라나는 어린이들의 정서에 문제가 있다고 주장하는 사람도 있었고, 사람은 흙을 밟고 살아야 한다고 주장하는 사람도 있었다. 누군가는 대규모 양계장을 연상시킨다고도 했다. 닭들은 몸을 돌릴 만한 여유도 없는 좁은 닭장 안에 갇혀서 대가리만 내놓고 모이를 쪼아 먹다가 다 자라는 즉시 도살된다고 했다. 그러니 닭의 삶이란 도대체 무엇이냐고 그는 반문했다. 결론은 아파트에 사는 사람 꼴도 그와 다를 게 뭐냐는 것이었다. 그러나 무엇보다도 끔찍한 것은 이웃집에서 사람이 죽었는데 몇 개월 만에야 발견되었다는 이야기였다. 무언가 지독하게 썩는 냄새에 견디지 못한 이웃 사람들이 문을 부수고 들어가 본즉 사람이 썩어가고 있었다고 했다. 그러므로 아파트는 그런 곳이다 하고 이사를 왔으나, 그렇게 보아서인지 아파트의 사람들은 일반 주택 동네에 사는 사람들하고는 어디가 달라도 달라 보였다. 그들은 데면데면하고 배타적인 몸짓을 하고들 있었다. 가장 온건한 사람이라고 해도 무표정한 정도였다. 그리고 아닌 게 아니라 이 서민 아파트는 아파트에 대해서 이러쿵저러쿵하는 사람들이 이 아파트를 보고 그런 말을 하는 게 아닌가 할 만큼 여러 가지 문제를 안고 있었다. 아파트는 모두 백 동이 넘었는데 한 동마다 출입구가 다섯 개였고 한 출입구마다 열 집이 포개져 있었다. 그러니까 한 동에 쉰 집이요, 백 동에 오천 집이었다. 오천 가구면 한 가구에 네 사람씩만 잡아도 5×4=20, 이만 명의 사람들이 몰려 사는 것이었다. 아무리 많은 사람들이 살아도 아파트는 혼자서 사는 절해고도와 같았다. 그들 모두는 마치 굴을 파고 들어가 사는 곤충처럼 제 집에 들어가 언제나 문을 꼭 걸어 잠그고 살고 있었다. 그들은 먹이를 구하기 위해서만 문을 열고 바깥으로 나오는 것 같았다. 나는 아파트 단지 이곳저곳을 외롭게 기웃거렸다. 어쩌다 '대영설비' 앞을 지날 때면 저 속에 웅크리고 앉아 있는 사내가 마치 개미지옥이라는 구덩이를 파고 그 속에서 개미나 곤충이 굴러떨어지기를 기다리는 개미귀신처럼 보이기도 했다. 그런데 나는 왜 이 삭막하고 외로운 곳에서 저런 사내와 가장 먼저 알은체하는 사이가 되었을까. 변기 수리를 위해서든 어째서든 하여튼 과히 유쾌한 일은 아니었다. 언젠가 한번은, 나중에 사귄 전직 성우와 상가 앞의 비치파라솔 밑에서 맥주를 먹고 있는데, 사내가 끼어든 적이 있었다. 전직 성우는 팔십 년대 초의 저 방송통폐합 때 일자리를 잃은 사람으로서 아내가 미용실을 차려서 생활하고 있었다. 이 아파트에서 그를 만난 것은 행운이었다. 비로소 '사람'을 만난 것이었다. 우리는 벌써 여러 번째 거기서 어울렸었다. 그날은 여름날의 기분 좋은 저녁이었다. 사내가 지나가는 것을 나도 보았지만 나는 모른 체하고 있었다. 사내는 하루 일을 마치고 집으로 돌아가는 모양이었다. 사내는 어깨를 축 늘어뜨리고 머릿속으로 하루일의 주판을 놓는 듯 느릿느릿 걸어가고 있었다. 그때 전직 성우가 목청 때문에 날달걀 깨먹는 이야기를 하다가 말고 사내를 불렀던 것이다. 그 자리에 사내가 끼는 게 달갑지 않았으나 어쩌는 수 없었다. 사내는 우리를 보자 예의 그 굽실거리는 자세로 다가왔다.

"앉으십시오. 더운데 한잔 하고 가시라고 불렀습니다."

전직 성우가 컵을 내밀었다.

"아니, 이거 원, 두 분이 드시는데."

사내는 허리를 굽히며 안 그래도 맥주 한잔 생각이 간절했다는 듯 손을 뻗쳤다. 나는 대화가 끊기기도 한 데다가 사내의 태도가 보면 볼수록 역겨워서 입맛만 쩝쩝 다실 수밖에 없었다.

"장산 잘됩니까?"

전직 성우가 사내에게 물었다.

"웬걸요. 여름이라 워낙 시원칠 않지요."

사내는 머리를 절레절레 흔들었다. 그러고는 컵에 반쯤 남은 맥주를 마저 들이켰다.

"땅콩도 드십시오."

"아, 네, 네."

사내의 태도는 돈 안 들이고 공짜로 맥주를 얻어마시게 되어 흡족해하는 것이 역력했다. 사내가 전직 성우에게 컵을 넘기고 술병을 기울였다.

"참, 선생님 그댁에 변기는 괜찮지요?"

사내가 내게로 얼굴을 돌렸다.

"예, 뭐."

나는 퉁명스럽게 대답했다. 빨리 사내가 일어서 주었으면 하는 마음뿐이었다. 한여름 밤에 시원한 이야기도 많으련만 변기 이야기를 꺼내는 것도 못마땅했다. 밤에 상가에서 비쳐나오는 형광등 불빛에 보니 사내의 모습은 납인형이라기보다 차라리 드라큐라라고 하는 편이 더 나을 것 같았다. 사내 쪽에 컵이 없으므로 내가 마시면 그쪽으로 주어야 하겠기에 나는 한 모금 한 모금 맥주를 아껴 마셔야 했다. 사내는 더 기다리다가 전직 성우의 컵을 다시 한 번 받은 뒤에 자리에서 일어났다.

"잘 아는 사입니까?"

사내가 어둠속으로 사라져간 다음 나는 물었다.

"잘 안다고야 할 수 없지요."

"그런데 왜 일부러 부르기까지?"

"해롭진 않지요. 저런 일 하는 사람은 항상 쓸모가 있지 않습니까. 맥주 두 잔이 언젠가는 요긴하게 작용을 해줄 수 있지요."

이렇게 말할 때의 목소리는 라디오의 추리극장에서 일해 본 경력이 돋보였다.

"그렇군요."

우리는 함께 컵을 들었다.

"그렇지만 저 사람 어딘가 모자란 사람 같진 않습니까?"

나는 맥주를 마시려다 말고 말했다. 그러자 전직 성우도 고개를 끄덕했다. 역시 통하는 사람끼리는 어떤 방식으로든 통하게 마련이었다.

"그보다도 지독한 구두쇠로 알려졌지요. 심지어는 그 가게의 물건들은 다 주워다 놓은 거라고까지 하잖습니까."

"정말 그렇더군요."

"하하하."

"하하하."

우리는 사내가 간 다음 더욱 유쾌한 대화를 나누었다.

그리고 며칠 뒤 나는 사내를 불렀고, 사내가 세면기를 들고 온 것은 이틀날 오후도 늦어서였다.

"봄이 되니 좀 바빠지는군요."

사내는 늦게 온 것을 변명하고 곧 일에 착수했다. 그와 함께 나는 사내가 일하는 동안 한두 잔 홀짝거리며 지켜볼까 하고 집에서 담근 모과주를 꺼내놓았다. 일은 순식간에 진행되었다. 사내는 아무 말 없이 일에만 몰두하고 있었다. 나는 나대로 모과주를 조금씩 따라 마시며 그가 하는 일을 보는 둥 마는 둥 이제 이 봄도 다 가는구나 하는 생각에 잠겨 있었다. 해마다 속절없이 봄이 갈 때마다 느끼는 갈증이 새삼스러웠다.

"모과주 한잔 하시겠습니까?"

나는 뒤늦게 사내에게도 한잔을 권했다.

"아, 네."

사내가 내게 힐끗 눈길을 던지며 일손을 놓았다.

"봄에는 일감이 많은 모양이지요?"

"네, 좀, 게다가 한 이틀 쉬었더니만 갑자기 바빠지는군요."

사내는 단숨에 술잔을 비웠다.

"왜 어디가 아팠습니까?"

아마도 술기운 탓이었을 것이다. 나는 내 의사와 상관없이 사내와 대화를 나누고 있었다.

"어딜 좀 다녀왔습니다."

사내의 목소리가 문득 낮게 가라앉았다. 나는 술잔에 모과주를 따라 입으로 가져갔다.

"볼일을 보러 가셨습니까?"

"볼일……."

안 그래도 창백한 사내의 얼굴에 그림자가 드리워져 마치 공포에 질린 것처럼 보였다. 역시 사내와 대화를 나눌 필요는 없는 것이었다.

"선생님은 이번 봄에 어디 안 다녀오셨습니까?"

사내가 갑자기 되물어왔다.

"어디 말이죠?"

나는 뻣뻣한 말투로 받았다.

"글쎄, 꽃구경이나 그런 거 말입니다. 요즘 많이들 가니까요."

"꽃이요? 꽃 말입니까?"

나는 사내의 입에서 꽃이라는 말이 나온 게 도무지 믿기지를 않았다. 진해의 군항제(軍港祭)의 벚꽃 구경에 삼십만의 인파가 몰려들었다는 말도 있었다. 그러나 개미귀신처럼 사시장철 웅크리고 있는 이 사내가 꽃구경은 무슨 꽃구경이란 말인가. 이번 봄에는 어딘가 다녀왔으면 하고 나도 별렀었다. 봄이 기지개를 켜자, 웬만한 일일랑 젖혀두고 이번 봄에야말로 어디론가 다녀와 보자는 마음이 짙게 일었었다. 진해 군항제니 지리산 철쭉제니 하는 군중들 모임을 그린 것은 아니었다. 어디론가, 사람이 오히려 적은 곳을 그렸다. 하지만 이 몇 해 동안 늘 그랬듯이 마음뿐이었다. 온 산에 울긋불긋한 꽃은 고사하고 오랑캐꽃 한 송이, 패랭이꽃 한 송이 못 보고 봄은 이미 가려고 하고 있는 것이었다. 특별히 바쁜 일이 있었던 것도 아니었다. 막상 나서기만 하면 되었지만 마음만 절실했지 미적미적하다가 실행에 옮기지 못한 것이었다. 나이를 먹으며 일상생활의 타성에 젖어버린 결과라고도 할 수 있었다. 삶의 뜻은 나날이 퇴색하고 흐지부지되고 있었다. 그런 것을 새로운 꽃향기, 풀향기에 적셔 새롭게 물들여보고 싶다는 마음마저도 실행에 옮기지 못하고 무기력하게 세월을 죽여가고만 있는 것이었다. 사물을 향해 타오르곤 하던 충동은 어느 순간 가뭇없이 사라져버리곤 했다. 때때로의 열정은 나와 상관이 없는 별개의 것인 듯싶었다. 이 봄도, 내 목마른 생명을 축여주리라 싶었던 이 봄의 꽃도 그랬다. 그것은 다른 세상의 풍경처럼 부질없이 지나가고 있는 것이었다.

"꽃이라고 했습니까?"

나는 다시 물었다.

"네."

사내의 대답은 또렷했다. 그때 사내의 눈이 갑자기 빛을 발했는가 했는데, 그것은 마치 재〔灰〕 속을 헤집었을 때 나타나는 빨간 숯불과도 같다고 나는 느꼈다. 나는 놀랐다. 이 사내는 무엇을 말하고 있는 것일까.

"집에 있느라고…… 꽃은 무슨……."

나는 알 수 없는 느낌에 사로잡혀 얼버무렸다.

"그러시군요. 저는 지난 주일에 어딜 좀 다녀왔습니다."

이렇게 말하는 동안에도 사내의 눈에서는 심상찮은 눈빛이 뿜어져나오고 있었다. 그렇다고 해서 그의 납인형의, 가면 같은 얼굴이 달라진 것은 아니었다. 그러나 그 얼굴은 그 타오르는 듯한 눈빛으로 전혀 새로운 얼굴처럼 보였다. 나는 그 얼굴을 정면으로 쳐다볼 수가 없어서 모과주를 따른 술잔에 눈길을 던지고 사태의 변화에 어리둥절하고 또 당혹해하고 있었다. 어떤 일이 일어났는지 마음이 헷갈렸다.

"꽃을 구경하러 갔단 말이지요?"

나는 사내가 말을 중단하고 한동안 무슨 생각엔가 잠겨 있는 틈에 건성으로 말을 던졌다.

"글쎄…… 꽃을 보러 갔다고 해야 되겠지요. 틀림없이 그랬습니다. 꽃이지요."

사내는 독백하듯 중얼거렸다. 나는 여전히 사내가 하고 있는 말이 무슨 뜻인지 또 왜 사내와 이런 분위기에 휩싸였는지 알 길이 없어 머리를 갸우뚱거렸다. 사내는 무슨 이야기인가를 해야겠는데 쉽게 나오지를 않는 모양이었다.

"실례지만 올해 몇이신가요?"

나는 분위기를 바꿔보려고 물었다.

"나이 말씀이지요? 쓸데없이 나이만 먹어서…… 마흔다섯 됩니다."

사내는 나이 이야기가 자신의 생각을 가로막았다는 듯 재빨리 대답했다.

"저보다 오 년이 위시군요."

나는 그동안, 종잡을 수는 없어도, 사내의 나이가 그보다는 더 위가 아닐까 추측하고 있었다.

"그렇다면 올해 마흔…… 그만해도 좋은 나이지요."

사내의 얼굴에 웃음이 어렸다. 나는 나도 모르게 사내의 웃음에 따라 내 얼굴에도 웃음을 띠었다.

"한물간 나이지요."

"한물가다니요? 그렇지 않습니다. 마흔이면 한창이지요. 저같이 떠돌이로 한평생을 지낸 사람이야 애초부터 한물간 인생입니다마는요."

사내가 주머니에서 담배를 꺼냈다. 성냥을 그을 때 그의 얼굴은 아까보다는 한결 차분해 보였다.

"젊었을 때는 장돌뱅이로 한세월 다 보냈지요. 요즘에야 그런 장사 잘 안되겠지만 시계장사를 했습니다. 보따리에 시계 싸갖고 이 마을 저 마을 다니는 거지요. 그땐 시계장사 이문이 좋았습니다. 전국 어디 안 가본 데가 없었지요. 월부로 놓고 또 수금 겸해서 돌고 도는 겝니다. 방방곡곡 다 댕겼지요. 생각하면 그때가 좋았습니다."

사내가 코로 연기를 후욱 뿜어냈다.

"재미있었겠습니다."

"재미야 뭐 고생하는 재미지요."

"자, 이거 한잔 더 하십시오."

나는 술잔을 사내에게 권했다.

"아, 네, 이거 다 먹어서 되겠습니까."

"드십시오."

사내가 담배를 타일 바닥에 내려놓고 술잔을 받았다.

"선생님, 경북 영주라는 데 아시지요?"

"말만 들었습니다."

"중앙선 타고 단양 지나 죽령(竹嶺)을 넘어가지요. 죽령에 똬리 굴이라고 있어서 기차가 한 바퀴 완전히 넘어갑니다."

사내가 말을 끊고 술잔을 들어 마셨다. 그러고 보니 사내는 마치 고개를 넘는 기차처럼 숨을 가삐 몰아쉬고 있었다.

"고개가 험한가 보군요."

"죽령 말씀인가요? 험하지요. 그런데 들어보십시오. 그게 언제 였더라…… 내 나이 서른여섯인가…… 봄이었습니다."

사내의 눈동자가 몽롱해졌다고 나는 보았다.

"그렇게 됐을 땝니다. 시계보따리를 들고 저녁에 영주땅에 내렸 습니다. 그게 잘못된 겝니다."

사내가 후 하고 다시 거칠게 숨을 내뿜었다. 그 얼굴은 깊은 회한에 잠긴 듯했다.

"잘못되다니요? 강도라도 만났습니까?"

나는 동정 어린 말투로 물었다.

"강도라고요? 글쎄 강도라고 해도 되겠지요."

"무슨 말씀이신지……."

나는 의아한 표정을 지었다.

"모자란 말이라고 하지 마시고 들어주십시오."

"별말씀을."

"들어주십시오. 그런데 그날 밤 어떤 여자를 만난 것입니다. 그게 잘못된 겝니다. 술집여자였지요. 얼굴도 반반하고 해서 하룻밤 데리고 잔다는 것이 그만 살림을 차리고 말았습니다."

"살림까지요?"

사내의 이야기는 순식간에 본론에 접어들고 있었다. 사내의 어디에 이런 점이 있었는지 나는 그저 놀라울 뿐이었다. 나는 침을 꿀꺽 삼켰다.

"그때까지 수금한 돈 죄 털어 방을 얻고 살림을 차렸습니다. 남자란 제아무리 뭐라 해도 여자한테 걸리면 꼼짝 못하게 돼 있거든요. 그때까지 조심조심했는데 하 고게 색을 엔간히 써야지요. 돈벌이고 뭐고 다 틀린 거지요. 그러니 강도가 따로 있겠습니까."

사내의 밀랍 얼굴에 허탈한 웃음이 지나갔다.

"그래서요?"

나는 강한 호기심을 나타냈다.

"그래서는요. 뻔하질 않습니까. 얼마 벌었던 돈 다 까먹고 시계까지 다 날리고 나니 별수 없는 것이지요. 헤어질 수밖에 없지 않느냐고 하더군요."

"그래서 그냥 헤어졌단 말입니까?"

"별수 없지요. 본래가 떠돌이 신세가 아닙니까."

사내가 술잔을 비우고 내게로 건넸다.

"그렇더라도 무슨……."

"서로가 다 근본이 그런 걸요. 그 여자도 어디 평생 검은 머리 파뿌리 될 때까지 살자고 한 건가요."

"그렇군요."

나는 의외로 참담해진 내 마음이 외롭게 떨고 있음을 느꼈다.

"그때가 봄이 다 가고 있었습니다. 그 여자는 역에 나와서 다시 꽃필 때 만나자고 손을 흔들더군요. 쌍년!"

입에서의 욕지거리와는 달리 사내의 눈은 순간적으로 물기에 젖어 번들거렸다.

"그럼 다시 만났습니까?"

"만나기는 뭘요. 그 뒤로 그곳엔 얼씬도 안 했습니다. 장돌뱅이 짓도 아예 그만둬 버렸으니까요. 벌써 십 년이 다된 이야깁니다."

그 뒤 그는 서울에 정착하여 결혼도 했고 몇 군데 셋방살이로 전전하다가 이 아파트에 와서 살게 되었다고 했다.

"그런데 꽃구경은 무슨 꽃구경입니까?"

"아, 꽃구경 얘길 했지요? 그렇지요. 그게 맹랑하더라 이겁니다. 제 처지에 꽃구경이 뭐 말라죽은 꽃구경입니까. 그런데 늙으니 망령이 드는 모양입니다. 금년 봄에 느닷없이 그년 생각이 나더란 말입니다. 꽃필 때 다시 만나자고 하던…… 얼굴도 도통 떠오르질 않는데……."

사내의 눈이 다시 숯불처럼 타오르기 시작했다.

"예……."

"그래서 거길 다녀왔지요. 옛날 살던 델……."

사내의 말에 내 가슴은 견딜 수 없이 옭죄어지는 느낌이었다.

"그래서요?"

"아무것도 없었습니다. 애초에 뭐가 있으리라고 여겼던 건 아닙니다마는요. 하지만 살던 집도 없어요. 소도읍 가꾸기라나 뭐라나 아주 싹 달라져 있었습니다."

"그래서 그냥 왔군요,"

"네, 그냥 올밖에요. 덕분에 없는 꽃구경을 한 셈이지요. 허허허허. 꽃은 예나제나 잘 피었습디다요."

사내는 아쉬운 듯 눈을 껌벅거렸다. 하지만 그 아쉬움의 뒤에는 어느 구석엔가 흡족해하는 마음이 깃들어 있음을 나는 읽을 수 있었다. 그러나 무엇보다 중요한 것은 이제 내게는 그가 결코 개미귀신이나 뭐 그런 종류의 느낌으로 다가오지 않는다는 사실이었다. 사내의 창백하고 쭈그러진 얼굴조차 사랑과 진실에 고뇌하는 수행(修行)의 얼굴이었다. 그리고 또 곁들여야 할 말은, 그로부터 갑자기 나는 내가 형편없이 남루해져서 견딜 수가 없게 되었다는 것이다. 돌아보면 마음에 꽃 한 송이 없이 지내온 '해방 사십 년'의 내 인생이 초라한 모습으로 웅크리고 있는 것이었다.

며칠 뒤에 나는 상가의 지하에서 다시 사내를 만났다. 상가의 지하에는 밥집도 있었고 그 옆에 돼지머릿고기에 술도 파는 집이 있어서 가끔 들렀었다. 그는 혼자서 머릿고기에 막걸리를 기울이고 있었다. 나는 사내를 발견하자마자 묻지도 않고 사내의 앞자리로 가 앉았다. 그리고 술을 더 시켰다.

자, 이야기의 막바지에 이르렀으므로 비교적 간략하게 마무리를 지어야겠다. 나는 그날 술을 꽤 많이 마셨다. 무엇이 그렇게 시켰는지는 자세히 말하고 싶지 않다. 아마도 그것은 꽃의 정령(精靈)이 시킨 일이었다. 그런데, 술을 마신 것까지는 좋았는데, 결국 나는 이상한 제안을 하고 말았던 것이다. 도대체가 알 수 없는 일이었다.

술 먹은 객기에 흔히 평소에는 납득할 수 없는 일을 저지르고는 했
어도 그날 일은 기상천외의 일이었다. 단순히 객기만도 아니었다.
견딜 수 없이 남루해진 나를 어떻게든 추슬러보려고 한, 그래서 더
더구나 형편없는 짓거리가 아니었을까. 나는 사내에게 창녀촌으로
가기를 제안했던 것이다. 그리고 영문을 몰라 도리질만 하고 있는
사내를 거의 어거지로 끌다시피 해 밖으로 나왔다. 나는 돈키호테
를 수종한 산초 판사처럼 그를 부축하여 청량리로 향했다. 시내에
서 지하철을 타고 집으로 돌아오는 길이면 지나게 되는 길목에 여
자들이 늘 서 있곤 했다. 영하 십오 도가 되는 겨울날에도 그녀들은
겨울나무처럼 서 있곤 했었다.

“자, 아무 집이나 들어가십시다.”

나는 사내를 좁은 입구로 밀어넣었다. 사내는 나무토막처럼 고
꾸라질 듯이 안으로 들어갔다. 뒤를 따라 들어간 나는 방을 잡기가
바쁘게 허겁지겁 여자와 그 일을 치렀다. 이런 변이 왜 일어났는지
나는 스스로 생각해도 내가 무엇엔가 홀린 것 같았다. 이제는 참담
한 나를 이끌고 올 때까지 온 것이었다. 무엇이 더 이상 나를 낭패
시킬 것이냐. 지금 이 강산 어디에 무슨 꽃이 피었단 말이냐. 이 마
당에 한 송이 오랑캐꽃, 한 송이 패랭이꽃이 무엇이란 말이냐. 누가
더 이상 나를 남루하게 할 수 있단 말이냐.

나는 세상에 복수하고 다시금 힘을 얻은 심정으로 허리춤을 여
미며 방문을 열고 나왔다. 사내도 허겁지겁 일을 끝냈는지 거의 동
시에 방문을 열고 나왔다. 나는 그가 그인 것만 알아보았을 뿐 그
얼굴을 쳐다보지 않았다. 다만 뭔가 사내에게 빚을 갚았다는 생각
이었다. 이것으로 사내는 내게 다시 한 마리 개미귀신으로 돌아가
줄 것이다…….

그런데 우리가 그 집의 좁은 입구를 막 나오려고 했을 때 뒤에서

여자가 달려들었다.

"이새꺄, 벳겨놓구 안 하는 심뽄 뭐야? 내가 맛이 없냐, 어쩌냐? 나잇살깨나 처먹어갖구 어디서 헛수작이야? 니가 내 장사 망칠라구 초치는 거냐? 재수 옴붙게시리."

그와 함께 무엇인가를 우리들에게 사정없이 흩뿌렸다. 소금이었다. 나는 갑작스런 사태에 경황도 없이 밖으로 도망쳐 나왔다. 그리고 여전히 비틀거리는 사내를 끌고 뛰다시피 골목을 빠져나왔다. 사내도 얼이 빠진 모양이었다.

"재수 없다고 소금을……."

나는 혀를 찰 수밖에 없었다.

"안 한 것도 죈가……."

사내가 몹시 겸연쩍은 듯 기어들어가는 소리로 가느다랗게 중얼거렸다.

"여기 앉아서 숨 좀 돌립시다."

나는 포장마차로 사내를 데리고 들어갔다. 갈피를 잡을 수가 없었다. 어떻게 된 일인지 어이없는 노릇이었다.

"도무지 알 수가 있어야지요. 미안하게 됐습니다."

그의 밀랍 얼굴이 우울하게 찡그리고 있었다.

"괜찮습니다. 말씀해 보세요. 왜 그랬습니까?"

나는 아직도 숨을 헉헉거리며 물었다.

"안 되겠어요. 여자가 그 여자로만 뵈니……."

사내가 머리를 체머리 흔들듯 흔들었다.

"그 여자라뇨?"

"그 왜…… 살림을 했던 여자…… 이놈의 봄이 가야 정신을 차리라나 이거 원."

그제서야 나는 전모를 파악할 수 있었다.

“아, 그 여자. 그 여자같이 보이는데 나쁠 거 없지 않습니까?”

“글쎄요. 그렇지만 결국 그 여잔 아닐 테니까요. 용서하십시오. 난 못난 놈이에요. 아, 꽃필 때 다시 보자고 웃던 그 쌍년! 그년이 보고 싶군요. 미안합니다. 술이나 한잔 주세요.”

사내가 그렇게 말하는 것은 물론 상가 지하에서 마신 술기운 탓도 있었을 것이다. 바라보니 사내의 얼굴에는 갑자기 굵은 눈물이 흘러내리고 있었다. 그 눈물도 눈물이지만 나는 사내의 말 한마디 한마디가 마치 독시(毒矢)처럼 내 마음에 와 박혀서 온몸을 떨고만 있었다.

하늘의 거울

할머니가 세상을 떠났다.

세상을 떠났다는 말은 죽었다는 말과 똑같은 뜻을 지녔지만, 역시 오래 산 사람일 경우 더욱 어울린다고 나는 문득 생각했다. 그러나 아닐 수도 있다. 가령 아직 꽃피지 못한 어린 소녀가 죽었을 경우 소녀는 아직도 이 세상에서 누려야 마땅한 많은 기쁨과 슬픔, 즐거움과 괴로움을 다소곳이 놔두고 간 것이고, 따라서 그냥 죽었다는 말보다는 세상을 떠났다는 말로 그 미완의 삶에 애도의 느낌을 더할 수도 있겠다.

할머니가 세상을 떠났다.

나는 아파트의 베란다에서 될 수 있는 한 먼 곳을 바라보려고 눈을 들고, 중얼거려 보았다. 앞쪽의 두 아파트 사이로 시야가 간신히 비집고 들어가듯 트이는 공간이 있었다. 그 공간은 건너편의 주공(住公)아파트를 지나고 공원을 지나, 큰길을 건너 이른바 생산녹지라고 이름 붙여진 논으로 이어지고 있었다. 그리고 예전에는 분명히 곶〔岬〕이었을 과수원 땅이 짙푸른 녹음으로 뒤를 받쳐주는 것을 밑으로 하고, 시야는 멀리 떨어진 암청색의 야트막한 산을 넘어 기어오르듯 하늘로 트이는 것이었다. 아마 저 암청색의 야트막한 산 오른쪽에 개펄로 이겨진 포구(浦口)가 자리 잡고 있으리라.

목계(牧溪) 할머니가 돌아가셨다. 돌아가시기 얼마 전에 널 그렇게 보고 싶어 하셨다는데, 어떻니? 장례식에 가 봐야지?

전화로 들려오는 이모의 목소리는 내 눈치를 조심스럽게 살피고 있었다. 그도 그럴 것이 나는 집안일이 있을 때마다 바쁘다는 핑계를 대고 거의 참석하지 않은 때문이었다. 바쁜 것도 사실이었다. 그러나 무엇보다도 우리 집안이라는 것을 향한 내 마음이 차가웠다. 내게 아무것도 해준 것이 없는, 차라리 오욕만을 끼얹어 준 집안이라고 나는 늘 생각해 왔었다. 진취적이지 못하고 언제 봐도 그저 그 타령으로 인습에 젖어 꾸물꾸물하고 있는 그 사람들이 나는 싫었다. 그렇다면 나는 별종이었더란 말인가. 그럴지도 몰랐다. 하지만 오늘에 와서 구습(舊習)의 멍에를 벗어나지 못하고 있는 집안에 진저리를 치고 있는 사람이 어디 나 혼자뿐이랴.

그 할머니가 세상을 떠났다는 생각을 반추하는 데는 우선 그 할머니의 연치가 주는 위압감이 큰 역할을 하고 있었다. 그 묵계 할머니는 정확하게 말하면 내 어머니의 어머니의 어머니, 그러니까 집안에서 유일하게 살아 있던 19세기 사람으로 세수(歲壽) 99세! 할머니는 과연 ‘한세상’ 을 살았고, 드디어 그 ‘세상’ 을 떠난 것이었다. 성적이 떨어진다고 비관하여 자살함으로써 세상을 등지는 십대 소녀의 이야기가 신문 속에 짤막하게 있는가 하면, 신문 속에는 없으나마 거의 한 세기를 꾸준히 살다 간 할머니의 이야기도 있는 것이었다.

이와 더불어 나는 오래전에 죽은 한 아이를 기억했다. 나은 지

며칠 안 된 계집아이였다. 그날 나는 어머니의 심부름으로 아버지를 찾아 나서야 했다. 구들장 대신 드럼통을 펼친 철판을 깔아 들인 방바닥이 너무 빨리 식는 통에 다시 마른 갈나무 몇 가지를 아궁이에 넣고 있던 참이었다. 불은 잘 탔다. 재 속에 감자라도 한 알 묻었다가 꺼내 먹으면 좋겠다고 나는 생각하고 있었다. 혼자 불을 때고 있으면 뜻밖에 마음이 고즈넉해진다는 것을 나는 이미 그때 알았다. 내 나이 열두 살 때였다. 어머니는 그런 나를 불러 밖으로 내보냈다. 빨리 가서 아버지를 모셔 오너라. 나는 낡은 군용 담요를 오려 만들어 입은 바지를 추켜올리며 바깥으로 나갔다. 어머니는 아버지가 있는 곳을 알려주었지만 웬일인지 그곳은 기억 속에 아리송하다. 아버지는 면장과 지서 주임과 함께 흐릿한 전등불 아래 머리를 조아리고 있었다. 마을에 발전용 발동기가 들어와 흐려졌다 밝아졌다 하는 전등이나마 몇몇 집이 켜게 된 것도 그 임시였다. 니 왔냐? 옆에 있던 누군가가 아는 체를 했다. 그러나 아버지는 내게 흘낏 눈길을 던졌을 뿐이었다. 흐린 전등 불빛을 받은 그 눈은 사팔뜨기 눈 같았다. 엄마가 오시래요. 나는 기어 들어가는 목소리로 겨우 말했다. 내 목소리가 아버지에게 들렸는지도 의문이었다. 나는 쭈뼛거리며 서 있었다. 서파이! 츠! 소리가 나고 채를 집어 세운 뒤 아버지는 내게 얼굴을 돌렸다. 뭐라고? 아버지는 귀찮다는 듯이 물었다. 아버지가 열중하고 있는 것이 '마짱' 인 줄 나는 알고 있었다. 아버지가 그렇게 말했었다. 그것이 마장이라는 중국의 노름으로써, 패를 섞을 때 나는 소리가 마치 대나무밭에서 참새들이 지저귀는 소리 같다고 하여 흔히 마작(麻雀)이라고 불린다는 것은 나중에 알았다. 엄마가 오시래요. 나는 다시 기어 들어가는 목소리로 반복했다. 패를 만지는 소리가 짜그르르 들려왔다. 알았다. 곧 간다구 그래. 아버지는 담배를 피워 물었다. 그때 다른 사람들은 아버지가 자리를 떠서 판이 깨지면 어쩌나 걱정하고 있었을 것이었다. 나는 집으로 돌아와서도 방에 들어가지 못하고 마당귀를 얼쩡거렸다. 아궁이의 불은 꺼멓게 사위어 있었다. 아버지가 돌아와야만 방으로 들어갈 수 있을 것 같았다. 그러나 아버지는 곧 돌아오지 않았다. 아니 기다리고 기다려도 돌아오지 않았다. 다시 가서 오시라고 해. 애가 아프다고. 꼭 오셔야 한다고. 산후의 힘없는 목소리였으나 거기에는 독기마저 어려 있었다. 나는 하는 수 없이 다시 가야 했다. 참! 깡! 소리가 한두 번 들리도록 나는 망설이며 바깥에 서 있었다. 아버지, 엄마가 오시래요. 애기가 아프대요. 나는 여전히 기어 들어가는 목소리였다. 그러나 그때쯤 해서는 내 어린 마음에는 어느덧 아버지에 대한 반감이 치솟고 있었다. 알았다. 곧 간다 그래. 아버지의 대답은 똑같았다. 빨리 오시래요. 나는 겨우 그렇게밖에 재촉할 수 없었다. 가서 있어. 아버지는 신경질적으로 말하면서 손끝으로 패의 안쪽을 더듬고 있었다. 거기 대나무를 겉으로 하고 안쪽에 붙어 있는 뽀얗고 매끈한 쇠뼈 바탕에는 이상한 글자나 혹은 무늬가 새겨져 있는 것이었다. 나는 더 이상 어쩌지를 못하고 집으로 돌아왔다. 어머니는 기다리다 못해 자리에 누운 채 눈물만 흘렸다. 아버지는 밤새도록 오지 않았다. 쇠뼈 속의 글자나 무늬를 손끝으로 더듬으며 그의 인생을 함께 더듬어 보려고 애썼는지는 모르나, 그러는 동안에 세상에 태어나 며칠 안 된 어린 동생은 죽고 말았다. 나는 마작이 모든 잡기 중에서 가장 재미있다는 말을 들을 때마다 그 밤을 머리에 떠올리곤 하는데, 그래서인지 그 쇠뼈에 새겨진 글자나 무늬가 죽음이 아니면 어둠이 아닐까 하는 느낌마저 드는 것이다. 아버지가 충혈된 눈으로 집에 오자 밤까지도 기신을 못하던 어머니는 어떻게 일어나 앉았고 곧 죽은 아이를 어디론가 싸 가지고 갔다. 그렇게 해서 그 계집아이는 산기슭에 하나의 작은 돌무더기로 남았다고 했다. 과연 육신은 죽어도 영생불사의 영혼이라는 게 있다면 그 아이의 손끝에 감지되려고 작은 골패의 글자와 무늬 사이에 깃들 것이 틀림없었다. 그렇게 모든 글자들과 무늬들은 영혼을 갖게 되는 것인지도 모른다. 이처럼 며칠의 일생을 산 계집아이와 아흔아홉 살의 일생을 산 할머니가 있는 것이 한집안의 일이었다.

나는 베란다에 빈 화분을 엎어 놓고 그 위에 앉아 장례식에 가볼까 어쩔까를 건성으로 저울질해 보고 있었다. 어머니의 어머니의 어머니. 가깝다면 한없이 가깝고 멀다면 한없이 먼 느낌이었다. 적당한 핑계를 대고 안 가도 그만이었다. 할머니의 모습조차 희미했다. 어슴푸레 그 웃는 모습이 떠오르는가 하다가, 더 자세히 떠올려 보려고 하는 순간 지워져버리곤 했다. 물론 할머니의 모습에서 가장 확실한 모습이 있기는 했다. 그것은 틀니였다. 언젠가 할머니가 우리 집에 왔을 때 나는 이빨을 통째 뽑아 내놓는 것을 보고 크게 놀란 적이 있었다. 그것은 내가 처음 본 틀니였다. 할머니는 이빨을 통째 뽑아 머리맡의 물그릇에 담가놓고 잠들었다. 언제던가 한 녀석이 이에 대해 이런 이야기를 들려주었다. 한번은 술에 몹시 취해 친척 집에 가서 잠들었는데, 한밤중에 갈증이 몹시 나서 머리맡의 물을 마셨다는 것이었다. 아침에 일어나 보니 그게 친척 아저씨의 틀니를 담가둔 물이잖어. 그는 구역질이 나더라고 했다. 원효(元曉) 처럼 크게 깨달을 일이지. 나는 해골바가지의 물을 마시고 크게 깨달았다는 선각의 이야기로 맞받았지만 이미 속은 메슥거렸다. 더군다나 그날의 화제는 모두가 그런 종류의 구질구질한 것이었다. 잠자다가 입으로 무엇이 뱉어져서 저녁에 먹은 콩나물인 줄 알고 잠결에 무심코 다시 씹어 삼키고 있다니 그건 콩나물이 아닌 회충이었다는 이야기, 남자끼리 몸을 섞는 비역 이야기……

어쨌든 이 생각 저 생각 쓰잘 데 없는 생각으로 망설이고 있는 동안 이미 그날의 차편은 끊어지고 있었다. 집에 있는 '여행 시각표'로써 나는 그곳으로 가는 고속버스가 다섯 시 반이면 끊어진다는 것을 확인해 놓았었다. 그러므로 내가 이런저런 쓰잘 데 없는 생각으로 갈까 말까 망설이는 것은 실은 가지 않으려는 얕은꾀에 지나지 않았다. 이제는 차편이 끊어졌다고 확인되자 내 마음은 홀가분해졌다. 틀니 할머니 안녕히 가십시오. 그것으로 나의 장송곡은 끝난 것이었다.

그러나 저녁을 먹고 나서 나는 다시 할머니 생각에 빠져들어 갔다. 그러고 싶어서도 아니었다. 나는 할머니와 별다른 이야깃거리가 없었다. 서울의 딸들네 집에 '제발 와서 살아 달라.'고 해도 고집스럽게 그 땅을 떠나지 않겠다고 했던 할머니였다. 할머니의 고집은 엔간했다. 세월이 지나 그곳 고향 땅에는 이제 가까운 친척도 없었다. 사돈의 팔촌은 안 되더라도 거의 그렇게 되는 '재화 아저씨'의 집이나 그 밖에 죽은 친구의 손자네 집 등등 반길 곳도 아닌 집을 그야말로 동가숙서가식한다는 식이었다. 이를 두고 노망이 들었다고도 했다. 비록 아들은 죽고 없더라도 딸네가, 아니 딸네의 아들딸들이 서울에서 집칸 거느리고 잘살지 않느냐는 것이었다. 그런데 이제는 오히려 객지와도 같은 곳에서 왜 고생을 사서 하느냐는 것이었다. 할머니가 기숙하는 집 사람들은 애꿎은 송장 치게 될까 봐 걱정하는 투가 역력했다. 그러나 할머니는 노망의 이름 아래 꿋꿋이 버티었다. 송장 칠까 봐 걱정하던 말도, 할머니가 아흔 살이 넘어서도 그 틀니처럼 정정하자, 빛이 바랬다. 그 할머니가 세상을 떠나기 얼마 전에 나를 무척 보고 싶어 하더라는 말이 마음에 걸렸다. 나를 보고 싶어 한 데에 특별한 까닭이라도 있는 것일까. 하기야 사람이 죽을 때가 가까우면 이 사람 저 사람 간절하게 보고 싶어지기 마련일 것이었다. 아는 사람들과의 영원한 헤어짐, 그것이 죽음이 주는 가장 큰 고통일 것이었다. 그런 의미에서, 사람 사귐에 깊이 빠져들곤 하는 나는 그때마다 문득 되새겨 본다. 내가 어쩌자고 또 하나의 큰 고통을 만들어가고 있는가 하고. 그러자 나는 할머니에 대해 틀니 말고도 나른 것이 또렷이 되살아났다. 그것은 할머니의 젖이었다. 언제인지는 전혀 알 수 없는 어렸을 적에 할머니의 젖가슴을 만졌던 기억이었다. 그것은 탄력 있는 젖가슴은 물론 아니었다. 거의 껍질뿐인, 쭈그러진 가죽 주머니였다. 그러나 그것은 부드러운 느낌이었다. 이 녀석 좀 봐…… 할머니는 엉뚱하다는 표정을 지으면서도 결코 싫지 않은 듯했다. 그 일이 왜 뒤늦게야 떠올랐는지 알 수 없었다. 그와 함께 할머니의 장례식에 갔어야 했다는 책망이 스멀스멀 머리를 들었다. 오늘은 이미 늦었다. 내일 아침 첫차로 달려가면 혹시 영구가 나가는 시각에 겨우 댈 수 있을지 모른다. 나는 비로소 조바심을 쳤다. 나는 불현듯 책꽂이로 가서『한국사 연표』를 찾아 아흔아홉 살의 할머니가 태어난 해인 1999년의 일들을 들춰보았다. 그해는 고종 25년이었다.

　　1. 1. (2. 20.) 잔방장정(棧房章程) 실시.
　　2. 7. (3. 19.) 평해군 소속 월송만호(越松萬戶)로 울릉도 도장을 겸임케 함.
　　3. 12. (4. 22.) 미(美), 노(露), 이(伊) 3국 공사에게 조선 정부가 승인한 자 외에는 기독교 전교 및 학당 설립을 금하게 할 것을 요청.

　　여러 사건들이 계속되고 있었으나 그해는 예상보다 퍽 조용한 해였다. 이화 학당이 최초로 주일학교를 시작했다고도 하는 그해에 한성부(漢城府)가 조사, 발표한 전국 인구는 6백 56만 7천 38명에 이르고 있었다. 별다른 사건은 없는 가운데 5월에는 외국인이 어린이를 잡아먹는다는 소문이 돌아 민심이 동요했다는 기록도 엿보였다. 이런 소문에 아랑곳없이 할머니는 그 뒤 99년을 살다 간 것이었다. 할머니의 젖을 만진 느낌이 더욱 새삼스러워졌다. 그 느낌으로 인해 나는 19세기의 어떤 젖줄과 직접적으로 이어져 있다는 생각에 이른 것은 저녁도 꽤 이슥해서였다. 19세기의 젖줄…… 나는 나도 모르게 제법 심각한 표정을 짓고 무엇인가를 골똘히 생각했다. 가 봐야 한다…….

새벽에 눈을 뜨자마자 나는 아침조차 터미널에서 간단하게 때우자고 아내를 재촉했다. 본래 늦잠을 자는 아내는 마지못해 부스스 눈을 뜨고 투덜거렸다.

"그러려면 어제 갈 걸 그랬잖아요. 이젠 늦었을 텐데……."

"그래도 가 봐야겠어."

나는 한 세기를 살다 가는 사람에 대한 나름대로의 감회가 어떻다느니 또 그 젖가슴을 만진 기억이 어떻다느니 하는 따위의 토는 결코 달지 않았다. 다만 처음에 게으름을 동반한 이기주의적인 발상으로 가지 않겠다고 꼬리를 뺐던 내가 혐오스러울 뿐이었다. 아내는 터미널까지 가는 택시 속에서 부스스한 눈을 겨우 바로 뜨고 있었다. 터미널에 도착하여 '스낵 코너' 라고 쓰인 음식점에서 서둘러 국수를 시켜 먹은 뒤 나는 또한 서둘러 매표소로 갔다.

"커피라도 한 잔 먹구요."

아내가 뒤따라오며 중얼거렸다.

"그럼 저쪽 자판기에 가 있으라구. 난 표를 살 테니."

재가 줄을 서서 표를 사는 동안 아내는 종이컵에 든 커피를 사서 마셨다. 내가 담배를 피우지 못하면 기운을 못 차리는 것처럼, 아내는 커피를 마시지 못하면 기운을 못 차렸다. 나는 포를 사 들고 아내가 서 있는 곳으로 갔다. 5분밖에 남지 않았다고 손목시계를 코앞에 들이밀었다.

그 말을 기다렸다는 듯이 아내는 빈 종이컵을 쓰레기통에 던졌다.

"맛도 없어."

아내는 미간을 찡그리며 입맛을 쩝쩝 다셨다. 우리는 곧 버스 승강장으로 가서 지정 버스에 올랐다. 안내 방송이 시작되기 전에 일찌감치 안전벨트를 매고 등받이에 몸을 기댄 나는 차표를 들여다보았다.

232.4km

빨리 그 거리를 달려 할머니의 주검 앞에 서고 싶었다. 버스는 곧 서울을 빠져나갔다.

그러나 역시 나는 한발 늦었다. 버스에서 내리자마자 택시를 잡아타고 이모가 가르쳐준 대로 찾아갔으나 집을 찾는 데는 나는 아무럼 젬병임이 여실히 드러나고 말았다. 그렇게 길거리에서 허비한 시간이 꽤 되었다. 할머니의 정확한 연고지가 아니라 먼 친척뻘의 '어느 집'이라는 것이 더 찾기 어렵게 만든 원인이기도 했다. 집안 식구들의 오가는 말 중에서도 거론되지 않던 집이라 다른 사람에게 뭐라고 꼭 집어 설명할 무엇이 없었던 것이다. 집을 다 찾았는데도 조등(弔燈)은 보이지를 않았다. 나는 반쯤 열려 있는 대문을 삐이걱 밀고 들어갔다.

"좀 늦었구만요. 얼마 전에 떠났습니다."

중년 사내가 마루에 앉아 무엇인가 마시고 있다가 말해 주었다. 그 말에 나는 그럼 장지가 어디냐고 재우쳐 물었다.

장지까지 뒤따라가면 혹시 할머니의 관이라도 볼 수 있을지 모른다. 비록 뒤늦게 왔다고 하더라도 관 뚜껑 위에 한 줌의 흙을 얹을 수 있다면 그로써 참례의 뜻은 충분히 표시할 수 있을 것 같았다.

"장지요? 화장터로 갔어요. 지금쯤은 벌써 뼈를 추릴 겝니다."

그의 가차 없는 말이 내 의지를 가로막았다. 나는 그만 맥이 빠져 마당 한쪽 툇마루에 엉거주춤 앉았다. 이미 연기로 변해 머리를 풀고 하늘나라로 간 할머니를 뒤쫓아간다는 것은 무의미한 일이었다.

"어떻게 되시나요, 고인과는?"

사내가 사발을 내려놓으며 물었다. 나는 잠깐 망설이다가 아, 네 뭐…… 그냥 먼 친척…… 하고 얼버무렸다.

어머니의 어머니의 어머니. 그것이 참으로 가까운 관계라는 생각이 퍼뜩 들었던 것이다.

"그 할머니 참 오래도 사셨어요. 뭣할지 모르지만 너무 오래…… 아흔아홉이라니……."

사내가 내 눈치를 살폈다.

"오래 살긴 오래 사셨죠."

나는 고개를 끄덕였다. 나는 내가 저 19세기 사람의 젖가슴을 만지며 자라났다는 사실이 『한국사 연표』에나 있음 직한 사실로 생각되었다.

"그렇게 오래 산 사람 전 처음입니다. 해마다 새해가 되면 올해는 못 넘기겠지 하고 말해 오기도 벌써 몇 핸지…… 그렇게 말하던 사람들도 많이 갔지요. 그럴 바에야 아예 백 살을 채울 일 아닙니까. 아무튼 정정했지요."

"그런데 왜 갑자기 돌아가셨습니까?"

나는 물어보면서도 전혀 쓸모없는 물음이라고 생각했다. 아흔아홉 살을 산 사람에게 '갑자기'란 해당되지 않는 말이었다.

"글쎄…… 날씨가 너무 더워서 잘못된 게 아닐까요. 땡볕에 목계에 다녀와서 그만 이렇다 말도 없이 뜨셨다니까요. 선종(善終)이라 하겠지요."

사내는 고지식하게 '갑자기' 에 대해 설명하고 있었다. 나는 땡볕에 목계에 다녀왔다는 말이 귀에 들어와 박혔다. 듣기로는 그곳은 아래쪽에 큰 댐이 들어서서 수몰된 곳이었다. 할머니의 근거지가 그곳이어서 여전히 '목계 할머니' 라고 불리고는 있었지만 이제는 그곳에 갈 일이 없었다. 실상 수몰되기 훨씬 전부터 할머니의 집은 그곳이 아니었다. 그곳은 단지 예전의 어느 한때 할머니가 뿌리를 내리고 살았던 곳에 지나지 않았다. 목계에 관한 한 할머니는 이른바 '뿌리 뽑힌' 사람이었다.

"목계엘요? 거긴 왜요?"

나는 궁금증이 일었다.

"저야 왠진 모르지요. 허지만서두 매년 가셨다니까요."

서울의 딸자식들 집에는 거의 발길을 끊다시피 했으면서도 목계에는 매년 다녀왔다는 것은 얼핏 이해가 되지 않았다. 물론 목계는 그리 멀지는 않은 곳이었다. 그렇더라도 이미 수몰되어 옛날 할머니가 살던 마을은 물속에 가라앉아 버렸다고 했는데 할머니가 왜 그곳을 다녀오곤 했는지 모를 일이었다. 할머니는 그 마을 언저리에 감으로써 옛날 꽃가마를 타고 새색시가 되어 들어갔던 그 시절을 회상하기라도 한 것일까. 나는 스스로가 터무니없는 공상을 하고 있다고 고개를 흔들었다. 아흔아홉 살 할머니에게 소녀적인 삼성의 너울을 씌운다는 것을 결코 예의는 아닐 것이었다. 그러나 어쨌거나 이제는 따질 문제가 아니었다. 목계의 할머니가 살던 집은 물에 잠겼고, 할머니는 연기가 되어 과거 속으로 사라져버렸다. 흔적이라고는 찾을 수 없게 되어버렸다.

"한 대 피워도 되겠습니까?"

나는 담뱃갑을 꺼냈다.

"아, 그럼요."

사내는 여부가 있겠느냐는 듯이 대답했다. 나는 담배를 꺼내 물고 불을 붙였다. 마당으로는 한낮의 햇빛이 망막을 찌를 듯 쏟아지고 있었다. 새벽부터 아내를 재촉하여 집을 나선 것이 결국 허사라고 생각하니 입맛이 썼다. 나는 말없이 담배 연기만 내뿜고 있었다.

"사람이 오래 사는 것도 꼭 좋은 건 아닌 것 같습니다. 돌아가신 분 말입니다. 보십시오. 남편은 일찍이 뭐 의병인가 하다가 죽었다지요. 그 아들에 손자까지 모두 제명에 못 살았다잖습니까."

"제명에 못 살아요?"

나는 어렴풋이 들어서 알고는 있었으나 그것은 어디까지나 어렴풋이 들은 데 지나지 않았다. 사내는 다시 사발에 주전자를 기울였다. 술인 모양이었다.

"아들은 대동아전쟁 때 죽었지요. 그 아들 그러니까 손자는 육이오 때 죽었지요. 그걸 다 보고 살았으니……."

그렇다고 했다. 어머니는 언젠가 이를 두고 '기구한 팔자'라고 말했었다. 그러고는 딸자식만 남고 대가 끊겼다는 것이었다. 그러고 보면 할머니는 남편과 아들과 손자를 정말 기구하게도 전란으로 차례차례 다 잃고 만 것이었다. 그러는 동안에 한 세기가 흘러갔다. 인류의 역사는 전쟁의 역사라던 누군가의 말도 떠올랐다. 몇 개의 전쟁으로 백 년이 흘러가고 그리하여 천 년이 흘러가는 것이었다. 이렇게 따져 보면 나폴레옹의 시대, 칭기즈 칸의 시대, 알렉산더의 시대까지도 우리와 밀접하게 연계되어, 금방이라도 말발굽 소리 요란하게 다가올 것만 같았다.

상당히 오래전에 할머니는 목계를 떠난 것으로 듣고 있었다. 그런 뒤로 목계에서 가장 가까운 '대처'인 이 작은 지방 도시만을 맴

돌며 살아온 것이었다. 그제야 무엇인가 아슴푸레 머리를 스쳐가는 느낌이 있었다. 그 느낌은 백 년 전, 천 년 전의 일처럼 먼 것도 같은 느낌이었으나, 그러나 너무도 가까운 느낌이었다. 남편과 아들과 손자가 차례차례 죽어간 것을 겪은 곳이 목계, 바로 그 땅이었다. 그러니까 할머니는 엄청난 세월을 살았음에도 불구하고 오늘 원(怨)과 한(恨)을 품고 연기로 올라가야 했을 것이다. 그 연기가 피어오르는 곳은 화장터가 아니다. 물론, 목계의 어느 모퉁이가 되는 것이다. 언젠가 텔레비전의 육이오 특집에는 세 아들을 한꺼번에 잃은 어머니가 나왔었다. 그런데 할머니는 아마 스스로는 의미도 자세히 몰랐을 전란으로 수십 년에 걸쳐 가장 가까운 세 명의 남자를 잃었다. 나는 그들의 죽음도 죽음이지만 그 무심한 세월에 한숨 지었다.

"어때요? 한잔 하시렵니까?"

사내가 혼자 마시기 뭣했는지 주전자를 들어 보였다. 주전자 속은 거의 바닥이 난 듯했다.

"아뇨, 아닙니다. 낮술은 입에도 못 댑니다."

나는 진심으로 거절했다. 술을 마시기로 작정한다면야 문자 그대로 두주불사(斗酒不辭)가 되리라는 예감마저 들었다. 때때로 폭음을 하고 홀린 듯 고꾸라지는 것도 황홀한 일이었다. 하지만 나는 서울을 떠나올 때보다 훨씬 마음이 미진했다. 할머니의 마지막 모습을 못 보고 떠나보낸 것이 그토록 내 마음을 안쓰럽게 할 줄은 미처 몰랐었다. 아내는 아내대로, 손수건을 꺼내 얼굴의 땀을 닦으며 그것 봐요 하는 표정을 짓고 있었다. 나는 어떻게 할까 한동안 망설였다. 그대로 멍하니 앉아 있을 수만도 없는 노릇이었다. 배도 고팠다. 아침에 부랴부랴 터미널에 나와 우동인지 가락국수인지 불어터진 면발 몇 오라기 후루룩 집어넣은 것이 전부였다. 이왕 온 김에 나중에 다시 들르더라도 우선은 그 집을 나서야 했다. 나는 준비해 온 조의금 봉투를 주머니에서 주섬주섬 꺼냈다.

"그런데 누구시라고……?"

사내는 내가 내민 봉투를 받아 들고 물었다.

"말씀드려도 잘 모를 겁니다. 여기 제 이름은 적혀 있습니다만."

"아, 예."

늦게 왔다는 죄책감에 곁들여, 나는 나를 굳이 밝히고 싶지 않았다. 낯모르는 사나에게는 더군다나 그랬다. 내가 나중에 다시 들른다는 보장도 없었다. 할머니는 세상을 떠났고 장례식은 끝났다.

"그럼 안녕히 계십시오."

나는 툇마루에서 일어났다. 아내도 따라 일어났다.

"이거 안됐습니다. 일부러 오셨는데……."

사내가 일어나 허리를 조금 굽혔다.

"괜찮습니다."

나도 할머니 안녕히 계십시오 하듯이 알맞게 허리를 굽혀 보이고 뒤돌아섰다.

"이제 어쩔 거예요?"

골목길을 잰걸음으로 걸어 나오는 내게 아내가 물었다. 그 물음에는 일은 다 끝났는데 왜 그리 서두르느냐는 뜻이 담겨 있었다.

"어서 점심을 먹고 가봐야겠어."

나는 단호하게 말했다. 그 집의 대문을 나서는 순간 나는 마음에 작정을 한 것이었다.

"어디루요? 집으로?"

아내 역시 그냥 되돌아가는 것이 어딘가 미진한 모양이었다.

"아니. 집은 무슨 집."

"그럼?"

"목계."

할머니는 연기로 사라졌어도 할머니가 못 잊어한 곳은 이 세상에 있었다. 그 옛 마을이 수몰되었다고 하지만, 사내의 말에 따르면 할머니는 그곳을 해마다 다녀왔다고 했다. 수몰된 그 옛 마을의 동구 밖 어디쯤이 되더라도 좋았다. 나는 그 현장을 확인하지 않으면 안 되었다.

"목계…… 거긴 왜요?"

의아해하는 것이 마땅했다. 그러나 나로서는 지난 백 년 동안의 어떤 결말을 위해서는 그곳을 꼭 가보아야 한다고 굳게 마음먹었다. 할머니가 떠나가는 모습만 보았더라도 그런 마음은 일지 않았을 것이었다.

나는 아내의 눈을 주시하듯 들여다보며 "어쨌든 꼭 가봐야겠어. 과히 멀지 않은 데니까 서두르면 오늘 안에 다녀올 수 있을 거야. 빨리 가자구." 하고 못을 박았다.

"거기 뭐가 있겠어요."

아내는 더위에 짜증을 내고 있었다. 아무리 미진하다 해도 언젠가 별 볼일 없는 곳으로 변해 버렸다는 이야기를 들은 탓이기도 하리라고 나는 이해했다.

"뭐가…… 없으니까 꼭 가봐야겠어. 있으면 지금 뭐 하러 굳이 가겠어. 이 더운데."

나는 궤변마저 늘어놓았다. 그러자 그 말이 퍽 그럴듯하게 여겨졌다. 그래서 궤변론자들은 끝없이 궤변을 늘어놓고 즐기는 듯싶었다. 아니었다. 궤변이 아니라 진실이었다. 그곳에 아무것도 없으니까 꼭 가보아야 한다. 그렇지만도 않았다. 그곳까지 가는 동안 옛사람들이 밟고 갔던 길이 없을 까닭이 없었다. 거기에 할머니의 남편과 아들과 손자의 자국이 찍혀 있을 것이었다. 그 하늘은 그 사람들의 숨결 소리 들려오는 하늘일 것이었다. 나는 내가 마치 옛사람들의 혼령을 맞이하는 박수무당이라도 된 양 걸음걸이마저 우줄거렸다.

포장도로를 벗어나 버스 한 대가 간신히 지나갈 만한 흙길을 한참 달려서 버스는 멎었다. 포장도로를 벗어나고부터는 오갈 데 없는 두메산골이었다. 그도 그럴 것이 목계 마을이 물에 묻히고 난 뒤 길은 도중의 옹기종기 앉아 있는 몇몇 집들만을 위해 뚫려 있는 꼴이었다. 이를테면 대가리 없는 뱀 꼴이었다. 그러니 예전부터 두메산골 소리를 듣던 그 지역은 개발은커녕 한층 푸대접을 받을 수밖에 없을 터였다. 목적지 없는 길이 무슨 소용이 있을 것인가. 버스가 부르릉거리며 가기를 멈추고 곧이어 앞뒤를 돌리기 시작했을 때야 나는 다 왔다는 데 생각이 미쳤다. 주변에는 민가도 보이지 않았다. 버스 종점에는 응당 있어야 할 매표소는 물론 말뚝 표지판 하나 없었다.

"다 왔습니까?"

나는 어이가 없어서 바깥을 휘둘러보았다.

"예에. 다아 왔습니다."

운전수는 이런 줄 모르고 왔느냐는 말투였다. 계속되는 길의 중간에서 양옆을 돋우어 깎아 버스 한 대 정도가 어렵게 돌 수 있게끔 만든 작은 공터가 종점이었다. 그러고 보니 몇 명 안 되는 승객마저 그곳까지 오는 동안에 하나둘 내려 버리고 버스 안에는 우리밖에 없었다.

"여기가 목계입니까?"

나는 확인하지 않을 수 없었다. 아무리 아무것도 없기 때문에 가 보아야겠다고 산이니 하늘이니를 속으로 읊어댔지만 정말 그곳은 아무것도 없었다.

"목계라뇨? 원목계는 물에 잠겼잖습니까. 그래서 여기까지밖에 안 다녀요. 회사에서도 행정 지시 땜에 울며 겨자 먹기로 들어오는 겁니다. ……저쪽에 길을 돌아가믄 몇 가구 있는 동네가 있긴 합니다만."

운전수가 버스를 다 돌려 세우고 엔진을 껐다. 아마도 담배 한 대쯤 피우고 나서 다시 출발할 모양이었다. 도무지 이도 저도 아닌 형편없는 골짜기는 막막한 느낌만 더해주었다. 하지만 종점이므로 어쨌든 내리고 보아야 했다. 나는 조금은 머쓱해져서 버스를 내리자마자 담배를 꺼내 물고 멍하니 앞쪽의 얕은 능선에 눈길을 주고 서 있었다.

"정말…… 뭐가 없군요……."

아내도 이럴 줄은 몰랐다고 말하고 있었다. 나는 분명히 뭐가 없기 때문에 가봐야 한다고 궤변을 토했고, 제멋대로인 내 성미를 아는 아내는 속으로는 삐죽거리면서도 하는 수 없이 따라왔다. 그러나 한쪽은 바위 부스러기가 묻어나는 언덕이며 한쪽은 잡초 더미만 무성한 척박한 밭뙈기가 몇 마지기 펼쳐졌을 뿐인 그곳은 나를 향해 내놓고 탓할 만한 곳도 되지 못했다. 보잘 것이 없다 못해 한심한 곳이었다.

"하는 수 없지. 사람 사는 집이 있다니까 그리로 가보지. 할머니가 여기 오셨다는 게 확실하다면 무슨 꼬투리라도 있겠지."

나는 애써 힘을 냈다. 아내로서도 뾰족한 수가 없기는 마찬가지일 터였다.

나는 아내와 함께 돌들이 삐죽삐죽 박혀 있는 길을 따라 걸어갔다. 운전수가 통 못 보던 사람들인데 여긴 왜 왔을까 하는 눈초리로 보고 있는 것이 뒷등으로 느껴졌다. 할머니의 장례에 와서 웬 엉뚱한 짓을 하고 있는지 나도 내 행동의 근거를 설명할 수 없었다. 뭐가 없으니까 보러 간다? 어김없는 궤변이었다. 볕에 달아오른 땅에서 끼치는 열기가 코를 스몄다. 풀들도 더운 숨을 쉬고 있었다. 얼마를 걸어가자 퇴락했으나마 그래도 기와를 인 집 몇 채가 눈에 들어왔다. 산나물을 뜯거나 버섯을 캐거나 하는 일로 연명하는 사람들의 집이리라 싶었다.

"가보자구. 갔다가 돌아가자구."

나는 이미 돌아가는 일을 이야기하고 있었다. 유난히 살성이 약한 아내는 얼굴이 그새 땡볕과 더위에 벌겋게 익어가고 있었다.

"모잘 쓰고 오지. 챙 있는 모잘 말야."

거기까지 끌고 온 게 미안해서 던져보는 말이었다.

"장례식에 멋 부리는 모잔 무슨."

아내는 손수건을 목덜미에 갖다 대고 땀을 찍어갔다. 장례식이라는 낱말을 강조하는 것은 이런 곳까지 올 줄 누가 꿈이라도 꾸었겠느냐는 뜻이었다. 나는 입을 꾹 다물고 집들 가까이로 걸어갔다.

작은 도랑 위의 구들장만 한 돌다리를 건너 집들 가운데서도 가장 번듯하다 싶은 집이 있었다. 인기척을 듣고 나이가 쉰 살은 되어 보이는 남자가 개가죽나무 옆으로 기우뚱 얼굴을 내밀었다.

"어떻게 오셨습니까?"

그가 먼저 물었다. 나는 얼른 대답할 말을 찾지 못하고 잠깐 동안 머뭇거렸다. 없는 것을 보러 왔다고 말할 수 있다면 얼마나 좋을까 하는 생각에 더욱 덧없는 심정이 되었다. 하지만 할머니는 분명히 목계에서 오랜 시집살이를 했고, 또한 요사이도 해마다 목계에 다녀오는 게 낙이라고 했다.

"저의 할머니께서 여기 자주 오셨다고 해서……."

나는 하는 수 없이 털어놓았다. 목계 마을이 물에 잠긴 지금 할머니의 '목계'가 어디인지 정확히 할 수 없어도 여기까지 와서 그냥 들어설 수야 없다. 나는 내가 알고 있는 사실은 모두 상세히 이야기했다. 알고 있는 사실이라고 해야 뭐 뻔한 것이었다. 본래 목계에 사셨으며 그 남편과 아들과 손자가 다 불행하게 세상을 떠났다. 그 할머니가 아흔아홉의 연세로 또한 세상을 떠났다. 그 할머니는 나의 외증조 할머니, 그러니까 어머니의 어머니의 어머니가 되신다 하는 따위의 지극히 피상적인 내용이었다. 이야기하는 도중에도 나는 그만두고 집으로 돌아가는 게 상책이라고 지레 포기하고 있었다. 이제 와서 할머니의 죽음의 의미를 찾겠다는 것도 얄팍한 감상주의자의 수작이었다. 몇십 년 동안이나 버려두었던 할머니가 아니었던가.

그런데 듣고 있던 남자가 갑자기 눈빛을 빛냈다. 뜻밖이었다. 그 눈빛에서 오는 어떤 예감을 좀 더 명확히 하려고 나는 "혹시 할머니를 아십니까?" 매우 조심스럽게 타진했다.

"아다마다요. 아, 마침내 돌아가셨구만요."

그러자 그는 탄식까지 하는 것이었다.

"예, 오늘 화장을 했습니다."

나는 화장터에 따라갔다 오기라도 한 양 말했다.

"그랬구만요. 연세가 워낙 많기는 했어두…… 우린 백 살을 넘기리라 했습니다."

그가 애도를 표하는 얼굴로 먼 하늘을 바라보았다. 확실히 나는 어떤 실마리를 잡은 것이었다. 더위에 허덕이던 몸이 문득 생기를 찾았다.

"할머니를 어떻게 아십니까? 목계에 해마다 오셨다는데 거긴 어딥니까?"

간신히 찾아낸 실마리를 놓쳐서는 안 되었다.

“할머니는 여기 자주 오셨습니다. 여긴 목계 마을의 입구니까요. 더 가야 사람 사는 덴 없지요.”

그가 무연히 말했다. 그리고 몇 번씩이나 반복해서 머리를 주억거렸다. 할머니의 죽음은 그에게도 감회가 깊은 것처럼 보였다.

“할머니가 여기에 자주…… 그랬군요. 오셔서 무얼 하셨습니까? 아는 사람도 없는데.”

“아는 사람은 없지요. 수몰되고 마을이 잠기고 나서 뿔뿔이 흩어졌으니까요. 수몰되기 전까지는 목계 마을에 자주 가셨다고 해요. 허지만 몇 년 전부터 갈 수가 없는 곳이 됐죠. 그 무렵 우연히 여기 들르셨지요.”

“네…….”

할머니가 목계 마을에 가곤 했었다는 시절도 할머니의 옛집은 할머니의 집이 아니었다. 그렇다면 가끔 노망 중세를 보인다는 말이 바로 그런 것을 일컬었는지도 몰랐다. 내가 말없이 있는 사이에 남자의 말은 계속되었다.

“우연히 들르셨는데 그게 우리에게는 다행이었죠. 참말로 다행이었구말구요.”

그는 혼자 맞장구까지 쳤다. 영문을 알 수 없었다. 할머니가 그에게 무슨 도움을 줄 수 있었을지는 전혀 예측이 되지 않았다. 어리벙벙하게 듣고 있다가 “어떤 일이 있었나요?” 하고 뒤늦게 내가 물음을 던졌을 때 그는 벌써 옆으로 발걸음을 옮기고 있었다.

“이리 좀 와보십시오.”

서두르는 품으로 보아 그는 퍽 성미가 급한 사람 같았다. 나는 여전히 영문을 모른 채 그를 뒤따르는 수밖에 없었다. 아내도 줄레줄레 뒤를 따랐다. 우리는 마당을 가로질러 집 옆의 제법 널찍한 공터로 안내되었다. 공터라기보다는 갖가지 허섭스레기를 모아두는 곳인 듯했다. 그 한옆에 놓여 있는 커다란 배불뚝이 항아리들이 유독 눈길을 끌었다.

"이걸 보십시오."

그가 항아리들 앞에 가서 우뚝 멈춰 섰다.

"이게 뭡니까?"

나는 그 안을 들여다보았다. 거기에는 알 수 없는 풀이 가득 집어넣어져 있었는데, 그 위에 눌러 놓은 돌멩이 주위로 황록색의 누르께한 물이 고여 있었다. 내가 모르는 종류의 장이 아닐까 여겨졌으나 할머니 이야기를 하던 중에 난데없이 장은 웬 장인가 싶었다.

"이게 바로 쪽이라는 겁니다."

그가 득의만면해서 말했다. 그가 아무리 득의만면해도 나는 그의 말을 알아들을 수가 없었다. 그래서 나는 알아들었다는 표시도 아니고 되묻는 표시도 아닌 엉거주춤한 말투로 "네……?" 하고는 그냥 서 있었다.

"쪽을 아십니까?"

그가 정식으로 물었다.

"쪽요? 아니, 전 잘……."

나는 알 길이 없었다. 나는 선생님 앞에 불려 간 학생처럼 서서 그 황록색의 누르께한 물에서 나는 시큼털털한 냄새를 맡고만 있었다. 그러자 그가 그럴 테지요 하는 태도로 사금파리 하나를 주워 땅바닥에다 뭐라고 글자를 썼다. 그 글자조차 잘 읽을 수 없었지만 그것은 글씨를 흐려 쓴 그의 탓이 컸다.

"청출어람(靑出於藍), 푸른빛은 남에게서 나왔는데 그 남보다 푸르다. 그 남이라는 게 바로 쪽입니다. 쪽에서 얻는 물감의 푸른빛이 쪽빛이라고 하는 것이지요. 쪽 풀은 저렇게 생겼습니다."

그는 신바람이 난다는 투였다. 그가 쪽 풀이라고 가리키는 풀은 항아리 옆에 놓여 있는 작두와 함께 흩어져 있었다. 그것은 여뀌 풀과 혼동될 정도로 흡사했다. 쪽빛은 나도 어디선가 들어서 귀동냥은 하고 있었다. 쪽빛 하늘이라고도 누군가는 묘사하고 있었다. 그러나 그 누르께한 물에서 무슨 물감이든 물감 같은 게 나올 듯이 보이지 않았다. 아니 그보다 할머니 이야기를 그가 깜빡 잊어 먹지나 않았나 의아심이 솟았다.

"할머니께서…… 이것과 어떻게…….."

나는 이야기를 환기시켰다.

"먼저 이쪽 얘기를 들어보시지요. 저는 생각이 있어서 옛날 물감인 이 쪽을 재현해 보려고 오래전부터 마음먹어 왔지요. 쉽게 말하면 쪽에 미친 놈이지요."

별의별 옛것이 재현된다는 말을 듣기는 했었다. 고려청자, 조선백자는 대표적인 것이었다. 최근에는 결혼식도 족두리 쓰고 사모관대 입고 하는 구식 방법이 한쪽에서 꽤 인기를 끌고 있다고도 했다. 그런데 이번에는 쪽이었다. 그는 그의 말대로 '쪽에 미친 놈' 다웠다. 내가 어떻게 여기든 그는 여러 개의 항아리를 일일이 관찰시키면서 쪽을 설명했다. 그의 열의에 나와 아내는 어쩌지도 못하고 팔자에도 없는 쪽 공부를 해야만 했다. 그의 말에 따르면 쪽물을 얻는 과정은 '신비한 변화의 과정'이라고 했다.

"먼저 잎사귀가 싱싱해지는 화창한 아침에 쪽을 베어 와서 독에 넣고 물을 찰랑찰랑 부어놓습니다."

물은 우물물보다 개울물이나 빗물을 쓰는 게 훨씬 좋다고 했다. 이렇게 담근 쪽은 2, 3일 지나면 황록색으로 변한다. 그것이 처음에 항아리에서 본 누르께한 물이었다. 그가 그 항아리를 손가락으로 가리키고 나서 그 옆의 항아리로 옮겨갔다.

"그 물에 조개나 굴 껍질을 태운 가루를 넣어 젓습니다."

고무래로 저어줌에 따라 물은 녹색으로, 진한 녹색으로, 다시 검푸른 색으로 변한다. 저을 때부터 거품이 이는데, 물이 검푸른 색일 때 와서는 자줏빛의 아름다운 꽃 거품이 인다는 것이었다. 그가 거품을 버큼이라고 하는 바람에 나는 처음에는 알아듣지 못했다.

"버큼이요?"

나는 물었다.

"보세요."

나는 그가 시키는 대로 한 항아리 안을 들여다보았다. 아닌 게 아니라 두꺼비 잔등 같기도 하고 개구리 알 같기도 한 모양의 자줏빛 거품이 떠 있었다. 자기 입으로 '미친 입'이라지만 할머니 이야기 끝에 쪽이 뒤따랐으므로 나는 열심히 듣는 척을 했다. 실제로 그가 여러 개의 쪽 항아리를 설명하다가 어느 틈에 중요한 이야기를 할지도 모르는 일이었다.

"자줏빛 꽃 버큼이 일어난 쪽물을 하루쯤 놔둬서 회분과 색소를 가라앉힙니다. 그리고 윗물을 따라 버립니다. 짙은 녹색의 팥죽 같은 앙금만 남게 되지요. 여기에 잿물을 부어 다시 젓습니다."

이 물빛이 이른 봄에 새로 피어난 파릇파릇한 어린 잎사귀같이 생기 있는 녹색이 되면 여기서도 약간의 '꽃 버큼'이 일며 표면에 보라색의 색소가 뜨기 시작한다. 그는 다시 그 옆의 항아리로 가서 손가락을 저어 녹색 물과 구별되어 나타나는 보라색의 색소를 보여주었다. 그 켜가 점점 두터워져서 드디어 쪽물이 된다는 것이었다.

그는 설명을 끝내고 약식으로 간단하게 말해서 알 수 있었을지 모르겠다고 덧붙였다. 실제로는 훨씬 복잡한 과정을 거친다는 말이었다. 나는 모호하게 웃었다. 그리고 쪽물에 일었던 꽃 거품처럼 그의 입가에는 게거품이 묻어 있음을 보았다. 그는 그러고 나서도 한참 동안 우리 고유의 것이 안타깝게 잊혀 간다느니, 쪽물을 되살리는 일은 우리 넋을 되살리기 위해서라느니 하고 역설했다. 그런 그를 탓해서는 안 되었다. 세상에는 온갖 종류의 사람들이 다 필요한 법이었다. 특히 무엇엔가 '미친' 사람은 존경받아야 마땅했다. 그러나 나는 불행하게도 쪽에 관심이 없었다. 다만 조금의 관심이라도 있다면 쪽물로 물들인 옷감이 지극히 아름답다는 그의 설명 정도였다.

"쪽물로 잘 물들인 천을 들여다보고 있으면 얼굴이 비친다고 하지요. 거울처럼 말입니다."

그는 황홀한 듯 말했다. 그의 눈은 그 커다란 배불뚝이 쪽물 항아리들을 자랑스럽게 바라보았다. 그런데 할머니의 이야기는 어디서 다시 찾아야 한단 말인가.

"거울처럼 말이지요?"

"그럼요."

그는 자신 있게 대답했다. 나는 더 이상 쪽물 이야기로 시간을 보낼 수는 없다고 생각했다.

"할머니께서는……."

그러나 내가 말을 꺼내기가 바쁘게 그가 가로막았다.

"그렇지요. 바로 할머니께서 우연히 오셔서 이 쪽물 만드는 법을 가르쳐준 겁니다. 제게는 은인입니다. 저는 십여 년 전부터 이 생각을 해왔지요. 그런데 제조 방법을 아는 사람이 이 지방에는 없었지요. 하도 오래전 일이라."

할머니가 쪽물을 만드는 방법을 알고 있었다는 사실을 내가 모른다고 해서 하등 이상할 것이 없었다. 오히려 당연했다. 나는 비로소 쪽물이 들어 있는 항아리들이 다시 보였다. 할머니의 쪽물. 아, 그랬구나. 가슴속에 잔잔한 파문이 일었다. 그래서 목계엘 다녔구나. 하지만 할머니가 어떻게 그 일을 해냈는지는 자못 궁금했다.

"할머니는 근래 들어 노망기가 있으셨다던데요?"

나는 그의 얼굴을 쳐다보았다. 그도 별반 다른 반응은 보이지 않았다.

"그야 그랬지요. 그래서 애도 먹었지요. 몇 번씩 다시 하고 망치고 다시 하고…… 그건 노망이라기보다는 노쇠 현상이라고 봐야겠지요. 정작 노망이라면 죽은 이들이 이 목계에 와서 마을이 없어진 걸 보믄 집을 못 찾는다고 걱정한 거겠지요. 아닙니다. 죽은 이들이 아닙니다. 어딘가에 살아 있어서 돌아올 게라는 거였어요. 할머니는 사실 쪽물을 만드는 일보다도 여기까지 와서 그이들을 기다리는 게 더 큰 일 같았어요. 노망이지요."

아무렇지도 않게 뱉어 내놓는 그의 말에 내 가슴의 파문은 더욱 커졌다. 할머니는 아무리 정정하다 해도 구순(九旬)의 나이였다. 그 힘든 몸을 이끌고 와서 쪽물을 만들며 오지 않을 사람들을 기다렸다니 그것은 확실히 노망이었다. 할머니가 옛것을 되살리고 어쩌고의 의미를 알 것 같지는 않았다. 하지만 할머니는 옛것을 되살리는 일을 몸소 했다. 그렇다면…… 내 생각은 갑자기 옆길로 치달았다. 그렇다면…… 할머니는 옛 감을 생생히 되살려 낼 수 있었던 거처럼 옛일도, 모두가 살아 있는 그 상태로 생생히 되살려 놓을 수 있다는 희망을 가졌던 것은 아닐까. 물론 이제 할머니의 '노망'의 마음을 상세히 짚어볼 수는 없는 노릇이었다. 하지만 나는 자꾸만 '그렇다면…….' 하는 전제가 가슴속의 파문의 물이랑마다 자리 잡는 것을 어쩔 수 없었다.

"노망이었군요."

나는 힘없이 중얼거렸다. 그리고 웬일인지 어서 빨리 집으로 돌아가야겠다는 마음이 일었다. 할머니가 살아생전에 그토록 기다리던 죽은 사람들 대신에 내가 왔으나 할머니는 이 세상에 없다는 일이 서로 교차되어 머릿속을 어지럽혔다. 그렇다면…… 할머니는 쪽물을 만드는 마음으로 그 사람들을 불러오지는 못했지만 나는 불러올 수 있었다…….

"참, 이게 할머니가 시집올 때 가지고 온 쪽물 들인 치마랍니다. 어때요? 쪽빛이 아직도 곱지요? 쪽물은 아무리 오래돼도 비록 천이 해질망정 본연의 빛깔은 변하질 않지요. 엷어지더라도 그 빛깔 그대로 엷어진다는 게 쪽물의 특성입니다."

그가 함지박 위에 놓여 있는 천 조각을 들어 보였다. 몹시 낡은 천 조각이었다. 그러나 그 쪽빛은 그가 보여준 새 물감 쪽빛에 비해서는 너무나 엷었다. '엷어지더라도 그 빛깔 그대로 엷어진다.' 는 그의 말이 그 빛깔을 두고 말한 것인지는 알 수 없어도 그 빛깔은 매우 엷은데도 쪽빛의 푸름이 형형하게 서려 있는 듯했다.

"이거…… 제가 가져도 되겠습니까?

나는 어떤 충동에서 불쑥 말했다.

"그러시지요. 할머니의 것이기도 하고…… 너무 낡았지요."

그는 선선하게 허락했다. 허락한 게 아니라 내가 주인이 되어야 마땅한 물건이었다. 아닌 게 아니라 낡기는 무척 낡은 천 조각이었다. 시집올 때 가지고 온 쪽물 들인 치마는 평소에는 장롱 속에 고이 모셔놓았었으리라. 그것이 어찌어찌해서 남의 집 뒷마당의 함지박 위에 구겨져 있다니 참으로 세월은 무심하기로 치면 그런 것이었다. 나는 군데군데 희끄무레하게 쪽빛이 날아간 그 천 조각을 집어 들고 망연히 들여다보았다. 할머니가 왜 '목계' 에 자주 왔었는지는 확연해졌다. 그것은 노망 때문이었다. 그러나 나는 그것을 단순히 노망이라고 매도할 수는 없었다. 죽은 사람은 돌아오지 않는다. 그렇지만 죽은 사람이 살아 있다고, 돌아올 것이라고 믿는 마음을 어찌 노망이라고 매도하랴. 나는 그럴 자신이 없었다. 나는 할머니의 치맛자락이었다는 그 천 조각을 두 손으로 들고 한 올 한 올 살피듯 들여다보았다. 낡았으나 그 빛깔은 과연 깊고도 맑은 쪽빛이었다.

"얼굴을 비춰보시려구요? 그 천은 아무래도 너무 낡아서 안 되겠지요. 허허."

그가 기분 좋게 웃었다. 쪽물을 잘 들인 천을 들여다보면 얼굴이 비친다던 말이 떠올랐다. 나는 한 올 한 올 다시 들여다보았다. 그의 웃음 딸린 말처럼 19세기의 천은 너무 낡아서 내 얼굴을 비춰보기에는 어림도 없었다. 그러나 올과 올 사이, 빛깔과 빛깔 사이를 들여다보는 내 눈에 드디어 하나의 얼굴이 모습을 드러냈다.

처음에는 윤곽도 전혀 뚜렷하지 않았다. 그러던 얼굴이 천의 올과 올 사이 빛깔과 빛깔 사이, 아니 하늘 저 먼 데서 차츰 가까이 다가왔다. 할머니의 치마조각은 하늘에 어린 얼굴을 바라보았다. 그 얼굴은 재 눈동자가 가장 잘 볼 수 있는 데쯤에서 뚜렷한 윤곽으로 멈추었다. 누구일까. 나는 눈도 깜박이지 않았다.

그리고 나는 보았다.

그것은 틀니 따위는 안 한 고운 새색시의 얼굴, 오래고 지겨운 기다림에도 지치지 않은 해맑은 새색시의 얼굴, 할머니의 얼굴이었다. 그 쪽빛 하늘에 숨결 소리 어리어 그리운 이들을 영원한 초혼(招魂)으로 맞이하는 할머니의 새색시 얼굴이었다.

장구 치는 소녀

텔레비전의 권투 중계에서 주워들은 말로서, 몸의 다른 부위는 몰라도 턱은 맞으면 맞을수록 약해진다고 했다. 좀 더 부연하면 턱은 얻어맞는 연습을 해서 강하게 할 수 없다는 것일 터였다. 가령 새끼를 감은 나무 기둥을 정권(正拳)으로 매일 치면 머지않아 그 정권 마디에 굳은살이 박여 딱딱해지는데, 턱을 그렇게 할 수는 없는 노릇이라는 말쯤으로 여겨졌다. 한번 깨진 턱은 다음에 더 잘 깨지지요. 그래서 유리 턱이라고도 하지 않습니까. 해설자는 그 말에 신빙성을 불어넣고자 유리라는 말을 강조하고 있었다. 권투에 대해서 잘 모르는 나로서는 '유리 턱'의 실제 또한 잘 모른다고 할 수밖에 없다. 그러나 그 말은, '작은 거라도 자꾸 맞으면 불리합니다.' 라든가 '몸을 움직여줘야지요. 가만히 서 있으면 맞습니다.' 라든가 '저렇게 맞고도 쓰러지지 않는군요. 맷집이 좋습니다.' 하는 따위의 말보다는 그래도 어느 정도 뭐가 있을 듯싶었다.

그러나 여기서 내가 권투 이야기를 하려는 것은 결코 아니다. 밝혔다시피 권투 이야기를 이러쿵저러쿵할 주제도 못 된다. 권투라는 게 그저 어떻게든 상대방을 쳐서 몰거나 쓰러뜨리면 되는 운동 경기인 줄 누가 모르랴. 나 역시 그 이상으로 어떻게 기술적인 설명을 할 수 없는 주제인 것이다. 다만 권투와 관련하여 유달리 기억이 새로운 것은 언젠가 홍수환(洪秀煥) 선수가 파나마로 가서 그곳 출신의 카라스키야와 챔피언 결정전을 벌여, 이른바 4전 5기(四顚五起)라는 말을 만들어냈을 때의 일이다. '지옥에서 온 악마'라는 무시무시한 별명을 가지고 있다는 카라스키야는 홍수환을 여지없이 몰아붙여 네 번이나 바닥에 눕혔다. 카라스키야의 승리는 떼어 놓은 당상으로 보였고, 문제는 홍수환의 비참한 최후에 대한 감정 처리만 남아 있는 셈이었다. 그런데 이변이 일어났다. 네 번째 엉덩방아를 찧고 나가떨어진 홍수환이 간신히 일어났는가 하자 순식간에 카라스키야에게 한 대 먹이고 이어서 찍어 누르듯 그를 눕혀 버리고 만 것이었다. 카라스키야는 일어나지 못했다. 방금 전만 해도 혀를 끌끌 차고 있던 나는 놀란 나머지 그때부터 축하주를 든답시고 정신을 완전히 잃도록 퍼마셨었다. 홍수환은 네 번 쓰러졌어도 일어났는데 나는 그 자리에서 다음 날까지 일어나지 못했다. 처음에 술은 과일을 쟁여두었던 원숭이에 의해 만들어졌다는 말이 있기는 하지만, 나는 그때까지 휘둘리는 골을 흔들며 술을 만든 사람들을 저주하지 않을 수 없었다. 무릇 크든 작든 술꾼들이란 스스로 저지른 과음의 잘못을 다른 어떤 바깥의 요인에 전가하려는 버릇이 있는 것이다.

어쨌든 권투 중계 해설자는 턱은 맞으면 맞을수록 약해진다고 말했다. 그 말을 듣자 나는 난데없이 아킬레스건(腱)이라는 낱말이 떠올랐고, 이어서 외로움이라는 낱말이 떠올랐다. 알다시피 트로이 전쟁 때 그리스의 명장이었던 아킬레스는 발뒤꿈치를 빼고는 찔리지도 베어지지도 않는 불사(不死)의 몸을 가지고 있었으나, 트로이의 왕자 파리스가 쏜 화살에 그만 발뒤꿈치를 맞아 죽는다. 여기서 발뒤꿈치의 건은 아킬레스건이라는 이름을 얻게 되었다고 했다. 그러니까 '유리 턱'에서 난데없이 아킬레스건이 떠오른 것은 육체의 한 특정 부위의 약점에 대한 연상 작용이었으리라고 쉽게 유추할 수 있겠다. 따라서 난데없이 떠올랐다고 한다면 외로움이라고 하는 선뜻 입에 올리기 참으로 낯간지러운 낱말이 될 것이다. 외로움…… 이왕 이 낱말이 나오게 된 이상 이 낱말이 어떤 과정을 통해 진부하게 되었는지를 캘 의도는 없다. 다만 아무리 이 낱말이 진부하게 되었다손 치더라도 홀로 있다는 사실에 진실로 쓸쓸해서 견디기 힘든 사람은 기어코 쓸 수밖에 없는 낱말임을 나는 알고 있다.

나는 왜 '유리 턱'에서 외로움이라는 낱말을 떠올렸을까. 그것이 내 개인의 경우에만 해당하는 상황인지 어떤지는 몰라도 언젠가 외로움이란 겪으면 겪을수록 이겨낼 수 없이 사람을 더욱 외롭게 만든다고 생각한 때문이었다. 어떤 종류의 감정은 많이 겪을수록 무디어져서 종내에는 흐지부지되고 만다. 예컨대 두려움이 그렇지 않을까 싶다. 그러기에 두려움은 두려워하는 그 사태가 아직 닥치기 전의 상태에서 더욱 심하게 느끼게 되는 것이라는 말도 있을 것이다. 외로움…… 턱은 맞으면 맞을수록 약해진다…… 외로움은 겪으면 겪을수록 더욱 짙어진다…… 권투 중계 해설자의 말을 들으면서 그렇게 대치시켜 본 것은 나만의 허약함 때문인지도 모른다. 그러나 이와 관련하여 나는 가끔 들르곤 하는 시장의 밥집 중년 아주머니가 웬일인지 '외롭아서…….' 하면서 찔끔찔끔 눈물을 찍어가던 모습이 눈에 선하다. 그 아주머니는 이른바 남녀 간의 문제에 대해서는 세상에서 할 수 있는 말은 눈 하나 깜짝 않고 서슴없이 살 수 있는 여자였다. 성 문제까지도 면역성이 있는데 외로움은 그렇지 못하다고 나는 말하고 싶은 것이다.

　권투 중계 해설자의 '유리 턱'에서 난데없이 외로움을 연상했을 때, 실상 나는 지난 한 시절을 회상하고 있었다. 그 시절이 바로 외로움은 겪으면 겪을수록 더욱 짙어진다는, 다분히 '개똥철학' 류(流)의 생각을 한 시절인 것이다. 흔히들 '개똥철학'이라면 삶의 단편들에 대한 얄팍한 정의나 공연히 심각한 체하는 투를 말하겠는데, 그 시절의 외로움 운운하는 내 생각이 과연 그렇기는 해도 나로서는 제법 그럴싸하다고 나는 나를 위로하고 있었다. 본디 외로움을 잘 타는 성격이라고 스스로 치부하고 있는 나는 10대의 외로움과 20대의 외로움을 거쳐 서른을 넘어 바야흐로 30대의 외로움을 겪고 있는 참이었다. 그리고 이미 그 무렵은 대가 외로움을 잘 탄다는 점에 나는 진저리를 내고 있기도 했다. 따져 보면 이 세상 누가 외롭지 않은 사람이 있으랴. 공수래공수거(空手來空手去)라는 이 세상 누가 '외롭아서…….'라면서 눈물을 찔끔거리지 않을 자신이 있는 사람이 있으랴. 하지만 그따위 나약한 소리를 입 밖에 내지 않고 무덤 속까지 당당하게 들어가려는 많은 의연한 사람들이 있다. 그런데 나는 왜 그렇지를 못한 것인가. 지겨웠다. 못난 녀석!

　그 무렵 나는 광명시에 가까운 서울 변두리 천왕동에 거처를 정하고 있었다. 10년이면 강산이 변한다고, 지금에 와서는 변두리니 뭐니 하는 의식이 다소 희미해졌지만 그때가 지금으로부터 비록 10년은 채 못 되었다고는 해도 아직 변두리는 여러 모로 괄시가 심한 곳이었다. 시내버스는 포장이 안 된 길을 먼지를 뽀얗게 날리며 달렸다. 예로부터 영등포 지역 땅은 비만 오면 진창이 되어 그곳 사람들에 의해 '진등포'라고 불리며, '마누라 없이는 살아도 장화 없이는 못 산다.'는 곳임을 알면 그 먼지를 짐작할 것이다. 상하수도는 말할 것도 없이 엉망이었다. 청소차가 안 와서 재래식 변소들은 길바닥까지 넘쳐났다. 그런 한옆에서 우중충한 몰골의 동네 사람들은 시도 때도 없이 가마니 뙈기를 펴고 막걸리 내기 윷을 던졌다. 대도시 한복판에서는 어느 결에 구경도 할 수 없게 된 윷판을 기웃거리며 나는 이상한 나라에 온 것 같은 착각을 느끼곤 했다. 그렇지. 도, 개, 걸, 윷, 모는 사라진 옛말의 흔적들로서 다들 짐승을 일컫는다고 했지. 도는 도야지, 개는 개, 걸은 닭, 윷은 코끼리, 모는 소? 일본의 옛 노래책인 『만요슈(萬葉集)』에도 수없이 비유로 쓰였다고 했지. 나는 아무 쓰잘 데 없는 생각까지 하며 윷판을 기웃거렸다. 나 역시 할 일이 없었기 때문이었다. 그러다가 배가 출출하면 무허가 음식점에 기어 들어가 떡라면이나 국수를 시켜 먹었다.

이런 한심한 분위기 가운데 그래도 낙이 있다면 그것은 주택지를 벗어나 곧 논과 밭을 볼 수 있다는 것이었다. 더군다나 주택지와 논밭의 경계가 되는 곳에는 고철을 수집하는 곳이 있어서, 검붉게 녹슨 고철 더미들과 녹색의 논밭은 선명한 대조를 이루고 있었다. 그해, 중국 대륙에서 황사(黃沙)가 날아와 하늘을 뒤덮는 봄철부터, 또한 중국 대륙에서 벼멸구 떼가 날아와 논에 내려앉는 여름까지 나는 뭔가 목마르게 그 논밭을 가로질러 갔다가 되돌아오는 일을 되풀이했다.

"이놈으 벼멸구 떼가 중국에서 바다를 건너 날아온다지 않소."

농약을 치던 사람이 나를 보고 말했다.

"봄철의 황사, 누런 모래 바람처럼 말이지요?"

"그렇다오."

대화란 고작 그런 정도였다. 나는 영화에서 보았던 중국의 엄청난 메뚜기 떼를 연상하면서 논길을 걸었고 멸구가 메뚜기라면 차라리 좋으련만, 어렸을 적에 빈 술병에다 메뚜기를 가득 잡아, 똥이 빠지게 하룻밤을 재웠다가 구워 먹던 일들이 되살아났다.

이른 봄에 처음으로 고철 더미를 지나 논을 바라보았을 때, 아직 모 심기가 시작되지 않은 무논에서 아이들이 개구리를 잡고 있었다. 논에 쟁기질을 하는 바람에 뒤집힌 땅속에서 튀어나온 개구리들이었다. 가까이 가서 보니 그 논의 개구리들은 유난히 컸다. 수박처럼 무늬 진 개구리들은 아이들의 손아귀에 뒷다리를 움켜잡힌 채 어이없다는 듯 눈알을 멀뚱거리고만 있었다. 아이들이 개구리를 잡는 것은 있음 직한 광경인데도 나는 분노가 치밀었다. 그 개구리들은 아마도 몇십 년은 묵었을 듯한 개구리들로 보였다. 몇십 년 묵은 개구리를 겨우 열 살이나 될까 말까 한 아이들이 능멸하다니. 나는 부글부글 끓어오르는 속을 간신히 달래야 했다. 그러고는 마치 아이들에 붙잡혀서는 나도 끝장이다 싶은 심정으로 도망치듯이 논길을 벗어나고야 말았다.

논밭을 벗어나 둔덕을 올라서면 거기 찻길을 나타났다. 포장이 안 된 시내버스 길과는 달리 아스팔트로 포장돼 있는 것으로 보아 버젓한 국도인 듯싶었다. 어디로 가는 길일까. 그 찻길은 포장이 말끔하게 잘돼 있는 데 비해 지나다니는 차가 없는 편이었다. 채 개발되지 않은 새로운 공업 단지를 향해 뚫어놓은 길인지도 몰랐다. 길 옆의 과수원에서는 복숭아나무들이 빠알갛게 꽃눈을 부풀리고 있었고 어디선가 봄새 소리가 들려왔다. 어디로 가는 길일까. 그 길은 내게 그런 질문을 끌어내며 그 길을 따라 정처 없이 가 보라고 유혹하고 있었다. 그러나 나는 그곳에서 걸음을 멈추었다. 지저분하기 짝이 없고 온통 시끌벅적한 동네의 분위기와는 달리, 그와 조금 떨어져 말씀하게 닦여 있는 그 길은 현실의 길 같지가 않았다. 이 길로 오라. 그렇게 누군가가 말하고 있는 듯이 여겨진 순간 겁이 났다. 멋모르고 한 발짝 두 발짝 떼어놓다가는 나도 모르는 사이에 영원히 세상을 벗어나고 말 것 같은 두려움이었다. 나는 서둘러 발길

을 돌렸다. 아무리 곤고하고 아무리 외롭더라도 이 세상에 살고
싶다!

내가 그녀를 처음 본 것은 그 봄과 여름이 지나고 가을에 접어들
어서였다. 직장을 잃고 집에서도 쫓겨나듯 나와 홀로 방을 얻어 사
는 지 어언 반년째, 경제적인 문제야 그렇다 치고라도 꼴이 말이 아
니었다. 그 많던 친구들은 다 어디로 갔는가. 모두들 사라져갔다.
아니, 내가 그들로부터 사라져간 것인가. 그건 아무래도 좋다. 어쨌
든 내가 철저히 버려져 있다는 점만은 틀림없었다. 논밭을 가로질
러 그 찻길로 가서, 자칫 잘못하면 이 세상에서 증발하고 말 것 같
은 위험을 느끼는 일은 여전히 계속되고 있었다. 맑고 평화롭고 안
온함은 내 처지에 함부로 누릴 수 있는 게 아니었다. 그곳에서 돌아
오는 대로 나는 그곳과는 반대쪽 동네 어귀로 나가는 것이 일과였
다. 시장기를 면하기 위해서였다. 그런 어느 날 옆길로 들어섰다가
한 포장마차에 들렀다. 흔히 포장마차, 포장마차 하지만 실은 어느
포장마차나 말이 끌고 다니지 않는 바에야 마차는 애당초 아닌 것
인데 특히 그 포장마차는 리어카 주위에 아예 붙박이로 천막을 늘
여 쳐서 거의 집 형태를 갖추었으므로 포장마차라기보다는 포장집
이라고 부르는 편이 옳을 것이다. 안쪽에는 약식으로 구들까지 놓
았는데 무릎 높이로 올라온 방바닥이 있어서 거기서 사람들이 술을
마시기도 했다. 그 포장집을 알기 전까지는 나는 마땅한 집을 발견
하지 못해 다문 한두 잔이라도 이곳저곳을 옮겨 다니며 기울이곤
했었으나, 그 포장집을 알고부터는 술집 혹은 포장마차에서만은 떠
돌이 신세를 면하기로 하고 있었다. 그렇다고 해서 그 포장집이 다
른 곳보다 안주를 갖추어놓았다거나 자리가 편하다거나 무슨 특별
한 점이 있어서는 아니었다. 그동안 나는 꽤나 헤맸고, 이젠 헤매지
말자고 여겼을 때, 그 포장집을 발견했던 것이다. 그로부터 나는 거

의 매일이다시피 그 포장집에 들러, 어떤 때는 우동을, 어떤 때는 막걸리 한두 잔을, 어떤 때는 2홉들이 소주를 거의 두 병씩이나 마셨다.

그날 나는 날이 완전히 어두워서 그 포장집에 들렀다. 그날따라 나는 하루 종일 방에 틀어박혀 꼼짝 안 하고 있다가 그제야 어슬렁거리며 밖으로 나온 것이었다. 찌는 듯하던 폭염도 어느새 슬그머니 꼬리를 감추고 저녁 바람이 선듯했다.

"어서 오시우."

내가 채 들어서기도 전에 주인 여자가 반색을 했다.

"오늘은 안 오나 했지."

"봉황이 오동나물 놔두고 어딜 가겠습니까."

꽤 너른 포장 안이 여러 가지 잡다한 안주 종류를 굽는 냄새로 가득했다. 주인 여자가 어떻게 새겨듣든지 봉황이고 오동나무고 말해놓고 보니 처량한 내 신세가 더욱 처량해지는 느낌이었다. 그러자 돌아앉아 있던 여자가 얼굴을 돌려 나를 힐끔 쳐다보았다. 그러더니 곧 본 척도 안 하고 얼굴을 돌려버렸다. 나는 그녀가 비스듬히 보이는 자리에 가서 앉았다.

"막걸리. 갈매기하고."

어떤 조갯살을 갈매기라고들 했다.

"여기도 빨리 주세요. 시간 없는데."

그녀가 재촉했다. 그 옆에 동료인 듯한 또 한 여자와 나란히 앉은 그녀는 손에 이미 젓가락까지 들려 있었다. 스무 살을 갓 넘었을까 말까 한, 젊다고 하기보다는 어리다고 하는 표현이 알맞을 여자였다. 나는 달리 시선을 줄 곳도 마땅치 않아 별수 없이 그녀에게로 시선을 건넨다는 식으로 그녀를 바라보았다. 약간 긴 머리를 손수건으로 동여맨 얼굴을 갸름한 편이었는데, 맑고 천진하다는 느낌을 주었다. 그러나 또한 어느 편인가 하면 얼굴이 주는 호감에 비해 몸 전체가 주는 느낌은 촌스러움이었다. 좋게 말할 때 시쳇말로 때가 덜 묻었다는 표현을 하지만 촌티란 그와는 좀 다른 표현이 될 것이다.

“자, 아가씨들 꺼.”

주인 여자가 작은 플라스틱 접시에 닭똥집을 담아 내놓았다. 닭똥집…… 하기야 나는 이 포장집에 젊은 여자들이 먹을 게 뭐가 있을까 궁금하게 여기고는 있었다. 그 나이 또래의 여자들이란 튀김이니 떡볶이 같은 주전부리를 좋아하는데 그 포장집에는 그런 것들이 없었다. 게다가 남자와 함께 들어오는 경우는 있어도 여자들만 들어오는 경우는 거의 없었다.

“맛있겠다, 얘. 어서 먹자.”

그녀가 동료에게 말하고는 먼저 한 점을 집어 입에 넣었다. 나이 서른이 넘어서서, 세월의 바람에 의해 조금씩 풍화되기는 됐어도 그 몇 년 전까지 나는 여자들이 그런 종류의 음식을 먹는 것에 심한 거부감을 느꼈었다. 여자들은 먹는 모습이 예뻐야 함은 말할 것도 없고 먹는 것 자체가 지저분한 것이 있어서는 안 된다. 여자들의 먹을 권리를 제한하려는 뜻은 티끌만큼도 없었고 오로지 여자들의 품위를 위한 충정으로서였다. 그런데 닭똥집?

곧 내 앞에도 막걸리와 갈매기가 놓였다. 나는 스테인리스 주발에 막걸리를 따라 단숨에 한 잔을 들이켰다. 빈속이 금세 홧홧해 왔다. 노동자 차림의 중년 사내 서넛이 두리번거리며 들어와 안쪽 방으로 올라가 앉아 소주에 돼지고기를 시켰다. 그들의 을씨년스러운 모습에서 가을은 나뭇잎의 조락(凋落)이나 단풍 같은 것으로 우리에게 다가오는 게 아니라 사람의 몸짓으로 먼저 다가오는 것이라고 생각되었다.

"우리 닭발두 먹을까?"

그녀의 말에 옆의 여자가 고개를 끄덕여 동의했다. 닭똥집은 그새 흔적도 없었다.

"여기 닭발 네 개만 더 주세요."

나는 그 포장집에 닭똥집이 있는 줄은 알고 있었으나 닭발이 있는 줄은 몰랐다. 그녀가 가리키는 곳을 보니 아닌 게 아니라 노란 닭발들이 수북이 쌓여 있었다. 그것들은 몸뚱이와 함께 가지 못한 게 송구스럽다는 듯 발가락들을 오그리고 있었다. 나는 다시 한 번 그녀를 눈여겨보았다. 저토록 앳되고 티 없는 얼굴을 한 여자가 닭발까지 먹겠다고 하다니 서글픈 일이었다. 나는 막걸리를 연거푸 들이켰다. 닭고기부터를 싫어하는 내게는 닭발을 먹는다는 사실 자체가 있을 수 없는 일이었다. 끔찍했다. 주인 여자가 닭발 네 개를 집어 그녀들 앞에 놓여 있는 빈 접시 위에 놓자 그녀는 전등 불빛에 눈을 빛내며 발모가지를 집어 들었다.

"얘, 난 똥집보다도 발이 맛있더라."

그녀는 말하기가 바쁘게 닭발의 뼈다귀에 붙어 있는 살을 발라 먹기 시작했다. 닭발을 저렇게 먹는 거로구나 나는 생각했다. 소나무에서 송기 벗겨 먹듯 하는군. 그러나 그게 아니었다. 껍질을 거의 벗겨 먹었는가 했더니 이어서 오도독오도독 발가락뼈를 씹는 소리가 났다. 아. 나는 다만 놀라울 뿐이었다. 그녀는 그렇게 순식간에 그녀 몫의 닭발 두 개를 해치웠다.

"더 먹구 싶다. 그치?"

"그렇지만 너 오늘 과용한 거 아니니?"

옆의 여자가 얻어먹은 게 미안하다는 표시를 했다.

"괜찮아, 곧 추석인걸 뭐. 발 하나씩을 더 먹었으면."

그녀가 작은 동전 지갑에서 동전들을 꺼내면서 입맛을 다셨다.

더 먹었으면 좋겠는데 자신도 역시 '과용' 했다는 느낌이 든다는 표
정이 역력했다. 그때 돈으로 한 개에 십 원짜리 닭발. 그때 나는 내
가 아무리 쪼들린다지만 그녀들에게 닭발 몇 개쯤은 살 여유는 있
다는 생각이 머리를 스쳤다. 술 먹은 허장성세 때문인지도 모른다.

"아가씨들 닭발 더 드쇼. 내가 사리다."

나는 불쑥 나섰다. 두 여자의 얼굴이 나를 향했다. 자신들의 행
동을 내가 일일이 엿보고 있었다는 데 당혹한 듯한 얼굴들이었다.

"염려 마시고 들어요. 별다른 뜻은 없으니까."

사실이었다. 그것은 단순한 호의에 지나지 않았다. 나는 그녀들
이 닭똥집에 이어 닭발을 먹는 것에 적이 야릇한 감회에 젖어 있었
었다. 그러나 그것이 오히려 나로 하여금 그와 같은 제안을 하게끔
했으리라.

"얘, 가자."

하지만 그녀들은 내 호의를 받아들이지 않았다. 닭발을 하나만
더 먹고 싶다던 말은 어디 가고 그녀들은 나를 힐끗힐끗 곁눈질하
면서 '바로 저런 사람을 조심해야 해.' 하듯 사라져버렸다. 나는 머
쓱해져서 그녀들이 사라진 어둠 속을 한동안 멍하니 바라보았다.
그것이 그녀와의 첫 대면이었다. 주인 여자의 말에 의하면 그녀들
은 어느 봉제 공장의 여공들이라고 했다.

"곧 추석인걸 뭐." 하던 그녀의 말대로 며칠이 지나 추석이 되었
다. 명절날이라고 해서 내게 달라질 것은 조금도 없었다. 변두리 못
사는 사람 동네에도 울긋불긋한 한복 차림이 오가고 동네 한복판의
윷판은 제때를 만났다. 그날따라 음식점마다 문을 닫아서 나는 밥
먹을 곳을 여기저기 찾던 끝에 결국 그 포장집에서 우동으로 끼니
를 때워야 했다. 그야말로 '개 보름 쇠듯한다.' 는 말이 제격이었
다. 이제는 할 일 없이 윷판을 기웃거릴 일만 남아 있는 셈이었다.

밭은 꽹과리 소리, 장구 소리, 북 소리, 징 소리가 어우러진 농악
소리가 들려왔다. 자진 도드리장단인가 하고 눈을 돌리자 농악대는
벌써 동네 한복판으로 들어서고 있었다. 물론 영기(令旗)에서부터
무동(舞童)은 말할 것도 없고 나팔 두 개, 상쇠니 무쇠니 종쇠니 하
는 꽹과리들, 북 말고 버꾸〔法鼓〕까지 골고루 갖추어진 농악대는
아니었다. 그러나 머리에는 상모나 고깔들을 쓰고 바지저고리에 색
띠를 두른 복색은 농악대의 그것이었다. 이윽고 동네 한복판으로
그들은 한바탕 신나게 사물을 두드려댔다. 채상모의 물채 끝에 달
린 생피지는 어디선가 반쯤 잘려 나가 짤막한 채 하늘을 휘돌았고
뻣상모의 부포는 개꼬리처럼 흔들렸다. 그들은 이미 술들이 거나해
져들 있었다. 나는 농악대와 윷판을 건성으로 번갈아 보며 우두커
니 서 있었다. 그런 어느 순간, 나는 농악대에 좀 색다른 구석이 있
다는 느낌을 받았다. 무엇 때문일까. 다들 바지저고리 차림인데 한
사람만은 그냥 바지 차림의 평상복인 때문이었다. 그는 고깔을 쓰
고 장구를 메고 있었다. 아니다. 자세히 보니 그가 아니었다. 여자
의 몸매였다. 여자는 맴까지 돌며 장구의 말가죽과 쇠가죽을 날렵
하게 쳐대고 있었다. 그때였다. 나는 눈을 크게 떴다. 고깔 밑에 홍
조를 띠고 있는 갸름한 얼굴은 바로 그녀의 얼굴이었다. 그럴 리가
없을 텐데 하고 눈을 다시 씻고 보아도 그녀가 틀림없었다. 그러나
그것은 닭똥집과 닭발을 먹던 앳되고 촌스러운 여자가 아니었다.
그것은 요염하고 간드러진 여자의 모습이었다. 그 얼굴에는 어떤
요기 같은 것도 어려 있는 듯했다.

그날 저녁에 나는 그 포장집에서 그녀를 만났다. 나는 먼저 그
포장집에 가서 그녀를 기다리고는 있었어도 그녀가 나타날지에 대
해서는 아무런 확신을 할 수 없었다. 농악대 틈에서 그녀를 발견하
고 나도 모르게 그녀 옆으로 다가간 나는 저녁에 '닭발집'으로 오

면 닭똥집이든 닭발이든 사겠노라고 일방적으로 말했던 것이다. 그녀가 나타나지 않아도 어쩔 수 없는 일이었다. 하지만 나는 솔직히 말해서 그녀의 모든 일이 궁금했다. 그리고 그녀가 스스럼없이 모습을 나타냈던 것이다.

"아저씨는 추석날 왜 이러고 계세요?"

막걸리와 닭똥집이 나오기를 기다려 그녀가 물었다. 나는 장구를 치던 여자가 이 여자일까 의심이 갈 지경이었다. 그녀는 여전히 맑고 천진한, 앳된 여자였다.

"아저씨라면 섭섭한데……."

나는 웃으면서, 서울이 집이지만 가봤자 별 낙이 없어서 그냥 있었노라고 얼버무렸다. 그와 함께 추석이기 때문에 그녀가 스스럼없이 내 제안을 받아들여 그 포장집까지 왔음을 깨달았다.

"자, 먹으면서 얘기합시다. 그럼 아가씨는 왜……."

나는 막걸리를 잔에 따랐다. 그녀가 닭똥집을 집어 입으로 가져갔다.

"시골집엔 아직 갈 때가 못 돼서요. 그래서요."

그녀가 닭똥집을 씹느라고 입을 오물거리며 대답했다.

"갈 때가 못 되다니요?"

"이왕 서울 왔으면 성공을 해야지요. 그래서 내려가야지요. 늦게 올라온 데다가……."

그녀의 낯빛이 조금은 흐려졌다고 생각되었다. 나는 여태껏 시골에서는 뭘 했느냐고 묻고 싶은 것을 참았다. 처음부터 너무 꼬치꼬치 캐묻는다는 인상을 줄까 봐서였다.

"그런데 장구는 어떻게……."

나는 고깔 밑의 홍조 띤, 요염한 얼굴과 날렵하게 돌아가던 몸매를 떠올렸다.

"아, 그건…… 별건 아니에요. 심심해서 나왔다가 걸립패를 만난 거예요. 마침 장구가 하나 남아서 쳐보겠다고 했죠."

그러고 나서 그녀는 충청도의 그녀네 시골 마을은 농악으로 이름이 난 마을이라고 덧붙였다. 듣고 보니 그녀의 말마따나 별건 아닌 듯도 했다. 하지만 장구가 하나 남는다고 해서 선뜻 나선 사실도 사실이려니와 그 솜씨는 결코 '별건 아니에요.' 하고 말할 성질의 것이 아니었다. 그녀는 이어서 집에도 장구가 있었다는 것, 마을의 웬만한 사람은 장구든 뭐든 다 칠 줄 안다는 것, 그녀의 장구 솜씨는 형편이 없다는 것, 그렇지만 서울 변두리 걸립패보다야 못하겠느냐는 것 등등을 내게 말했다. 나는 그녀의 솜씨가 훌륭하더라고 그야말로 맞장구를 쳐주었다. 그녀가 내게 그토록 스스럼없이 말할 수 있는 것은 그 얼마 전에 얼굴을 대한 적이 있었기 때문이리라. 그런 분위기에 편승하여 나도 나름대로 내 처지를 조금은 설명해 주었다. 잠시 집안과 뜻이 안 맞아 나와 있으며, 곧 직장도 다시 얻게 되리라는 것을. 그것이 내 처지가 아니라 희망이라는 사실에 가슴이 몹시 무거웠지만…….

'그러면…… 실례인지는 모르지만…… 봉급은 어느 정도 받나요? 괜찮은 정도?"

나는 물었다. 그러자 그녀의 얼굴이 갑자기 어두워졌다.

'말씀을 드리고 싶지 않는데요. 저는 아직 기술이 시원찮아서……."

그녀가 말꼬리를 흐렸다. 나는 쓸데없는 질문을 던진 것이 후회되었다. 먹고 싶은 닭발을 헤아리며 먹어야 되는 봉급이라면 굳이 물을 필요가 없는 것이었다. 다른 동네는 몰라도 그 동네에는 가내 공업 수준의 고만고만한 공장들이 상당히 많았다. 대부분 대낮에도 형광등을 켜야 하는 굴 속 같은 집들이었다. 어두컴컴한 반지하실에서 톡탁거리는 소리가 나서 무엇인가 하고 들여다보면 병마개를 만들고 있었고, 찌르륵찌르륵 하는 소리가 나서 들여다보면 편직기 앞에 앉아 있었다. 술집과 밥집을 전전하다가 들은 이야기로는 이른바 '시다'는 밥을 먹는 것만으로도 만족해야 할 지경이었다.

"오늘은 맛있는 걸 좀 들어요. 명절이니까…… 여기서 이렇게 명절을 쇠는 것도 뜻 깊지 않소."

문득 말하고 보니 그녀가 마치 가족처럼 생각되었다. 그렇다. 그녀는 내 누이동생이라도 좋으리라. 아니면…… 그렇다…… 나이 어린 아내라도 좋으리라.

"둘이서 언제부터 그렇게 사이가 좋아지셨수? 샘나겠네."

게다가 주인 여자도 덩달아 거들었다.

"뭐 명절날 똑같이 집에 못 간 신세일 뿐이지요. 여기 뭣 좀 줘요."

사이가 좋다는 말이 지나치게 강조되어 그녀의 비위를 상하게 하지나 않을까 하여 적당히 둘러댔다.

그날 나는 그녀와 오랫동안 그 포장집에 앉아 있었다. 그리고 그녀가 고등학교까지 졸업하고 집에 있다가 집에서 결혼 이야기가 나와 도망치다시피 서울로 왔다는 사실도 알았다. 무작정 상경이었다. 자신은 아직도 결혼은 상상하지도 않고 있다는 것이었다. 그녀는 말을 듣는 편이 아니라 하는 편이었다. 아마도 애초에 포장집으로 나를 만나러 올 때부터 그런 말들을 털어놓으려고 작정한 것도 같았다. 모두가 객지에서 처음 맞는 명절 탓일 것이었다.

"우리 고향에는 대추나무가 많아요. 보은 대추도 유명하지만요. 울릉도 처녀들은 오징어가 많이 잡혀야 시집을 간다고 했다잖아요? 우린 대추가 많이 열어야 시집을 간다고 바람아 불지 말라고 노래를 불렀대요. 지금쯤 대추가 익었겠죠?"

그녀의 말들은 지극히 평범한 말임에도 불구하고 웬일인지 내

심금을 울렸다. 이처럼 건강하고 아름다운 처녀가 가출을 해야 했다니 그 책임이 내게 있는 것만 같았다. 지금이라도 집으로 돌아가는 게 어떻느냐고 말했을 때 그녀는 펄쩍 뛰었었다. 그럴 만도 했다. 그녀가 집을 나온 것은 결혼식을 불과 며칠 앞두고서였다는 것이었다.

밤이 이슥해서야 우리들은 그 포장집에서 나왔다. 그리고 그 포장집에서 자주 만나게 될 것임을 기정의 사실로 하고 헤어졌다. 아무도 없는 빈방에 돌아와 자리에 누운 나는 막걸리 기운에 흐릿해진 머릿속과는 달리 그녀를 향한 하염없는 그리움과 연민에 늦게까지 파충류처럼 몸을 뒤척이다 겨우 잠이 들었다.

그러나 다시 그녀를 만날 수 있으리라는 당연한 기대는 허황된 것이었다. 그녀는 어찌된 일인지 다음 날도, 그 다음 날도 포장집에 모습을 나타내지 않았다. 다시 다음 날도, 그 다음 날도 마찬가지였다. 나는 궁금해서 견딜 수가 없었다. 마침내는 포장집의 주인 여자에게도 물어보았으나 그날 이후 통 얼굴을 볼 수 없다는 대답이었다. 어느 공장에서 일하는지는 아느냐는 물음에도 근처에 봉제 공장이 한둘이 아니라서 알 수가 없다는 대답이었다. 우리들 삶이란 이다지도 근거가 없단 말인가 하고 나는 탄식하지 않을 수 없었다. 부평초 인생이라더니 내가 바로 그 신세였다. 고향으로 내려가지는 않았을 것이었다. 하루 사이에 다른 어느 먼 곳의 공장으로 옮겨 갔을 리도 만무했다. 어디가 아파서 꼼짝없이 누워 있을지도 몰랐다. 그것이 가장 유력한 추측이었다. 그렇지 않고서는 나를 보아서도 한 번쯤은 모습을 나타내 줄 것이었다. 나는 그때까지 살아오는 동안 그렇게 막막한 심경에 처하기는 처음이었다. 그녀가 아파서 꼼짝 못 하고, 약도 못 먹고 누워 있다면, 그녀에게 일 년 열두 달 닭똥집이며 닭발을 사 줄 돈이라도 몽땅 긁어모아 약값으로 주고 싶었다. 그러나 그녀를 찾을 수가 없는 것이었다. 나는 방 안에서고 윷판에서고 안절부절을 못하고 늘 주위를 두리번거렸다.

그러던 어느 날 그 포장집에 들른 나는 주인 여자로부터 드디어 그녀의 소식을 들을 수 있었다. 여느 때와 같이 안주와 갈매기를 시켜놓고 안주가 나올 동안 막걸리를 먼저 따라 마시고 있는 내게 주인 여자가 유난히 은근한 얼굴을 했다.

"걔 말이우. 똥집 잘 먹는 애, 걔."

똥집이라는 말에 퍼뜩 정신을 가다듬었다.

"걔라뇨?"

"거 왜 있지 않우. 추석날 같이 있던 애. 걔가 글쎄 개봉동 술집에서 장구를 친답디다. 같이 오던 애가 귀띔해 줍디다. 손님 시중까지 좀 들면 수입이 수월찮은 모양인데. 요즘에 장구를 치는 술집이 다 있나. 얼굴 반반한 건 그래서들 탈이야, 탈."

나는 들었던 술잔을 힘없이 내려놓았다. 그날 고향 생각에 장구를 치고 다녀 여러 사람 눈에 띈 것이 사단이었음이 명백했다. 주인 여자에게 되도록 태연한 척해 보이려고 애썼으나 내 표정은 분노와 덧없음으로 뒤범벅이 되어 심하게 일그러졌다. 아무에게도 하소연할 길이 없는 일이었다. 또 따지고 보면 그녀는 나와는 하등 관련이 없는 여자였다. 그런데도 나는 견딜 수가 없었다. 갈매기를 굽고 있는 주인 여자의 등 뒤로 그녀를 기다리며 수북하게 쌓여 있는 닭발들이 눈에 들어왔다.

"아줌마, 갈매기 그만두고 닭발이나 줘요."

나는 뜻밖에 크게 소리치고 있었다.

"아니, 왜? 다 됐는데. 통 먹지도 않던걸."

"글쎄 몇 개 줘봐요."

평소와는 다른 퉁명스러운 내 말에 주인 여자는 두말없이 닭발

을 접시에 얹어 내놓았다. 나는 막걸리 주발을 단숨에 비우고 나서
노란 닭발을 집어 들고, 껍질이고 뭐고 할 것 없이 다짜고짜 오도독
오도독 깨물기 시작했다.

說話

  일본말로 '사또 가에리' 라는 걸 가르쳐준 것은 그녀였다. 사또
가에리란 이른바 종전(終戰)을 맞고서도 이런저런 사정으로 제 나
라로 돌아가지 못하고 한국에 처진 일본 여자들이 두 해에 한 번씩
일본을 찾는 행사라고 했다. 그런 게 있는지 처음 들었지만, 그러나
그렇다고 하더라도 내게는 별다른 흥미가 없었다. 하지만 꽤 오래
지나 그 말이 문득 되살아났고, 그와 동시에 나는 내 고향으로 가는
여행을 제의했던 것이다.
  그날따라 날씨가 흐려서인지 도시는 음울한 잿빛으로 가라앉아
있었다. 아스팔트 길바닥도, 상점의 진열창도, 지나가는 자동차도,
휴지통도, 신호등도, 가로수도 음울하게만 보였다. 도시 전체가 죽
어가는 파충류처럼 웅크리고 있는 것 같았다. 군데군데 비늘이 떨
어져 나간 채로 널브러져 있는 동물. 그러므로 도시는 시난고난 마
지막 힘없는 분노를 삭이고 있는 것처럼도 보였다. 동물은 한 가닥
의 엷은 바람에도 촉각을 곤두세워야 한다. 그러나 하늘이 무너져

도 이놈은 까딱하려고 하지 않을 것이다.

고속버스에서 내려 그녀의 말마따나 사또 가에리의 발을 디딘 지도 벌써 한나절은 되었음 직했다. 그러나 시간이 흐를수록 내가 무엇 때문에 이곳에 왔는지 더욱 혼돈에 빠져들고 있었다. 낯설기만 한 시가 주는 위화감. 나는 머리를 흔들었다. 이 도시가 이렇게 변해 버리다니. 하기야 나는 이십오 년 가까이나 이 도시를 떠나 있었다. 그동안 어디서 무엇을 했는지 어렴풋한 가운데 이십오 년이 흘러버렸다는 현실이 거짓말 같았다. 그러나 한편으로 이십오 년 동안이나 오고 싶었으면서도 못 왔었다는 사실이 생활에 아등바등 쫓겨서가 아니라 나의 자제력 덕택이라는 것이 입증되기라도 한 심정이었다.

이십오 년 동안 내가 겪은 일은 참으로 스산한 것뿐이었다. 지긋지긋한 사춘기를 지나 어렵게 어렵게 학교를 마쳤고 섣불리 살림을 차렸다가 파탄이 났고, 그리고 또 무엇이었던가. 무엇인가 있음 직한데도 떠오르지가 않았다. 몇 줄의 시를 썼던가. 그랬었다. 그러나 이 도시에 이십오 년 동안 나를 못 오도록 한 것, 그 까닭은 아무 데도 없었다. 누군가가 '그대 다시는 고향에 가지 못하리.' 라고 쓴 글귀를 읽었을 때도 그것은 내게는 해당되지 않는다고 믿었다. 그런데 그렇게 믿은 것이 잘못이었다.

도시는 내가 알고 있는 도시가 아니었다. 내가 머릿속에 그려놓고 있던 지도는 허구의 지도였음이 곧 밝혀졌다. 내 지도를 가지고서는 길도, 집도, 언덕도 짚어나갈 수가 없었다. 그것은 정말 상전벽해의 이십오 년이었다. 송충이가 나방이로 변하듯이 도시는 아예 탈바꿈을 하여 나타난 것이다. 모든 것이 생각대로였다면 나는 아마 간단히 볼일을 마치고, 다방에서 모가지를 길게 빼고 나를 기다리고 있을 그녀와 곧장 밀월을 즐기게 되었을 것임에 틀림없었다.

그런 시간을 갖기 위해 서울에서부터 일부러 그녀와 동행해 온 터였다. 그렇데 벌써 한나절이 넘도록 나는 볼일은커녕 얼토당토않게 미아처럼 헤매고만 있는 것이었다. 마치 그녀를 기다리게 한 그 다방을 찾을 엄두도 도저히 나지 않는다는 것처럼, 그러나 이것이야말로 내게서 그녀를 탐하고 싶다는 욕망이 사라져버렸다는 것밖에 아무것도 아니었다. 욕망이 사라졌으니 그녀를 부랴부랴 만날 까닭이 없었다. 이 또한 음울한 도시에서나 일어날 수 있는 가당찮은 일이었다. 어쨌든 그녀에게로 달려갈 생각이 일지 않는 것만은 사실이었다. 어디서부턴가 갑자기 뒤죽박죽이 되기 시작했다. 나는 고향을 찾음으로써 고향을 잃게 된 것이었다.

그녀가 일본 여자라는 것을 안 뒤에도 나는 계속해서 그녀와 만나왔다. 일본 여자라고 해서 달라질 것도 없다고 나는 믿고 있었다. 한국인과 일본인은 이른바 동조동근(同祖同根)이라고 말한 것도 나였고 그런 내 말에 그녀가 어떤 신뢰를 느꼈음도 분명해 보였다. 그러니까 우리가 만나는 데 무슨 민족적 장애 따위가 끼어들 틈서리는 아예 없는 셈이었다. 같은 할애비, 같은 근본을 굳이 따지지 않더라도 민족적 감정 따위는 이제 구시대의 유물에 지나지 않는다고 뒷전으로 돌려버리고 싶었다.

"우리 어머닌요, 우릴 모도 니혼진이라구 해요. 원래는 일본인이라는 거죠. 이젠 일본인이 될 수 없다는 뜻이겠죠."

그녀는 서슴지 않고 말했었다. 그 말에 나는 비시시 웃음을 흘렸으나 같은 할애비니 같은 근본이니를 열심히 듣고 난 뒤에도 그런 말이 나오는 것에 미묘한 감정의 동요를 느끼지 않을 수 없었다.

그녀의 어머니가 종전이 되고도 왜 그녀의 나라로 돌아가지 않았는지는 자세히 알 수 없었다. 그러나 대부분의 경우에 그런 사람들은 피치 못할 사정을 가지고 있기 마련일 것이며 그녀의 어머니

가 스스로 명확하게 밝히기 전에 그런 사정을 시시콜콜히 캐려드는
것이야말로 그녀들을 대하는 눈초리가 어떤지를 대변하는 일이 될
것이라고 나는 생각했다. 다만 내가 얼핏얼핏 듣고 뇌리 속에 모아
둔 것이라면, 언젠가 그녀 혼자서 어머니를 이 땅에 둔 채 그녀의
나라로 간 적이 있었지만 얼마 지나지 않아서 다시 돌아왔다는 것
정도였다. 그곳은 이미 그녀가 살 수 있는 땅은 아니었다고 그녀는
말하고 있는 것 같았다. 그러한 그녀였으니, 같은 핏줄을 타고났다
고 한다면 왜 물과 기름처럼 섞이지 못하느냐고 묻는 것은 무엇보
다 절박한 일이기에 충분하다고 보아도 좋겠다.

　우리가 만난 것은 새삼스럽게 지나간 어제의 일을 들먹거리고
싶어서가 아니었다. '우리가' 라는 말이 성립이 안 된다면 '내가 그
녀를' 이라고 바꾸어놓아도 상관이 없다. 어제의 일은, 내가 살아온
지나간 세월이 그렇듯이, 어제의 일로 이미 지나가 버린 것이다. 그
러나 그렇게 치부하고 접어두려는 한쪽에서는 꾸준히 어제의 일은
어제의 일로 지나가 버리지 않았고, 법에 있어서의 계속범(繼續犯)
처럼 오늘도 내일도 멍에를 뒤집어쓰고 따라다니고 있는 것이었다.
그녀와의 일상적인 만남이 그러한 점을 어떤 측면으로든 상기시키
려 들었음을 부인할 수는 없다. 어제의 민족 감정은 쓰잘 데 없는
소아병적인 망령의 소산이라고 매도하고 있었음에도 불구하고 내
가 그녀에게 던지는 농담에서조차 그 망령의 소산이 어떤 모습으로
든 고개를 쳐들고 있지 않다고는 말할 수 없었기 때문이다.

　"일본 여자들은 말이지, 팬티를 안 입는다지?" 하면서 나중에 나
는 그녀에게 농담을 건네고도 있었는데, 이런 농담에서도 내 감정
의 밑바닥에 감추어져 있는 교활한 망령의 모습을 엿볼 수 있었던
것이다. 게다가 나는 그녀가 듣기 싫어하는 이 농담을 심심풀이 삼
아 지껄이곤 했었다.

"맞아요. 난 지금두 안 입었으니깐요."

그녀는 싱거운 소릴랑 집어치우라는 듯이 받아넘기곤 했다. 이런 농담이 오간 날이면 나는 마치 그것이 사실인지 아닌지를 확인이라도 하겠다는 듯이 그녀를 뒷골목 여관으로 이끌곤 했다.

삼청동으로 셋방을 옮겼던 그 무렵, 그녀와의 이상하다면 이상한 만남이 채 이루어지기 전까지 나는 마치 늪에서 헤매고 있는 것처럼 어려운 상황에 빠져 있었다. 갑자기 직장을 잃어버림으로써 손에서 일을 놓게 된 허탈감의 결과였을 것이다. 심적 무위 상태가 줄곧 나를 괴롭히고 있었다. 그것은 초조하고도 우울한 것이었다. 나는 거의 한 시간, 한 시간, 나를 옭아매려는 가상의 적과 싸우고 있었다. 한 달쯤 잠이나 푹 자야겠어. 그런 여유를 안 가진 바도 아니었으나 허사였다. 무엇보다도 잠이 와주지 않았다. 그러니까, 여기저기 새삼스럽게 앓는 소리를 해가며 수소문해 놓은 직장 건을 알아보기 위해 하루에 두 번씩은 건너편에 있는 공중전화를 찾아가서 매달리는 일밖에는 하루 종일 가수(假睡) 상태를 헤맸다고 해도 지나친 말이 아니다. 아무것도 하지 않는다, 아무것도 할 수 없다는 무위에의 쫓김. 누구는 철저하게 무위에 돌아감으로써 마음의 평온을 얻는다고 했다지만 내게는 사치스러운 말이었다. 하루 종일 골통만 횅할 뿐이었다. 나는 내 앞날에 대해서 아무런 꿈을 가질 수가 없었다. 먹고 살아야 한다는 문제 역시 급박하게 다가와 있었으나 웬일인지 전혀 실감이 나질 않았다. 그래서 공중전화에서 흘러나오는 모두 시큰둥한 대답만을 처량하게 한 귀로 흘려듣고 난 뒤면 어슬렁거리며 동네 뒤의 공원으로 발길을 옮겼다.

그러나 거기서 겪는 일들도 멀고먼 저 세상의 일처럼 동떨어지게 받아들여지곤 했다. 한때 저 국보위가 들어섰었다는 건물 옆을 지나 공원 숲 속 널따란 운동장에서는 각양각색의 사람들이 어울려

공놀이를 했으며 으슥한 골짜기에서는 젊은 남녀들이 탐욕적인 눈
짓을 주고받기에 여념이 없었다. 동, 동, 동대문을 열어라. 아이들
은 노래를 불렀다. 젊은이들이 둘러앉아 양손으로 무릎을 쳤다가
손뼉을 친 다음 바른손 엄지를 삐치며 설렁탕, 갈비탕, 감자탕 등등
을 신이 나서 외치고 있었다. 짝, 짝, 갈비탕, 짝짝, 닭곰탕, 짝, 짝,
조개탕. 틀렸어. 야, 조개탕 빨리 노래해. 조개탕이라고 불린 앳된
처녀가 부끄럽다는 듯 몸을 비비 꼬며 자리에서 일어났다. 스커트
를 쓸어내리며 머리 위의 나뭇가지에 희끗 눈길을 주다가 순간 자
신의 입이 약간 벌어져 있음을 느낀 조개탕 처녀는 조개처럼 얼른
입을 다물었다. 박수가 부족한 모양입니다. 자, 박수, 짝, 짝, 짝,
짝, 짝, 짝. 그래도 얼마쯤 몸을 틀던 조개탕 처녀는 마침내 부동자
세를 취했다. 조갯살 같은 혀끝을 살짝 내밀어 입술을 적시는가 하
더니 입이 열렸다. 갑순이이와 갑돌이이는 한 동네 살았더래요오.
노랫소리를 귓등으로 들으며 나는 공원 한 모퉁이에 있는 약수터에
서 플라스틱 쪽박으로 물을 떠 마셨다. 숲 속의 공원은 그곳만의 한
작은 나라였다. 그곳에서 사람들은 먹고 마시고 싸고 웃고 울고 싸
우고 사랑했다. 그러나 공원 밖으로 한 발짝만 벗어나면 그 속에는
사람이라곤 그림자조차 없을 것처럼 느껴졌다. 티베트의 산속에 숨
어 있는 비밀 도시, 그 속에 깃들어 있는 사랑과 우정에 대한 음모,
만남과 헤어짐에 대한 갈등, 성취와 좌절에 대한 과민한 조울증 같
은 것들은 하나하나의 나뭇잎에 불과했다.

　공원을 빠져나와 내려가는 길에 들르는 칠보사의, 언제나 침침
하게 그늘졌던 기억만 있는 뜰에 서면 모든 것은 하나의 허상으로
만 남아 있었다. 그곳에 사람들, 섰거나 앉았거나 누웠거나 혹은 한
쪽 발을 쳐들고 있는 웬 사람들이 과연 있는 것이라면 그들은 나무
로 깎아놓은 조상(彫像)인지도 모른다. 흙으로 빚어서 구워놓은 도

상(陶像)인지도 모른다. 나는 절 아래쪽으로 담 하나를 사이에 두고 나란히 자리 잡고 있는 무슨 그리스도 교회의 마당을 굽어보며 그런 생각에 잠기곤 했다. 그 그리스도 교회의 마당 한 곁으로는 멕시코가 원산지라고 어디선가 들은 적이 있는 웃가나무가 멕시코 역사처럼 거센 잎사귀를 삐죽삐죽 뻗치고 있었고 그 뒤로 놓여 있는 벌통에서는 벌들이 붕붕거리며 드나드는 소리가 들리는 듯했다. 벌들은 물론 보이지 않았다. 내 눈이 나쁜 탓에다 거리도 꽤 멀었다. 그러나 이러한 풍경도 언제부턴가 마당가에 자빠진 채 벌겋게 녹슬어 가고 있는 부서진 자전거 때문인지 하나같이 녹슬어 가고 있는 것처럼 보였다. 따지고 보면 내가 태어난 이래 세상의 모든 것은 녹슬어 가고만 있는 것이었다. 사상도, 종교도, 인간 자체도 잔뜩 녹슬어 가고만 있었다. 우리는 서로가 녹슨 몸으로 사랑을 삐걱거리며 하고 있을 뿐이었다. 공원뿐이 아니라 도시도 녹슬고 빈 도시였다. 아무나 말벗이라도 만나려고 도시를 헤맬 때 나는 아무도 없는 수십만 편, 수십만 헥타르의 벌겋게 녹슨 폐차장을 헤매고 있었던 데 지나지 않았다.

  빈 도시에서 새롭게 자랄 수 있는 것은 차라리 저 고생대(古生代)의 언제쯤인가 온통 지구를 뒤덮으며 자랐다고 하는 기괴한 고사리 등속뿐일 것이라고 여겨졌다. 만나는 사람마다 우리는 서로 엄청난 시간을 격하여 다른 공간 속에 살고 있는 것이나 다름이 없었다. 거대하고 기괴한 고사리나무 아래 지친 몸을 쉬면서 내가 언제, 어디선가, 어떤 사람을 사랑했던 적이 있었던가 하고 물을 던져도 모든 기억은 희미하게 지워져 있을 뿐이었다. 그 희미한 기억을 더듬어 고사리나무 껍질에 손톱으로 그어서라도 새겨놓아야 하는 것이었다. 사랑의 역사를. 그래서 후세 사람들에게 석탄 화석을 남겨서 위대한 사랑의 승리라고 구가하게 해야 하는 것이었다.

그 무렵 내가 고리타분한 역사책이나마 펼쳐 들고 들여다보게 된 것은 혼곤히 젖어 들어오는 패배 의식과 더불어 늘 몽롱하게 나를 휘감고 있는 가수 상태에서 벗어나려는 단순한 몸부림의 결과였다. 그런데 그녀가 내게 관심을 가진 까닭은 내가 빈둥거리면서도 책을, 그것도 역사책을 들여다보고 있다는 데 있는 듯했다. 나중에 그녀의 입을 통해서 들은 바로는 실제로 그랬다. 물론 그녀 나름대로 한국과 일본의 역사랄지, 그 관계의 역사랄지에 대해 조금이라도 알려고 했던 지식욕(智識欲)이 작용했던 것은 두말할 필요도 없겠다. 그 지식욕이 말하자면 아직까지 그녀의 운명에 대해 무작정 수긍하거나 체념하지 못한 데서 우러난 것이라고 해도 말이다.

그녀와의 만남은 실로 대수롭지 않은 우연의 소치라고 해야 할 것이었다. 그녀는 내가 이사를 했던 방에 먼저 살았던, 그러니까 전 임자인 셈이었다. 그녀는 그녀의 어머니와 함께 그 햇빛 하나 들지 않는 방을 내게 넘기고는 골목 위쪽의 좀 더 나은 집으로 옮겨 갔었다. 같은 날 들고 났기 때문에 이사를 하면서 마주쳤지만 처음에는 그저 그러려니 했을 뿐이었다. 키에 비하여 작은 얼굴에 긴 머리를 한 그녀는 그러나 내가 짐을 들인 다음에도 뻔질나게 드나들며 천장의 전등을 떼어 간다거나 벽에 붙박아 놓은 옷걸이를 빼 간다거나 연탄 화덕들 꺼내 간다거나 하면서 부산을 떨었다.

"저희 거니까요."

그녀는 내게 힐끔 눈길을 던지면서 그렇게 말했다.

"아무렴요."

짐이라고는 정부미 부대에 아무렇게나 넣은 책 나부랭이에 낡은 이부자리 한 채, 그리고 라면 상자에 넣은 전기풍로와 전기스탠드 정도밖에는 없는 나는 짐을 풀고 자시고 할 것도 없어서 그저 스산한 마음으로 서성거리며 그녀가 하는 양을 바라보고만 있었다. 그녀가 들락거리지 않았더라도 나는 그렇게 서성거렸을 것이었다. 그녀는 나중에는 안집 사람들과 따로 출입하게 되어 있는 쪽문의 손잡이 장식까지 떼어 가버렸다.

"혼자신가 보죠?"

마지막에야 그녀는 다소 겸연쩍었는지 엉뚱한 물음을 던졌다.

"아, 네."

그녜야 나는 내가 혼자 살게 된 남자라는 사실을 깨닫고 잠깐 동안 몸서리를 쳤다. 그러나 그 몸서리가 감격인지 두려움인지는 나도 알 수 없었다.

"전 요 밑에 박물관에서 일하고 있어요. 그럼, 잘 사세요."

그녀는 내가 혼자 사는 남자냐고 물어놓고서도 그 대답에는 아랑곳없이 그렇게 툭 던지는 말로 묻지도 않은 자신의 신분을 밝히고는 어느 틈에 뒤돌아 나가버리고 말았다. 그녀가 무엇 때문에 자신의 신분을 밝혔는지 나로서는 알 길이 없었다. 박물관이 도대체 어찌되었단 말인가. 다만 그녀가 말하는 투로 보아 박물관에서 일한다는 것은 꽤 자랑스러운 일인 모양이었다. 그녀는 입 밖에만 그렇게 안 냈다뿐이지 '이래 봬도'라는 앞말을 곁들이고 있었음에 틀림이 없었다. 어쨌든 자신을 드러내고 싶어서 밝힌 것이라 해도 그것은 뜻밖이었다. 박물관이라면 내가 선뜻 알아들으리라고 지레짐작한 그 생각도 엉뚱한 것이 아닐 수 없었다. 실은 박물관에 대해서 나는 돌도끼, 돌칼, 항아리들이 진열되어 있는 곳이라든가 그림, 글씨, 불상들이 진열되어 있는 곳이라는 정도밖에는 거의 모르고 있었다. 하지만 상대방이야 어쨌든 그녀는 그렇게 말하고는 사라져버렸다.

그날 밤 나는 마치 옹관묘 속에 들어 있는 인골(人骨)처럼 다리를 아랫배 쪽으로 바짝 오그려 붙이고 잠을 청하며 문득 그녀의 말이

다시 떠올랐었다. 박물관에는 무덤처럼 사람의 뼈다귀도 놓이는 것일까. 사람들은 자기를 지키려고 할 때 이런 자세를 취하게 된다지. 모체의 자궁 속에 들어앉아 있을 때의 태아의 자세를. 어디에서인가 발굴된 인류의 조상의 뼈라는 것도 그렇게 묻혀 있었다. 잠은 쉽게 오지 않았다. '잘 사세요.' 라는 그녀의 말이 고맙기는커녕 괘씸하기만 했다. 쥐들이 찌익 찌익 소리를 내며 천장을 위를 뛰어다녔다. 어느 집에서 텔레비전 소린지 라디오 소린지 왕왕 들려왔다. 방은 하나의 무덤이었다. 그 무덤 속에 누워 있는 나는 잠을 못 이루고 누 눈을 굴리고 있어도 이미 주검인지도 몰랐다. 나는 그새 죽음을 맞았다. 그러나 아직 뇌 활동을 계속하고 있는데 관 뚜껑에 못질을 해버리는 것은 아닐까. 생각하면 뒤숭숭하기만 했다. 그 방에서의 첫 밤은 무덤 속의 첫 밤이었다. 아마도 박물관 탓이었다. 그 첫 밤은 오랫동안의 가수 상태를 알려주는 불길한 조짐이었다. 그로부터 몇 날 며칠을 나는 제발 편히 잠들어 보려는 간절한 바람으로 헛된 욕망을 불러일으켜서 무미건조한 수음이라도 해야 하는 사람처럼 시달릴 대로 시달렸다. 잠을 청하면 청할수록 잠은커녕 쥐 새끼들이 찍찍거리는 소리만 더욱 귓속을 왕왕거렸다. 라디오 소리도 끈질기게 붙어 다녔다.

떠나간 사람에 대해 생각이 미치기도 했으나 추억의 줄을 다시 잡아당겨 놓는다는 것도 역겹고 두려웠다. 다만 나른하고 몽롱하게 잠들고 싶었다. 누구에게 편지라도 쓸까. 그러나 편지를 쓸 대상인 그 누구가 도통 떠오르지 않았으며 또한 그때까지만 해도 무엇인가 쓴다는 일을 불가능했다. 그것은 더 무료해지고 더 한심해진 다음의 일이었던 것이다.

그리하여 정부미 부대를 끄르고 찾아낸 것이 엉뚱하게도 역사책이었다. 하지만 책 내용보다도 라디오 소리와 씨름한다는 편이 더

옳은 표현이었다.

옛날 하늘에…… 계속 좋은 반응을 얻고 있는 곡입니다…… 환인(桓因)이라는 임금이 있었다. 그의 서자인 환웅(桓雄)이 늘 사람들의 세상에 내려가려고 하므로 천부인(天符印) 세 개를 주어 내려가 다스리도록 했다……이천삼백오십팔 표를 얻어서 금주의…… 환웅은 무리 일천 명을 거느리고 태백산 꼭대기에 있는 신단수 아래 자리 잡고 신시(神市)라고 했다. 환웅은 풍백(風伯), 우사(雨師), 운사(雲師)를 거느리고…… 지난주의 8위에서 4위로 껑충 뛰어올라…… 곡(穀), 명(命), 병(病), 선(善), 악(惡) 같은 160여 가지 인간의 일을 맡아 다스렸다. 이때…… 찌익 찌익, 찍찌이익…… 곰과 호랑이가 사람이 되고 싶어 하므로 환웅은 쑥 마늘을 주고 그걸 먹으면서 백 일 동안 햇빛을 안 보면 사람이 될 수 있다고 말했다, 쑥 한 자루와 마늘 스무 톨. 그런데 삼칠일 만에 곰은 사람이 되었고 호랑이는 참다못해 뛰쳐나가 사람이 되지 못했다. 곰이 변해서 된 여자인 웅녀가 아기를 갖게 해달라고 빌자…… 조용필의 단발머리, 네, 단발머리가…… 환웅은 웅녀와 혼인하여 아들을 낳았는데 이 아들이 바로 단군왕검이다. 단군왕검은 평양성에 도읍하고 나라 이름을 조선이라고 했으며 이어서 아사달로 옮겨 가서 1500년 동안 다스렸다. 그 뒤 장당경으로 옮겼다가 아사달로 돌아와 산신이 되었는데 이때 그의 나이는 1908세였다. 그 언젠가 나를 위해 꽃다발을 전해 주던 그 소녀.

불면에 시달릴까 봐 지레 겁을 먹고 일찌감치 서두르면 그것이 오히려 역효과였다. 어쨌든 그런 결과로 나중에 그녀에게 단군 이야기부터 들려주게 된 것이 소득이라면 소득이었다. 단군 이야기를 들은 그녀는 자세히는 몰라도 어디선가 읽은 적이 있는 이야기라면서 어거지로 만들어낸 게 아니겠느냐는 반응이었다.

"단군이라는 사람이 그렇게 천 몇 백 년 동안이나 오래 살았단 말이 정말일 순 없잖아요?"

"그게 바로 설화의 세계지. 어차피 단군은 곰 여자의 몸에서 태어났으니까. 은유와 상징과 암시하는 바를 캐내야겠어,."

그녀와 나의 만남은 그런 생경한 대화로 이어졌다.

그러고 보면 우리가 꾸준히 만나고 있는 목적이 어디에 있는지를 호도하기 위하여 세상 사름들이 곰팡내 난다고 거들떠보지도 않는 주제를 일부러 택한 것 같기도 했다. 어쩌면 그것이 달콤한 이야기를 주고받으며 이끌어가는 과정보다 더 은밀하고 더 충동적으로 받아들여졌는지도 모른다. 어떤 남녀들이 그들의 미약(媚藥)을 쓰듯이 우리가 우연히 택한 화제인 설화의 세계는 우리들만의 미약이었다.

동부여의 왕 금와(金蛙)는 아버지인 해부루(解夫婁)가 죽자 왕위에 올라 하백(河伯)의 딸 유화(柳花)를 아내로 삼았다. 그러나 그녀가 천제(天帝)의 아들이라고 하는 해모수(解慕漱)와 가까이했다는 말을 듣고 골방에 가두었다…… 곧이어 정확한 오리엔트 시보가 아홉 시를 알려드리겠습니다…… 거기서 유화는 알 하나를…… 삑, 삑, 삑, 삐익…… 낳았고 그 알에서 나온 것이 주몽(朱蒙)이었다. 케이비에스 아홉 시 뉴우스를 전해드리겠습니다…… 주몽은 어릴 때부터 너무 똑똑했기 때문에 대소(帶素)를 비롯한 형들이 죽이려고 들므로 도망친 끝에 졸본(卒本) 땅에 이르러 나라를 세웠다. 이 나라가 고구려이다…… 따라서 정부는…… 경주 지방의 여섯 개 마을 가운데 하나인 고허촌(高墟村)의 촌장 소벌공(蘇伐公)이…… 호주산 수입 쇠고기와 아울러…… 양산 중턱에 있는 나정(蘿井) 우물가 숲 속에서 말이 우는 소리를 듣고…… 더 많은 수입 쇠고기를…… 찾아가 보니 말은 없고 큰 알이 있었다. 그 알 속에서 아이가 나오길래…… 뉴질랜드 산 쇠고기를 추가로…… 키웠더니 열 몇 살에 이미 기골이 장대하고 대인의 기풍이 있으므로…… 보다 장기적인 안목으로…… 6부 사람들이 그를 임금으로 추대했다. 그가 신라 시조 박혁거세(朴赫居世)이다…… 차질이 없어야 하겠습니다…… 일본 동북쪽 천 리 되는 곳에 있는 나라인 다파나국(多婆那國)의 왕이 여인국 왕녀를 왕비로 맞았는데…… 출동한 경찰은 현장에서…… 임신한 지 7년 만에 큰 알을 낳았다. 좋지 못한 일이라고 그 알을 버리라고 명령을 받은 왕녀는 알을 비단에 싸서 궤짝에 넣어 몰래 물에 띄웠다…… 이번 사건은…… 이 궤짝이 진한(辰韓)의 아진포(阿珍浦)에 흘러왔다. 한 노파가…… 전문적인 절도범들의 소행으로 보고…… 건져 보니 옥동자가 들어 있으므로 데려나가 길렀는데 키가 9척이나 되고…… 그런데 범인들은…… 총명했다. 궤짝을 건질 때 까치가 울었기 때문에 까치 작(鵲) 자의 한쪽 변을 따서…… 조사하고 있습니다…… 석(昔) 씨라고 하고…… 다음 뉴우스…… 알에서 깨어났다고 해서 탈해(脫解)라고 했다. 신라의 남해왕은 탈해가 총명하니까 사위로 삼고…… 이에 앞서서 이규호 문교부 장관은…… 대보라는 벼슬을 주었다. 남해의 뒤를 이은 유리는 죽을 때…… 이데올로기 교육의 필요성과…… 선왕의 유언에 따라 탈해를 왕위에 오르게 했다. 탈해왕이…… 경고하고…… 밤에 금성 서쪽의 시림 수풀 속에서 닭이 우는 소리를 듣고 호공(瓠公)을 보냈더니…… 학업에 충실할 것을 당부했습니다…… 금빛의 작은 함이 나뭇가지에 걸려 있고 그 밑에서 닭이 울고 있었다. 왕이 직접 가서 열어보니…… 다음은 외신입니다…… 잘생긴 사내아이가 나타났다. 이때부터 시림을 닭이 울었다고 계림(鷄林)으로 고쳐 불렀으며…… 이에 교황 요한 바오로 이세는…… 아이가 금함에서 나왔다고 해서 금(金) 씨라고 했다. 그가 김 씨의 시조 김알지(金閼智)이다…… 그러나 폴란드 계엄 당국은…… 가락(駕洛) 지방의 아홉 간(干)이 무리를 이끌고 구지봉(龜旨峰)에 올라가 구가(龜歌)를 부르자…… 자유노조 지도자 레흐 바웬사와 함께…… 하늘에서 알 여섯 개가 든 금합이 붉은 줄에 매달려 내려왔다. 이것을 아도간(我刀干)의 집에 안치해 두었더니 다음 날…… 그다니스크의 철강 노동자들은…… 여섯 동자가 되고 10여 일 뒤에는 어른이 되어 3월 보름에…… 바웬사는…… 왕위에 올랐다. 처음 나타난 동자가 수로왕(首露王)으로서 금관가야(金官伽倻)를 다스렸고…… 무제한 투쟁을 선언하고…… 나머지도 각각 다섯 가야의 왕이 되었다…… 통신은 마비되었습니다.

그녀가 박물관에서 일하고 있다고 한 말은 거짓말이었다. 그러나 어찌되었든 내가 그녀를 두 번째로 만나서 본격적으로 사귈 계기를 만들게 된 것은 국립박물관 연내에서였다. 그녀의 말에 어떤 홀리는 힘이라도 있어서 내가 그곳으로 찾아갔던 것은 천만에 아니었다. 공원을 들러서 이번에는 아래쪽으로 산책을 나간다는 것이 그렇게 되었을 뿐이었다. 총리공관을 지나고 청와대 동쪽 입구를 지나자 그녀가 '요 밑에' 라고 한 국립박물관이었고 물론 경내는 무료였다. 경내로 발을 들여놓은 나는, 윗부분은 속리산 법주사의 팔상전을 본떴다고 하는, 그러나 나무가 아니라 시멘트로 지은 박물관 건물을 한 바퀴 도는 것으로 그날의 산책을 끝마치려고 했을 뿐이었다. 이리저리 발길을 옮기던 나는 아무도 눈에 띄지 않고 잡초만 우거진 뒷마당에서 경복궁으로 손쉽게 넘어갈 수 있는 낮은 철책을 발견하고 공연히 낄낄 웃기도 했다. 경복궁의 입장료가 얼마더라? 남들은 사장이 되고, 국회의원이 되고, 재벌 회사의 부장이 되고, 하다못해 대학원에 들어간다고 하더라도 지금 내가 남의 눈을 피해 경복궁에 공짜로 들어갈 수 있는 개구멍을 발견한 것은 내 몫이었다. 소심하고 불쌍한 녀석. 그러나 나는 그런 자신을 꾸짖는 것조차 한심스러워서 또 한 번 공허하게 낄낄거렸다. 그 뒤로도 나는 국립박물관 경내까지 몇 번인가 더 갔었는데 그때마다 오로지 경복궁으로 넘어갈 개구멍이 그대로 있는가 확인하고 싶은 생각에 몸이 스멀거렸다.

"그럼 두 시간 뒤에, 알았지?"

고향에 도착하자마자 나는 그녀를 다방에 앉혀놓고 말했다.

"두 시간이면 충분해. 그동안 어디 극장에라두 들어앉았다 오든지."

"알아서 할게요."

새로운 곳에서의 그녀는 생판 모르는 여자 같았다. 나는 그녀에게 손을 흔들어주고 다방 문을 나섰다.

내가 이십오 년 가까이나 어떤 성역(聖域)처럼 바라보고 있었던 고향 땅에 다시 첫발을 디디면서 그녀를 동반한 것에 무슨 까닭이 있을 리 없었다.

"어디로 가십니까, 손님?"

택시 운전수가 물음을 던졌다.

"글쎄, 어디로 갈까요?"

갑자기 막연해졌다. 이런 딱한 양반 봤나 하고 운전수는 헛웃음을 웃었다.

"어딜 찾으시는뎁쇼?"

"글쎄 말입니다. 하여튼 좀 가봅시다."

아니다. 내가 그녀를 내가 태어난 도시로 동반한 것에는 특별한 의도 있었다. 나는 새로운 시작을 획책하고 있다. 그것은 필경 탄생과도 같은 새로운 시작이었다. 그녀는 내가 새로이 걸어갈 길이었다.

"이곳 토박이십니까?"

나는 여전히 행선지를 대지 못한 채 불쑥 물었다. 나는 낯선 땅에서 허둥대고 있었다.

"왜 그러십니까?"

운전수가 내 아래위를 훑어보았다.

"아뇨. 암것두 아닙니다. 장수바위라구, 한 이삼십 년 전쯤에 그런 게 있었는데…… 산에서 난 장수가 밟고 갔다는 바위였지요. 발자국이 커다랗게 찍혀 있었어요. 장수바위라고."

"이름이 장수바위래요?"

"아니…… 잘은 모르지만 그런 것이……."

듣기만 하면 알아차리리라고 짐작했던 것은 잘못이었다. 그 바위가 얼핏 떠오른 연유는 분명치 않았다. 어깨를 짓누르려는 것처럼 내려앉은 흐린 하늘 아래, 이 도시에 발을 디뎠을 때부터 가슴속에서 미미하나마 서서히 찐득찐득하게 괴롭히기 시작하던 알지 못할 실의(失意)가 가중되어 왔다.

"그런 건 첨 듣는데요. 장수바위, 장수바위라……."

운전수는 연신 고개를 갸우뚱거렸다. 택시가 덜커덕덜커덕하면서 멈추려고 했다.

"분명히 있었습니다."

나는 단호하게 말했다. 그러자 택시가 덜커덕 멎으면서 운전수가 차창을 내리고 옆에 나란히 서 있는 다른 택시 쪽으로 머리를 내밀었다.

"어이, 장수바위라구 알아? 장수바위."

상대방이 머리를 흔들었다.

"모르겠는데요……."

운전수가 난처한 표정을 지었다.

"그게 법원 뜰이었던가…… 법원으로 가봅시다."

나는 기억을 더듬으려고 애썼다.

"예전 법원 말이에요?"

"법원이 옮겨졌습니까, 어디로?"

"예에, 한참 됐죠."

"이십오 년 전에 법원이었던 델 갑시다."

나는 심히 조바심을 내고 있었다. 틀려버렸다. 그러자 갑자기 그 바위를 찾지 못하면 이 도시에 온 아무런 의의를 찾을 수 없다는 불안이 머리를 스쳤다. 어렸을 때 본 뒤로 나는 한번도 그 바위를 잊어본 적이 없었다. 교과서에서 「큰 바위 얼굴」을 배웠을 때, 문득 그 커다란 발자국이 떠올랐던 순간을 나는 지금도 잊을 수 없는 것이다. 공연히 조그만 이익을 다투고 언짢을 때나 내 능력에 한계를 느낄 때나 삶이 초라한 모습으로 다가올 때, 그 바위의 큰 발자국은 내게 하나의 위안이었다.

그것이 누군가가 정으로 쪼아놓은 것이었다고 해도 내게는 변함없이 장수가 밟고 간 발자국이었다. 그 바위를 처음 보았던 날의 기억도 또렷하게 남아 있었다. 옆집의 소꿉동무 계집애하고 나는 나란히 그 바위 앞에서 서 있었다.

장수바위는 찾을 수가 없었다. 법원이었던 건물은 원호지청으로 바뀌어 있었는데 어디에도 그 바위가 있었음 직한 장소조차 눈에 띄지 않았다. 지나가는 사람마다 붙들고 물어보았으나 모두 처음 듣는 소리라는 표정이었다. 내가 착각하고 있는 것이 아닐까 하는 짙은 의구심이 솟았으나 그럴수록 바위의 모습이 확실하게 되살아났다. 그 바위가 애초에 없었던 것이라면 고향에 대한 모든 기억은 어떤 착오에서 비롯된 셈이 된다고 해도 그만일 것이었다. 나는 우두망찰 한동안 그 자리에 서 있었다. 그 바위는 오랜 세월 동안 내 삶의 머릿돌과도 같은 것이었다. 두 시간 동안 볼일을 끝내버리겠다고 마음먹었던 내가 갑자기 그 바위부터 찾고자 한 것은 무엇보다도 그 발자국을 새로운 내 출발의 첫 발자국으로 확인하고자 한 욕망이었을 것이다.

나는 무엇인가 잔뜩 망설이면서 걸음을 옮겨놓았다. 차들이 지나갈 때마다 먼지가 풀썩 일었다가는 작은 회오리바람 속에 가라앉고는 다시 일었다. 가뭄에 갈라진 갯바닥 같은 보도가 계속되었다. '깨끗한 거리 명랑한 시민' 이라는 현수막이 길을 가로질러 있었다. 그 아래로 자전거를 탄 청년이 달려가고 있었다. '새 시대 새 경찰'을 써 붙인 경찰서를 비스듬히 지나자 곧 로터리가 나왔다. 나는 담배를 꺼내 붙여 물었다. 길가의, 통나무를 파낸 것처럼 보이는 시멘트 화분에는 잎 끝이 시든 채 누렇게 바래가는 금잔화가 한 무더기씩 심겨 있었다. 그 옆의 펭귄새 모양의 쓰레기통으로 가서 타다 남은 성냥개비를 펭귄새의 주둥이에 집어넣었다. 그러고 나서 갈 길이 바쁜 사람처럼 신호등의 파란 불이 켜지기를 초조하게 기다렸다. 이미 내 지도는 아무짝에도 쓸모없는 지도였다. 나와 함께 대여섯 사람이 모였을 때 파란 불이 켜졌다. 나는 허겁지겁 길을 건넜다. 내 앞에 어디론가 갈 길이 닦여 있다는 것은 엄청난 은혜였다. 나는 다시 왼쪽으로 구부려서 빠르게 걸음을 재촉했다. 페인트상, 자동차 부품상, 다방, 음식점, 복덕방, 대서소, 구멍가게. 도장포 앞에서 어느 상점의 점원인 듯한 청년 둘이 길바닥에 쭈그리고 앉아 바둑을 두고 있었다. 보자기에 싼 쟁반을 든 아가씨가 샌들을 짤짤 끌고 골목길로 접어들고 있었다. 도시는 여전히 낡은 기왓장과 칠이 벗겨진 벽, 백내장 환자의 눈동자처럼 희붐한 창들 속에서 얕고 밭은 숨을 겨우 몰아쉬면서 웅크리고 있는 꼴이었다. 모두들 이젠 죽었답니다. 언뜻 파충류가 휴우 탄식하는 소리가 들려왔다. 이젠 나와는 아무 상관도 없는 일이야. 나는 어디로 가야 할지 모를 걸음을 더 빨리 재촉했다. 어떤 사람은 눈을 뜨고 죽었답니다. 그러자 무거운 하늘에서 포클레인의 삽 같은 손이 쑥 뻗쳐 내려와 탄식하 듯 중얼거리는 그 입을 틀어막았다.

마치 방금 잠 속에서 깨어난 것처럼 나는 허청거리며 언덕길을 걸어 내려갔다. 몇 시쯤 됐을까. 날씨는 여전히 찌푸려 있는 채였고 도시는 더욱 낯설어 보였다. 나는 무엇인가 찾고, 긍정하고, 말을 붙이고, 믿음으로써 새로운 출발을 도모하리라 꿈꾸며 이 도시에 왔다. 갑자기 모든 것은 무(無)로 돌아간 느낌이었다. 이 도시에서 이제 내 삶을 기억해 줄 사람은 어디에도 없었다.

"몇 시쯤 됐을까요?"

나는 중년 남자를 붙들고 시간이라도 구걸해야겠다는 듯 물었다.

"다섯 시 칠 분이군요."

"고맙습니다. 저어 혹시 이곳 어디에 장수바위라고 있다고 못 들 으셨습니까?"

"무슨 바위요? 장수바위? 못 들었는데요."

중년 남자는 나의 아래위를 훑어보면서 가버렸다. 그녀에게 약 속했던 두 시간이 이미 훨씬 지나 있었으나 나는 그대로 거리를 걸 어 다녔다. 어느 날 고향을 찾는다면 꼭 보아야 한다고 다짐했던 바 위였다. 밤중에만 먹이를 찾아 나와 어둠 속에서 땅을 뒤지는 한 마 리 호저(豪豬)처럼 나는 낯선 거리를 뒤지며 다녔다.

"글쎄요. 그런 건 못 들었습니다."

듣는 사람마다 모른다는 소리뿐이었다. 내가 이 도시에 살았던 것 자체가 허구에 속한다고 말하고들 있는 것이다.

"장수바위라곤 모르겠는데요."

모두 몰랐다. 모르겠습니다. 모르겠는데요. 몰라요. 이제는 죽은 사람만이 알 것이었다. 나는 무작정 이리저리 거리를 걸어 다녔다.

나중에는 아무이게도 장수바위는 입에 꺼내지도 않았다.

나는 과거, 아니 현재를 돌아보았다. 모두들 사라져버렸다. 한때 사랑했던 여자도, 내게 믿음을 주었던 발자국도, 어린 날의 흰 살 계집애 소꿉동무도 모두들 어디론가 사라져버렸다. 그런 다음에 한 사람의 일본 여자가 팬티를 벗고 모습을 나타냈다.

나는 감연히 우리가 같은 족속, 곧 곰의 족속이라고 선언적으로 말했던 것이다.

어느새 고속버스 터미널 앞이었다.

그녀가 기다리고 있을 다방이 멀지 않았지만 나는 대합실 앞의 길가에 놓여 있는, 나무로 만든 긴 의자에 가서 엉덩이를 붙이고 앉아 담배를 피워 물었다. 그녀와 약속한 시간이 넘었음에도 불구하고 왠지 그녀에게로 달려갈 엄두가 나지 않았다. 나는 기진맥진하여 앉아 있을 수밖에 없었다.

생각해 보면 나는 그녀에게 많은 엉뚱한 이야기를 한 것 같았다. 아마도 책을 읽고 유추해 낸 사실보다 더 많은 것을. 그러나 그것이 새삼스럽게 공허한 메아리처럼 여겨질 뿐이었다. 나는 오랫동안 몽롱한 정신으로 그 자리에 앉아 있었다. 나는 이 도시에서 태어나지도 않았단 말인가.

날이 어두워지고 있었다. 나는 천천히 그녀가 기다리고 있을 다방으로 걸음을 떼어놓았다. 다방 문을 밀치고 들어가서 그녀를 발견하자 그마저 불가사의한 일만 같았다. 그렇다고 해서 그녀가 어디론가 사라져버렸기를 기대했던 것은 아니었다. 그녀는 그곳에 있어야만 되었다. 그런데도 나는 또한 그녀가 나를 기다리고 있다는 엄연한 사실에 심한 당혹감을 느꼈다.

"늦었군요."

그녀가 이젠 화를 내기에도 지쳤다는 듯이 짧게 말했다. 마치 그녀 쪽에서 늦은 것을 사과하는 것처럼 들렸다.

"일이…… 잘 안 풀렸어. 도무지……."

나도 맥없이 중얼거렸다. 그것은 사실이야 어쨌든 옳은 말이었다. 모든 일이 풀리기는커녕 뒤죽박죽이 되어버린 것이었다.

"그냥 서울로 가는 막차를 탈까도 그랬어요."

그녀는 구두의 앞창으로 바닥을 톡톡 건드리면서 낮게 말했다.

"그래서…… 안 될 말이지…… 미안해."

무엇 때문에 그렇게 시간을 보냈는지 나는 할 말이 없었다. 지난 몇 시간 동안 겪은 일들도 마치 이십오 년 전에 겪은 일들처럼 아득하고 가뭇했다. 말라비틀어진 박제(剝製) 속에 희미하게 어려 있는 생명의 그림자를 바라보며 잠시 어떤 생각을 골똘히 해보려고 하듯이, 그러다가 마침내는 뒤돌아서 버리듯이 나는 뒤돌아서 온 것인지도 모른다. 이 도시는 죽은 사람도 산 사람도 한 사람 빠짐없이 박제로 만들고 있다. 수강생 모집, 조수류(鳥獸類) 박제(剝製師), 3개월 수강 후 월수 30만 원 보장됨. 신문 광고를 본 기억이 되살아났다. 그날 밤인가, 이리저리 생각을 굴리던 끝에 그런 직업이 내게 어울릴지도 모른다는 결말에 이르기도 했었지. 꿩이나 두루미나 노루나 사슴의 살점을 저미고 내장을 뽑아내고 짚을 쑤셔 넣고 철사를 꿰어 버텨놓는다. 죽은 짐승에 영생을 불어넣는다. 볏짚과 철사로 또 하나의 다른 삶을 창조하는 것이다. 한 편의 시도 그렇게 쓰일 수만 있다면 좋을 것이다. 언어의 살점을 저미고 내장을 뽑아낸 다음 짚을 쑤셔 넣고 철사를 꿰어 세워놓는다. 그런 다음 시인은 혹 하고 입김을 불어넣는다. 영생을 얻은 시 한 마리가 달려간다. 사슴의 몸에 소의 꼬리, 이리의 이마, 말의 발굽을 가졌다는 상상의 동물, 외뿔 기린(麒麟), 성인(聖人)이 세상에 나기 전에 나타난다고 하는 저 상상의 동물 같은 것.

"더 어둡기 전에 바다를 보러 가야겠어. 가서 뭘 좀 먹기루 하지."

"여긴 참 낯선 곳이군요. 몇 번인가 왔었는데두 그때보다 더 낯설구…… 이상해요."

그녀가 침통하게 말했다.

"혼자 있어서였겠지. 내가 너무 오래 기다리게 했던 거야."

"아니에요. 그 때문이 아니에요. 기다리면서 줄곧 내가 왜 여기 있는지 알 수가 없었어요. 내가 따라와 놓구 말이에요. 이상한 일이죠."

"피곤했던 거야."

"그래요. 피곤한가 봐요."

그녀가 얼굴을 안 보이려는 듯 고개를 돌렸으나 나는 그녀의 어두운 얼굴을 처음으로 엿보았다.

"바다라두 보믄 괜찮을 거야. 여긴 내 고향 땅이야. 마음을 편히 가지라구."

그녀가 희미한 웃음을 지으면서 고개를 끄덕였다.

그러나 바다는 이미 어둠에 젖어가면서 무겁게 고여 있었다. 그것은 정체되어 있는 늪이었다. 공포(恐怖)의 늪이었다. 그녀나 나나 그 도시에 닿자마자서부터 저 어둡고 칙칙한 늪에 빠져들어 허우적거리고 있었던 것이라는 생각이 들었다. 그녀는 바닷가로 시멘트 포장길을 걸어가면서도 얼굴을 바다 쪽으로 돌리고 시종 말이 없었다. 마치 어두운 공포를 제 것으로 삼으려고 하는 모습 같았다. 나 역시 아무 말도 꺼낼 수가 없었다. 아침녘의 그 발기와도 같은 생동감과 충일감은 어디로 사라져버린 것일까. 가슴이 답답하게 짓눌려 왔다. 이렇게 어두운 바다를 어두운 마음으로 맞아들이게 될 줄은 상상조차 못했던 일이었다.

"기다리는 동안…… 무슨…… 일이라두…… 있었어?"

나는 더듬거리며 물었으나 그것은 차라리 내게 던지는 물음이었다.

"없었어요."

짧게 맺는 듯한 대답이 바닷바람을 타고 바람소리처럼 들려왔다. 관광객들을 태운 대절 버스가 지친 취기와 함께 달려가고 먼 데서 전등불들이 반짝이며 켜지기 시작했다.

"뭘 좀…… 먹어야 하지 않을까?"

낮에 고속버스를 타고 오면서 어딘가 휴게소에서 햄버거를 하나씩 먹었을 뿐이었다.

"생각이 없는걸요."

그녀가 고개를 저었다. 그것은 나도 마찬가지였다. 빈속이었으나 음식점에 들어가 앉고 싶지가 않았다.

"좀 걷기로 해요."

"그럴까."

그녀는 내가 몇 달 동안 집중적으로 사귀어오던 그 여자가 아니었다. 나는 그녀에 대해서는 아무것도 할 수 없는 무능하고 몽매한 사내였다. 우리는 둘 다 박제가 되어버리는 마법에라도 걸려버렸는지도 모른다. 배도 고프지 않게 누군가가 이미 내장을 송두리째 빼내 버렸는지도 모른다. 찝찔한 바닷바람이 속을 뒤집어 훑었다. 그녀와의 만남에 새로운 계기를 주기 위하여 나는 그녀를 동반해 온 것이었다. 그것은 모든 과거의 청산이면서 새로운 출발, 앞날에 대한 뜨거운 약속을 위한 것이었다. 그러나 갑자기 어둠과 같은, 늪과 같은 함정에 빠지고 말았다. 이 도시는 죽음의 도시였다. 그녀에게조차 이 도시의 죽음의 손길이 미쳤다. 그녀는 이미 생소한 여자였다. 바닷가의 관광도로를 걸어가는 동안 그녀는 점점 생소한 여자로 딱딱하게 굳어갔다. 어둠 속에서는 나는 그녀가 박제의 얼굴을 가지고 어둠과 볼을 맞비비고 있는 것을 눈여겨보았다. 그러나 나역시 박제사의 손아귀에 걸린 것처럼 아무런 말도, 아무런 행동도할 수 없었다.

바닷가의 길은 오른쪽으로 굽어지면서 더욱 어두워졌다. 가까운곳에서 파도소리가 신음하는 것처럼 들려온다고 생각되었다. 내장이 빠져버린 배 속이 쓰려왔다. 이제 누군가가 짚을 한 다발 묶어서쑤셔 넣겠지. 빌어먹을. 왜 이렇게 엉망이 돼버렸는지 나는 여전히아무 말도 할 수 없었다. 무슨 말이든 할 기회는 영영 사라진 것도같았다. 정신을 걷잡을 수가 없었다.

이 도시로 올 때부터 어떤 불길한 유혹에 몸을 떨었던 것인지도모른다. 그래서, 도시는 죽어가면서도, 눈에서 진물을 흘리면서도,구더기가 끓으면서도 내게로 덮쳐왔던 것인지도 모른다. 나는 울고싶었다.

"자, 이만 가지."

나는 간신히 말했다. 죽음의 늪에서 빠져나가야 하리라고 막연히 느꼈다. 그녀는 대답이 없었다. 나는 그녀의 손을 끌어당겨 잡으면서 무슨 말인가 다시 해보려고 안간힘을 썼다. 그러나 머리가 휑뎅그레 빈 느낌이었다. 골수는 빠져나가고 두개골은 빈 플라스틱바가지처럼 내 모가지 위에 놓여 있었다. 바닷바람이 와서 그것을달그락거리며 흔들었다. 플라스틱 바가지 속에 담겨 있던 모든 공소한 이론은 증기가 되어 날아간 지 오래였다. 삶의 가치를 찾으려는 얄팍한 철학이 이론, 여자를 아내로 삼으려는 들뜬 욕망과 번식의 이론, 맨션 아파트에 살려는 헛된 경제의 이론, 한 줄의 시를 쓰려는 보잘것없는 문화의 이론.

그때 그녀가 내 손아귀에서 그녀의 손을 빼냈다.

"낮에 터미널 앞에서 봤어요. 무료해서 다방 밖으로 나왔었지요.

뜻밖이었어요. 의자에 앉아 있기에 살금살금 다가갔죠. 놀래주려구요."

그녀가 걸음을 멈추었다. 그랬었군. 온몸이 저려왔다.

"그런데 그럴 수가 없었어요. 가까이 다가갔을 때 이상한 걸 느꼈던 거예요. 마치 이 세상 사람이 아닌 것 같았던 거예요. 순간 무서웠어요. 그래서 발길을 돌리지 않을 수 없었어요. 상상 속에나 있는 짐승의 얼굴이었어요, 그건."

그녀의 말소리는 신이 지핀 것처럼 떨렸다.

"그땐 피곤했었어. 좀 기운을 차려서 만나려고 했지."

나는 힘없이 꾸며댔다.

"그러실 테죠."

그녀가 차갑게 대꾸했다.

"난 우리가 새롭게 만나야 된다구 봐서 여기에 같이 온 거야."

나는 힘주어 말하려고 애썼다. 그러나 내 말에는 아무 설득력이 없었다. 나는 나 자신에게도 설득력을 잃고 있었다. 그녀에 대해서도, 나 자신에 대해서도 나는 변명의 구실을 찾을 수가 없었다.

"그랬을지도 모르죠. 그렇지만…… 전 기다리면서 줄곧 마음을 졸이고만 있었어요. 그토록 고향에 집착한다는 건 결국…… 이 사또 가에리에서 결국 고향을 찾은 그 사람은 나를 버리게 된다……."

그녀의 목소리는 차분하게 가라앉아 있었다. 나는 그 말에 대꾸하지 못했다. 그녀 말은 내가 모르고 있던 진실을 깨우쳐주는 말이었다. 나는 고개를 돌려 끝 모를 바다의 어둠, 아니 어둠의 바다를 바라보았다. 죽음의 바다, 망령의 바다를 바라보았다. 석탄 같은 침묵이 흘렀다.

나는 반박하지 않았다. 몽롱하던 어둠이 점차 명확해지고 있다고 느꼈다. 나는 바다에서 얼굴을 돌렸다. 나는 비로소 내 마음을 확인했다. 이 도시의 공기에 휩싸이자마자 나는 음흉하고 냉혹하게 그녀와의 헤어짐을 도모하고 있었던 것이다. 그것은 내 탓만은 물론 아니었다. 그러나 나는 그것을 갈망하고 있었던 것이다. 그녀에게 어떤 잘못이 있었던 것은 아니었다. 나는 나 자신을 향해 고개를 끄덕거렸다. 이곳에서 어떤 자신감을 불어넣으려고 온 것은 결과적으로는 그녀를 버리려고 발버둥쳤던 데 불과했다. 그러나 그것은 내 의지가 아니라 불가사의한 어떤 힘의 의지였다. 장수바위를 찾으려고, 길거리를 떠돌아다녔던 내가 가여웠다. 모든 것은 명확해졌다. 나는 그녀와 헤어지기 위해 노력했던 것이며 그녀가 그것을 먼저 말하고 있는 것뿐이었다. 우리가 얻으려고 했던 것은 한 마리의 상상의 동물, 기린과 같았을까.

그녀가 이별의 손을 내밀었다. 나는 가만히 그 손을 잡았다가 놓아주었다. 찬 손이었다. 그녀가 돌아서서 오르막길을 올라가기 시작했다.

"난…… 난 박제사가 되고 싶었어."

내가 생각해도 엉뚱한 말이었다. 그러나 그 말을 하는 나는 진땀이 났다. 나는 계속해서 독백했다.

"몰라. 단지 그뿐이야. 박제사, 이를테면 기린 같은 걸 박제로 만드는 거지. 기린 아니면 맥(貊), 아니면 해태 같은 걸…… 장수바위는 아무 데도 없어."

나는 그녀가 사라진 공백 사이에다 아무렇게나 지껄였다.

그리고 내가 기린도 아니고 맥(貊)도 아니고 해태도 아닌 괴이한 짐승의 얼굴을 하고 있다고 생각했다.

마지막 사랑 노래

　보물섬에 관한 이야기는 꽤 많이 전해져 온다. 굳이 섬이 아니더라고 어떤 사정에 의해 특정한 곳에 보물을 숨겨놓은 이야기도 흔히 전해져 온다. 소설이지만 뒤마의 『몬테크리스토 백작』이라든가 스티븐슨의 『보물섬』은 그런 이야기를 근거로 쓰인 것이다. 외국 것을 들출 필요도 없다. 지난 70년대의 일로 기억되는데 예전 제정 러시아 시대에 동해의 울릉도 근해에 러시아 배가 재화를 잔뜩 싣고 침몰했다 하여 그걸 찾아내려고 한다는 이야기도 있었고, 또 일본군이 부산의 적기라는 곳에 보물을 숨겨놓고 달아났다 하여 그걸 찾아내려 한다는 이야기도 있었고, 또 일본군이 부산의 적기라는 곳에 보물을 숨겨 놓고 달아났다 하여 그것 찾아내려 한다는 이야기도 있었다. 울릉도의 어떤 사람은 그때 침몰한 러시아 배에서 흘러왔다는 사모바르를 가지고 있다고도 했다. 사모바르란 러시아식의 주전자였다.

　요즘에 와서도 숨겨진 보물을 찾아 나서는 사람이 간간이 화제가 되어 듣는 이를 잠시 환상의 세계를 안내한다. 그런데 뜻하지 않게 보물섬에 대한 정보가 내 귀에까지 들어온 것은 바로 얼마 전의 일이었다. 바로 얼마 전이었을 뿐만 아니라 그 대상, 즉 보물섬의 위치도 그리 멀지 않은 곳에 있었다.

"거기에 보물이 묻혀 있다는데 거기 알지요."

같은 아파트의 후배가 그렇게 일러주었다. 그는 그 동네에 갔을 때 직접 들었다고 했다. 그 무렵 우연히 술집에서 만난 한 사내도 "그렇다고 합디다만." 하고 말하고 있는 것을 보면 그 이야기는 인근에서는 공공연히 퍼져 있는 모양이었다. 보물이 묻혀 있다는 '거기'에 대해서는 나도 모르는 바 아니었다. 언젠가 한번 가본 적이 있는 곳이었다. 그러나 그때는 어찌어찌 가다 보니 그곳에 이르렀을 뿐이었다. 무작정 어디론가 가보면서 어느 동네가 어떻게 생겨 먹었는지 구경이나 하자는 친구의 제안에 따라나선 결과였다. 우리는 포장도로가 끝나는 국도에서도 한참을 더 나아갔다. 그런 길을 가다 보면 포장도로와 비포장도로가 어떤 의미를 갖는지 곰곰 생각하게 된다. 포장도로와 비포장도로가 단순히 가지고 있는 많은 차이점을 말하는 것이 아니다. 이를테면 그것이 바로 그 연변에 사는 사람들의 머릿속에 깊이 들어가 박혀 서로 다른 생각을 갖는 사람들로 구별 짓는다는 것이다. 그날 나는 그런 생각에 문득 잠기면서 동네들을 '구경' 했다. 그러다가 어느 틈에 '보물섬' 에 이르렀던 것이다. 물론 그때는 그곳이 '보물섬' 인지는 고사하고 그냥 섬인지조차 알 수 없었다. 왜냐하면 그곳은 이상하리만치 우뚝 솟은 산으로 이루어져 있기는 했으나 우리는 버스에서 내려 그곳까지 분명히 걸어서 갔기 때문이다. 말하자면 땅이 그대로 연결되어 있으니 애초부터 섬이라고 부를 수는 없는 이치였다. 그러니까 그곳이 섬이라고 불린다는 사실은 나중에 알게 된 것이다. 서울의 뚝섬이나 난지

도처럼 땅이 이어져 있으나 본디 이름 그대로 섬으로 불리는 것이
었다.

"거 아주 묘하게 생겼는데, 꼭 독수리가 하늘로 날아가는 형상
이야."

처음 그 섬을 보았을 때부터 친구는 감탄을 했었다. 하지만 나도
이미 그 모양이 주위의 자연과는 다르게, 유별나게 눈에 띈다고 생
각하고 있었다. 그것은 신비하게까지도 보였다. 그래서 속으로 "저
런 곳이 여기 있다니." 하고 감탄을 품고 있었다. 그러나 그가 '독
수리' 운운하는 데는 나는 그리 찬성하는 편은 아니었다. 그것은
차라리 고대의 저 마스토돈을 연상시켰다.

"글쎄, 수석하는 사람들 보면 넋을 잃겠어."

나도 거들었다. 그러자 그가 대뜸 맞받았다.

"수석이란? 돌멩이 말야? 저건 산이란 말야."

그의 말에 나는 "산이래두……." 하고 중얼거렸으나. 아무리 내
가 수석에 대해 문외한이라고는 하지만 그렇게 말하고 있는 진의는
그에게도 충분히 전달되고 있구나 하고 여겨졌다. 내가 그렇게 말
했던 것에는 그 작으나마 돌올(突兀)한 산의 생김새도 생김새려니
와 그것이 마치 어디 다른 곳에서 가져다 놓은 것처럼 주위와 구별
된다는 뜻도 함께 내포되어 있었다.

"어떤 정기마저 서려 있어 아무튼 범상하지 않아."

그는 사뭇 감탄조였다. 그런 말 끝에 우리는 마치 그 산의 정기
에 이끌리다시피 그리로 다가갔던 것이다. 가까이 가자 바위투성이
의 산 구석구석에 우거진 소나무들이 상당히 울울했다. 그런 모습
을 마치 학술 연구라도 하는 양 주의 깊게 살펴보던 그는 "수석이
아니라 분재야, 돌에다 소나무를 올린 거야." 하고 혼잣말처럼 읊
조렸다. 요컨대 수석이든 분재든 그것이 문제가 아니었다. 그곳은

어쨌든 보통의 자연과는 어딘가 다른 점이 있었다. 동네 구경이나 하자고 오는 동안 우리가 보아 온 산은 모두 한결같이 나지막하게 올망졸망한 이른바 노년기 산이었다. 아니, 산이라기보다는 동산이었다. 그럼으로 해서 그 산이 더욱 돋보였다는 가정도 가능하다.

"와 봐, 저쪽에 집이 몇 채 있어."

그가 뜻밖이라는 듯 언성을 높였다. 작은 규모나마 그쪽은 돌출한 모퉁이에 가려 있었던 것이다. 과연 그의 말대로였다.

"가 보자."

내게도 그것은 뜻밖이었다. 집들은 낡은 블록집이 대부분이었는데, 비닐 조각들이 찢어진 채로 늘어져 있는 창문하며 군데군데 구멍이 뚫린 벽하며, 을씨년스럽기 그지없었다. 그 집들은 여태껏 우리가 수석이니 분재니 하고 감탄하던 수려한 산과는 전혀 딴판의 분위기를 자아냈다. 그래서 나는 산과 집들이 정말 같은 장소에 나란히 아래위로 붙어 있는 것이 사실일까, 내가 그것을 동시에 마주하고 있는 것이 사실일까를 의심하여 자꾸만 이쪽저쪽을 맞바꾸어 바라볼 수밖에 없었다.

"사람이 살지 않는 것 같지?"

나는 그에게 물었다. 그러나 그 말이 채 끝나기도 전에 그가 "아냐." 하면서 한 곳을 손가락으로 가리켰다. 그것은 쓰레기 더미였으나 한줄기 파르스름한 연기가 솟아오르고 있었다. 하지만 그 연기가 곧 사람이 산다는 증거가 될 수는 없었다. 누군가가 우리처럼 우연히 찾아들었다가 불을 태우고 갔을 가능성도 있었다. 그러나, 그렇다 하더라도 그 가느다란 연기는 마을의 인기척임에는 틀림없어 보였다. 그리고 이어서 그 연기가 마치 우리가 왔다는 사실을 알리는 봉화라도 되는 양 우리를 맞는 사람을 만나게 되었던 것이다.

우리는 우리를 보고 있는 한 노파를 발견하고 그리로 가까이 갔다. 노파는 집 앞의 우물에서 힘겹게 두레박을 건져 올리고 있었다.

"여기 이 산 이름이 뭣인가요? 할머니."

그가 우물 속을 들여다보며 물었다. 노파가 물끄러미 우리에게 눈길을 주었다. 여기까지 와서 기껏해야 산의 이름 따위나 한가하게 묻고 있는 너희는 도대체 누구냐고 되묻는 듯한 눈길이었다. 하기야 전국 어디고 투기에 눈이 벌게진 사람들이 샅샅이 뒤지고 다니는 판국이었다. 한참 동안 입을 열지 않는 것에 나는 혹시 노파가 벙어리가 아닐까 하고도 생각되었다. 벙어리가 아니라면 늙어서 언어 기능을 잃어버렸을지도 모른다. 그러나 그렇게 여기기에는 조금은 젊어 보였다. 실제로 노파는 스스로의 힘으로 어렵사리나마 두레박을 들어 올린 것이었다.

"산 이름이 없나 봅니다."

그가 다시 질문을 환기했다. 사실 산 이름이야 무엇이고 상관이 없는 일이었다. 산도 산이지만, 나는 노파에 대해 더 궁금했다.

"산 이름은 알아서 뭣하우. 그저 예전에는 밧미라고 불렀지요."

노파는 벙어리가 아니었을 뿐만 아니라 오히려 그 목소리가 겉모습 보매보다 한결 또록또록했다. 노파가 그렇게 말해 주었지만 그나 나나 자세히 새겨들을 수가 없었다. 그래서 나는 몇 번이고 "밧미? 반미? 밭미?" 하고 속으로 되뇌었다. 나는 짧은 지식으로 이리저리 머리를 궁굴려 '밧' 이라는 것이 혹시 밝다는 뜻의 밝이 아닐까 그러면 '미' 라는 말은 '뫼' 나 '메' 로 읽어서 산이 되므로 밝은 산이 된다 하는 투로 제멋대로 새겨보고 있었다. 그러나 이런 것은 국어학자나 지리학자에게나 소용될 일이지 우리 같은 얼치기 부류에게는 부질없는 일인 것이었다. 어쨌든 수려한 산이 있고 그 아래 몇 채의 폐가(廢家)가 있고, 노파가 있었다. 우리는 애초에 동네 구경이나 다니자는 목적이었으니만치 그 사실만 '구경' 하면 되는 것이었다.

우리는 우물가에서 무슨 암호라도 풀겠다는 듯 '밧미? 반미? 밭
미?' 하고 고개를 갸우뚱거리는 동안 어느새 노파는 뒤뚱거리며 가
까운 집으로 사라져버렸다. 바라보니 그 집은 유리 미닫이문 몇 개
가 바깥으로 난 것으로 보아 아마 전에는 작은 구멍가게였을 성싶
었다. 우리는 그 앞으로 가서 안을 기웃거렸다. 내 짐작은 틀림없었
다. 덕지덕지 먼지더께가 낀 유리를 통해서 아직도 구멍가게의 진
열대가 그대로 놓여 있는 것이 눈에 어른거렸다. 정황으로 보아서
입에 댈 만한 것이 있을 리 만무했으나 당연히 우리는 그 유리문을
열었다.

"뭐 좀 있습니까?"

진열대 위에 군데군데 잔뜩 찌든 상자곽들이 있기는 있었다. 그
러나 그가 '뭐 좀'이라고 한 말의 뜻은 실상 사람을 부르는 것이었
다. 가게에 딸린 방의 장지문에 붙은 손바닥만 한 유리 조각 안에서
누군가가 빠끔히 내다보는가 하더니 문이 열렸다. 노파였다.

"뭐 먹을 것 좀 없을까 하구요. 여긴 가게였었구만요."

그와 나는 한번 휘둘러보았다. 입에 댈 만한 것이 있으리라는 기
대는 아예 없었지만, 진열대 위의 물건들은 빈 병이나 빈 상자곽들
이 태반이었다. 하물며 빈 깡통도 주요 품목이 되어 있었다.

"먹을 게 뭐…… 이잔 물건을 받아 놓질 않아설랑…… 눈깔사탕
이나 멧 개 있을까……."

노파가 진열대를 바라보며 중간 중간 끊어 하는 그 말만으로도
모든 상황을 짚어보기에 충분했다. 얼마 전부터 고객은 없어져버린
상태인 것이었다. 옆의 빈집들이 그것을 뒷받침하고 있었다. 그렇
다면…… 하고 나는 궁금증이 일었다. 모두들 어디로 갔으며 또 노
파는 왜 혼자 빈 가게를 지키고 있느냐는 것이었다.

"모두들 어디로 떠났습니까? 여긴 보내 뭘로 먹고살던 데였습니까?"

나는 궁금증을 이기지 못해 물었다. 사람들이 살던 터전을 버리고 어디론가 떠나간다는 일은 서글프다 못해 처절한 느낌마저 수반하는 것이었다. 특히 매년 한 번씩 떠돌이처럼 나라 안의 동서남북으로 근거를 옮겨야 했던 아버지 밑에서 전학을 다닌 어린 시절을 보낸 나로서는 그 감정이 더욱 절실한 편이었다. 아옹다옹 친했던 개구쟁이 사내애들, 또 골려주면서도 속으로 끔찍이 그렸던 정말 '패(佩), 경(瓊), 옥(玉) 같은 이름'의 계집애들을 영원히 헤어지는 미어지는 마음…….

"여긴 본래 동죽조개밭이지요. 굴이나 바지락도 나긴 났지만 동죽조개라…… 근자 들어선 조개도 시원찮은 데다가 보다시피 흙을 죄 메워 땅을 맨든다고…….”

노파는 눈을 들어 잘 내다보이지도 않는 유리문 밖으로 초점을 흐리고 있었다. 그러니까 그곳은 개펄이 넓게 펼쳐져 있던 곳이었다. 앞에서 언급했듯이 하나의 섬이 그 개펄의 간척으로 육지와 연결되었다는 이야기가 되는 것이다. 그 바람에 먹고살 터전을 잃은 사람들은 떠날 수밖에 도리가 없게 되어 있었다. 80년대의 이 나라에서는 뭐 새롭다 할 이야기도 아니었다.

"그렇군요."

그가 새삼스럽게 머리를 주억거렸다. 그렇게 떠나야만 하는 수많은 사람들 앞에서 우리는 아무런 힘도 없는 것이었다. 모든 사실은 몇 마디의 말로써 간단하게 밝혀졌지만 실상 그 말의 의미 안에서 고통받는 사람들의 삶은 그리 간단하지 않다는 것이 왠지 가슴에 와서 걸렸다. 어떤 이름 높은 철학자가 말은 존재의 집이라고 했다든가…… 아냐, 우리들 삶은 생각보다 훨씬 간단한 것인지도 몰라…… 나는 갑자기 얼토당토않은 개똥철학자가 되어 있었다. 그러자 절로 자조의 웃음이 나왔고, 그 순간 나도 모르게 '동죽조개……' 하고 조개 이름이 속으로 불러졌다. 사람들이 떠나고, 죽고, 그리하여 인생이 어떻고 하는 등등의 이야기들은 진부하기 짝이 없는 것들이었다. 사랑에 울고 짜고 하는 이야기들도 마찬가지였다. 우리들은 어차피 어디론가 떠나가게 되어 있는 것이다. 그런데 새로운 것이 있었다. 나는 여러 가지 조개 이름을 알고 있는데도 동죽조개는 처음이었다. 무겁게 가라앉았던 내 마음은 그로 인해서 어느 정도 생기를 되찾고 있었다. 한 마리 조개가 인생이며 역사에 무슨 의미가 있느냐고 손가락질을 한다면 나는 무색해질 수밖에 없다. 그런 작은 것들에 유난히 눈길이 쏠리는 게 나라는 사람인 것이다. 어느 해 한겨울의 산속에서 바늘귀만 한 작은 꽃을 피우던 옹달머리만 한 여린 풀을 보고 내 눈길은 얼마나 오랫동안 머물렀던가.

"그럼 할머니께서도 동죽조개를 캐셨던가요?"

나는 물었다.

"캐다마다, 그걸로 늙은 셈이지요."

노파는 별걸 다 묻는다는 듯 눈빛을 빛내면서 대답했다. 이것으로 그 산 밑에 살던 사람들의 삶의 대강이 밝혀졌다. 그러나 나는 아까부터 하나의 다른 매우 중요한 궁금증이 일어 이젠가 저젠가 하면서 물음을 던질 기회를 찾고 있었다. 과거가 중요하다면 미래는 더욱 중요하다. 언젠가 국민학교 3학년짜리 딸애가 극장 간판에 '이들에겐 미래가 없다.'고 쓰여 있는 것을 보고는 "아빠, 미래는 언제나 있는 거지? 그런데 저기엔 없대." 하고 별 이상한 말도 다 있다는 표정을 지었던 기억이 난다. 노파의 미래? 노인들의 미래라는 문제에 대해서는 나는 다만 막막한 심정이 아닐 수 없다.

"할머니께서는 그러면 앞으로 어쩌실 겁니까? 다들 떠나가고 아무도 없는 데서."

나는 드디어 물었다. 어느 틈에 나는 노파의 앞날에 대해 궁금증과 함께 걱정을 하고 있었다. 사고무친의 노파인지도 모른다. 그러고 보니 노파의 분위기에서는 오랫동안 혼자 외롭게 살아온 사람의 고집 같은 것이 엿보인다고도 생각되었다. 철저하게 버려진 사람의 자기방어라고도 할 수 있을 것이다. 그러나 이럴 경우 내가 과민 반응을 일으키는 것도 경계해야 할 일이었다. 어쨌든 노파는 아마도 다른 사람은 하나도 없는 듯싶은 곳에 홀로 있는 것으로 판단되었다. 나는 오랫동안 홀로 있어 보아서 인간을 홀로 있게 한다는 것만큼 패악한 짓도 없다는 사실을 잘 알고 있다. 홀로 꾸역꾸역 밥을 먹을 때의 외로움 따위야 그 외로움을 반찬으로 삼을 수 있을 때 아무것도 아니다. 육체의 몸부림치는 본능도 그에 준한다. 그러면 무엇이 그토록 패악한 짓이 되는가. 그렇다. 홀로 아무도 몰래 죽음을 맞이해야 하는 순간에 대한 버림받은 느낌, 그것이다.

"나야 뭐 다 산걸. 갈 데도 없으니 이러다 죽으믄 그만 아니오만."

노파는 담담하게 말했다. 역시 그랬었다. 나는 내가 던진 물음을 후회했다. 나에게 노파를 어찌할 힘이 없는 한 그런 물음은 필요 없는 짓거리였다. 나는 아직 '다 산' 나이가 아니지 않느냐고, 아직 정정하신데 무슨 말씀이냐고 위로 겸 격려의 말을 하려다가 입을 다물고 말았다. 모두 부질없고 낯간지러운 일이었다. 그리하여 우리는 노파의 마지막 대답 때문에 공연한 부담을 안고 노파를 하직하지 않으면 안 되었다.

자, 이렇게 간단하다마 내가 처음 그 보물섬에 갔던 기억을 돌이켜보았다. 다시 말하거니와 그 이후로고 그 섬은 좀 색다른 형상의 산으로 내 뇌리에 남아 있었을 뿐 보물섬은 아니었다. 그런데 어느 날 후배 녀석이 "거기 알죠?" 하고 그 섬을 보물섬으로 변하게 했던 것이다. 후배 녀석의 보충 설명에 의하면 예전 조선 시대에 우리나라의 쇄국의 문을 열 목적으로 서해안을 거슬러 올라왔던 영국 함대가 열국의 다툼과 조선 군대의 반격의 틈서리에 쫓겨 가면서 경황 중에 숨겨놓은 보물이라는 것이었다. 영국 함대가 서해안을 거슬러 올라왔는지 어쨌는지는 몰라도 여수 앞바다의 거문도에까지 왔었으며, 거기서 죽은 수병의 묘가 아직까지 남아 있다는, 개화기 때 이야기를 어디선가 읽은 적이 있는 나는 그럴싸한 이야기라고 생각했다. 그러나 '그럴싸한 이야기'라는 것은 이야기 자체가 그렇게 짜여 있다는 것이지 보물의 존재까지도 '그럴싸한 이야기'로 받아들인다는 것은 아니었다. 후배 녀석이 "그 산이 어딘가 그럼 직하게 생기지 않았던가요?" 하고 토를 달았을 때, 나도 "그건 그래." 하고 거들었지만 여전히 보물의 존재에 대해서만은 어쩐지 피부에 와 닿지 않았다. 기를 쓰고 살아오는 동안 재물이란 일찍이 나와는 무관하다는 씁쓸한 결론을 내리고 있기 때문인지도 몰랐다. 아니, 국민학교 때부터 소풍을 가면 으레껏 하는 놀이인 '보물찾기'에서 거짓말같이 단 한 번도 무슨 '보물'을 찾지 못한 데서 온 잠재적 좌절감 때문일 수도 있었다. 내가 만약 그 인근 어디에다 보물을 숨기고 도망해야 할 처지라면 나라고 그곳을 택할 수밖에 없었을 것이다. 그럴듯한 표적이 있어서 나중에 와서 찾을 수 있어야만 되는 것이다.

내가 그 섬에 다시 간 것은 결코 보물 때문이 아니었다. 그날따라 아침부터 원인 모르게 심사가 사납고 일이 손에 잡히지 않던 터에 그 섬에 생각이 미친 결과일 뿐이었다. 즉 머지않아 그 산마저 까뭉개져 다른 저지대를 메우는 데 쓰이고 그곳은 역시 택지나 공장부지에 편입되리라는 말을 며칠 전에 들었던 것이다. 기분도 그렇지 않은데 바람이라도 쐴 겸 가서 마지막 한번 봐두자. 이렇게 생

각이 들자 갑자기 마음이 급해서 다짜고짜 밖으로 뛰쳐나왔던 것
이다.

해는 이미 설핏해져서 엷은 노을빛을 거느리기 시작하고 있었
다. 그 산은 다시 보아도 그 기세가 예사롭지 않아 보였다. 정기가
서린 산이 아니라 차라리 귀기가 서린 산이라고 해야 옳을 듯했다.
나는 저절로 옷깃이 여미어졌다. 아마도 저쪽 구릉 너머 바다에서
불어오는 해풍이었겠지만 산에서 불어오는 바람에도 어떤 귀기가
느껴졌다.

저것은 하늘의 어떤 조화다.

그러자 거대한 공룡의 등지느러미 같은 암벽들이 살아서 꿈틀거
리는 것 같았다. 그렇다면 그것은 독수리고 마스토돈이고가 아니라
일찍이 듣고 보도 못한 거대한 공룡이 바다에서 기어 나왔다가 주
저앉아 화석이 된 것이라고 하는 게 옳을 것이었다. 나는 전율마저
느꼈다. 한참을 형언할 수 없는 감정에 휩싸여 있다가 퍼뜩 정신을
가다듬었다. 그리고 그 산이 아직은 그대로 있는 것에 그래도 반가
움을 느끼면서 먼젓번과 똑같은 마음은 아니었다. 전혀 상관없는
일이라고 여기고 있는데도 그게 아니었다. 그 보물섬이라는 말 때
문이었다. 나는 느릿느릿 걸음을 옮기며 만약에, 영국 사람들이 보
물을 묻었다면 도대체 어디쯤 될 것인가를 어림짐작해 보고 있었던
것이다. 그것은 국민학교 때부터 '보물찾기'에는 젬병인 내가 그
방면에는 언제까지나 그 꼬락서니임을 스스로 확인하는 과정에 불
과했다. 쓰레기 더미에서 연기는 오르지 않았다. 그래도 나는 머뭇
거리지 않고 곧바로 우물을 지나 가게에 이르렀고 혹시나 하는 심
정으로 유리문을 열었다. 유리문은 전처럼 드르르 떨며 열렸다. 안
으로 들어간 나는 조심스럽게 유리문을 다시 닫았다. 그러자 그와
동시에 방의 장지문이 열렸다.

"어서 와요. 젊은이."

자는 약간 놀랐으나 노파의 모습을 보자 친근한 느낌을 들었다.

"저를…… 알아보시는군요."

나는 가볍게 머리를 숙였다. 불과 서너 달쯤 전이기는 하나 그 세월은 경우에 따라서는 '불과'라고 말하기에는 어려운 세월이기도 했다. 그동안 노파가 그곳에 그대로 살아 있다는 것도 무슨 기적같이만 여겨졌다.

"알아보다마다, 이리 좀 들어와 보우, 할 말이 있으니."

노파는 마치 기다리고나 있었다는 듯이 말했다. 내가 다소 어리둥절한 표정을 지은 것은 당연한 일이었을 것이다.

"괜찮대두. 이리루 와요."

노파가 다시 권했다. 내게 할 말이 있다는 것도 언뜻 이해하기 힘들었다. 노파가 나를 본 것은 그때 한 번뿐이었다. 그리고 그때 어떤 특별한 일이 있었던 것도 아니었다. 나는 얼마쯤 엉거주춤 서 있다가 주춤주춤 노파의 방 안으로 올라앉았다. 어둠침침하고 음습하리라고만 했던 예상과는 달리 창문을 통해 들어오는 노을빛으로 방 안은 연보랏빛 감도는 감실(龕室) 같았다. 나는 마치 딴 세상에서 맞고 있는 순간 같았다. 내가 앉는 것을 본 노파는 천천히 일어나 벽장의 문을 열었다. 나는 무슨 영문인지 알 수가 없었다. 할 말이 있다더니 벽장문은 왜 여는 것일까. 곧이어 노파의 손에 들려 나온 것은 한 되들이 술병과 술잔이었다. 나는 아무 말도 안 하고 보고만 있었다. 말을 하려야 할 분위기가 아니었다.

"뒷산에서 캔 약초로 담근 술이라오. 오래 묵었지."

노파가 병을 쓰다듬었다.

"걸 왜 내놓습니까? 귀한 거 같은데요."

나는 의아하여 노파의 얼굴을 쳐다보았다. 아무래도 뭐가 잘못

된 것만 같은 느낌이었다. 노파가 망령이 들어 그러는지도 모를 일이었다. 그러나 노파의 행동은 흐트러진 행동이 아니었다.

“옛날에 우리 바깥양반 그 양반도 술을 잘했지. 지긋지긋하게두 마셨어. 그러니 젊은이두 좋아할 게야.”

노파는 말하고 나서 이렇다 저렇다 의향도 묻지 않고 병마개를 따고는 유리컵에 술을 따랐다. 노파의 행동이 너무 자연스러워서 나는 나도 모르게 되어가는 형편에 몸을 내맡기고 있었다. 그것은 거역할 길 없는 의식(儀式)이었다.

물론 세상에 널리 알려졌다시피 나는 술꾼의 족속이므로 내가 술을 좋아하리라는 노파의 말을 틀린 말이 아니었다. 그러나 나를 노파의 죽은 남편과 연결시키는 것이 나로서는 개운치가 않았다. 노파가 ‘그러니’라는 말로써 그렇게 연결시키고 있음을 나는 놓치지 않고 있었던 것이다. 그러나 아무렴 어쩌랴 나는 술꾼인 것이다.

“안주야 마른 것이 변변찮어두 어서 들어봐요. 저번에 왔었던 뒤루 담근 게라, 아즉 술맛이야 그럴 터이지만…… 꼭 그 냥반하구 닮았다니까…… 젊은인.”

노파는 눈을 환히 뜨고 나를 찬찬히 뜯어보았다. 역시 그랬었다. 그야 얼마든지 그럴 수 있는 노릇이었다. 노인들이 이런 종류의 감정 표현에는 지나치다 싶으리만큼 노골적임을 나는 잘 알고 있었다. 나는 노파가 왜 나를 그렇게 맞아들였는지를 확연히 깨달았다. 나로서는 썩 내키는 술은 아니었지만 노파의 의도를 거스를 마음은 없었다. 나는 ‘고맙습니다.’ 하는 말까지 곁들여 술잔을 들었다. 술 빛은 그리 맑은 빛은 아니었으나 술 맛은 약초, 아니 한약방에서 나는 냄새 그것으로 독특했다. 노파는 내가 마시는 모습을 흡족한 얼굴로 지켜보고 있었다. 그것은 기묘한 술자리였다.

“어쩌면 꼭 닮았다니까, 어쩌면.”

노파는 내 옆에서 연신 주문(呪文)처럼 읊조렸다. 나는 이미 그 말에는 개의치 않고 있었다. 아니, 친구들 사이에서도 '질풍노도'의 술을 마신다는 말을 듣고 있는 나는 술잔이 거듭함에 따라 실제로 내가 옛날에 노파의 남편이지는 않았을까 하는 착각마저 들었다. 나는 그의 환생자였다. 세상에는 이상한 일도 많고 그런 이야기는 텔레비전이나 라디오의 「전설의 고향」 같은 시간에는 단골 이야기에 속하는 것이다. 티베트의 지도자 달라이라마는 대대로 그의 환생자로서 인정을 받아 계승된다고도 했다. 티베트에서의 환생자는…… 그렇지…… 림포체라고 한다고 했지…… 그런 생각을 하면서 나는 조금씩 조금씩 무너져갔다…….

얼마나 시간이 흘렀는지 모른다. 꿈결같이 나는 어렴풋한 속에서 무슨 말소리가 들려온다고 생각됐다. 그러나 분명 꿈결은 아니었다. 무슨 소리일까. 나는 몽롱한 가운데 그 소리를 듣고 있었다.

……그래서 ……그래서 ……난 영감 품에서 죽는 게 소원이었지. ……영감이 이제야 내 소원을 풀어주러 왔어. ……맞아 ……맞다구 ……지난번에 왔을 때 나는 알아봤어. ……언제 올 테니까 그때 ……소원을 풀어줄 테니 준비허시게…… 영락없이…… 준비야 늙은 몸…… 털어넣고 죽을 약 한 봉다리문 그만이지…… 영감…… 증말 고맙구먼요…… 영감…… 이날 이때가 이렇게 올 줄은…… 그동안…… 을매나 야속했는지…… 내가 속이 좁아터져서…… 영감…….

도대체 무슨 소리일까. 나는 여전히 꿈결인지 생시인지 분간하지 못할 세상을 오락가락하고 있었다.

그때 갑자기 내 손을 꽉 움켜잡는 손이 있었다. 이 감촉만은 꿈결이 아니다. 나는 확연히 느꼈다. 나는 번쩍 눈을 떴다. 노파는 이미 모로 쓰러져 있었다. 그런데도 여전히 그 손은 내 손을 움켜쥔

채었다. 아, 이게 어찌된 일이람. 나는 황급히 그 손아귀를 빼내었다. 그러자 그 사이에서 웬 종이쪽지가 툭 떨어졌다.

그다음의 일을 더 설명한다는 것은 다로서는 여간 싫은 일이 아니다. 끔찍하다거나 무서워서가 아니다. 그것은 나 자신에게도 또 노파에게도 모욕적인 일일 것이다. 때때로 설명을 지나치게 요구하는 구역질나는 무리들이 있다. 나는 감연히 말한다.

꺼져라! 삶을 욕되이 하는 더러운 무리들아! 삶이란 설명이 아니다!

그리고 다시 감연히 말한다.

죽음이란 더더구나 설명이 아니다!

이렇게 하여 그날 일은 끝났다. 노파는 내 품안에서는 아닐지언정 내 손을 잡고 숨을 거두었다. 노파와 내 손아귀 사이에서 툭 떨어진 종이쪽지를 펴 본즉 매우 간단한 약도와 함께 여기를 파 보라는 글자가 적혀 있었고 평생을 '묻은돈'이라고 곁들여 적혀 있었다. 그것은 말하자면 보물섬의 지도인 셈이었다. 그리하여 거기서 파낸 '평생을 묻은돈'은 물론 돈 없는 내게 노파의 장례식 비용으로 요긴했다. 얼마나 더 남았느냐고? 이렇게 묻는 자가 만약에 있다면 나는 그의 귀를 빌어 속삭여주겠다.

진실과 사랑을 그따위 호기심으로 캐내려 하기에는 인생이 너무나 짧다는 사실을 알라.

그리고 내 환생자의 운명과 함께 그 나머지를 흔쾌히 건네주겠다. 그의 장례식 비용에나 보태 쓰라고.

모든 별들은 음악 소리를 낸다

1

　버스가 고갯길로 접어들면서부터 매제의 눈매에 긴장감이 서렸다. 자못 심상치 않다는 표정이었는데, 그때서야 매제가 내다보고 있는 쪽 차창 밖을 내다본 나는 매제의 눈매에 왜 긴장감이 서렸는지 알 수 있었다. 험한 길 때문이었다.

　그러나 그때까지 삶이니 운명이니 하는 모호한 상념에서부터 가계(家系)의 몰락, 그에 곁들여 한 마리 말〔馬〕에 대해서까지 뭉뚱그려 비장하게 생각하고만 있었던 나는 한동안 무덤덤했다. 그렇다. 나는 무엇인가 꾸준히 비장하게 생각해야 한다는 마음이었다. 하지만 실상 내 멍한 머리는 아무것도 구체적으로 생각하고 있지 못했다. 세상을 떠난 아버지 대신에, 웬일인지 한 마리의 말, 예전에 우리집에서 먹이다 사라져간 폐마(廢馬)가 자꾸만 떠올라서 나는 머리를 흔들며 생각을 가다듬곤 해야 했다. 한 순간 삶 자체가 엉뚱한 것이라는 생각도 들었고, 또 이어서 우리가 지금 타고 가는 버스도 예전 그 폐마가 끌고 가는 중이라는 착각이 들기도 했다.

나는 자꾸만 흩어지는 상념을 가다듬으려고 차창 밖에 관심을 기울였다. 갑자기 낭떠러지가 나타나고 벼랑 위에 간신히 의지한 채 포장도 되지 않은 찻길은 그야말로 구절양장(九折羊腸), 간담이 서늘했다. 그런데도 낡은 시골 버스는 마냥 거칠 것 없어라는 듯이 웽웽 내달렸다. 군데군데 쌓여 있는 잔설 사이로 드러난 가장자리의 흙은 김이 무럭무럭 나면서 벼랑 아래쪽으로 흘러내려, 차체가 힘을 가할 양이면 와락 무너져버리지나 않을까 싶기도 했다. 나는 나도 모르게 흘끗 운전사의 얼굴을 훔쳐보았다. 그는 아무렇지도 않은 듯했다. 매제는 경상도 일대에서 운수업 계통의 일을, 그것도 여객 운수 계통의 일을 보고 있었고, 그래서 그런지 평소에도 남들보다 자동차 사고에 많은 관심과 우려를 품고 있는 편이었다. 이번에도 기차를 이용해서 상경한 데 대해 내가 고속버스를 들먹이자 매제는 "겁이 나서예." 하고 웃어 보였었다. 거기에는 자신이 그 방면에 몸담고 있으면서도 겁을 먹는다는 게 다소 멋쩍다는 뜻이 담겨 있었다. 버스는 쉬지 않고 달렸다.

"길이 험하지요?"

아무래도 직업이 직업인만큼 매제라면 이 정도가 어느 정도 위험한 길에 속하는지 알고 있으리라는 기대로 물은 말이었다. 매제는 버스가 기우뚱하는 바람에 어깨를 내 쪽으로 기대오면서 "험하네예." 하고 고개를 끄덕거렸다. 그러나 더 이상 말을 하지는 않았다.

길은 점점 험해졌다. 나는 경기도에도 이런 산길이 있었구나 하고 놀라면서 해인사 가는 길이나 진부령 넘는 따위의 험한 길을 떠올리며 마음을 가다듬으려고 애썼다. 그래도 표지판 하나 제대로 갖추어져 있지 않은 3등 지방도라 좀체로 안심이 되지 않는 걸 어쩌는 수 없었다.

"가뜩이나 눈이 와서 말입니더."

매제는 바깥을 내다보고만 있었다. 나는 안좌석의 등받이 위를 한 손으로 움켜잡고 저쪽 앞에 자리 잡고 있는 어머니와 여동생을 살펴보았다. 그네들은 별다른 낌새가 없어 보였다. 아버지의 삼우제(三虞祭)에 가다가 온 식구가 아예 떼로 변을 당해 아버지의 뒤를 따라가는 것은 아닐까 하는 말이 방정맞게 입 안에 맴돌았다. 그러나 입 밖에 꺼내지는 않았다. 그런 우스갯소리로 액땜을 하려는 수작조차가 공연히 말이 씨 되어 화근을 불러일으킬지 모른다고 생각했기 때문이었다.

"늘 이렇게 달립니까?"

나는 가운데 통로를 사이에 두고 앉은 중년의 사내에게 위험하지 않으냐는 투로 물었다.

"늘 그래요."

그는 덤덤하게 대답한 뒤 한참 지나서,

"밤에는 더 달리지요. 막차 말입니다."

하고 꼬리를 달았다. 나는 이왕 차를 탄 바에는 밤이었다면 차라리 바깥이 내다보이지 않아 마음이나 편하겠다고 생각했다.

"저쪽 길로 가면 좋을 텐데요."

나는 지난번 장의차로 갔던 길을 기억하고 있었다. 그 길은 말끔하게 포장된 4차선 도로였다.

"산업도로요? 며칠 뒤에 개통식을 하지요."

그의 말에 의하면 아직 정식으로 개통식도 하지 않은 데다가 개통식을 하더라도 노선버스는 운행하기 힘들리라는 것이었다.

"예에."

나는 알아들은 척하고 다시 매제 쪽으로 얼굴을 돌리고, 집으로 갈 때는 시간이 좀 걸리더라도 천호동 방면으로 돌아갈 것을 제의하였다.

"그쪽으로도 길이 있습니까?"

매제는 반문하며 길이 있다면 그러고 싶다는 눈치였다.

"아마 있을 거예요."

언젠가 온 가족이 천호동 방면으로 들놀이를 나갔었는데 그때 '이리로 가면 광주가 된다.' 던 말을 들은 기억이 떠올랐다. 내가 우회하여 가자고 한 것은, 버스가 가는 방향으로 보아 왼쪽이 낭떠러지여서 앞쪽에서 오는 차와 마주칠 경우 가는 차는 오른쪽, 즉 산 밑으로 들어서게 되어 안전하겠지만 오는 차는 낭떠러지 쪽으로 바짝 나가게 되어 여간 위태롭지 않겠기 때문이었다.

"곧 차가 저쪽 길루두 다니게 될 거입니더."

매제는 말했다. 하기야 장례비용도 거의 매제의 신세를 지고 있는 판국에 내가 교통이 나쁘다느니 어쩌니 할 처지가 아니었다. 우리 식구는 그래도 산소를 마련했다는 것에 안도의 숨을 쉬고 있는 형편이었고, 장남인 나는 출가외인이라는 여동생에게 집안일로 하여 번번이 경제적 부담을 안기는 데 대해 면구스러움을 금치 못하고 있었다.

"죽으믄 만고 편치." 하고 어머니는 아버지의 죽음을 집안의 경제적 핍박에 빗대어 말하곤 했는데, 사실 아버지는 장례비용조차 남기지 않고 가버렸으니 억울해도 하는 수 없었다. 장례식 때 왔던 아버지의 동료들은 하나같이 혀를 차며 "아무개 변호사도 남의 집 지하실에 가마니를 깔고 살다가 갔다."라는 일화를 이야기했다. 아버지가 변호사라는 사실 때문에 우리 식구는 늘 피해망상 같은 걸 가지고 있었다. 아니, 변호사라는 사실 때문이라기보다는 변호사인데도 집 한 칸 없이 가난하다는 사실 때문이라고 해야 정확한 표현이 될 것이다. 동생과 나는 철이 들어서부터는 어떤 서류에건 아버지의 직업을 쓰는 난이 있으면 '변호사'라고 써넣지 않았다. 동생도 물론 그랬겠지만 나는 그런 기회가 있을 때마다 야릇한 수치와 모멸을 느끼며 '무직'이라고 써넣었다. 정말 아버지의 직업이 없었더라면 하고 바라 마지않았다. 거기에서 우리는 야릇한 공범 의식을 느끼고 있기도 했다. 그렇게 거짓으로 기재했어도 아무런 뒤탈이 없었으므로 나는 나중에 딸애가 가정환경 조사서를 써오란다고 내밀었을 때 종교란에 마호메트교라고 거짓으로 기재했을 정도로 비뚤어져버렸다. 삶이 자신을 배반하는 것은 이토록 서투른 동기를 가지고 있었던 것이다.

아버지가 세상을 떠나던 날은 눈이 지독하게 많이 퍼부었다. 그 전날 밤, 나는 우연히도 동숭동에서 원남동 쪽으로 가지 않으면 안 되어 서울대학병원을 가로질러 갔다. 평소에는 전혀 다니지 않던 생소한 길이었다. 술에 꽤 취해 있었는데 병원 구관(舊館) 앞을 지나갈 무렵 갑자기 나는 어떤 강한 충동을 받았다. 머리가 찔끔해지면서 어둡고 기괴한 빛 같은 것이 후딱 눈을 스쳐갔다. 그것은 무슨 모습이었을까.

나는 나도 모르게 병원 안으로 걸어 들어가 정신 나간 사람처럼 복도를 헤맸다. 누가 죽어가고 있다. 누가 나달나달 해진 내 영혼에 낡은 깁을 잇대면서…… 그는 누구인가? 나는 속으로 무슨 뜻인지 비참하게 절규하며 얼마 동안을 헤맸다. 넋을 놓고 헤매기에는 지나치게 환한 통로였다. 그러나 우리들 인생 또한 그와 같이 환한 통로를 통해서 얼마든지 암담하게 지나가고 있지 않은가. 병원이라면 일부러 피해 가는 내가 왜 그 밤 이슥한 병원길을 택했으며, 왜 병원 복도에서 어설픈 강신술사(降神術師)나 심령주의자라도 된 양

어처구니없는 꼴이 되어버렸던 것일까. 거기에 대한 설명은 전혀 할 길이 없다. 어쩌면 다음 날 아버지에게 죽음의 사자가 닥치리라는 예감이었다고 한다면 그것은 책에서처럼 꾸민 표현이 될 것이다. 그러나 아버지는 다음 날 숨을 거두었다. 회사로 온 전화를 받고 진눈깨비 속을 허둥지둥 달려갔을 때 아버지는 마지막 숨을 몰아쉬고 있었다. 나는 말없이 아버지의 머리맡에 무릎을 꿇고 앉아, 내가 왔다는 사실을 알아채는지 못 알아채는지 분간하기 위해 아버지의 어깨를 몇 번 가볍게 흔들었다. 아버지의 눈이 흘깃 나를 보았다. 마지막에 사람을 알아볼 때는 그렇게 되는구나, 하고 나는 생각했다. 나는 아버지의 손을 잡았다. 섬뜩하리만큼 차가웠다. 나는 어머니의 충혈된 두 눈 쪽으로 얼굴을 돌리며 "손이 아주 차." 하고 침통함을 억누르며 사무적으로 말했다. 어머니가 고개를 끄덕했다.

"글쎄 아까는 이쪽이 차고 그쪽이 따뜻했는데."

어머니는 체념 상태였다. "고등고시만 붙으문 호강시켜주겠다구 해서 삯바느질까지 해서 뒷바라지했더니, 못살 때 쌀 한 가마 안 보태주더라."라고 늘 원망 섞인 푸념을 늘어놓곤 하던 고모도 아무 말이 없었다.

"그래두 어떻게 손을 좀 써봐야지 이러고들만 있으면 어쩐답니까?"

나는 말했다.

"아침에 의사가 다녀갔다. 도저히 가망이 없대."

어머니가 시무룩하게 받았다. 고모 역시 고개를 좌우로 흔들고 있었다. 이젠 안 된다는 것이었다. 나는 그들이 오랜 경험으로 인생의 마지막 상태를 익히 알고 있는 것이라 판단되었다. 나는 아버지의 찬 손을 붙잡고 잠시 말없이 앉아 있었다. 가래 끓는 소리가 점점 심해지고 있었다. 가끔 입 밖으로까지 튀어나오는 유난히 흰 가래를 나는 수건으로 닦아주었다. 이 순간을 위해 나는 어제 미리 초부정굿이라도 했단 말인가. 그때였다. 아버지의 얼굴이 약간 오른쪽으로 기울며 내 쪽을 향했다. 나는 아버지의 얼굴 가까이 내 얼굴을 들이대었다. 무슨 말을 하려 함이 분명하다고 판단되었다.

"말씀하세요. 아버지."

나는 귀에 대고 약간 소리 높여 말했다. 아버지는 여전히 숨을 몰아쉬면서 한동안 그러고만 있었다. 나는 다시 한 번 반복했다. 그러자 아버지가 뭐라고 중얼거렸다. 나는 잡았던 손에 힘을 주고 얼굴을 더 바싹 들이댔다.

"브…… 버업…… 해…… 느……."

그뿐이었다. 아버지는 더 이상 말을 잇지 못했다. 나는 한참 동안 그 말의 뜻을 새길 수가 없었다. 단지 오랜 세월의 어느 부분에서 아버지의 인생의 가랑잎이 바삭이는 소리처럼 덧없이 들렸을 뿐이었다. 그러나 다음 순간, 나는 그것이 무슨 말인지를 또렷이 알 수 있었다. 등골에 전율이 한차례 뱀처럼 지나갔다. 법을 공부해라. 늦지 않았다. 그 말이었다. 나는 아버지의 뜬눈을 감기고, 악력을 느낄 정도로 잡혀 있는 내 손을 옆으로 해서 빼내었다. 그렇게 아버지는 간 것이었다.

2

그 몇 해 전 봉천동에 이사하고 나서 우리집은 난데없이 무슨 동물농장처럼 되고 말았었다. 개는 물론이고 닭, 토끼, 돼지, 게다가 말까지 키웠으니 어지간했다. 말을 키우다니? 지금도 서울시 관내의 변두리로 가면 개, 닭, 토끼, 돼지까지 키우는 집이 없지 않을 것이다. 실제로 어떤 선배는 칠면조를 키운다고도 했고 또 어떤 선배는 사슴을 키운다고도 했다. 하기야 그런 보기들과 견주면 우리집에서 말을 키웠다는 사실은 좀 다른 경우에 든다고 하겠다. 왜냐하면 우리는 말 그 자체를 키우기 위해 말을 먹인 것이 아니라 돼지를 키우기 위해, 돼지를 키울 먹거리인 이른바 짬빵을 실어 나르기 위해 말을 먹이게 되었기 때문이다. 지금 같으면야 짬빵을 실어 나를 마차를 시내까지 끌고 다니는 일조차 불가능할 것이다. 아버지도 애초부터 마차를 마련해야만 할 정도로 사태가 어렵게 진전될 줄은 꿈에도 몰랐음에 틀림없었다. 얼마쯤 가까운 식당들에서 수거해 올 수 있는 짬빵이 달리고, 리어카를 끌던 떠돌이 청년 일꾼마저 온다 간다는 말 한마디 없이 바람같이 사라져버리자 마차를 사들이기로 작정했던 것이다. 마침 아버지의 팔촌형 되는, 그러니까 큰아버지가 집에 묵고 있었던 참이어서 아버지는 그 큰아버지와 상의를 했는데 아는 것 많고 '외국어'까지 잘하는 그 큰아버지가 느닷없이 마차를 사는 게 어떻겠느냐, 마부 노릇은 내가 하겠다고 나섰기 때문에 아버지로서는 작정하기가 그만큼 빨랐다. 더군다나 큰아버지는 어느 시장에선가 마차를 사고파는 광경을 본 적도 있었노라고 덧붙이기도 했다. 그 큰아버지가 아니었더라면 아버지로서는 마차는 아예 엄두도 못 냈을지 모른다.

"마르 부리 내겠소?"

아버지는 자못 근심스럽게 물었지만 큰아버지는 세상에 못 할 게 뭐 있겠느냐는 다부진 반응을 보였다. 마차를 사서 마부 노릇을 하겠다고 제안한 사람이 큰아버지였던 만큼 각오는 서 있었다고 보아야 할 것이다. 큰아버지가 그렇게 나온 이상 미적지근하게 자신 없는 태도를 보인다면 더 큰일이기도 했다.

"까짓거 뭐. 재갈 단단히 물린 놈, 끌구 다니기만 하믄 되지비."

큰아버지는 몇 번인가 되뇌었다. 그러니 큰아버지의 다부진 반응은 아무래도 무슨 자신이 있어서라기보다 당장 한 몸 눕히고 한 끼니 때울 곳이 없는 처지에서 보인 반응임을 아버지인들 모를 까닭이 없었다. 하지만 돼지 먹이도 벌써 며칠째 비싼 돈 주고 사온 복합 사료만 평평 쏟아 붓고 있는 마당이니 더 따질 계제가 아니었다. 큰아버지를 잘 아는 나는 사태를 예의 주시하고 있었다. 아버지는 말을 먹일 일과 마구간을 지을 일에 대해서도 걱정을 했으나 결국은 마차를 살 수밖에 없다는 결정에 이르게 되었던 것이다.

"그럼 내일 당장 나가보오."

아버지의 말에 큰아버지는 고개를 끄덕거렸다. 한참을 말없이 앉아 있던 큰아버지가 아버지에게 같이 가지 않겠느냐고 물었지만 아버지는 "내가 마르 아오." 하고 모든 것을 큰아버지의 재량에 맡겼다. 이튿날 아침 집을 나선 큰아버지는 저녁 무렵이 되어서야 돌아왔다. 정말 훤칠한 말이 끄는 마차와 함께였는데, 상기되고 긴장이 감도는 큰아버지의 얼굴은 마차를 몰고 오면서 꽤 고심했음을 여실히 말해 주고 있었다. 우리가 에워싸자 큰아버지는 갑자기 흥분된 어조로, 마침 좋은 말이어서 퍽 만족스럽다고 으쓱했다. 곧, 노새도 버새도 아닐 뿐더러 당나귀나 조랑말도 아닌 진짜 말이라는 것이었다.

"진짜 말이라뇨?"

부엌에서 뛰어나온 어머니는 눈이 휘둥그레졌다. 큰아버지가 막상 말을 사 오겠다고 나가기는 했어도 도무지 믿기지가 않는 모양이었다.

"족보까지 있다 합디다."

큰아버지는 한두 번 익힌 솜씨로 말의 멍에를 벗겨 내려놓으면서, 본래 경마장에서 뛰던 말이라는 설명도 곁들였다. 족보까지 있다는 말에 어머니는 마당 한구석에 웅크리고 있는 개를 쳐다보았다. 개 역시 족보까지 있다는 진돗개였는데, 갑자기 말이 나타나자 족보도 족보 나름인지 기를 못 펴고 끙끙 눈치만 살피고 있는 중이었다. 족보까지 있는 말이라는 설명에 어머니는 비로소 '진짜 말'이 무엇인가를 알 수 있겠다는 듯한 표정이었다. '진짜 말'의 설명을 듣고 가장 만족한 것은 아버지였다. 아버지는 누구 말마따나 만면에 희색을 띠고 "햐, 족보까지 있는 말이라." 하고 감탄을 거듭했다. 이 족보가 있다는 말이, 그렇기 때문에 마차를 끌기에는 적합지 않다는 사실을 알기까지에는 그렇게 오랜 시일이 필요하지 않았다. 어쨌든 이렇게 해서 경마장에서 쫓겨난 폐마는 우리집에 있게 되었다.

봉천동에 이사하고 나서 가장 먼저 문제가 된 것은 동물보다는 식물이었다. 한 그루 포도나무 때문에 아버지와 내가 의견 대립을 보였던 것이다. 따지고 보면 그동안 속에 숨어만 있던 반발이 첨예하게 드러난 결과일 터이지만, 그 의견 대립은 오래갔다. 간단하게 말하면, 아버지가 포도나무 한 그루를 심고 터무니없는 발상을 한 데서 비롯된 의견 대립이었다. 모든 의견 대립에서처럼 나는 아직도 내가 완벽하게 절대로 옳다고 잘라 말하려는 것은 아니다. 그럼에도 불구하고 나는 아버지의 발상을 터무니없다고 몰아세우게 되는데, 그것은 여태껏 내가 그런 보기를 접하지 못한 데 지나지 않다. 아버지는 포도나무 한 그루를 심고, 그리고 거름만 많이 잘 해주면 포도덩굴이 거의 무한정 자란다고 믿고 있었다. 염색체니 배수체니 방사능이니 콜히친이니를 주머니 속보다 더 잘 알고 있는 식물학자들이나 주장할 말이었다. 나는 어림도 없는 말이라고 우기며 대들었다. 포도나무가 무한정 자라든 말든 내가 상관할 바는 아니었다. 그 덩굴이 지구를 일곱 바퀴 돌고 또다시 돌려고 한들 나와 무슨 상관이 있단 말인가? 아버지는 내 주장에 아랑곳없이 포도나무 둘레를 삽으로 파고 집에 있는 동물들의 똥이란 똥 종류는 죄다 퍼부은 뒤 덩굴시렁을 온 마당 가득히 넓히려고 했다. 빨랫줄마저 햇볕 안 드는 뒤꼍에 옮겨 매어야 할 판국이었다. 포도나무는 이웃 포도밭에 택지를 조성한다고 해서 뽑아낸 것을 얻어온 것이었다.

그 무렵 봉천동 일대는 군데군데 택지가 조성되고 있었을 뿐 대부분 황량한 땅으로 버려지다시피 남아 있었다. 논밭은 농사를 짓기보다 땅값이 오르기만을 기다려 방치된 곳이 많았고, 연탄 쓰레기 흙을 편 매립지에 이따금 시금치 따위가 심어져 특별히 손이 가지도 않는 채 자라고 있었다. 농사를 지어봐야 인건비도 안 빠진다고 땅 주인들은 말했다. 경기도 땅이 서울시로 편입되어 주민들은 여러 가지 기대를 걸고 있던 때였다. 그러나 신촌과 상도동을 오가는 신촌교통 버스가 삼십 분에 한 대씩 행선지 표지판을 바꿔 끼우고 들어와서 겨우 시내로 연결해 줄 뿐 교통도 엉망이었다. 버스 길이 비포장도로임은 물론 정거장 이름도 장승백이에서부터 주막거리, 말죽거리, 비석거리, 거북고개 등으로 이어져나갔다.

청련암(靑漣庵) 밑의 야산 기슭에 블록 집을 새로 짓고 우리는 이삿짐을 옮겼다. 아버지 일의 실패로 말미암아 단행된 이사였다. 지금이라면 그 땅만 해도 제법 돈이 될 것이다. 그러나 아버지가 나중에 은퇴를 하면 파묻혀 보낼 별서(別墅)라도 마련할 양으로 그 몇 해 전인가 평당 몇십 원 꼴로 사둔 데에 지나지 않았던 그 땅은 그 무렵은 아직까지 거의 경제성이 없었다. 그런데도 굳이 이사를 해야 했던 까닭은 갑자기 모종의 사건에 연루되어 몇 년 동안 자격 정지 상태가 된 아버지가 그 땅에 양돈(養豚)을 결심한 때문이었다. 아버지가 돼지치기를 할 결심까지 했다는 것은 사실 큰 결단이었다. 아버지는 돈이야 어쨌든 그때까지 평생을 사회의 상류층으로서 보내왔었다. 그런데도 그와 같은 결심을 했으니 사태는 그만큼 심각했던 셈이다. 그러나 그때까지만 해도 아버지를 빼고는 모두들 그 사태가 얼마만큼 심각했는지 가늠할 수가 없었다. 우리들은 실실 웃음까지 흘렸다. 그러나 아버지는 심각하고 진지했다. 아버지의 설명에 따르면 돈사로 잡아먹는 땅은 얼마 안 되므로 돼지를 치는 외에 농사를 얼마쯤 지어 부식이라도 해결하면 우리 식구가 먹고살 걱정은 없으리라는 것이었다. 그러면서 『최신 양돈법』이니 『양돈의 실제』니 하는 책들을 뒤적거렸다.

이사를 하고 나서 시멘트 블록으로 돼지우리를 짓고 본격적으로 계획은 추진되었는데, 포도나무는 그보다 앞서서 현관 옆에 심어졌던 것이다. 봉천동에서의 새 삶을 위한 기념식수와 같았다. 새끼돼지들이 제법 중톳으로 자라고 '진짜 말'이 새 식구로 들어왔을 즈음, 포도나무는 무성하게 순을 벋어 가지를 치기 시작했다. 모든 것이 순조롭게 진행되는 듯싶었다. 집과 그에 딸린 마당과 돈사가 차지한 땅을 뺀 나머지 땅에서는 고추, 토마토, 가지, 오이 따위가 무럭무럭 자라, 아버지는 포기마다 섶을 세워주기에 여념이 없었다.

그러나 나는 나도 모르게 집안일에 방관자가 되어 있었다. 이사를 함으로써 학교를 오가기에 여간 애를 먹지 않게 된 것이 첫째가는 이유라면 첫째가는 이유였다. 삼십 분마다 배차되는 버스가 어쩌다 한 대만이라도 안 오게 되면, 다시 삼십 분을 기다려야 하므로, 예정된 강의 시간에 대기는 이미 글러버린 일이었다. 조마조마하게 기다리곤 했으나 정책상 할애된 노선이라 걸핏하면 빼먹기 일쑤였다. 하지만 조금만 깊이 더듬어보면 그런 것은 지극히 표면적인 이유에 지나지 않았다. 애초부터 버스를 기다리지 않고 이 킬로미터쯤 장승백이로 걸어 나가면 얼마든지 되는 것이었다. 그러니까 내가 방관자가 된 것은 아버지에 대한 불만 그것 때문이었다. 나는 아버지가 사리 판단에 어둡고 독선적이어서 자격 정지를 당했고, 그 결과 집안이 온갖 구차스러운 일을 겪게 되었다고 굳게 믿고 있었다. 우리가 하는 고생은 생뚱하게 사서 하는 고생이라고 결론지은 나는 한마디로 말하자면 아버지를 모멸했다. 아버지야말로 원흉이었다.

그러나 진실로 집안의 몰락 때문에 내가 아버지를 모멸한 것이었을까. 그것 때문만이었더라면 나는 오히려 아버지를 동정하고 아버지와 고통을 함께하려고 했을지도 모른다. 그렇다면 무엇 때문이었을까. 어쩌면, 어떤 사람의 분석대로 모든 아버지에 대한 모든 아들의 원초적인 적대감이 유달리 마각을 드러낸 것이나 아니었을까. 불행한 일이었다. 나는 포도나무 일을 계기로 집안일에 대해서는 완전히 등을 돌리고 말았다. 아버지가 한 그루 포도나무를 무한정 키워 그 무한정만큼 포도를 따겠다는 소박하고 위대한 꿈에 부풀어 있는 것을 본 나는 "그럼 포도밭에서는 뭐 미쳤다구 나물 수백 주씩 심겠어요." 하고 대들며 돼지치기니 밭농사니 다 알조라고 못을 박았다. 누구의 말이 옳고 그르고의 문제가 아니었다. 내 어조가 지나치게 격렬하고 얼굴빛까지 붉으락푸르락하는 데는 나도 놀랐다. 도무지 이해할 수 없는 일이었다. "뭐 미쳤다구" 하는 말은 분명히 아버지의 생각이 '미친' 생각이라고 단도직입으로 찌르는 효과를 노린 말이었다. 나는 아차 잘못했구나 싶었지만 나도 모르게 드러나버린 어떤 마각을 순식간에 얼른 감출 수 있는 능력이 없었다. 나는 불쑥 대든 행위를 합리화하기 위해서 얼굴을 더욱 일그러뜨리고 숨까지 씩씩거리며 처절한 눈초리로 아버지를 노려보아야 한다고 판단했다. 정말 처절한 일이었다. 아버지가 그때만큼 어리둥절하고 멍한 표정을 지은 적도 없었다. 어렸을 적에 잘못을 저지르면 내 손으로 회초리를 구해 오게 했던 그 아버지였다. 순간 나는, 아버지가, 이게 바로 '이유 없는 반항'이로구나 하는 데 생각이 미치지나 않았나 공연히 서글프면서도 부아가 났다.

고등학교 때까지만 해도 나를 불러 앉히고 이런 이야기 저런 이야기 늘어놓기를 좋아했던 아버지였다. 그러나 그 이야기들은 단순히 이런 이야기 저런 이야기가 아니었다. 그 이런 이야기 저런 이야기 끝에는 어김없이 명백한 훈도가 따랐다. 어떤 목적을 둔 그 이런 이야기 저런 이야기에 나는 이미 오래전부터 역겨움을 느끼고 있었다. 그래서 그런 자리가 마련될 성싶으면 미리 무슨 구실을 달아서라도 빠져나올 궁리만 했다. 그 이런 이야기 저런 이야기 가운데 하나가 '이유 없는 반항'이었다. 내가 사춘기에 접어들었음을 간파한 아버지가 영화 이야기로부터 서두를 꺼내, 마침내 사춘기의 방황을 슬기롭게 극복하라는 투로 들려준 교훈이었다. '이유 없는 반항' 이야기를 처음 들었을 때 나는 그것이 제임스 딘이 주연한 영화 제목이라는 사실임은 까맣게 몰랐었다. 다만, 이유 없는 반항이라니 그게 뭔가, 반항이란 도대체 뭘 가지고 반항이라고 하는 것인가, 그냥 대드는 것인가, 아니면 하고 싶은 대로 하려는 것인가, 거기에 이유가 없다는 것은 또 어떤 것인가, 밑도 끝도 없이 대든다는 말인가, 그런 일이 어떻게 가능한가 하는 투로 생각을 굴리고만 있었다.

그 이런저런 이야기 가운데 내게 가장 절실하게 된 교훈을 준 이야기가 「나의 길을 가련다」라는 영화 이야기였다. '고잉 마이 웨이, 고잉 마이 웨이' 하고 유난히 목청을 높이면서, 인생의 목표를 설정한 이상 한눈팔지 말고 최선을 다해야 한다고 들려준 이 교훈은 나중에 나로서는 잊을 수 없는 교훈이 되었는데, 그것이 도리어 아버지에게 심한 고통을 주게 될 줄은 아버지는 꿈에도 상상하지 못했을 것이었다. 왜냐하면 아버지가 겨냥한 내 인생의 목표와 내 스스로 겨냥한 내 인생의 목표가 서로 다른 때문이었다. 아버지는 어렸을 적부터 내 인생의 목표가 법(法)으로 설정되었다고 믿고 있었다. 그러나 그렇지 않았다.

아버지가 한 이런 이야기 저런 이야기에는 또 '여자는 머리카락 한 올 한 올이 한 마리의 독사'라는 끔찍한 것도 있었다. 물론 여자에게 혹하지 말라고 경고하는 말이었다. 그러나 이 교훈은 두고두고 나에게 여자라는 존재의 불가사의와 그 신비성을 두드러지게 인상지어주는 데만 도움을 주었을 뿐이었다. 머리카락 한 올 한 올이 다 뱀이라면 도대체 몇천 마리, 몇만 마리나 될까. 그것도 꽃뱀이나 율모기 같은 독 없는 뱀이 아니라 살모사 같은 독사라지 않는가. 머리에 수천, 수만 마리 독사가 우글거리는데도 함초롬히 젖은 눈동자를 깜박거리며 꽃같이 미소지을 줄 아는 신화적인 동물, 여자!

내가 한 그루 포도나무를 앞에 놓고 아버지에게 대들면서 서글픈 가운데 부아가 난 것은 다른 까닭이 아니었다. 아버지가 만약 내 반발을 단순히 '이유 없는 반항'으로 생각한다면 그야말로 오산이었다. 그 오산을 아직도 오산으로 여기지 않을 아버지가 가련했다. 나는 아버지의 여러 교훈들이 한꺼번에 떠올랐다. 여자는 불가사의하고 신비한 존재임에는 틀림이 없었으나 '머리카락 한 올 한 올이 한 마리의 독사'인 것 같지는 않았다. 그리고 「나의 길을 가련다」야말로 서글픈 것이었다. 아버지가 누차 귀에 못이 박이도록 '고잉 마이 웨이, 고잉 마이 웨이'를 외친 가르침에 충실히 따르겠다는 듯이 나는 정말 나의 길을 가고 있었다. 아버지의 '고잉 마이 웨이'는 나로 하여금 법 공부에 전념하라는 준열한 교훈이었다. 그러나 나는 법 공부 따위는 안중에도 없었다. 나는 엉뚱하게도 시(詩)를 쓰고 있었던 것이다.

내가 시를 쓰기 시작한 것은 사일구를 겪은 뒤였다. 지난해 봄에 나는 문득 그때를 회상해 볼 기회가 있었는데, 이야말로 우연한 일이었다. 지난해 봄 나는 퇴계로 5가에서 종로 5가 쪽으로 걸어 내려오면서 길가에 벌여 있는 각종 난전을 기웃거리는 일이 유일한 낙이었다. 거기에는 흰쥐, 고슴도치, 강아지, 고양이 새끼, 오골계 같은 동물에서부터 칡뿌리, 더덕, 진달래꽃, 산나물, 두릅, 죽순, 복령(茯笭), 그리고 언젠가 아버지와 함께 와서 샀던 열무, 배추, 무의 조생종(早生種)과 만생종(晩生種) 씨앗 같은 식물에다가 신경통을 낫게 한다는 신비한 돌 같은 광물까지 골고루 갖추어져 있어서 학교 교육에서와는 좀 다른 차원의 자연 공부를 시켜준다고 할 수 있었다. 그런 것들 가운데 가장 많은 구경꾼들이 몰려 있는 곳은 발기를 오래 지속시켜준다고 하는 이상한 물건을 파는 곳이었다. 여기서는 아이들이나 여자들은 이건 또 뭘 파는 장사치일까 기웃거리기가 바쁘게 눈총을 받으며 쫓겨났다.

사람마다 살아온 발자취가 다른 만큼 어떤 사물에 대한 기억이라든가 연상 작용이 다른 법이겠지만 난전판 귀퉁이에서 연뿌리를 보았을 때의 내 연상 작용은 새삼스럽고도 각별한 것이었다. 저녁의 술자리 약속까지는 꽤나 시간이 남아 있기도 해서 이곳저곳 기웃거리던 나는 그 연뿌리 앞에 발을 멈추고 감탕이 채 씻기지 않은 희끗희끗한 겉가죽과 갈색으로 변색하고 있는 단면에 눈길을 던졌다. 그것을 팔고 있는 아낙네가 조바심을 내며 내가 사줄지 눈치를 살피는 행색이 완연했으나 실은 내 머릿속은 이미 연뿌리보다도 그것이 주는 연상 작용에 젖어 있었던 것이다. 길거리의 먼지를 뒤집어쓰고 있는 연뿌리를 보면서, 문학의 아취(雅趣)에 병들어서, 저녁에 연꽃이 꽃잎을 오므리기 전에 그 속에 차(茶)를 넣어두었다가 아침에 꺼내 달였다는 운(蕓)의 이야기나 미당(未堂)의 '연꽃 만나러 가는 바람 아니라 만나고 오는 바람같이' 라는 시를 읊조린다는 것은 아무래도 어쭙잖은 일이다. 그런데도 나는 박남수(朴南秀) 시인의 「탄생(誕生)」이던가 하는 시가 떠올랐다. 하지만 납득할 수 없는 것은 나는 그 시를 잘 기억할 수도 없는 데다가 또 내가 연상하고 있는 어떤 것과 그 시가 과연 어떻게 관련을 맺고 있느냐 하는 문제에 대해서는 더더구나 절벽이라는 점이었다. 다만 그 시가 내가 생각하는 바로 그 시가 맞다면 나는 감탕, 뻘 따위의 썩어 문드러진 새카만 죽음의 모토(母土)에서 몸부림치며 삶을 얻어 태어나는 빛과 같은 생명을 연상하고 있었다는 말이 된다. 물론 이것이, 더러운 진창으로부터 고귀하고 아름다운 연꽃 꽃대를 뽑아올림으로써 극락의 만다라(曼茶羅)를 그리려는 불교의 뜻하고는 아무런 맥락도 닿지 않는다고 밝혀두고 싶다. 내 기억에 따르면 「탄생」에는 연꽃이 아예 등장하지도 않는다. 또, 내가 '빛과 같은 생명'을 연상했다고 해서, 그런 생명이 무엇인지에 대해서 내가 확연히 깨닫고 있다는 말도 아니다. 다만 막연하나마 삶에 대한 자각이 아프고 외롭고 강렬하게 다가왔던 사춘기의 한때가 되살아났다는 정도로 말해 두는 것이 옳을 것이다.

내가 감통 혹은 뻘 속에서 연뿌리를 캐는 광경을 본 것은 부산의 동래(東萊)에서가 처음이자 마지막이었다. 물론 박남수 선생의 시는 읽어보기도 전이었는데, 발표된 시기로 봐서 선생이 그 시를 쓰기도 전이었을 것으로 추측된다. 하기야 선생의 시에서 연꽃이 아예 다루어지지도 않았다고 한다면 객쩍게 들먹거릴 계제는 아닐 것이다. 그날 나는 허벅다리까지 오는 긴 장화를 신은 사내들이 물 뺀 연못의 뻘을 뒤집을 때마다 하얗게 드러나는 연뿌리를 매우 신기한 눈초리로 들여다보았다. 연뿌리는 새카만 뻘 속에 의족(義足)처럼 드러누워 있다가 생생하게 모습을 드러냈다. 의족의 부활이었다. 비록 나는 호기심이 많은 인간이긴 했지만 그때처럼 신기한 눈초리를 가졌던 때도 달리 없었다. 그 따위 연뿌리가 무엇이 그렇게 신기

했느냐고 묻는다면 나는 대답할 수 없다. 그러나 나는 다리가 아픈 것도, 배가 고픈 것도 잊고 한동안 넋을 놓았었다.

그날 술자리는 지루했다. 술도 하나 앞에 한 병 반 꼴로 돌아갔고 이야기도 아무개 아무개의 사생활에서부터 아파트의 관리비, 엉덩이에 발찌가 났다고 하소연한다는 어느 회사의 여사원, 신문이나 잡지의 판매 부수, 별 볼일 없는 인생, 바둑의 상수와 하수, 조치훈, 원고료와 세금, 의료보험, 최근의 영화, 한국과 일본, 한국이 아시아의 꼬리라면 일본은 아시아의 똥이다, 소설과 시, 프로 야구, 마누라 길들이기 등등 일일이 기억할 수 없을 만큼 중구난방, 천방지축으로 끊임없이 이어졌고 그만큼 분위기도 무르익은 편이었다.

"발찌는 모가지 뒤에 머리털 있는 데 나는 종기를 말하는 건데 엉덩이에 발찌는 어찌 났을꼬? 엉덩이에 털 난 델 말하는 거라 해도 그게 어딜까…… 나 같은 둔재는 감이 잘 안 잡히는데?"

그야말로 악머구리 끓듯 왁자지껄하는 가운데 엉뚱한 말꼬리를 잡고 토를 다는 축도 있었다.

"누가 아나, 발찐지 빨찌산인지 말이야, 자, 잔 비우라구."

"어쨌든 처녀가 유부남한테 엉덩이 얘긴 왜 해? 엉덩일 까 보이겠다는 거야, 뭐야?"

"발찌는 본래가 입으로 빨아주어야 나을 수 있는 기라."

"맞다. 낄낄낄낄……."

무슨 이야기든 일단 도마 위에 오르면 이른바 작살을 내는 술좌석의 생리 그대로 남의 집 처녀 엉덩이일지라도 기어이 까 보고 말겠다는 투였다.

"좋은 안주 놓고 좋은 소리들 한다. 것보담 우리 앞으루 늘 이렇게 술자리 격을 좀 높이자구. 맨날 돼지 허파 아니면 돼지 곱창이니."

중랑 사현(中浪四賢) 가운데 일현(一賢)을 자처하는 최(崔)가 제동을 걸었다. 중랑 사현이란 중랑천 옆의 열 평짜리 성냥갑만 한 아파트에 살면서 하루하루 먹고 살기에 바쁜 친구 넷이 자조하며 붙인 명칭이라는 것이었다. 그의 말처럼, 늘 모이는 여섯 명 가운데 무려 네 명이 실업자였던 우리들은 평소에 동대문시장 안의 허름한 술집을 찾아 가장 싼 안주인 돼지 허파나 돼지 곱창 따위를 볶아놓고 둘러앉는 것이 예사였다. 돼지 노린내가 입구에서부터 역겨워 코를 돌리면서도 여럿이 먹기에 제일 푸짐하고 값싼 게 또한 그것들이어서 제일 만만하기도 했다. 그런데 그날은 퇴계로에 자리 잡고 있는 제법 쫀쫀한 광고회사에서 새로 일하게 됐다는 김(金)이 취직 턱으로 특별히 한잔 사겠다고 한 자리여서 그놈의 돼지 냄새는 맡지 않아도 좋았다.

"소라는 게 이건 말이야, 대가리에서 꼬리 끝까지 버리는 게 없는 동물이야. 쓸모없는 부분이 하나두 없다니까."

양(楊)이 촌충 토막 같은 소의 등골 한 점을 집어 들면서 말했다. 그날의 안주는 소에서도 가장 흔치 않은 골을 비롯하여 우설, 우신, 우랑 따위로 온통 우(牛)자 돌림의 엽기적인 것들로 채워졌다. 수육 한 접시로 길을 접어든 것이 그만 술김에 제 길로 빠진 것이었다. "이왕 줄라믄 빤쓰까지 화끈하게 벗구 주는 거지 뭘 그래." 어쩌고 부추겨대는 실업자 초년생 박(朴)의 말에 물주인 김도 무슨 신바람 나는 일이 있는지 연신 '아줌마'를 불러댄 결과였다. 마침 자리를 잡은 술집이 유별나게 그런 종류의 안주를 주종으로 삼고 있기도 했다. 나는 비위가 약한 편은 아니지만 그 연분홍 크림색 골에만은 왠지 젓가락이 가지질 않았다. 우설은 작부의 혓바닥 같았고 우랑은 오리알을 잘라놓은 것 같았는데, 우신은 어떤 데 견주어야 할지 알 수조차 없었다. 언젠가 다른 음식점에서 우신을 다듬는 주방 여자들을 보았었다. 여자들은 뻣뻣한 그것을 주무르며 키득키득거렸었다. 그때 나는 쇠좆매를 문득 생각했었다. 쇠좆매, 예전에 그것을 말려 죄인을 들고 치는 매를 만들었다고 했다.

"뿔은 얻다 쓰는데?"

박이 양을 처다보며 엉뚱한 물음을 던졌다. 그러자 최가 가로막고 나섰다.

"얻다 쓰긴 얻다 써, 단김에 빼는 데 쓰지. 이 사람, 뿔 같은 소리 고만 하구 잔을 줬음 반응이 있어얄 거 아냐. 안경까지 쓰구서 악써."

그 말에 박이 그의 앞에 놓여 있는 잔 둘 가운데 하나를 들었다. 그러나 곧장 입으로 가져가지는 않았다. "뿔이야 뭐 장식용으로 여러 가지루 쓰이잖어? 뺄부리두 만들구."

김이, 별 시덥지도 않은 걸 가지고 화제를 삼는다는 듯 시큰둥하게 중얼거렸다.

"햐, 늬들 쇠뿔에 대해서 쥐뿔도 모르는구나. 그렇게 무식해서야 어찌 더부렁 벗하겠냐? 쯧쯧쯧."

양이 혀를 찼다.

"쇠뿔로 말하자면 예로부터 각신이라구 해서 남자들 물건 대신으로 쓰던 게 있는데 그걸 맨드는 원료로 쓰여졌단 말이다. 주로 궁녀들이 사다가 썼지. 뿔 각(角)자, 좆 신(腎)자."

"좋아허네. 무식하기는, 인마. 누가 누굴 무식하다구 하는 건지 모르겠네. 그건 점잖게 불알신이라구 하느니라."

어려서 서당에 좀 다녔다는 최가 받았다. 그러자 다른 친구들이 때를 만났다는 듯 '공자 앞에서 문자 쓰네.', '뻔데기 앞에서 주름 잡네.', '오뚜기 앞에서 물구나무서네.' 하면서 공연히들 키득거렸다.

"그게 그거지. 암튼 쇠뿔루 각신을 만든 건 사실이야. 그 속에 말랑말랑한 게 들어 있거든."

"각신이구 고무신이구 술이나 마시자구. 자, 쇠뿔을 위해서 한잔."

모두들 술잔을 들었다.

그날의 술자리는 그런 식으로 거나해져 갔다. 그러나 나는 그날 따라 이상하게 술이 잘 받지를 않았고 시간이 지남에 따라 차츰 지겨워서 온몸이 뒤틀리기까지 했다. 지루하다기보다 무엇인가 해야 할 중요한 일을 빠뜨리고 멋모르고 앉아 있는 느낌이었다. 아니면 누구에겐가 잔뜩 덜미를 잡혀 있는 듯한 느낌이었다. 이전에도 시끌덤벙한 술자리에 어울리다 보면 실속 없이 맞장구를 치며 떠들어 대는 자신의 모습이 문득 어처구니없다 못해 처량해 보인 적이 종종 있기는 했어도 그날은 애초부터 마음이 무엇엔가 켕겼다. 무엇 때문일까. 시켜진 안주가 별로 당기지를 않아서일까. 그러나 나는 강술로도 곧잘 술을 마셨으며, 굳이 안주를 탓하지 않는 성미였다. 나는 옆에서 떠드는 소리를 한 귀로 듣고 한 귀로 흘려버리며 이리저리 곰곰이 따져보았다. 무슨 기분 나쁜 일이 있었던가. 어떤 일을 해결하지 못한 채 버려두었던가. 그럴 만한 것이 떠오르지 않았다. 그런데도 마음에 끈질기게 달라붙어 있는 미진함은 어디서 오는 것인지 알 수가 없었다. 아무래도 그것은 연뿌리, 동래 연뿌리에서나 빌미를 찾아야 할 모양이었다. 아침부터 일어난 일을 자세히 톺아 봐도 별달리 짚이는 게 없었다. 아침부터 일어난 일이라고 해야 느지막이 시내로 나와서 단골로 들르는 출판사의 편집실에 들른 것뿐이었다. '이곳은 시간이 소중한 사람들의 방입니다.' 라고 사인펜 글씨로 써 붙여놓은 편집실 문을 열고 들어서자 편집자 권(權)이 문 앞 자리에 앉아서 사진 효과를 알아보기 위해 필름을 비춰보는 비춤상자의 형광등에 스위치를 넣으면서 '어서 오십시오.' 하고 맞아 주었다.

나는 자세히 살피지 않더라도 그가 어떤 일을 하고 있는지 이미 알고 있었다. 그는 지난 이태 동안 제주도 사람들의 의식주 생활을 비롯하여 제주도의 역사니 신화니 풍토니 방언이니 하는 것들을 몽땅 체계적으로 엮어 한 권의 책을 만드는 일에 매달려 있었다. 그는 비춤상자의 젖빛 유리를 통해 비치는 형광등 불빛에 제주도에서 찍어온 사진들을 들여다보고 있는 것이었다. 나는 쭈뼛거리며 그 옆으로 다가갔다. 거의 일 년 남짓 '시간이 소중한 사람들의 방'에 드나들었는데도 나는 항상 쭈뼛거리지 않을 수 없었다. 무엇보다도 남은 열심히 일하는데 헐렁한 눈빛으로 여기 기웃 저기 기웃 하는 너는 뭐냐고 힐난할 것만 같아서였다. 그러나 따지고 보면 철저한 장사꾼이 되지 못한 죄가 있다면 몰라도 힐난을 받을 만한 일은 아닐 것이다.

내가 '시간이 소중한 사람들의 방'에 들른 것은 앞으로의 사업 계획, 즉 출판 계획이 어떻게 짜여 있는지를 탐지하려는 목적이 큰 비중을 차지하고 있었다. 권이 일손을 잠시 멈추고 담배를 꺼내서 내게 권했다. 언젠가 얼핏 그가 하는 말을 들은 결과 제주도의 무당에서부터 기생충까지 그야말로 요절을 낼 모양이었다. 그때 나는 이를테면 '오돌또기'에서부터 요즘의 유행가까지가 될 것인가, 하고 엉뚱하게 생각되었었다. 내게 이런 생각이 떠올랐던 것은, '오돌또기'가 제주도의 무당에 견주어진다면 유행가는 제주도의 기생충쯤이 아닐까 하는 무슨 어처구니없는 비교에서는 천만에 아니고 다만 내가 노래라면 워낙 젬병이기 때문일 것이었다. 그것이 직장이 없는 내가 그 출판사 사람들에게 늘 품어왔던 알 수 없이 꿀리는 느낌과 어울려 맞아떨어졌던 것임에 틀림이 없었다. 무슨 말이냐 하면 '오돌또기'나 요즘 노래같이 남들이 다 아는 평범한 것도 내게는 어렵고 무거운 짐이 된다는 투로 조그만 위안을 찾고 있었다는 뜻이다. 이것이 또 무슨 말이냐 하면 또 다른 모르는 것에 부닥쳐도 떳떳하게 모른다고 할 수 있는 쥐구멍만 한 도피처를 마련해서 그 뭔가 꿀리는 느낌을 상쇄하려고 했었다는 뜻이다. 나는 이런 감정의 움직임을 짐짓 숨기려는 듯 "권형, 제주도 말로 행어가 뭔지 아십니까? 갈 행(行), 고기 어(魚)." 어쩌고 말을 건넸었지만 노상 무엇에가 열중하는 것이 버릇으로 보이는 그는 "행어? 행어? 잘 모르겠는데요." 하고 그만이었었다. 그는 노래를 잘 불렀다.

나는 제주도에 통틀어 세 번 갔었다. 그러나 제주도에 관해서 아는 것은 그야말로 쥐뿔도 없었다. 첫 번째는 한여름에, 두 번째는 이른 봄에, 세 번째는 한겨울에 갔었으니 제법 철따라 적절히 안배가 된 셈이었다. 물론 어떻게 그렇게 되다 보니 그렇게 된 것이었다. 첫 번째는 고등학교 동창 녀석들하고였고 두 번째는 대학을 졸업하면서의 졸업 여행, 그리고 세 번째는 친구가 《서울신문》의 신춘문예에 당선하고 나서 그와 함께였다. 어쨌든 이 세 번의 제주행에서 두드러지게 기억되는 일이라곤 지금은 미국의 뉴욕에서 청바지 장사를 한다는 대학 동창 녀석이 술을 고래처럼 퍼마신 대가로 제주도를 잘 보겠다고 새로 사 끼고 있던 콘택트렌즈가 눈알 뒤쪽으로 아예 돌아가 버렸다는 것 정도였다. 다음 날 안과 의사가 그것을 빼내 주지 않았더라면, 녀석은 아직까지도 마치 자기의 해골 속에서 어떤 일이 일어나는지 꼼꼼히 살펴보겠다는 것처럼 눈알 뒤쪽으로 콘택트렌즈를 끼고 백인종들 틈서리에서 살아가게끔 되었을지도 모른다. 그때의 일에 생각이 미치면, 활달하고 외향적인 성격을 가진 그가 오늘날 내가 살고 있는 이 땅의 저쪽 지구의 뒤쪽 땅에 살면서 자기가 태어났고 자랐고 공부한 이쪽을 확연히 느끼자면, 그의 콘택트렌즈를 눈알 뒤쪽으로 돌리고 싶어 할 것처럼 여겨지는 즐거움이 있다. 그러나 내가 콘택트렌즈에 대해서 무슨 이야기를 듣거나 광고를 보거나 할 때마다 아무리 제주도가 떠오른다고 해도 그것은 내 개인의 역사에 국한되는 것일 뿐이다. 그것은 제주도를 파악하고 인식하는 데는 아무런 가치도 없는 내 개인의 삽화일 뿐이다. 하지만 나로서는 그 삽화를 떠나서는 제주도를 어떤 식으로든 구체화시킬 수가 없다. 현학적으로 표현하자면, 나는 녀석의 콘택트렌즈를 통해서만 제주도를 바라본다! 이러한 사실로 미루어보아 어처구니없는 삽화가 한 개인의 타인에 대한, 사물에 대한, 역사에 대한 접근 방법이라고 할 때 나는 얼마나 아득해지고 초라한 느낌에 젖어야 되는 것일까.

행어에 대해서 제주도 사투리를 들먹이면서 말을 건네기는 했어도 그것은 나 스스로도 미심쩍었다. 행어의 이야기는 우리나라에서 물고기 연구로는 태두에 꼽히는 정문기(鄭文基) 박사로부터 언젠가 지나가는 말로 들었던 것이었는데, 옛 문헌에 적혀 있는 그 행어가 무슨 물고기인지 밝히려고 일제 때 우리나라에 와서 귀한 책을 많이 긁어모았던 일본 사람의 책까지 빌려 보고 또 전국을 돌아다니며 캐보았지만 헛걸음이던 끝에 마침내 제주도의 모슬포 부근에서 행어의 정체를 알고 있는 늙은이를 만났다는 데 배경을 둔 것이었다. 행어는 멸치였다고 박사는 말했다. 그러나 모슬포의 한 늙은이가 행어를 알고 있었다고 하더라도 그것을 제주도 사투리로 못 박을 확증은 없는 것이다. 서재에 추사(秋史)의 글씨와 더불어 고슴도치 새끼 같은 자지복의 박제 따위를 가지고 있을 정도로 물고기와 가까운 박사라 해도 행어가 멸치라는 걸 밝힐 의무면 족했지 그것이 가진 언어학적 위상을 밝힐 의무까지야 없다고 해도 좋았다. 그러니까 내가 권에게 제주도 말을 들먹거린 것조차 어쭙잖은 일이 아닐 수 없었다.

“참, 학교 신문에 시가 실렸습니다.”

권이 지나가는 것처럼 내게 말했다. 어쩌면 내가 알고 있는 것을 환기시키며 잘 보았다고 인사치레를 하는 듯도 해보였다. 그는 내가 다닌 대학의 대학원에 뒤늦게 적을 두고 있었다.

"시가요?"

나는 뜻밖이었다. 어둠 속에서 갑자기 돌이라도 날아와서 휙 머리를 스치는 느낌이었다. 내가 시를 썼던가. 곤혹하고도 부끄러웠다. 나는 그토록 간절히 바라던 시인이 되었음에도 불구하고 시인으로서 시를 못 쓴 지 이미 사 년째로 접어들고 있었다.

"내 시가 말입니까? 쓴 게 없는데?"

나는 확인하기 위해서 재차 물었다. 그가 고개를 끄덕였다.

"모르고 있었습니까?"

그는 편집자의 입장으로서, 아무리 학교 신문이라지만 작자의 허락도 받지 않고 수록한 사실에 대해 여러 가지 생각이 미치는 모양이었다.

"신문을 좀 봐야겠군요."

나는 여간 떨떠름하지가 않았다. 내가 모르고 있는 가운데 어떤 일이든 나에 관한 일이 일어나고 있었다는 것이 견딜 수 없이 당혹스러웠다. 나는 시인이라는 딱지를 붙인 뒤로 십 년 동안에 백 편 남짓한 시를 발표했다. 그리고 시집을 묶을 때 그 가운데 스물서네 댓 편은 완전히 버렸다. 이 시집에 정리되지 못한 시들은 내 것이 아니다 하는 제법 단호한 선언이 거기에는 깃들여 있었다.

"옛날의 학교 신문에 썼던 사일구 시 있지요?"

권이 물었다. 그 물음 역시 내가 잘 기억하고 있으리라는 예상 아래 던져진 물음이었다.

"사일구?"

나는 처음에 그 말이 무슨 말인지 얼핏 귀에 잘 들어오지 않았다. 생소하기 짝이 없다는 느낌이었다. 아, 그 사일구. 명확하지는 않으나마 어떤 개념이 머릿속에 떠오른 것은 잠시 뒤였다. 사일구 그것이 중세의 무슨 법이나 제도처럼 먼 개념으로 여겨졌던 것은 무엇 때문이었을까.

"아마 사일구 특집으로 그 기념시를 다시 실은 모양입니다."

권이 김빠진 듯 말했다. 내가, 학교 신문에 내 시가 실린 사실에 대해서뿐만이 아니라 사일구 자체에 대해서도 전혀 어리둥절해 있기만 한 것이 도리어 권을 어리둥절하게 했고 이윽고 조금은 불쾌하게까지 했던 것 같았다. 그제서야 사일구 몇 주년을 맞아 학교 신문의 청탁을 받고 그런 비슷한 시를 쓴 적이 있기는 있었다는 기억이 어렴풋이나마 되살아나는 듯했다. 그러나 시의 내용이나 제목 같은 구체적인 것은 아무것도 떠오르지 않았다. 다만 아침에 아파트를 나설 때 아래층 현관의 우편함에 학교 신문이 배달되어 꽂혀 있었던 것이 떠올랐다. 저녁때 돌아와서 꺼내 보리라고 작정하고 그냥 꽂혀 있는 채로 두었던 것이다.

그 밖에 그 출판사에서 겪은 일이라고는 다른 일거리가 생기면 연락을 바란다는 부탁의 말을 하고 그리고 무료하게 담배를 몇 대 연거푸 피운 것밖에는 이렇다 할 게 없었다. 그렇다면 역시 사일구에 대해서 쓴 시가 도대체 어떤 시였을까 하는 새삼스러운 의문이 나를 사로잡고 있었던 것이라고 할 수밖에 없을 것이었다.

그날 술자리는 언제나처럼 이차까지 연장되었다. 이차까지 가서도 내가 이른바 '술이 술을 먹는' 상태로 고주망태가 되지 않았던 것은 드문 일이었다. 열두 시가 가까워서 집에 돌아와서도 나는 거의 말짱한 편이었다.

4월 12일자 학교 신문의 특집 기사는 하단의 전 5단짜리 광고를 빼고 나머지 지면을 반이나 차지하는 거창한 것이었다. '역사를 증언하는 자들이여, 사일구의 힘을 보라.' 하고 제목에서부터 목소리를 높인 내 시가 눈에 들어왔다. 나는 얼굴이 뜨거웠다. 무슨 청천의 벽락같이 외치고 있는 내 꼬락서니가 가소롭기 짝이 없었다. 빈 깡통이 소리가 더 요란하다더니 무슨 얼빠진 정신으로 외쳐댔던 것일까. 자책이 앞섰다. 더군다나 나는 사일구에 대해서 아는 것이라곤 거의 없지 않은가. 나는 그때 겨우 중학교 2학년 학생에 지나지 않았다. 그런데도 아는 척하며 주절대고 있는 것은 역겹기까지 한 일이었다.

내 경우에는 세대를 따지더라도 사일구에 대해 이러쿵저러쿵 이야기할 수 있는 세대가 아니다. 그때 중학교 2학년의 학생으로서 내가 독재에 대해서 무슨 생각을 가졌다면 거짓말일 것이다. 그리고 나중에 이르러서도 사일구의 역사적, 사상적 의의에 대해서는 거의 무지를 벗어나지 못할 수밖에 없었다. 하나의 사상(事象)이 요모조모로 완벽하게 살펴지고 통찰되고 평가되자면 온갖 측면에서의 방법론이 모두 동원된 뒤라야 가능하다고 할 것이며 나는 그에 대해서 엄두조차 낼 수 없다고 느껴왔었다. 이를테면 나는 이른바 이데올로기 비판 교육을 내세운 한 강좌를 들으면서 대학을 다녔는데, 그때만 해도 마르크스니 레닌이니 하는 이름은 입에 올리는 것조차 꺼려하던 시절이었다. 극복하기 위해서는 알아야 한다는 평범한 진리가 통하지 않던 시절이었다. 그러니까 사상의 체계는 플라톤에서 토마스 아퀴나스로, 칸트로 확고하게 이어지면서 그 밖에 라이프니츠는 단자(單子)의 개념을 마지막으로, 실존주의는 무신론적 실존주의자들의 이름을 마지막으로, 헤겔은 좌파(左派)의 이름을 마지막으로 꼬리를 감추고 말았다. 블레이크든가 오든이든가의 시처럼 '세계의 절반은 어둠' 이었다. 지구가 돌고 돌아도 반쪽은 영원히 어둠인 것처럼 모든 것은 반쪽이 어둠이었다. 그 어둠 속에 어떤 동물들이 살고 있는가 아무도 알 수 없었다. 나는 주워들은 대로 답안지에 썼다. '인간은 이 세상에 던져진 존재다. 이것이 바로 실존이다. 나는 이 세상에 던져졌다. 이 피투성(被投性)이…….' 이 피투성이라는 철학의 조어만큼 나를 당혹스럽게 만든 말도 없었다. 그것은 글자 그대로 던졌음을 뜻할 뿐인데도 나는 자꾸만 피〔血〕가 연상되었다. 그러므로 실존은 피투성이가 되어 이 세상에 버려진 못된 영혼 같은 것이었다. 그 영혼을 구제하기 위해서 나는 시를 써야 하리라고 믿고 있었다. '언어는 존재의 집'이라고 다른 시간에 배우기도 했었다. 존재의 집으로 들어가자. 언어로 절을 짓자. 시를 쓰자. 그러나 그것이 어설프게 그런 기념시 같은 유형으로 나타났다는 사실은 내 정신의 허세와 과장을 증명하는 것밖에 아무것도 아니었다. 거듭 말하자면 내게는 사일구를 뚜렷한 눈으로 바라볼 만한 안목이 결여되어 있기 때문이다. 나는 죄를 지은 느낌이었다. 나는 잠 못 이루며 이 생각 저 생각으로 날을 밝히고 있었다.

다시 동래가 떠오른 것은 새벽 세 시쯤이나 되어서였다. 내가 애초에 동래 쪽으로 갔던 것은 연뿌리를 캐는 것을 보기 위해서가 아니었다. 우리집은 그때 서면에 있었다. 서면 로터리에 데모대(隊)가 운집했더라는 말을 듣고 어슬렁거리며 나갔다가 어찌어찌하다 보니 동래까지 가게 되었던 것이다. 얼마쯤 어렴풋하고, 또 누차 강조하듯이 나는 당시의 역사적 전개에 대해서나 시대상에 대해서 별다른 견해도 가지지 못했기 때문에 내가 겪은 삽화 한 토막이 어떤 의미를 갖는지조차 알 길이 없다. 그러니까 그날의 삽화는 철저하게 개인의 삽화에 지나지 않았다.

그러나 나는 낮에 종로 5가에서 보았던 연뿌리가 왜 내 발길을 머물게 했는지 비로소 알 수 있을 것 같았다. 그것이 사일구가 나에게 가르쳐준 교훈 같은 게 아닐까 하는 깨달음이 비로소 한 줄기 섬광처럼 뇌리를 스쳤다.

　한낮이었다. 내가 어슬렁거리며 서면 로터리로 발길을 옮긴 것은, 그날이 휴일이어서가 아니라 학교가 휴교를 하고 있었던 때문이라고 여겨진다. 어쨌든 개울을 끼고 나는 자주 고래 고기를 사서 소금에 찍어 먹곤 했던 시장통을 지나서 로터리 쪽으로 다가갔다. 데모건 뭐건 아랑곳없이 시장은 사람들이 온통 북적대고 있었다. 내가 궁한 용돈을 마련하기 위해 아버지의 담배 서랍에서 살렘이니 러키 스트라이크니 팔말을 한 갑씩 감춰 나오면 돈하고 맞바꿔 주었던 아줌마도 그대로 자리를 지키고 있었다. “담배 가아왔나?” 하는 아줌마의 말에 나는 대꾸조차 하지 않고 고개만 가로저었을 뿐이었다. 내가 무엇 때문에 그렇게 초조하고 긴장된 마음이었는지는 알 수가 없었다. 학교에 못 나가는 막연한 의구심, 막연한 우울 때문에 분한 마음이었는지도 몰랐다. 나는 두근거리는 가슴을 안고 광장 어귀로 들어섰다. 내가 담배를 판 돈으로 뜻도 모르고 「뜨거운 양철지붕 위의 고양이」라는 영화를 보기도 했던 극장의 앞쪽으로 한 떼의 군중들이 웅성거리고 있었다. 무슨 일이 일어난 것일까, 아니면 일어나려고 하는 것일까. 그러나 곧 그들이 대오를 정비하려고 한다는 것을 눈치 챌 수 있었다. 그들이 무엇이라고 외치고 있었는지는 지금의 기억에 남아 있지 않다. 나는 광장까지 다 나아가서 그들의 움직임이 한눈에 바라보이는 위치에 서서, 또한 그들과 대치하고 있는 맞은편 경찰서 쪽으로 눈길을 돌렸다. 경찰서 건물은 유리란 유리는 다 깨진 채로 그 안에 사람이라고는 한 명도 있을 것 같지 않았다. 떼를 이룬 군중들은 팔을 휘두르며 무슨 구호인가를 외치며 또 노래를 불렀다. 그와 함께 ‘와’ 하는 함성이 일더니 앞머리의 군중들이 앞으로 달려 나갔다. 돌팔매질이 경찰서 건물을 향해 한꺼번에 쏟아졌다. ‘와아’ 하고 다시 한 번 함성이 일었다.

돌연한 광경에 나는 갈피를 잡을 수가 없었다. 주먹이 꼭 쥐어졌다. 이런 일이 어떻게 가능한지에 대해 제대로 생각을 할 수 없어서 정신만 어지러운 혼란에 빠져들 뿐이었다. 무엇 때문에 경찰 '아저씨'들이 있는 곳에 주먹만 한 돌을 던지며 고래고래 악을 쓰며, 또 그래도 된단 말인가. 그러나 다음 순간이었다. 내가 갈피를 못 잡고, 이리 뛰고 저리 뛰는 군중을 무서움에 떨면서 바라보며 사태의 추이를 관망하고 있을 때, 내 눈에 경찰서의 옥상으로 몇 사람의 머리가 불쑥 솟아 들어왔다. 다시 '와아' 하는 함성이 들리는가 했다.

그때였다. 날카로운 총소리가 고막을 때렸다. 타당, 탕, 탕, 탕, 타당. 몇 발쯤 되었을까. 순식간에 사람들이 좌악 흩어져 뛰었다. 나도 덩달아 골목길로 뛰면서 뒤를 돌아다보았다. 몇 사람인가 기다시피 하면서 쓰러져 있었고 그 옆을 한 청년이 있는 힘을 다해서 달리고 있는 모습이 얼핏 보였다. 아니 나는 그 청년을 본 것이 아니었다. 그 청년의 귓불에서 흘러 떨어지는 선연한 핏방울을 본 것이었다. 핏방울! 그는 그것을 아는지 모르는지 허둥지둥 달리고만 있었다. 나는 격렬한 무서움에 몸을 덜덜 떨면서 골목길에 주저앉아 있었다.

그날 경찰서는 불탔고 나는 어느 틈에 군중들 틈에 섞여 양정 고개를 넘어 동래까지 행진해 가는 대열에 섰던 것이다. 무서움에 덜덜 떨었던 것밖에는 아무런 동기도 없었다. 내가 아는 사람이라고는 한 사람도 없었다. 그리고 그 대열이 왜 동래 쪽으로 향하고 있는지도 알 수 없었다. 군중심리치고는 참으로 어처구니없는 내 군중심리였다. 지금도 그때를 생각하면 쓴웃음밖에 나올 것이 없다. 아무튼 나는 아무것도 모른 채 데모대의 일원이 되고 말았던 것이다. 상당히 많은 수의 군중이었다. 이제는 나 같은 조무래기에서부터 중년의 사내들까지도 우글거리며 어울려 있었다. 나는 누군가가 선창하는 구호며 노래를 목청이 터져라 따라 외치며 전찻길 한복판으로 걸어갔다. 서면에서 동래까지는 꽤 먼 길이었다. 내가 쓴웃음을 짓지 않을 수 없다고 하는 것은 내가 내용도 모르고 그들 틈에 끼어들어서만이 아니다. 그보다도 더 어처구니없는 일이 나를 기다리고 있었다. 아무리 터무니없이 흥분되어 있었다고 하더라도 사태를 파악하는 데 조금은 눈치가 있었어야 했다.

행렬이 동래까지 가는 동안 사람들이 이곳저곳으로 나뉘고 있었던 사실을 나는 까맣게 몰랐던 것이다. 그것은 지금도 궁금하기 짝이 없는 일이다.

그 뒤로 나는 외톨이로 남지 않기 위해서는 항상 살피기를 게을리 하면 안 된다는 것도 알게 되었지만 그때의 나로서는 지극히 곤혹스러운 일일 수밖에 없었다. 나는 동래까지 발바닥이 아픈 것도 잊고 또 꾸준히 긴장을 유지하면서 걸음을 옮겨놓았다. 땀까지 뻘뻘 났다. 그런데 나중에 분위기가 왠지 식었다 싶어 주위를 돌아보니 우리 일행은 열 명 남짓에 지나지 않았고 그들조차도 어디론가 가려고 하는 참이었다. 아는 사람이야 애초부터 없었다. 그러나 그 많은 사람들은 모두 어디로 갔단 말인가. 놀라울 뿐이었다. 앞쪽으로 먼저 가고 있는 사람들도, 뒤에 처져 있는 사람들도 없음이 분명했다. 나는 아무것도 할 수 없는 나이에 대오에서 낙오되었다고 판단되었다. 그들은 다시 서면으로 돌아갔는가. 동래 바닥에 혼자 남게 된 나는 선뜻 어떻게 할 방법을 찾을 길이 없었다. 모든 사람들이 나를 버린 듯한 패배감이 무거운 적막과 함께 어깨를 짓눌렀다. 어린 나이에도 나는 내가 꼭두각시처럼 우스꽝스러운 모습으로 먼 길을 맹목적으로 왔다는 사실을 엄연히 깨달았다. 누구 아는 사람이 내 꼬락서니를 볼까 봐 겁이 났다. 더 이상 집이 있는 반대 방향으로 가야 할 까닭이 없었다.

혼자서, 왜 무엇 때문에? 어디로?

그러니까 처음부터 내가 감당할 몫은 아니었다. 그런데 그 잘못을 모르고 나는 무작정 터덜터덜 걷기만 했던 것이다. 도대체 어떻게 그런 일이 일어났을까? 그것은 정말 수수께끼였다. 그러나 이 수수께끼야말로 지금도 밤늦게 혼자 남게 되었을 때 내가 풀고자 가장 애쓰는 수수께끼이기도 한 것이다. 사람들은 모두 어디로 가고 있는가. 우리는 왜 혼자 남아야만 하는가. 삶은, 개인의, 타인에 대한 영원한 대립인가…….

나는 발걸음을 멈추고 머리를 식히려고 마음먹었다. 하기야 조금 전의 열기는 이미 씻은 듯이 사라졌고 으슬으슬 오한이 들 지경이었다. 나는 겸연쩍은 몸짓으로 큰길을 벗어나 왼쪽의 연못 쪽으로 슬며시 발길을 들여놓았다. 몇 번인가 전차를 타고 지나다니면서 연분홍의 커다란 연꽃 봉오리가 탐스럽게 맺혀 있는 것을 보았던 기억이 있기도 했기 때문이었다. 그러나 그렇다고 해서 연꽃을 보기 위해서 그곳으로 발길을 들여놓은 것은 결코 아니었다. 연꽃이 피는 계절조차 나는 자세히 모르고 있었다. 그럼으로써 우선 지금까지의 내 행동을 스스로 은폐해 보려는 애늙은이의 속셈, 그것에 불과했다.

그때 나는 연못 주위에 몸을 굽히고 있는 사람들을 보았다. 처음에는 저 사람들이 혹시 학춤을 추고 있는 게 아닌가 하고 여겼지만 자세히 보니 아니었다. 신문지 따위로 머리에 고깔을 만들어 쓰고 있었기 때문에 그렇게 보인 것뿐이었다. 호사가였던 아버지를 따라 언젠가 동래 학춤을 구경하러 왔던 적이 있었다. 꽹쇠, 장고, 징, 북 같은 악기가 굿거리장단을 치는 가운데 학 모양을 뒤집어쓴 남자가 나와서 학의 몸짓을 시늉하며 두릿두릿 춤을 추었다. 그때의 광경을 떠올리며, 학춤을 추는 것도 아니라면 무슨 일들을 하고 있는 것일까 하고 다가갔더니 바로 연뿌리를 캐고 있는 것이었다.

 나는 꽤 오랫동안 그 광경을 바라보고 있었다. 감탕을 뒤질 때마다 통통하고 흰 살집을 가진 의족들이 생명을 얻어 되살아나는 것 같은 느낌이 들었다. 아니 그것들은 마디마디마다 짚을 친친 동여맨 살아 있는 제웅들이었다. 그들은 팔다리에서 붉은 피를 흘리는 대신에 흰 피를 흘리고 있을 뿐이었다. 그제서야 나는 낮에 보았던 빠알간 귓불의 피를 떠올렸다. 내가 동래까지 온 것은 단순히 그것 때문이었는지 몰랐다. 그러나 이번에는 흰 피였다. 찐득찐득한 흰 피였다. 이차돈(異次頓)처럼 흰 피였다. 그것은 감탕 속에서 캄캄한 어둠을 벗삼아 빚은 피였다. 나로 하여금 혼자임을 깨닫게 한 사람들의 피. 모든 선인(先人)들, 타인들의 피. 두려웠다. 나는 어서 집으로 돌아가야겠다고 마음먹었다. 온몸이 떨렸다. 돌아오는 차편이 마땅치 않았는지 혹은 호주머니에 차비가 없었는지, 걸어서 돌아오는 길은 한결 멀었다. 아득한 고립감이 온몸을 휩쌌다. 나는 빠르게 걸었다. 이제부터는 혼자다. 나는 뚜렷이 깨닫고 있었다. 목이 꽉 메어왔다. 그러면서 나는 가슴속 깊은 곳에서 치밀어오는 새로운 생명의 소리를 들을 수 있었다. 그리고 그 생명의 소리는 철저한 개인의 발견에서 오는 것임을 나는 어렴풋이 알아차리고 있었다.

 삶은, 모든 타인에 대한 나만의 뜻이며 말이었다. 나만의 외로움이며 고행(苦行)이었다. 내게 교훈을 준 군중은 이제 정말 사라지고 없었다. 총알이 귓불을 스친 청년도 어디론가 뛰어갔다. 이제는 내가 내 온몸을 스스로 저미면서 피를 흘려야 할 때가 온 것이었다. 그리하여 삶은 피투성이의 괴로운 영혼을 아무도 모르는 캄캄한 어둠의 뻘 속에 깊이깊이 처넣고 다른 생명의 탄생을 기다려야 하는 것이었다. 그 일은 혼자서 하지 않으면 안 되는 것이었다. 여기서 더 이상 자세히 말할 필요성은 느끼지 않는다. 다만 그로부터 나는

항시 시인이 될 꿈을 버리지 않았다는 사실을 밝혀두는 것만으로
족할 것 같다. 나는 사일구를 모른다. 단지 그로 인한 개인의 발견
으로 내가 시를 쓰게 되었다는 것밖에는.

3

포도나무를 계기로 집안일에 등을 돌린 뒤로 나는 학교에서 집
으로 돌아오면 주로 좁은 방안에 처박혀 있거나 집 뒤의 황량한 야
산 기슭을 어슬렁거리며 돌아다니는 것이 일과였다. 야산 기슭을
어슬렁거리며 돌아다니는 것도 내겐 시를 쓰는 공부였다. 나는 그
렇게 생각했다. 아버지도 '이유 없는 반항'은 건드리는 게 오히려
역효과라고 여기고 있는 듯했다. 밥때에 상머리에 마주 앉아서도
아무 말이 없었다. 따라서 상머리에서는 어머니가 가끔 입을 열 뿐
이었다. 어머니가 하는 말도 기껏 동생들에게 토끼풀을 제때제때
뜯어다 주라거나 족제비가 닭을 또 물어갔다거나 하는 말 따위에
지나지 않았다. 집에 동물이 많아졌기 때문에 그 뒤치다꺼리에 여
간 신경이 쓰이지 않는 모양이었다. 동물 농장처럼 여러 종류의 동
물이 있다고는 했지만 개가 한 마리, 닭이 예닐곱 마리, 토끼가 세
마리로 그저 재미로 키운다는 정도였다. 어머니가 또 족제비가 닭
을 물고 갔다고 하는 것은 전에도 몇 번 그런 적이 있기 때문이었
다. 아닌 게 아니라 닭장 바닥에는 닭털이 몇 깃 떨어져 있었다.
　그러나 나만은 족제비가 물어가지 않았음을 알고 있었다. 그것
은 집에서 일하던 떠돌이 청년이 밤중에 몰래 닭장 속에 들어가 꺼
내다 잡아먹은 것이었다. 나는 한밤중에 뜰에 나갔다가 우연히 그
광경을 목격했으나 오히려 내가 그 광경을 목격한 것을 들킬까 봐

어둠 속에 몸을 숨기고 조마조마하게 위기를 넘겼었다. 그가 언젠가 그랬다듯이 문자 그대로 계간(鷄姦)을 하려는 게 아닌가 두렵기도 했다. 그러자 그는 닭을 품속에 감춘 채 쏜살같이 집 뒤의 등성이를 넘어가버렸다. 그는 그때 나와 한방을 썼는데 꽤 오랜 시간이 지나자 술내와 닭 비린내를 풍기며 살금살금 들어와 윗목에 담요를 쓰고 누워 곧 잠에 곯아떨어졌었다.

나는 그런 그가 굶주림보다 외로움에 시달리고 있다고 생각했다. 그는 닭을 붙잡아 그 짓을 하고 나면 닭이 비실비실 도망치다가 고꾸라져 죽는다고 말했었다. 그랬을 것이다. 그는 어둠 속에서 닭에게 그 짓을 해서 죽게 한 뒤 주모에게 들고 가 던져주었음에 틀림없었다. 그가 어느 술집에서 닭을 안주로 해 술을 마셨음이 분명한데도 나는 그가 계간을 했다는 상상에 시달렸다.

그런데 어머니가 또 족제비 타령이었다. 계간까지 하는 떠돌이 청년은 이미 어디론가 떠나가고 없었다. 그렇다면 이번에는 어머니의 말대로 족제비의 짓이라고 보아도 좋을 것이었다. 닭장에는 그 전하고는 달리 닭털이 꽤 어지럽게 흩날려 있기도 했다. 어머니는 또 동물마다의 특성에 대해서도 몇 마디씩 했다. 어머니에 따르면 닭은 밤에 잠을 잘 때 쥐가 다가와 몸을 갉아먹어도 가만히 있다는 것이었다. "죽어도 가만있단 말인가?" 하고 여동생이 놀라서 묻자 어머니는 "그럼." 하고 단언했다. 그때 나는 그보다도 닭이 삼 초쯤밖에는 기억력이 없다든가 대포 소리에는 놀라지 않아도 작은 마찰음에는 놀란다든가 하는 누군가의 이야기가 떠올랐었다. 어머니는, 토끼는 물기 있는 풀을 먹이면 죽는다, 돼지는 새우젓을 먹이면 죽는다고도 말했다. 닭이 작은 마찰음을 들을 수 있어도 대포 소리를 못 듣는 것이 사실이라면 인간이 천둥소리는 들을 수 있어도 지구가 빙글빙글 돌면서 태양 궤도를 달려가는 무시무시한 굉음을 들을 수 없다는 것과 마찬가지가 아닐까 나는 생각했다. 나는 닭장 옆에서 그런 쓸데없는 생각에 빠져서, 언젠가 아무 소리도 들리지 않는 곳에서 고요히 귀를 기울였을 때, 쨍 하고 귓바퀴를 울려오던 그 소리, 그 이른바 정적(靜寂)의 소리가 우주 공간을 메아리쳐 오는 지구 굉음의 여운이라고도 여겼었다. 물론 우주의 진공 속을 도는 지구가 소리를 내리라는 것은 나로서도 납득할 수는 없는 설정이었다.

하지만 나는 케플러라는 천체 물리학자가 내세운, '모든 별들은 음악 소리를 낸다.' 라는 가설을 애써 믿고 싶었다. 모든 별들은 음악 소리를 낸다. 그렇다면 지구라는 별이 내는 음악 소리는 어떤 것일까. 태양계만 놓고 보더라도 수성, 금성, 지구, 화성, 목성, 토성, 천왕성, 해왕성, 명왕성의 아홉 개 혹성이 내는 음악 소리는 제가끔 어떤 것일까. 아니, 태양계의 중심인 태양도 결국은 별의 하나이므로 그 태양이라는 항성이 내는 음악 소리는 어떤 것일까. 이글이글 타오르는 불덩어리는 우주 공간에 불새[火鳥]처럼 울부짖는 것이나 아닐까. 또한 아홉 개의 혹성에 딸렸다는 서른한 개의 위성들과 그 틈틈이 박혀 있다는 천오백 개쯤의 소혹성, 혜성, 유성 들은 모두 어떤 음악 소리를 낼까. 태양계의 이 모든 별들이 내는 음악 소리는 어떤 것일까.

우주의 질서 속에 태양계의 질서 또한 정연한 것처럼 태양계의 별들이 내는 음악 소리들은 화음을 이루며 어떤 교향악을 연주하고 있는지도 모른다. 그 소리는 지금 우리의 귀에는 들리지 않지만 우리들 생명의 먼 기원 속에서 장엄하게 울리고 있는지도 모른다. 그렇다면 우리가 그 소리를 못 듣는 것은 그것이 우리들 생명 그 자체이기 때문일 것이다. 머리를 들어 보면 태양계뿐이 아니다. 먼 안드로메다, 카시오페이아, 오리온, 천마(天馬) 페가수스, 그리고 처녀,

쌍둥이, 사자, 황소, 백조, 작은곰, 큰곰, 개, 하물며 게〔蟹〕, 전갈까지도 모두들 음악 소리를 낸다. 서양 이름의 별자리로서가 아니라 동양 이름의 별자리로서도 음악 소리를 낸다. 토마토 잎사귀에 달라붙는 주황색의 이십팔 점박이무당벌레의 등 쪽에 스물여덟 개의 점이 박혀 있듯이 무당벌레의 등딱지같이 둥그런 천구(天球)를 스물여덟 개로 나눈 저 이십팔 수(二十八宿) 별자리의 별들 모두가 음악 소리를 낸다. 동쪽의 각(角), 항(亢), 저(氐), 방(房), 심(心), 미(尾), 기(箕), 그 별들. 서쪽의 규(奎), 누(婁), 위(胃), 묘(昴), 필(畢), 자(觜), 삼(參), 그 별들. 남쪽의 정(井), 귀(鬼), 유(柳), 성(星), 장(張), 익(翼), 진(軫), 그 별들. 북쪽의 두(斗), 우(牛), 여(女), 허(虛), 위(危), 실(室), 벽(壁), 그 별들.

어느 날 밤이었다. 나는 담배 재떨이에 꽁초가 수북이 쌓이도록 별들의 음악 소리에 대해서 오랫동안 공상에 빠져 있었다. 마치 그 장엄한 교향악이 내 귀에 들려오는 듯했다. 헤아릴 수 없이 많고 많은 별들은 모두가 다른 소리, 다른 음색을 가지고 있다. 사자 별자리는 사자후를 터뜨린다고 해도 좋다. 황소 별자리는 황소의 울음소리를, 백조 별자리는 백조의 울음소리를, 곰 별자리는 곰의 포효를, 개 별자리는 개의 으르렁거림을, 게 별자리는 옆걸음으로 기는 소리를, 전갈 별자리는 독침 쏘는 소리를 낸다고 해도 좋다.

아니, 모든 별이 상상하는 것과 다른 소리를 낸다고 해도 좋다. 이십팔 수의 별자리가 무당벌레 날아가는 소리를 낸다고 해도 좋다. 사자 별자리가 바이올린 소리를 내거나 게 별자리가 통기타 소리를 내도 그만이다. 황소가 통발굽으로 은제(銀製) 플루트를 들고 불거나 백조가 흰 날개로 꽹과리를 치거나 처녀가 수자폰을 불거나, 쌍둥이가 한 퉁소를 불거나 전갈이 첼로를 켜거나, 그만이다.

아니, 그보다는 별 하나하나가 하나의 악기 소리를 내고, 별자리

하나하나가 하나의 곡을 연주하는 게 옳을 것이다. 안드로메다가 베토벤의 「운명 교향곡」을 연주할 때, 카시오페이아는 「영산회상(靈山會上)」을 연주한다. 오리온이 바흐의 「브란덴부르크 협주곡」을 연주할 때, 페가수스는 「태평가(太平歌)」를 연주한다, 이때 별자리가 없는 먼 이름 없는 별은 쇼팽의 「야상곡(夜想曲)」이나 「마주르카」 같은 피아노 곡을 두드린다. 더 먼 별 중에는 「정선 아리랑」이나 「진도 아리랑」을 부르는 별도 있다. 슈베르트의 「연가곡」을 부르는 별도 있고, 「변강쇠 타령」을 부르는 별도 있다. 세자르 프랑크의 곡을 연주하는 별도 있고, 힌데미트, 쇤베르크의 곡을 연주하는 열두 개의 별도 있다. 백남준(白南準), 윤이상(尹伊桑), 황병기(黃秉冀), 강석희(姜碩熙)나 서울 음악제에서 '홀로 가는 사람'에 대해 작곡한 박정은(朴正恩)의 곡을 연주하는 별도 있다. 스테파노도 있고 마리아 칼라스도 있고 이미자(李美子)도 있다. 차이코프스키와 러시아 5인조가 연주되는가 하면 「농악 12차」 굿거리장단이 연주되기도 한다 「사계」가 뒤바뀌어도 「페르 귄트」는 헤매고 「파리의 아메리카인」이 「라 마르세예즈」를 부를 때, 「세비야의 이발사」는 「나비 부인」을 흠모하던 끝에 「사랑의 묘약」을 훔치러 「자유의 사수」를 데리고 「신세계」로 간다…….

　드디어 주간지 내용처럼 된 천박한 공상은 별이 펼쳐 있는 무한한 공간을 갈팡질팡했다. 끝이 없을 듯했다. 골치가 지끈거릴 지경이었다. 나는 홀로 빈방에 누워 천장을 바라보며 쓴웃음을 지었다. 집안은 몰락해 가며 이미 돈이 안 되는 일임이 드러나고 있는 돼지치기에 말까지 동원해서 매달려 있는데 이따위 공상이라니 한심하기도 했다. 그러나 공상이란 마약과도 같아서 쉽게 떨쳐버리기가 어려웠다.

　이 세상의 모든 음악이 한꺼번에 울린다면 어떤 소리가 될 것인

가. 엄청난 소음, 불협화음이 될 것이다. 그러나 그렇다는 증명은
아무도 할 수가 없다. 따라서 우리의 상식을 넘어서고 배반해서 뜻
밖에 아주 듣기 좋은 자장가 같은 협화음의 음악이 될는지도 모른
다. 빛의 삼원색을 합치면 흰색이 되리라고 상상할 수 없는 것과 같
이. 그리하여 실제로 음악은 우리의 모든 생명을 늘 고양시키며 깊
은 뜻을 불어넣고 있는지도 모른다. 그렇다면 그 음악은 누가 지휘
를 하길래 우주의 운행처럼 훌륭한 조화를 이루고 있는가. 그 누구
를 사람들은 신(神)이라고 하는가. 과연 신은 있는가.

　나는 담배를 다시 한 개비 피워 물고 공연히 벌떡 일어났다. 유
리창 밖으로 보일까 해서였다. 신이 있고 없고는 내가 따질 문제가
아니었다. 모든 별들은 음악 소리를 낸다. 그 음악 소리는 못 들을
지언정 별이 보이는가 살펴볼 참이었다. 형광등 불을 끄고 창문에
다가가 커튼을 젖혔다. 갑자기 불을 꺼서인지 안팎이 온통 칠흑같
이 어두웠다. 야산 기슭에 외따로 떨어진 곳이어서 그믐밤에는 어
둠이 산초(山椒) 씨보다 검었다. 그믐밤인 모양이었다. 나는 담뱃불
을 빠끔히 빛내며 유리창에 얼굴을 갖다 대다시피 했다.

　그때였다. 담뱃불이 빨갛게 유리창에 반사되면서 무엇인가 어렴
풋하나마 커다란 형상이 바로 창밖에서 비쳐왔다. 섬뜩했다. 순간
적으로 절망적인 두려움이 온몸을 휘감았다. 그 형상은 유리창을
사이에 두고 내 얼굴과 거의 맞닿아 있었다. 그때까지 나는 그토록
기괴한 형상은 본 적이 없었다. 꿈속에서도 상상할 수 없는 기괴한
형상이었다.

　나는 잘못 보지나 않았나 해서 두 눈을 비비며 아예 유리창에 얼
굴을 바싹 붙이고 내다보았다. 그 형상은 그 자리에 조금도 움직이
지 않고 있었다. 하늘의 기틀은 누설하지 않아야 한다는 옛사람의
말씀이 언뜻 떠오른 것도 잠깐뿐이었다. 가슴이 쿵쿵 울리고 두 다

리가 후들후들 떨렸다. 무엇일까. 별이고 음악 소리고는 먼 옛날의 이야기였다. 외마디소리조차 지를 수가 없었다. 나는 캄캄한 방 안에서 꼼짝도 못 하고 붙박인 듯 서 있었다. 온몸의 피가 말끔히 씻겨져 나가고 내 몸은 한 장의 얇은 인피지(人皮紙) 같았다. 이 무서운 순간으로부터 어떻게 벗어난단 말인가. 그러는 사이에 어둠에 눈이 조금 익자, 몇 방울의 피도 돌기 시작하여, 나는 다시 한번 그 형상을 살펴볼 용기가 솟았다. 그러지 않을 수도 없었다. 나는 창밖을 노려보았다. 형상이 뚜렷해졌다. 투구 같은 대가리! 말대가리였다!

집안일에 등을 돌린 나는, 정식으로 마구간을 지을 때까지 내 방 창문 옆쪽으로 차양을 내달고 말을 묶어둔다는 것을 알았으나, 말대가리가 바로 내 창문 옆에 올 수도 있다는 것은 미처 깨닫지 못했었다. 그날의 일로 미루어 나는 불과 며칠 동안이기는 해도 말대가리 밑에 드러누워 우주와 인간, 시와 사랑, 철학과 행복 등등에 대해서 제법 골똘해 있었던 것이었다. 그럴 리야 없었겠지만, 나는 말이 내가 한 짓거리를 엿보고 내 정신의 얄팍함을 엿보지나 않았나, 몹시 꺼림칙한 것이 사실이었다. 사람이 수상한 행동거지를 하면 짐승도 수상한 눈초리로 쳐다본다는 사실을 나는 또한 수상한 눈초리로 관찰한 적이 있었다. 개도 그랬고 닭도 그랬고 토끼, 돼지도 그랬다. 말인들 그렇지 않을 까닭이 없었다.

그러니까 나는 내 행동거지를 스스로 수상한 짓이라고 인정하고 있었던 셈이다. 젊은 날의 모든 행위는 수상한 짓이었다. 아버지의 금기 교훈도 저버리고, 어두운 밤길에서 우연히 만난, 얼굴도 모르는 여자를 못 잊어 하거나, 정치를 생각하거나, 그로부터 머지않은 장래에 나를 좌절의 구렁텅이로 처박게 되는 시를 썼다.

그런데 이상한 일이었다. 어둠 속에서 창밖의 말대가리를 본 다음부터 나는 아무런 수상한 짓을 할 수가 없었다. 바로 창밖에 말대가리가 있다는 사실이 웬일인지 나를 구속한 때문이었다. 다행하게도 얼마 뒤 마차를 다시 팔지 않을 수 없는 일이 생겨서 그런 구속은 그리 오래가지는 않았지만 그동안 나는 말구유에 누워 있는 아기 예수처럼 잠들거나, 그렇지 않으면 말이 그럴 것처럼 여기고 상대적으로 나도 말에 대응하여, 저기 있는 말은 도대체 어떤 운명체인가, 말이란 무엇인가 하고 마치 신에 대하여 궁구하는 듯한 가련한 신세가 되고 말았다.

족보가 있는 '진짜 말'이란 혈통이 좋은 말일 것이었다. 좋은 혈통의 경주마(競走馬)는 18세기 후반에 영국에서 육종, 개량된 서러브레드 종(種) 말로 대표된다고 했다. 이 말은 영국 재래의 암말과 중동 지방에서 온 세 마리의 아랍산(産) 종마(種馬)를 교배시켜 얻은 말들을 거듭 도태시키고, 개량해서 만든 새로운 품종이었다. 현재 세계적으로 거의 모든 경주마는 연속 여덟 세대에 걸쳐서 서러브레드를 교배한 말이 혈통 등록서를 갖게 된다. 이처럼 서러브레드는 혈통이 확실했다. 어느 말이든 그 혈통을 더듬어 올라가면 세 마리의 아랍 말 바이어리다크, 타레아라비안, 거돌핀 벌브에 이르게 된다. 그러니까 '족보까지 있다'는 우리집 말도 십중팔구는 서러브레드 말로서 아라비아 말을 할아버지로 하고 있는 것이었다. 하지만 이 모든 것도 경주마로 경마장에서 뛸 때나 소용이 닿는 이야기였다. 창밖의 말은 폐마였다. 아주 못쓰게 된 폐마는 도살되어 고기는 기름을 짜거나 식용으로 사용되며 가죽, 말총은 각각 그 쓰임새에 따라 팔린다. 그리고 경주를 하는 데만 못쓸 뿐 멀쩡한 말은 종마나 승용마로 쓰이거나 우리집에 온 말처럼 마차를 끈다. 수많은 관중 앞에서 신바람 나게 질주하던 말이 짬빵을 실어 나른다는 것은 비참한 전락이었다.

우리집의 '진짜 말'은 경마장에서는 '진짜 말'이었을지 모르지만 마차를 끄는 데는 전혀 적합지 않았다. 고삐를 끌고 다니기만 해서 부릴 수 있는 말이 아니었다. 큰아버지는 그런 말을 다루기에 여간 애를 먹지 않았는데, 그것은 큰아버지가 말을 다뤄본 경험이 없었기 때문만은 아니었다. 워낙 불만에 찬 말이었다. 며칠 사이에 큰아버지는 말 발길에 차여 밤새 끙끙 앓은 적도 있었다. 하지만 그런 정도로는 아직 말을 어떻게 해야 할 단계가 아니었다.

일은 내가 말대가리를 본 며칠 뒤에 일어났다. 그날은 새벽부터 비가 추적추적 내렸다. 아침 여덟 시쯤인가 누군가가 헐레벌떡 달려와서 거북고개에 말이 자빠져 있다는 전갈을 해왔던 것이다.

"뭣, 말이?"

아버지는 비명처럼 소리치면서 허둥댔다. 그 사람의 설명에 따르면 거북고개를 넘어오던 마차가 빗길에 고개 옆 비탈로 미끄러지며 뒤집어졌다는 것이었다. 거북고개는 동네로 넘어오는 나지막한 고개였다. 마침 학교에 가려고 집을 나서던 나는 아버지와 함께 거북고개 쪽으로 뛰어갔다.

그것은 참담한 꼴이었다. 큰아버지가 찬비에 젖어 떨고 있는 모습이 먼저 보였다. 마차는 비탈 아래 모로 처박혔고 말은 게워놓은 것 같은 밥찌꺼기 곤죽 속에 벌렁 자빠진 채 헐떡거리고 있었다. 마차는 누운 말 때문에 움직일 수가 없는 상태였다.

"여기서…… 가지를 않고…… 딱 서드니만……."

큰아버지는 더듬더듬 변명을 했다. 그리고, 말은 잠을 잘 때도 서서 자는 동물인 만큼 오랫동안 자빠져 있으면 죽는다고 울상을 지었다. 이 일은 말의 목숨에 지장을 주지는 않았지만, 큰아버지가 그 말을 부릴 수 없다는 결론에 이르게 해주기에는 충분했다. 그리고 나아가서는 그 말뿐이 아니라 어떤 말이라도 부릴 수 없다고 여겨지게 해주었다. 그것은 또한 우리집의 돼지 치기조차도 위협하는 것이었다. 그래도 사람이 안 다친 게 다행이라고 아버지는 머리를 절레절레 흔들었다. 나는 큰아버지가 불쌍해서 견딜 수가 없었다.

내게 무엇인가 가르쳐준 사람 중에 우선 큰아버지를 꼽는 것은 내게는 조금도 이상한 일이 아니다. 그럼에도 불구하고 어떠어떠한 가르침을 직접 받았다는 구체적인 사항을 꼬집어서 밝힐 수는 없으니 안타까운 일이라고 해야 하겠다. 사실 아버지의 팔촌형이라면 남이었다. 그런데도 나는 유난히 친밀감을 느껴왔었다. 따라서 나는 내가 하는 일을 큰아버지에게 인정받고 싶다는 욕망을 늘 품고 있었다. 왜 그랬는지는 잘 알 수 없는 일이다. 그 떠돌이삶이 왠지 내 가슴에 닿아와서 그렇게 만들었다고 어렴풋이 느낄 따름이다. 부끄럽지만 그런 욕망의 한 표현으로서 큰아버지에게 보일 목적으로 몇 줄의 글을 썼던 적도 있음을 고백하지 않을 수 없다. 이 어색한 일을 굳이 다시 들추는 것은 그것이 결과적으로 잘된 일인지 잘못된 일인지 도저히 종잡을 수가 없기 때문이다. 언제부터인가 살아가면서 겪는 일은 모두 새옹(塞翁)의 말[馬]인 것을 명심하자고 스스로에게 타일러온 바이지만, 큰아버지의 신변에 일어난 일은 나를 그렇게 초연한 사람처럼 놓아두지를 않았다. 그렇다고 단순한 희화(戲畵)라고 얼버무릴 수는 더더구나 없는 일이다. 어쨌든 나는 한때 이상하게도 큰아버지에게 관심이 깊었었다.

큰아버지가 우리집에 오기 전에도 나는 몇 번인가 큰아버지를 찾아다녔었다. 큰아버지의 삶이야말로 내게는 문학처럼 보였었다.

잘못된 일이라면 애초부터 마(魔)가 끼었다고 해야 옳을 것이다. 도대체가 모든 것이 낯간지러운 수작이었다. 우선 가장 낯간지러운 수작이 내가 큰아버지를 위한답시고 그 얼토당토않은 글을 썼다는 것이다. 곰곰이 따져보면 실은 처음부터 큰아버지를 위한다느니 어쩌느니 하는 돼먹지 않은 의도는 없었다고 보아진다. 나는 왜 그 따위 짓을 자행했다고 고백하지 않으면 안 되는가. 이 또한 결단코 마가 끼었다고밖에는 말할 수 없다.

그러나 그럼에도 불구하고 그 결과 벌어진 야릇한 일에 대해서는 그것이 잘된 일인지 잘못된 일인지 나는 판단을 미루어두어야만 하는데, 다만 그 일로 해서 나는 내가 경망스럽기 짝이 없는 인간으로서 어떤 과대망상에 사로잡혀 있었다는 진단에까지 이르게 되는 것이다.

내가 큰아버지를 다시 찾아갔던 것은 대학에 처음 입학했을 무렵이었다. 나는 큰아버지의 문병을 겸해서 그 변두리 동네로 찾아갔던 것이다.

나는 큰아버지가 병세의 회복을 꾀한다면서 그 변두리 동네에 홀로 셋방을 얻어들고 있는 까닭을 잘 알 수 없었다. 그러나 오래전부터 큰아버지 나름대로의 세상살이 방법을 보아왔던 나로서는 그것을 왈가왈부할 처지는 아니었다. 큰아버지는 신경성이라는 무슨 병을 앓고 있노라고 했다. 큰아버지는 잠이 잘 안 올 뿐이라고 말했다. "수면제를 먹어두요?" 하고 묻는 나에게 큰아버지는 언제나처럼 껄껄껄 공허한 웃음을 보내주었다. 수면제란 근본적인 게 못 된다는 것이었다. 자신은 이미 병원에서도 퇴원을 했으므로, 큰 무리 없이 섭생에 힘쓰기만 하면 된다고 큰아버지는 말했다. 그러기 위해서는 우선 나는 병자다 하는 강박관념에서 벗어나야 한다는 것이었다. 그 조리 있는 말을 들은 나는 그럼 왜 그런 강박관념에서 벗어나지 못하느냐고 솔직히 물어보았다. 그러자 큰아버지는 "넌 날 아주 병자 취급하는구나." 하고 역시 껄껄껄 웃음을 보내주었다. 큰아버지의 말에 나는 공연히 즐거워져서 큰아버지를 흉내 내어 껄껄껄 웃었다. 큰아버지가 알 수 없는 공포와 불안에 시달리고 손발이 틀리기까지 했었다는 사실이 거짓말 같았다. 이제 잠을 못 자는 것만이 병세로 남았다면 그것은 눈을 감고 숫자를 백에서부터 하나까지 거꾸로 센다거나 베개 옆에 양파를 썰어놓고 냄새를 솔솔 맡는다거나 하는 정도의 처방만으로 치유시킬 수 있는 병에 지나지 않을 뿐이 아닌가. 나는 큰아버지에게 그와 같은 말도 했다. 큰아버지는 귀를 기울이고 있었으나 숫자에도 양파에도 관심이 없어 보였다. 큰아버지가 그만큼이라도 회복된 모습을 본 나는 될 수 있는 대로 잠자코 있어야 되겠다고 생각했다.

그때 나는 큰아버지에게 보이려고 몇 장의 글을 써가지고 갔었다. 그러나 나는 처음 의도와는 달리 큰아버지가 까맣게 잊고 있기만을 바랐다. 언젠가 큰아버지가 느닷없이 내 글을 한번 보여달라고 말했을 때 나는 내 귀를 의심했었다. 물론 큰아버지가 직선적으로 그렇게 말했던 것은 아니었다.

"넌 앞으로 글을 써보겠다지?"

큰아버지는 자신이 모르고 있던 사실을 확인이라도 하려는 듯 말을 꺼냈었다. 그런 말이 왠지 생소하기만 해서 나는 마치 큰아버지와 처음 대면을 하는 느낌을 받았었다. "네." 하고 나는 짧게 대답했다. 그 무렵에는 글뿐만이 아니라 무엇에 뜻을 둔다는 것 자체가 삶이라는 엄청난 우연성 앞에 무슨 의미가 있는 것이냐는 회의주의에 빠져 있었던 나는 이러쿵저러쿵 너저분한 이야기를 늘어놓고 싶지 않기도 했다. 글쟁이가 된다는 것은 인생에 무엇이며 그림쟁이가 된다는 것은 무엇이며, 사법고시에 합격한다는 것은 무엇이며, 장군이 된다는 것은 무엇이며, 대학 교수가 된다는 것은 무엇이며, 나는 무엇이며 자아(自我)는 무엇이며 삶은 무엇인가, 이런 등등의 얼빠진 회의주의에 얽매여 나는 술만 퍼마셔 대고 있었다. 그러니 "넌 앞으로 글을 써보겠다지?" 하고 넌지시 묻는 말은 내 입장으로는 어떻게 들으면 메스껍기도 한 말이었다.

큰아버지는 한동안 고개만 끄덕거리더니 다시 느닷없이 누굴 위해서 글을 쓴 적이 있느냐고 물었다. 나는 당황하지 않을 수 없었다. 큰아버지가 아무리 정체불명의 병으로 시달린다고 해도 내게 그런 종류의 질문을 던져오리라고는 미처 상상조차 할 수 없었던 일이었다. 큰아버지가 좀 엉뚱한 구석이 있는 사람인 것은 예전부터 잘 알고 있었다. 그러나 그렇게까지 그 같은 질문을 머릿속에 가지고 있었다는 것은 뜻밖의 일로 받아들여졌다. 글을 누구를 위해서 쓴 적이 있느냐. 이런 질문은 내 회의주의의 그늘에 늘 웅숭거리고 있던 질문이기도 했다. 글은 원칙적으로 나를 위해서 쓰는 것이었다. 그러나 인간은 다 알다시피 이른바 사회적 동물이며 그 사회적 동물의 행위는 그것이 어떤 종류의 행위이든 사회적이지 않으면 안 되는 것이었다. 그렇기 때문에 나만을 위해서 쓴다고 할 때 독선이 될 수밖에 없는 것이었다. "아뇨, 남을 위해서 쓰려고 한 적은 없는 것 같애요." 하고 대답하면서 나는 민망하고 한편 못마땅하기도 하여 얼굴이 벌겋게 달아올랐다. 그러자 큰아버지는 아무럼 어떠냐는 듯이 예의 껄껄 웃음을 껄껄껄 웃는 것이었다. 그때 나는 내가 불과 몇 줄 안 되는 글을 끄적거려본 데 지나지 않은 애송이라고 큰아버지가 느끼고 있다고 느꼈다. 그러나 나중의 일까지 곰곰이 따져보면 큰아버지는 내가 생각하고 있던 것처럼 그렇게 어느 정도 본격적이라면 본격적인 의미를 말하고 있었던 것은 아니었던 듯싶다. 껄껄껄껄 웃던 큰아버지는 "거 왜 『아라비안 나이트』라는 거 말이다. 넌 그런 걸 써보고 싶지 않니?" 하고 뚱딴지같이 말을 해서 나를 더욱 어리둥절하게 했다.

나는 큰아버지가 언제 그런 것까지 읽었는지 감탄하지 않을 수 없었다. 하지만 나는 누구를 위해서 글을 쓴다는 것과 『아라비안 나이트』가 연관을 맺고 있는지 도무지 아리송해서 "그건 누구 한 사람이 쓴 건 아니라구 알고 있는데요. 오래전부터 전해 내려오던 얘기를 엮은 게 아니던가요?" 하고 중얼거렸다. "거야 그렇지." 큰아버지는 말하고 나서 한동안 무슨 생각엔가 잠긴 얼굴이었다.

"언제던가 그때는 잠을 잘 못 잘 때 그걸 읽었지. 책이 엉망이 된 게 반품이 들어왔지 뭐냐. 하, 삼 개월이 지났는데 그제서야 안 사겠다는 거야."

아마 서적 외판원을 할 때의 이야기인 모양이었다. 그러나 큰아버지가 서적 외판원 노릇을 그리 오래 한 것은 아니라고 나는 알고 있었다. 미군 부대 주변에서 벌이던 사업이 어떤 사태로 벽에 부딪히자 소일거리 삼아 했던 것이었다.

이것저것 반품으로 들어온 책을 방구석에 처박아 놓고 읽기 전부터 큰아버지는 어디서 보고 들었는지 아는 게 많았다. 『아라비안 나이트』 이야기가 나왔으니 말이지 큰아버지는 우리나라의 나라 이름이 세계 지리 역사상 아라비아 사람에 의해 처음으로 서양에 소개되었다는 사실까지 내게 말해 주었었다. 이러한 사실과 아울러 큰아버지는 우리나라 이름의 영문자 표기가 본래 C인데 왜 K가 되었냐는 데 꽤나 불만을 표시했다. 역사적 배경까지 엄연히 밝혀져 있는 판국에 C가 K로 둔갑을 해서 아직까지도 영어권 나라들에서만 주로 쓰이는 Korea를 우리가 덩달아 쓸 필요가 어디 있느냐는 것이었다. 큰아버지는 이 표기 문제가 몇 번인가 신문지상에 오르내리다가 흐지부지되고 만 사실을 못내 안타까워했다. 올림픽 같은 국제 경기에서 훨씬 뒤에 입장하게 되는 게 못마땅하다는 순서의 문제를 따지기에 앞서서 제 모습을 찾아야 하지 않겠느냐는 주장이었다.

"C가 K루 돼서 사업에도 영향이 커. 일본놈들 서류 밑에 깔리

거든."

큰아버지는 투덜거렸다.

그 때문에 과연 큰아버지의 사업에 얼마만한 영향, 즉 타격이 있었는지 확인할 길이 없는 나로서는 일단은 받아들일 수밖에 없었다. 그러나 그런 일련의 견해에 받아들이기 어려운 구석도 없는 것은 아니었다. 이를테면 C가 K로 됨으로써 영락없이 촌티 나는 이름이 되었다는 것 같은 견해였다. 하기야 내가 "C보다 K가 촌티가 난다는 건 도무지 알 수 없는데요?" 하고 갸우뚱거리자 큰아버지는 껄껄껄 웃기만 했다. 내가 이렇게 이론을 단 데는, 미군 부대 주변에서 얼쩡거리며 배운 마구잡이 영어 아니냐고, 큰아버지의 영어 실력을 낮추보려는 마음보가 작용하고 있었음에 틀림없었다. 하지만 대학을 다니는 주제에 영어라면 집에 선교사가 얼굴을 들이밀어도 가슴이 철렁하는 나로서 별다른 학벌 없이 영어로 미군을 상대할 수도 있는 큰아버지에게 자격지심이 없었다고는 할 수 없었다.

영어라면 나는 두고두고 취미를 못 붙일 터여서 이에 대해서는 애당초 길을 잘못 들었다고도 할 수 있다. 나는 또래의 아이들 누구보다도 영어 공부를 일찍 시작하기는 했었다. 요즘에는 초등학교 때부터 법석을 떠는 광경을 보게 되지만 내가 초등학교에 다니던 무렵만 해도 영어 공부란 어림없던 일이었다. 그런데 나는 혼자서 영어 공부를 했다. 이렇게 말하면 무슨 대단한 학습이었던 것처럼 여겨지기 쉬우나 실상 이 영어 공부란 새로 이사 간 집의 다락에서 겉장이 떨어져나간 그놈의 영어 자습서 한 권을 우연히 발견함으로써 심심풀이로 한 자습에 지나지 않았다. 하지만 이 심심풀이에 나는 꽤나 열심이었던 모양으로, 마침내는 꿈에 한반의 계집애로부터 영어로 쓴 연애편지를 받기에까지 이르렀던 것이다. 그 계집애는 초등학교를 졸업하자마자 시집을 갔다기보다 시집에 보내졌는데,

나중에 나는 시에 '숙마(熟麻)빛 계집애'로 등장시켰었다. 연애편지는 꿈속에서는 분명하게 해독할 수 있는 것이었으나 꿈을 깨고 난 다음에는 도무지 깜깜했다. 나는 다음에는 꿈속에든 생시든 편지를 받기만 하면 속속들이 해독하겠다는 의지로 시간이 나면 양지바른 마루에 앉아 자습을 거듭했다. 물론 편지는 안타깝게도 다시 받지 못했다. 이 자습이 얼마나 우스꽝스러운 자습이었는지는 초등학교를 마치고 중학교에 진학함으로써 여지없이 밝혀지고 말았다. 한마디로 그것은 영어 공부가 아니었다. 그놈의 자습서를 탓하기도 어려웠다. 영어란 우리말하고 달라서 어순(語順)이 바뀐다는 사실을 내가 미처 자습하지 못한 탓이었다. 내가 자습한 문장은 '나는 당신을 좋아합니다'에서 '나는 당신을 사랑합니다'에 이르고 있었다. 그런데 '나는 당신을 사랑합니다'를 나는 '아이 유 러브'로 익히고 있었던 것이다. 어순을 이해하지 못한 무지한 독학자로서는 어쩔 수 없는 일이었다. 자습서에는 'I love you'라는 예문 바로 밑에 '아이 러브 유'라고 토를 달고 다시 '나는 사랑합니다 당신을'이라고 해석해 놓고 있었다. 따라서 나는 구태여 '사랑합니다 당신을' 하는 따위로 아무래도 앞뒤가 뒤바뀐 듯한 표현을 쓸 필요가 없다고 판단했던 것이다. 도치법이 강조가 됨을 알았더라면 나는 '사랑합니다 당신을' 하는 투로 도치해서 익혔을지도 모르며 따라서 경우야 어찌 됐든 자연스럽게 '아이 러브 유'라는 말을 익히게 되었을지도 모른다. 그러나 어디까지나 '아이 유 러브'였다. 이 선지자로서의 자랑스럽고 철석같은 관념이 여지없이 깨어지는 꼴을 참담하게 체험한 나는 모멸감으로 치를 떨었다. 그 뒤로 나는 결단코 영어를 자습하지 않았다. 어쨌든 서로가 약점을 가졌기 때문인지 큰아버지와 내가 영어 실력을 떠본다거나 한 일은 한 번도 없었다. 그러나 나로서는 육이오 때 월남해서 갖은 고생을 겪으며 지내왔다는 큰아버지가 어떻게 영어 회화를 밑천으로 삼아 살아가는 사람이 되었는지 수수께끼였으며 경이였다. 아니, 큰아버지의 삶 자체가 내게는 수수께끼였으며 경이였다.

큰아버지는 일종의 전쟁 상인이었다. 일반적으로 전쟁을 이용해서 돈을 버는 상인이라면 규모가 어마어마하고 무엇보다도 짙은 피비린내를 풍기게 마련이다. 흔히 돈벌이를 위해 전쟁을 일으킨다고 말해지기도 한다. 그러나 큰아버지를 전쟁 상인이라고 표현한 것은 그런 뜻에서는 아니다. 그런 뜻에서라면 큰아버지는 전쟁 상인이 아니었다. 우선 돈벌이가 그리 신통치를 않았다. 더군다나 피비린내가 풍긴다거나 전쟁을 일으킨다거나 하는 행위와는 거리가 멀었다. 미군들을 상대로 주로 초상화 따위를 팔아서 끼니를 잇는 일에서 피비린내를 맡을 사람은 아마 어디에도 없을 것이다. 그러나 전쟁을 쉬고 있을 뿐 여전히 전쟁터라는 한국 땅에서 미군들을 상대로 그 사업을 벌였으며 한참 월남전이 번졌을 때는 월남 땅까지 건너갔었으니, 전쟁터의 군인들을 찾아다닌 점에서 꼼짝없는 전쟁 상인이었다.

큰아버지가 한 사업이란 사업이고 뭐고 할 것도 없이 초상화 장사였다. 오래 미군 부대 주변을 오락가락한 큰아버지가 왜 하필이면 초상화 장사꾼밖에 못 되었는지에 대해서는 나로서는 전혀 알 길이 없었다. 아울러 미군들이 초상화를 얼마나 많이들 갖고 싶어 하는지, 많이들 갖고 싶어 한다면 그것은 무슨 까닭인지에 대해서도 전혀 알 길이 없었다.

큰아버지는 미군을 가까이 사귀는 데는 초상화 장사보다 더 손쉽고 좋은 방법이 없었기 때문에 그 길로 들어섰고 그런 다음 좀 더 큰 장사꾼이 되려고 꿈꾸었던 것이라고 했다. 그러나 큰아버지는 언제나 초상화 장사꾼으로 머물러 있었다. 큰아버지가 그 초상화를 직접 그리는 것은 아니었다. 직접 그리기는커녕, 아는 것이 많은 큰아버지이기는 해도 그림 솜씨는 보잘것없었다. 그러니까 큰아버지는 다만 주문을 받아오고 화가 아니면 화공(畵工)에 의해 완성이 되면 납품을 해서 대금을 받아오고 하는, 그야말로 몇 마디 영어 회화가 밑천인 장사꾼일 뿐이었다. 하찮은 장사일지라도 큰아버지의 불만에서 엿볼 수 있듯이 꼭 알파벳순 때문은 아닐지라도 어디선가 일본 사람들에게 밀린 적마저 있었던 게 사실이라면 경쟁은 생각보다 치열하다고 보아야 하겠다. 그러니 큰아버지의 돈벌이가 신통치 않은 것은 당연한 일인지도 몰랐다. 언젠가 잠깐 우리집에 묵을 때 큰아버지는 초상화를 넣은 액자를 열몇 개쯤이나 가져다가 하루 종일 사포(沙布)로 문지르고 정성들여 페인트칠까지 했으나 종내 가져가지 못하고 뒤꼍에 처박고 만 적도 있었다.

큰아버지는 오랫동안 거처가 일정치 않았다. 우리집의 비어 있는 건넌방에 와 있었던 기간도 모두 합치면 꽤 될 것이었다. 큰아버지는 홀몸이었다. 큰어머니는 어디에 있는가. 볼 수도, 만날 수도 없는 곳에 있었다. 흔히 '그게 마지막이 될 줄이야, 어찌 알았겠소들……' 하고 말하지만 우리집에서는 그런 말도 들은 기억이 없는 듯하다. 큰아버지도 별말이 없었다. 내가 철이 들었을 무렵에는 모든 일이 기정사실로 굳어져 새삼스럽게 들추어낼 거리조차 되지 못했는지 모른다. 아버지나 큰아버지나 이북에 두고 왔다는 큰어머니를 화제에 올리는 것을 나는 듣지 못했다. 그것이 내게는 이상하기 짝이 없는 일이었다. 큰아버지는 결혼한 지 얼마 안 된 스물몇 살의 큰어머니와 헤어지지 않으면 안 되었다고 했다. 분단이 사이를 갈라놓고 만 것이었다.

나는 큰아버지가 새로이 여자를 맞아들임으로써 모든 관계는 새 질서를 얻고 바람직하게 정착될 것으로 여긴 적도 있었다. 그러나 오산이었다. 큰아버지와 살림을 차린 여자는 웬일인지 큰아버지 모르게 보따리를 싸곤 하였다. 보따리를 싸곤 했다고 쓰고 있는데 내가 알기로는 두 여자 정도였다. 그러나 이런 결과는 큰아버지 쪽이나 여자 쪽이나 어느 한쪽에 잘못이 있다고 단정할 수는 없는 일이었다. 왜냐하면 두 여자는 모두 큰아버지가 전쟁 상인으로서 초상화를 들고 외국 땅에 갔을 동안에 보따리를 쌌기 때문이었다. 큰아버지는 베트콩의 대공세와 함께 월남에서 한국으로 돌아와서 새 여자가 사라진 것을 보았고, 그 뒤 호메이니의 공세와 함께 이란 왕국에서 한국으로 돌아와서 또 다른 새 여자가 사라진 것을 보았다. 그로부터 큰아버지는 하숙이나 자취를 하면서 잊을 만하면 우리집에 모습을 나타내곤 했던 것이다.

내가 큰아버지에게 보이기 위해서 어떤 종류든 글을 쓰리라고는 예상치 못했었다. 솔직히 말하면 내가 큰아버지를 따랐다는 것은 그런 유의 것과는 거리가 먼, 이를테면 삶의 방황에 대한 것일 터였다. 그러나 큰아버지가 그 무렵 아픈 사람이라는 사실, 그리 중병은 아닐지라도 홀로 잠 못 이루며 회복을 갈망하고 있다는 사실, 그리고 무엇보다도 큰아버지는 내가 어렸을 적부터 이상하게 내 마음을 사로잡은 사람이었다는 사실이 깊었다.

큰아버지는 밤에 잠 못 잘 때 볼 만한 책이라도 몇 권 가져와 달라고 부탁했었고 나는 그러마고 했었다. 나는 시를 비롯해서 남에게는 결코 보여주고 싶지 않은 일기 비슷한 글을 쓰고 있었으므로 거듭 말하거니와 정말 큰아버지에게 보이려고 무슨 글을 쓴다는 건 염두에도 없었다.

그런데도 나는 썼다. 나는 큰아버지가 내 글을 진심으로 보고 싶어 하고 있는지도 모른다고 느꼈다. 그러자 큰아버지에 대한 연민의 정과 큰아버지에게 인정을 받고 싶다는 욕망으로 내 가슴이 꿈틀거리기 시작했다.

큰아버지의 병과 내 욕망은 어떤 관계가 있었던 것일까. 나는 먼저 큰아버지의 병이 빨리 완쾌되어 순조로이 다시 초상화 장사꾼으로 활력을 되찾기를 바랐다. 그런데 어느 순간에 그 바람이 큰아버지에게 인정을 받고 싶다는 오랜 욕망으로 모습을 드러내고 말았던 것이다. 내가 큰아버지에게 인정을 받음으로써 큰아버지가 활력을 되찾을 수 있다고 생각한 것은 아니었다. 그럼에도 불구하고 나는 이 두 가지를 떼어놓고 싶지 않았다. 그것은 역시 큰아버지와 나만이 서로 주고받았던 어떤 마음의 교감 때문이 아니었을까.

내가 챙겨온 책 몇 권을 풀어놓자 큰아버지는 이런 것을 그래도 안 잊고 가져와 주는 것은 너뿐이로구나 하는 눈으로 감격에 겨워했다. 그러나 글에 대해서는 아무 말이 없었다. 큰아버지가 아무 말도 하지 않는 한 나는 시치미를 떼고 있을 작정이었다. 큰아버지는 비록 눈에 두드러진 병자는 아니라고 하더라도, 어딘가 한구석이 불편하면서도 혼자 살기를 고집하는 사람에게서 볼 수 있는 음영이 전과는 달리 짙게 어려 있었다. 밥을 매식하기에도 지쳤는지 방 안에 놓아둔 냄비에는 라면 수프 찌꺼기가 말라붙어서 라면을 거의 상식(常食)한다고 말하고 있는 것 같았다.

방 안은 어두웠다. 그것은 북쪽으로 창을 빠끔히 열고 있는 향(向) 탓이었지만 나에게는 어쩐지 큰아버지의 심신의 상태를 말해주고 있다고 느껴졌다. 큰아버지는 이제 깜깜한 밤중에 잠을 못 이룬다고 하더라도 숫자를 거꾸로 세거나 양파 냄새를 솔솔 맡는다거나 하지 않는 것과 마찬가지로 결코 책 따위는 펼쳐들지 않을 것이라고 나는 느꼈다.

"편히 앉거라."

큰아버지는 불안한 자세로 엉거주춤 앉아 있는 내게 손을 뻗쳐서 무릎을 눌렀다.

"네."

나는 큰아버지가 무슨 말인가 하려고 한다고 생각했다. 언제부
터인가 기회를 봐서 "집으로 들어와 계시죠." 하고 말해야 한다고
나는 마음먹고 있었으나 큰아버지는 오랫동안 아무 말도 안 하면서
도 그 기회를 허용하지 않고 있었다. 그러자 큰아버지가 갑자기 정
색을 하고 물었다.

"그래, 넌 미군이 정말 철수한다고 생각하나?"

예기치 못했던 질문이었다. 그러나 다음 순간 그것이 큰아버지
로서는 가장 절실한 문제라는 사실이 떠오르자 그런 질문을 예기치
못했다는 게 오히려 이상했다. 미군들이 떠나면 큰아버지의 초상화
장사도 볼장을 다 본다는 평범하고 당연한 귀결을 나는 망각하고
있었던 것이다. 큰아버지는 내 입에서 무슨 말이 나올까 숨까지 죽
이고 기다렸다.

"언젠가는 떠날 사람들인걸요."

신문에서는 오래전부터 그 문제를 다루고 있었다. 큰아버지의
얼굴이 어두워졌다. 나는 "미국 행정부가 최종 결정을 내리겠지
요." 하고 역시 신문에서 본 대로 설명을 덧붙이려다가 그만두었
다. 큰아버지에게는 아무런 도움말이 안 될 것이기 때문이었다.

"그래, 그렇지. 시끄러운 세상이야."

큰아버지도 이미 알고 있었다. 그런데도 마치 미군 철수 문제가
내 뜻에 달렸다는 듯이 물어온 것은 무슨 까닭이었을까. 나는 언젠
가 집의 뒤꼍에 처박혀 있던 빈 액자가 머리에 떠올랐다. 미군의 철
수는 큰아버지에게는 삶 자체를 빈 액자처럼 만들 것이 분명했다.
그래서 나는 미군 철수에 대해서라면 한마디로 큰아버지에게 들려
줄 말이 없었다.

나는 마치 큰아버지가 한때 자신의 초상이 넣어져 있었으나, 그러나 지금은 비어 있는 액자를 바라보며 무슨 생각엔가 잠겨 있는 것 같은 착각에 빠져서 마주하고 있는 큰아버지를 제대로 쳐다볼 수조차 없었다.

그렇다면, 하고 나는 생각했다.

큰아버지의 병세는 이미 예전에 나았는지도 모른다. 다만 투명 인간처럼 새로운 모습으로 나타날 수 있기 위하여 아무도 몰래 빈 액자 속에 스스로 갇혀 있는 것인지도 모른다. '초상화를 그립시다.' 하고 외쳐대던 인생은 빈 액자 속의 얼굴 없는 초상화로 어두운 골방에 남겨두고 새로운 탄생을 꿈꾸고 있는지도 모른다. 새로운 알에서 눈부시게 탄생하는 부화(孵化)를 꿈꾸고 있는 것인지도 모른다. 게다가 이 시대는 중늙은이들에게일지라도 얼마든지 새로운 기회가 주어지는 시대인 것이다.

"그래, 이렇게 찌뿌드드한 날은 술이라도 한잔 해야겠지."

큰아버지가 침묵을 깨고 말했다. 큰아버지로서는 가장 심각한 인생의 전환기에 서 있는 셈이 아닐까. 나는 큰아버지가 오랫동안 손에 익혔던 초상화 장사를 다시는 할 수 없다는 실의에서 한시바삐 헤어 나와야 한다고 생각했다.

그러나 내가 큰아버지의 인생에 대해서 할 수 있는 일이 무엇이란 말인가. 미군 대신에 한국 사람들로 하여금 집집마다 초상화를 그려서 걸어놓아 주도록 할 수는 없는 것이었다. 그렇다고 해서 큰아버지가 실의에서 헤어 나오지 못하고 그대로 백수건달이 되도록 놓아둘 수는 없는 노릇이 아닌가. 큰아버지를 어떻게든 도울 수가 없다는 사실에 나는 마음이 무거웠다.

큰아버지는 소주보다도 막걸리를 원했다. 굳이 큰아버지가 나가겠다는 걸 말려서 자리에 앉히고 나는 밖으로 나왔다. 큰아버지가 일러준 대로 버스 종점 쪽으로 조그만 개울을 건너고 다시 골목을 지나자 '성원집'이라는 간판을 단 왕대폿집이 나타났다. 바깥에서 볼 수 있도록 진열창에는 소주와 막걸리 몇 병이 진열되어 있었고 미닫이 유리문에는 '왕대포'니 '돼지갈비'니 '해장국'이니 '낙지볶음' 등의 서툰 글자가 나열되어 있었다. 나는 비닐 용기에 든 막걸리 두 병에다 도토리묵 한 접시를 시키고 노가리 몇 마리를 구웠다.

"묵은 어떡하시겠어요?"

"묵을 어떡하다뇨? 다 가져갈 건데요."

내 말에 그 여자는 언뜻 웃음을 띠었다.

"어디 가까운 데예요? 그럼 드시고 접시를 가지고 오시든지요."

내가 필요 이상으로 퉁명스럽게 대꾸했는데도 그 여자는 친절하게 말했다. 나는 그 여자의 친절이 손님이 없기 때문이라고 생각했다. 나는 그 여자가 말한 대로 나중에 다시 갖다주기로 약속하고 도토리묵을 접시째로 큰아버지 방으로 가지고 갔다. 그 여자의 친절한 태도를 유별난 것처럼 느낀 것은 무엇 때문일까. 하기야 접시 하나에 무슨 지나친 의미를 붙일 것까지는 없었다. 술장사로는 당연한 일이라고 해도 그만이겠다. 주인 여자가 아님에 틀림없는데도 그 여자가 선뜻 그렇게 말했기 때문도 아니었다. 서른이 갓 넘었을까 하는 그 여자에게는 사람의 눈을 머물게 하는 구석이 있었다.

나는 큰아버지가 마시는 동안 옆에서 지켜보고만 있었다. 큰아버지에게 불쑥불쑥 여러 가지 질문을 던지고 싶었지만 결국 끝까지 아무 질문도 던지지 않기로 했다. 질문을 해보아야 시원한 대답이 나올 리가 없는 것들이기 때문이었다. 하지만 초상화 장사를 그만두게 되면 무얼 하실 작정이냐는 질문을 눌러두는 데는 상당한 인내가 필요했다. 큰아버지의 뒤를 이을 자손이 없다는 것도 늘 내 마음을 안쓰럽게 하던 문제였다. 내가 인내심을 발휘하고 있는 반면에 큰아버지는 술 한 잔을 들이킬 때마다 새로운 질문을 던졌고 또한 그 질문들이 한결같이 거창한 것이어서 나를 어리둥절하게 했다. 통일이 되겠느냐, 3차 세계대전이 일어나겠느냐, 석유는 나오겠느냐. 나는 이런 질문들에 모두 그럴 수도 있고 안 그럴 수도 있다는 대답으로 일관했다. 실은 큰아버지가 내게 한 가지 대답을 요구하는 것 같지도 않았다.

나는 큰아버지가 막연하지만 심각한 위기에 떨고 있다고 생각했다. 내 생각은 옳았다. 큰아버지는 드디어 말했다.

"내가 이제부터라도 뭘 새로 할 수 있다고 생각하니?"

혼잣말처럼 질문을 던진 큰아버지는 나를 애써 외면하고 컵에 따라놓은 막걸리를 벌컥벌컥 마셨다. 새로 시작한다는 데는 직업뿐만 아니라 아내를 얻는다는 의미도 포함되어 있다고 나는 받아들였다.

"그럼요. 그건 큰아버지 마음먹기에 달렸다고 생각해요."

나는 힘주어 말했다. 그러고 보니 큰아버지의 지리멸렬함에 나는 늘 분노와 같은 감정을 지녀왔던 것이었다. 큰아버지의 방황을 분단의 비극으로 수용하려던 시절도 있었다. 그러나 오래지 않아 나는 그런 태도를 바꾸었었다. 큰아버지는 단순한 무능력자에 불과하다. 그리고 분단을 빙자해서 그 무능력을 호도하고 있다. 나는 오래전에 냉철하게 그렇게 판단했었다.

"그건 거짓말이다."

큰아버지는 나를 쏘아보았다.

"어째서요? 큰아버지는 겁을 내고 있을 뿐이에요. 큰아버지는 삼십 대부터 이젠 글렀다 하구 체념했던 거예요. 남들을 좀 보세요. 다들 이를 악물고 살고 있잖느냔 말이에요."

어째서 갑자기 내가 발끈했는지 알 수 없었다. 큰아버지가 어이가 없다는 듯이 멍하니 나를 쳐다보았다. 당황한 듯한 눈초리였으나 뜻밖에 냉소에 차 있는 눈초리였다. 여태껏 볼 수 없었던 냉소에 접하자 나는 흠칫했다. 그러나 가만히 있을 계제가 아니었다.

"큰아버진 통일이라는 이뤄질 수 없는 상황 속에 도피하고 있는 거예요. 통일이 뭐 어린애 장난인 줄 아세요? 분단은 얄타 회담이 정한 거예요. 거기서 우릴 양쪽으루 갈라놔 버렸다구요. 통일은 글렀어요."

정말 돼먹지 않은 말이었다. 나는 자세히 알지도 못하는 얘기를 마치 얄타 회담의 내용을 속속들이 들여다보기나 한 사람처럼 강경한 어조로 공박했다. 그럴수록 더 큰아버지는 너 이제 봤더니, 하는 눈빛을 띠어갔다.

"얄타 회담인지 뭔진 모르겠다만 그렇다고 통일이 안 될 건 없잖으냐?"

큰아버지는 감정을 억누르고 차분하게 말했다. 나는 터무니없이 언성을 높인 것이 스스로 창피하기도 해서 그 당위성을 증명하려는 듯이 숨소리까지 씩씩거렸다. 나는 전쟁 막바지에 접어든 일본처럼 씩씩거렸다.

"강대국들이 그렇게 정한 거라구요. 이 세상은 힘의 논리가 지배해요. 통일은 싹수가 노오랗다구요."

나는 점점 더 고양된 감정에 휩싸여갔다.

"흐음."

"큰아버진 통일이 되면 뭘 하겠다는 거죠? 큰아버진 인생의 낙오자일 뿐이에요. 큰아버지도 통일이 이뤄질 수 없다는 걸 알고 있죠? 그렇기 때문에 큰아버지는 안심하고 통일이라는 불가침의 성역을 마련하고 패배를 숨기려고 하고 있는 거죠?"

“흐음.”

“흐음이 아니에요. 큰아버진 이 사회에선 가치가 없는 사람이에
요. 누가 눈이나 깜짝한대요?”

나 자신도 내가 무슨 소리를 하는지 알 수가 없었다. 그것이 큰
아버지에 대한 내 연민의 정의 발로라고 해도 이미 정도가 지나쳐
있었다.

큰아버지의 차가운 눈초리가 노여움과 애처로움으로 광기처럼
번쩍이는 것을 나는 보았다. 사실 그때 이미 내 감정은 말투와는 달
리 서글프게 가라앉아 있었다. 그러나 나는 여전히 핏대를 올리며
더 결정적으로 치닫고 있었다.

“이북의 큰어머니두 벌써 딴사람하구 결혼했다구요. 애까지 낳
았다구요. 통일이나 큰어머니를 빙자하지 마세요.”

“넌.”

“왜요? 뭐가 잘못됐나요? 큰아버진 겁을 먹고 있는 데 불과해요.”

나는 마치 실제로 본 것처럼 단정적으로 말했다. 큰아버지는 묵
묵히 아무 대꾸가 없었다. 내 감정은 한층 서글프고 한층 차분하게
가라앉아 있었다. 그러나 나는 큰아버지의 셋방을 박차듯 뒤로하고
나올 때까지 조금도 기세를 누그러뜨리지 않았다. 큰아버지의 손이
내 따귀를 올려붙이지 않은 것이 이상했다. 큰아버지는 다만 싸늘
하게, 동료를 잃은 아픔을 달래려는 듯 숨을 안으로만 몰아쉬고 있
었다. 나는 가슴이 아팠다. 한숨이 나오려고 하였다. 더 이상 허세
를 감당하기가 어려워졌다고 느꼈을 때쯤 나는 짐짓 눈까지 부라리
며 자리를 박차고 나오고 말았던 것이다.

나는 내가 무엇 때문에 격앙되었는지조차 알 길이 없었다. 나는
터벅터벅 어두운 골목길을 빠져나왔다. 나 자신이 가증스러워서 견
딜 수가 없었다. 가슴이 꽉 미어졌다. 큰아버지는 그렇다손 치더라

도 나는 도대체 무엇이란 말인가. 허전한 마음의 공동을 슬픔이 쥐어짜듯 밀려들었다. 발걸음이 휘청거렸다. 어지럽기조차 했다. 나 자신에 대한 분노와, 갈피를 잡을 수 없는 허전함이 눈앞을 가렸다.

버스 종점까지 갔으나 나는 결국 그 여자가 있는 술집으로 되돌아서고 말았다. 무엇을 어떻게 해야 할지도 모르는 채였다. 나는 미처 갖고 나오지 못한 접시 값이라도 지불하려고 했던 것 같았다. 그때 나는 큰아버지를 위해 썼다는 글 나부랭이가 순간적으로 떠올랐다. 형편없는 것이었다. 그러나 나는 거기에 위안을 둘 수밖에 없었다. 나는 그 종이쪽지를 꺼내들고 느닷없이 그 여자에게 글을 읽을 줄 아느냐고 물었다.

"요즘에도 글을 못 읽는 사람이 있나 봐요?"

그 여자는 놀라지도 않고 말했다. 그 말에 나는 조금은 어색한 웃음을 띠고 엉뚱한 부탁을 했던 것이다. 이제 와서 내가 그 글을 굳이 큰아버지에게 읽힐 욕심에서 부탁을 한 것은 아니었다. 나는 좀 전에 큰아버지에게 했던 터무니없는 짓거리를 어떤 식으로든 사죄받아야 했다. 통일이 어찌 되었든 큰어머니가 어찌 되었든 아무래도 좋았다. 나는 진심으로 큰아버지의 병세를 걱정하고 있지 않았던가. 그리하여 나는 그 여자에게 일을 마치면 큰아버지에게 가서 내 「아라비안 나이트」를 손수 읽어달라고 부탁했던 것이다. 나는 약도를 그려주었고 그 부탁에 합당하다고 생각되는 사례비도 지불했다. 그리고 도망치듯 그 변두리 동네를 빠져나왔다. 무슨 일을 했는지 그저 아득하기만 했다. 버스에 올라탔을 때 등에서는 식은 땀이 흐르고 있었다.

그로부터 거의 두 달이 지나서야 나는 다시 그 동네로 찾아갈 수 있었다. 그동안 나는 큰아버지를 다시는 만나러 갈 엄을 못하고 지냈다. 큰아버지도 깜깜무소식이었다. 나는 큰아버지가 슬며시 모

습을 나타내주었으면 하고 기다리고 있었으나 큰아버지는 내 속죄
의 마음을 알아주지 않는 듯했다. 큰아버지는 그 골방에 들어앉아
병세가 의외로 악화된 채 혼자 앓으며 '고얀놈' 하고 나를 꾸짖고
만 있을 것 같았다. 큰아버지의 싸늘한 웃음이 언뜻언뜻 떠올라 괴
로웠다. 마침내 나는 큰아버지를 다시 찾아 나설 수밖에 없었다.

나는 다소곳한 자세로 마당으로 들어섰다. 마침 큰아버지는 마
당가의 수도에서 발을 씻고 있다가 나를 발견하고는 후닥닥 일어나
손짓을 했다. 가까이 오라는 손짓이었다. 나는 영문을 몰랐지만 큰
아버지의 태도가 예사롭지 않아 엉거주춤 가까이 다가갔다. 예전의
노여움은 감쪽같이 숨기고 있는 것일까. 나는 무엇엔가 홀린 듯했
다. 큰아버지는 대뜸 내 손을 끌고 집 한 귀퉁이 남의 눈에 안 띌 곳
으로 가더니 내가 마음을 가다듬기도 전에 허겁지겁 입을 열었다.

"넌 말이다, 두 가지만 동조해 주겠니?"

어안이 벙벙했다.

"뭘요?"

"얘긴 나중에 하기로 하고 우선 대답해야 한다."

"네, 그러죠. 말씀해 보세요."

"하난 언젠가는 통일이 된다는 거고 또 하난 그때까지는 난 가정
을 안 갖겠다는 거다."

이왕에 사과를 하러 온 바에야 그런 따위의 말이 무슨 대수가 있
을까. 큰아버지가 또다시 그런 말을 꺼내다니 끈질기긴 끈질기다는
생각과, 한편 찾아오지 않았다면 언제까지나 나를 못된 자식이라고
꾸짖고 있었을 것이라는 생각에 나는 새삼스럽게 큰아버지를 쳐다
보며 머리를 끄덕거렸다.

"됐다. 단도직입적으로 말하마. 곧 알려질 테니까. 난 지금 네가
보내준 여자하고 살림을 차렸다. 다시는 초상화 장사 같은 거 한다

고 떠돌아다니면서 헤어지자구 들볶지두 않겠다. 통일될 때까지 꼭 눌러살겠다. 그러나 이걸 가정이라고는 여기지 말라는 거다.”

내 어깨를 움켜쥔 큰아버지의 손아귀에 힘이 가해졌다. 나는 말없이 듣고만 있었다. 내 얼굴이 어떤 감격과 또 다른 슬픔, 북받침에 서서히 달아오르고 있음을 느꼈다. 나는 얼굴이 더 이상 달아오르는 것을 막아보려고 “그 여자, 아니 큰어머님이, 아니…… 글을 읽어주던가요?” 하고 물었다. 큰아버지는 “글, 무슨 글?” 하고 넌 역시 고상한 조카로구나 하는 표정을 지었다. 그리고 덧붙였다.

“네가 이틀 밤이나 잘 돈을 주었더구나.”

그러나 얼마 못 가서 그 여자와 헤어진 큰아버지는 더욱 초라해진 몰골로 우리집으로 들어왔던 것이다.

4

꽤 오랫동안 큰아버지를 괴롭혔던 말은 우리집을 떠나가고 말았다. 나는 집안일도 집안일이지만 폐마의 운명이 서글퍼서 머리가 어수선하기 짝이 없었다. 집안은 침울한 분위기에 감싸였다. 아버지도, 어머니도 말이 없었다. 꿀꿀꿀꿀, 꿀꿀꿀꿀, 돼지 소리만 침울한 분위기 속에 유난히 처량하게 들려왔다. 오후가 되어서도 침울한 분위기는 사라지지 않았다. 마치 말의 시체를 놓고 장례를 지내는 집처럼 느껴졌다.

이제 우리집은 아무런 희망도 가질 수 없는 어둠의 집이었다. 포도나무가 무한정 자라리라고 기대했던 날도 있었던 집이었다. 그러나 한 마리 폐마가 모든 것을 확실히 해주고 말았다. 나는 가슴에 묵직한 돌이 들어앉은 것처럼 답답했다. 방 안이 무덤 속 같기만 했

258

다. 우리집도 폐마와 똑같은 운명이 아닐까. 폐마가 마차를 못 끌듯이 애초부터 아버지도 돼지를 칠 수는 없는 것이었다. 말 때문에 돼지를 칠 수 없는 게 아니라 아버지의 운명이 그런 것이었다.

나는 방구석에서 견디지를 못하고 집 밖으로 나와 청련암으로 오르는 길을 느릿느릿 걸어갔다. 암자라고는 하지만 가까이 판잣집까지 들어선 데다가 그 뜰 밑에서는 꽤나 자주 무슨 잔치가 벌어져 장터처럼 법석대는 곳이었다. 언젠가는 중년 사내들이 그 밑의 소나무에 개를 매달고, 버둥거리는 놈을 몽둥이로 치고 있기도 했다. 그런 광경을 연상하며 집안일을 잊으려고 애를 썼으나 가슴의 짓눌림은 여전했다. 물론 나는 학업을 중단해야 할 것이었다. 내 학업을 따질 때가 아니었다. 아버지의 자격 정지는 오 년이나 되었다. 저절로 한숨이 나왔다.

작은 도랑을 건너뛰고부터는 길이 가팔라지기 시작했다. 늦은 오후의 풀숲에서는 노린재들이 교미를 하고 있었다. 암담한 마음으로 걸어올라가던 나는 암자로 향하는 것에는 불확실하나마 어떤 목적이 있다고 막연히 느꼈다. 우연히 그 여자를 발견할 수 있을지도 모른다, 나는 생각한 것 같았다. 언젠가 어둠 속에서 만난 여자였었다. 만났다기보다 같은 방향으로 걸어오던 인연으로 잠깐 동행을 했다는 표현이 적절할 것이다.

지척이 분간 안 될 만큼 어두운 밤이었다. 어디까지 가느냐는 내 물음에 그녀는 윗동네까지 간다고만 대답했다. 윗동네라면 바로 절 밑 동네밖에 없었다. 사람 왕래가 워낙 뜸한 곳이라 나는 몹시 의아했지만 그녀는 일상처럼 개의치 않는 듯한 말투였다. 나는 잠깐, 이 여자가 혹시 여우라면 어떻게 한단 말인가 하고 어처구니없는 상상조차 했다. 우리는 거의 삼사백 미터쯤 같이 걸었다. 어느 순간에, 우리는 손을 맞잡았고, 또 어느 순간에, 키스까지 했다. 이상하게도 순조롭게 진행된 일이었다. 나는 말할 수 없는 흥분에 휩싸였으면서도, 빌어먹을, 이런 게 인생이란 것일까 하고 가벼운 비애마저 느꼈다. 그녀는, 그녀가 누구라는 것을 밝히지 않았다. 또 가는 곳까지 바래다주겠다는 제의도 굳이 사양했다. 나는 정말 여우에게 홀린 것 같았다. 어떻게 그런 일이 일어났는지 도무지 어리벙벙하기만 했다. 그녀는 어떤 여자이길래 어두운 밤길을 겁 없이 가며 또 낯모르는 남자와 스스럼없이 입을 맞춘단 말인가.

그날 이후로 나는 그 이상한 일 때문에 그녀를 생각하는 데 상당히 많은 시간을 빼앗겼다. 어둠 속에서 얼굴 생김새는 제대로 볼 수 없었으나, 그녀는 내 또래거나 많아야 한두 살밖에 더 먹지 않은 여자임을 충분히 감지할 수 있었다. 하지만 그 수수께끼 같은 여자를 찾아 나설 용기도, 이유도 없었다. 우리의 만남은 그것으로서 그만임을 그녀는 말해 준 셈이고 나 또한 그렇게 받아들여야 했다. 그런데 구태여 그녀를 찾아 나선 듯한 생각이 든 것은 무엇 때문이었을까. 그러나 그 생각이 구체성을 띤 것은 결코 아니었다. 나는 어디서 그녀를 만날 수 있을지, 만나면 어떻게 할지 도무지 막연하기만 했다. 실은 다시 만나게 될까 봐 겁을 먹고 있는지도 몰랐다.

절도 그날따라 적막에 감싸여 있었다. 경내에는 아무도 없었다. 불당 옆에 살림집 같은 집이 옆으로 앉았는데 그 추녀 밑으로 매어져 있는 빨랫줄에 울긋불긋한 옷이 널려 있었다. 전에도 두어 번 구경 왔던 적이 있었으나 나는 그제서야 이 절이 대처성의 절이로구나 하고 깨달았다. 나는 그리 넓지 않은 경내를 휘둘러보고 나서 우물가로 갔다. 그리고 보니 물 한 바가지를 퍼먹기 위해 왔던 듯도 싶었다. 나는 플라스틱 바가지에 물을 퍼서 천천히 마셨다. 그녀도 언젠가 한 번은 그렇게 물을 마셨으리라는 생각이 들었다. 새가 지붕 위에 날아와 앉는가 했는데, 뜰로 웬 여자가 들어섰다. 나는 바가지를 든 채로 그 여자를 쳐다보았다. 그 여자 쪽에서도 무심코 내게 얼굴을 돌렸던 듯했다. 눈길이 마주치는 순간 나는 그 여자가 어둠 속에서 만났던 바로 그 여자임을 알아차렸다. 아주 짧은 순간, 섬광처럼 스쳐 지나가는 느낌일 뿐이었다. 그러나 그녀였다. 그 여자의 어디가 바로 그녀라는 확신을 불러일으켰는지는 알 수 없었다. 캄캄한 어둠 속에서 손끝에 닿았던 어떤 육체의 어떤 감촉, 입술에 닿았던 어떤 육체의 어떤 감촉만으로 한 사람을 온전히 유추할 수 있다는 사실은 나로서도 쉽게 믿기지 않았다. 그러나 그녀임에 틀림이 없었다. 그녀도 눈길이 마주친 순간에 눈빛이 얼핏 미세하게 꺾였었다고 느껴졌다. 고개도 알 듯 모를 듯 갸웃했을까, 그러나 그녀는 아무것도 못 보았다는 듯 자연스럽게 경내를 가로질러 갔다. 엉덩이에 착 달라붙은 이른바 판탈롱 바지 밖으로 팬티 형태가 선명히 드러났다. 그녀가 등 뒤로 나를 의식하고 있다는 사실이 팬티 자국처럼 드러나 있다고 나는 생각했다.

나는 물바가지를 내려놓고, 또한 그녀처럼 자연스러움을 가장하여 절 밖으로 발길을 돌렸다. 그녀는 이미 살림집 마루 위로 올라서고 있었는데, 나나 그녀나 다시는 서로 쳐다보지 않았다. 자연스러웠고 동시에 부자연스러웠다. 그것은 마치 정적이 감도는 긴장된 무대 위에서 영겁의 인연, 전생과 현생과 내생의 인연을 이야기하려는 서투른 무언극과도 같았다. 우리의 어둠 속에서의 만남은 전생의 어느 순간이었을 것이다. 그러므로 우리는 그 인연을 들추어낼 수가 없고 알은체할 수가 없는 것이다. 만남은 곧 헤어짐이었던 것이다.

집으로 내려오는 동안 나는 신열에 앓듯 비틀거렸다. 절집 딸과 나는 왜 서로 모른 체했을까. 아니, 그날 밤 어둠 속에서도 알은체하지는 않았었다. 그러니까, 어둠 속에서의 입맞춤이나 밝음 속에서의 눈맞춤이나 같은 종류의 만남에 지나지 않았다. 우리는 전혀 다른 세계에서 전혀 다른 삶을 타고난 두 생명체였다. 지금 이승에서 인간이라는 같은 허울을 쓰고 있기는 해도 우리는 본디 지렁이와 달팽이처럼 전혀 다른 삶을 살고 있는 것이다. 우리는 서로 알은체를 하려야 할 수가 없는 것이다. 어둠 속에서의 만남은 영겁의 궤도를 돌고 있는 두 개의 살별이 오직 한 번 스치며 서로 비춘 희미한 반짝임과 같았다. 서로 들려준 아득한 음악 소리와 같았다. 그것은 절집 딸과 내가 만나 서로 알은체를 하고, 히히덕거리며 사랑의 약속을 하고, 서로의 육체를 능지처참하듯 탐닉하고, 그리고 뼈다귀를 추려 합장을 한다 한들 변할 수 없는 사실이었다. 우리 모두는 단지 스쳐가는 빛, 스쳐가는 소리에 지나지 않는 것이다.

　그날 밤, 나는 창밖에 말이 없어졌다는 사실을 의식하고 있지도 않았는데 오랜만에 밤 깊도록 길고 긴 상념에 빠져들었다. 모든 것이 막막할 뿐이었다. 집안일도, 내 삶도 암담한 어둠 속으로 막 기어들어 가고 있는 참이었다. 나는 언제나처럼 다시 커튼을 들치고 유리창 앞에 섰다. 밤하늘에 별이 떠 있었다. 나는 까닭 모르게 한숨이 나왔다. 뭇별들이 삶처럼 떠 있었다. 그러자 폐마의 모습이 어디에선가 나타나 천구(天球)의 저쪽으로 달려가고 있는 것이 얼핏 보였다. 하지만 그것은 폐마가 아니었다. 날개가 달린 천마(天馬) 페가수스였다.

　나는 말을 잡아 죽여 하늘에 바침으로써 인간의 기원(祈願)을 천신(天神)에게 전달케 한다는 고대 설화가 떠올랐다. 폐마는 그렇게 나의, 우리집 사람들의 기원을 천신에게 전달하기 위해 천마로서 사라져간 것이었다.

　나는 나도 모르게 눈물이 그렁그렁해졌다. 천신에게 어떤 기원이 전해짐과 함께, 나는 하나의 별이었다. 아버지도, 어머니도, 큰아버지도, 동생들도, 떠돌이 청년도 제가끔 하나의 별이었다. 절집 딸도 하나의 별이었다. 모든 사람들은 하나의 별이었다. 우리는 영원히 서로 만날 수 없어서 어둠 속에 눈빛을 반짝이며 알 수 없는 소리로 노래하고 있는 것이었다. 개도, 닭도, 토끼도, 돼지도 모두들 하나의 별이었다. 모든 생명은 하나의 별이었다. 그리고 그 모든 별들은 견딜 수 없는 절대 고독에 시달려 노래하고 있는 것이었다.

나는 천마 페가수스가 달려간 허공의 말발굽 자국에 눈길을 던지고 깊어가는 밤하늘을 오래도록 바라보고 있었다. 모든 별들이 내는 음악 소리를 들을 수 있을까 해서였다.

5

아버지가 다시 직업을 되찾는 것은 그러나 오 년이 걸리지는 않았다. 도중에 사면을 받은 것이었다. 그러자 아버지는 갑자기 어깨를 펴고 몇백만 원의 어마어마한 거액을 거침없이 들먹이며 곧 거부(巨富)가 될 테니 두고 보라고 입버릇처럼 말했다. "이번 일은 틀림없어."라고 아버지는 확신에 찬 목소리로 우리 식구들을 흥분시켰다.

그러나 일은 그렇게 쉽사리 풀리지 않았다. 그럴 때마다 아버지는 법률 용어까지 들먹였고 공판 날짜라든가, 상대편 회사의 재정 형편 따위를 소상히 설명했다. 그쪽에서도 질 것은 아예 각오한 바 있었으면서도 날짜라도 좀 끌어보려는 속셈이었으니만큼 이번에는 어쩌지 못하리라는 배경 설명도 빠뜨리지 않았다.

한두 번이 아니었다. 어머니는 그 말에 따라 동네방네 다니며 빚을 얻어 아버지를 뒷바라지했다. 그러나 그 결과는 번번이 허탕이었다. 아버지가 어떻게 그토록 오랜 세월 동안 우리 식구를 호릴 수 있었는지는 수수께끼에 속했다. 우리는 늘 아버지의 "이번만은 틀림이 없어." 하는 말에 솔깃하게 속아 넘어갔고, 결과가 허망해졌을 때는 "그러면 그렇겠지." 하고 쉽게 자포자기하고 말았다. 너무나 오랫동안 계속한 숨바꼭질이기 때문에 싱거운 탓도 있었다. 몇 달 동안 아버지가 언제 돈을 들고 오나 기다리고 있다가 점차 아무도 기대하지 않게 될 무렵의 어느 날이면 아버지는 어김없이 어깨를 축 늘어뜨리고 들어왔다. 우리는 아버지의 말을 듣지 않고도 이미 알고 있었다. "혹시나 했다가 역시나로 끝나고 말아?" 하고 여동생이 누구에게랄 것 없이 빈정대는데도 아버지는 못 들은 체했을 뿐이다. 그러나 아버지는 다음 날이면 어김없이 재기했다. 다음번 사건은 틀림없다는 장담이었다. 변호사라는 직업은 돈 걱정 하지 않는 대표적 직업으로 알려져 있는 데다가 실제로 그런 경우를 허다하게 보아온 우리 식구인지라 아버지의 장담이 어느 날엔가는 현실로 나타나리라는 환상을 쉽게 버릴 수가 없었다. 우리 식구의 그와 같은 기대감은 전혀 헛된 것은 아니었다. 나중에 알려진 일이지만 아버지는 꽤 많은 돈을 벌었음에도 불구하고 밑에 데리고 있던 잽싼 사무장에 의해 감쪽같이 사기당한 것이었으니 말이다.

어쨌든 아버지처럼 좌절되지 않는 사람도 없었다. 법에 의한 싸움을 한다면 언제나 승산이 있다는 이상한 신념에 차 있었다. 물론 아버지가 한 푼의 돈도 만져보지 못했다고는 말하기 어렵다. 구속 적부심(拘束適否審) 제도가 존속했던 시절까지만 해도 그런대로 괜찮았으나 세월이 바뀌고 법이 개정되어 적부심 제도가 없어지자 형사 소송에서 손을 떼고부터는 예전에 모았던 몇 푼의 돈을 쓰기에 급급한 처지가 되고 말았던 것이다. 그런데도 아버지는 내가 법을 공부하기를 강력히 희망했다. 희망이 아니라 강요였다. 하기야 초등학교 때부터 내가 어서 커서 법관이 되기를 고대해 온 아버지이고 보면 당연한 귀결이었다. 나는 그 말에 따를 수가 없었다. 나는 이미 문학에의 길로 들어섰다고 선언하고 저항했다. "법이란 인간이 만든 굴레예요. 거기에 매달려 인생을 보낼 생각은 없어요." 하고 나는 항변하면서 무엇에 그렇게 격앙되었는지 "죽으면 죽었지." 하고 어처구니없는 결의까지 표명했던 것이다. 그것은 내가 포도나무를 놓고 "뭐 미쳤다구." 하고 대든 것과 같은 반항이었다.

그러나 아버지도 집요했다. 그럴수록 나는 고슴도치처럼 웅크렸다. 인간성을 옹호하며 살려면 진실이라는 이름으로 피를 흘려야 한다고, 그 길은 문학에의 길이라고 나는 어거지를 썼다. 언제 내가 문학에 그렇게 병들어 있었는지 나도 놀라지 않을 수가 없었다. 아버지는 어이가 없는 모양이었다. 믿는 도끼에 발등을 찍혔다든가 이른바 호랑이 새끼를 키웠다든가 하는 경우라고 여겼을지도 몰랐다. 아버지는 마침내 "며칠 더 깊이 생각해 봐." 하고 말하며 물러나 앉곤 했다.

그 무렵 나는 의외에도 아버지의 문학 강의를 듣기도 했다. 김소월(金素月)에서부터 이백(李白)에 이르기까지 장광설을 늘어놓은 아버지는 "시란 아름다운 거지." 하고 말했다. 그럼으로써 나의 저항의 예봉(銳鋒)을 꺾어보려는 의도임을 간파하고 나는 심한 메스꺼움을 느꼈다. 아니나 다를까 마지막에는 "법률 공부를 한다고 해서 시를 못 쓰지는 않을 게 아니냐." 하고 부드럽게 유도한 뒤에, 부자(父子)가 함께 법률계에 몸담고 있는 사람을 보면 부럽기 짝이 없다고 말하며 시무룩한 표정을 지었다. 나는 아버지가 나를 설득하려는 것 자체에 거부감을 가지고 있었기 때문에 무슨 말을 해도 오토지 역겨울 뿐이었다. 내가 결코 양보하지 않으리라는 사실은 너무나 명백했다. 그러므로 아무리 무릎을 맞대고 앉는다 해도 도로에 지나지 않았다. 그 싸움은 내가 이길 수밖에 없는 싸움이었다. 정 그렇다면 학업을 포기하겠다는 데는 어찌할 도리가 없을 것이었다. 아버지는 일단 양보했지만 그 후 내가 대학을 졸업한 뒤에도 나를 법관으로 만들어보겠다는 의도를 결코 버리지는 않았다.

“지금이라도 법을 하겠다면 얼마든지 할 수 있다.”

아버지는 늘 주의를 환기시켰다. 아버지는 내가 좌절하고 방황하기를 바랐는지도 몰랐다. 필경은 그렇게 될 것이고 그때 기민하게 기회를 포착하여 현실적인 영달을 약속하는 고등고시에의 길을 제시하면 내 마음을 ‘바로잡을’ 수 있으리라 여기고 있음에 틀림이 없었다. 아버지가 때때로 “요즘 시는 잘 되냐?” 하고 물을 때마다 나는 그 말의 뒤에 도사리고 있는 괴조(怪鳥)의 눈초리 같은 저의를 떠올리고는 불길하고 우울하기 짝이 없었다. 나는 아버지가 내가 이른바 이유 없는 방황을 하고 있다고 여기고 있을까 봐 몸서리쳤다. 아버지가 그렇게 물을 때마다 나는 그냥 “네.”라고만 짤막하게 대답했다. 내가 열심히 쓰고 있다면 좋아할 리 만무였고 또 실은 별로 진전이 없어 불면증에 걸릴 지경에 처해 있었지만 그런 꼬투리를 엿보인다면 무작정 펼쳐올 공세가 귀찮았기 때문이었다. 아버지와 같은 밥상머리에 앉기도 꺼려하기 시작한 무렵이었다. 아버지의 그와 같은 의도는 참으로 끈질겼다.

“아직도 늦지 않았다.”

내 심중을 떠보려는 듯 빤히 들여다보는 눈은 언제나 변함이 없었다. 나는 문학에 병들고 그리고 생활에 시달렸지만 아버지의 뜻에는 변함없이 완강히 저항했다. 결국 문학에 좌절하고 생활에 역시 자신이 없으면서도 아버지에게만은 자존심을 지키며 패배하고 싶지 않았다. 패배? 그것이 왜 패배였던 것일까. 나는 가장 손쉽게 얻을 수 있는 비겁하고 옹졸한 저항의 승리로 내 모든 패배를 호도

하려고 했던 것일까. 아버지가 나에게 법을 공부하지 않겠느냐는 권고를 하지 않게 된 것은 내가 결혼을 하고 나서였다. 이제는 늦어버렸어, 결정되어버렸어 하는 낙망의 눈초리를 나는 보았다. 아버지는 나와 마주 앉아서도 별말을 하지 않았다. 그러나 나는 언제까지나 마음이 편치 못했다. 아버지가 "자, 봐라, 내 말을 따르지 않은 결과 네 주제가 뭐가 되었느냐."라고 여기고 있는 것 같았고 나는 나대로 "아무것도 되지 않고 평범하게 사는 것도 또한 훌륭한 삶이란 말이에요." 하는 항변을 마음속으로 되뇌고 있었다.

그런 의미에서 나는 아버지의 변호사 일이 큰 성과를 거두지 않게 되기를 은근히 바랐다. 그랬을 때 내가 겪을 고통을 견딜 재간이 없었다. 그 무렵 아버지는 예의 큰소리를 치면서 차츰 몰락의 길로 치닫고 있는 참이었다. 그래도 내가 아버지에게 "거 보세요. 법을 한다구 뭐 뾰족한 수가 있나요?" 어쩌고 하면서 대들지 않는 데는 그럴 만한 이유가 있었다. 무슨 새삼스러운 공경심이나 효도에서가 아니라 아버지의 일이 쥐구멍에 볕드는 것처럼 볕을 보게 될 가능성 때문이었다.

때마침 아버지는 탄광 사고로 불구가 된 갱부의 손해배상 청구 소송을 맡고 있었는데, 탄광촌과 갱부의 가족이 접촉하여 법원 판결이 있기도 전에 사전 합의하고 소송을 취하할까 봐 갱부의 아내와 그 어린 딸을 집 안에 데려와 숙식까지 시키고 있었다. 갱부의 아내는 하루 종일 누워서 잠자는 게 일이었고 멜빵 달린 검정 치마를 입은 어린 딸은 입가에 난 부스럼에서 진물을 흘리며 마루에 나앉아 소꿉장을 만지고 있었다. 생판 모르는 객식구의 시중을 드는 것은 쉬운 일이 아니었다. 아버지는 어머니에게 일의 자초지종을 설명하고 며칠만 고생을 하면 된다고 달랬다. 이번에야말로, 하는 비장한 나날들이었다. 그러나 그런 보안조치에도 불구하고 병원에

입원하여 꼼짝 못하고 있던 갱부 자신이 소송을 취하함으로써 허망한 결말에 이르고 말았다. 어느 틈에 탄광 측 사람이 접근해서 소송을 오래 끌면 서로가 괴로운 일이니 적당한 선에서 매듭을 짓자고 꼬드겼다는 것이었다. 재해 보상액 산출 방법에 의한 꽤 많은 손해 배상 청구액이 사라져버렸던 것이다. 아버지의 일이 큰 성과를 올리지 않게 되기를 은근히 바라던 편이던 나도 어처구니가 없었다. 그러나 이 경우는 오히려 명확해서 괜찮은 편이었다. 아버지는 많은 승소 판결을 얻어내고 있었는데도 집안에는 한 푼의 돈도 들여오지 못했으니 이상한 일이었다. 그 이유는 패소한 회사가 망했다거나 딴사람 명의로 변경이 됐다거나 하는 상투적인 것이었는데 어째서 그렇게 되는지 우리 식구는 알 길이 없었다. 그럴 때면 법률 서적이라도 좀 들여다보고 어디에 허점이 있는지 캐보고도 싶었으나 나는 그럴 수가 없었다. 멸망이 다가올지라도, 하고 나는 이를 악물었다. 나는 일찍이 내가 터무니없는 적개심을 불태우며 지키려 한 것이 무엇인지 알 길이 없었지만 내가 그랬었음은 훌륭하게 기억하고 있었다. 이제 와서 그 흉터를 내놓고 싶지 않은 알량한 자존심으로 나는 아버지의 몰락을 팔짱을 낀 채 보고만 있었다.

그런데 사태가 이상하게 진전되었다. 사무장이 사기죄로 구속됨과 함께 의외의 사실이 밝혀졌고 거기에 충격을 받은 아버지가 졸도를 해버린 것이었다. 사무장은 소송 착수금을 유용하여 사건을 법원에 계류조차 시키지 않은 채 차일피일 미루다가 고소를 당한 것인데, 일단 일이 터지자 그렇게 끌고 있는 사건이 한두 건이 아님이 밝혀졌다. 더군다나 아버지가 거둬들이지 못한 이른바 사례금도 거의 사무장의 손에 의해 가로채인 것임이 드러났다. 집달리들이 달려가 본즉 이미 회사는 존재 자체도 없더라고 한 것도 그의 꾀였고 커미션을 먹고 탄광 측과 갱부를 몰래 타협시킨 것도 그의 꾀였다. 그러나 그가 구속되었다고 해서 희희낙락하고 있을 계제가 아니었다. 모든 계약서에는 아버지의 도장이 찍혀 있었고, 또 실제로 소송 의뢰인들이 아버지의 간판을 보고 온 것이지 사무장의 얼굴을 보고 온 것이 아니라는 데 문제가 있었다. 실로 진퇴양난이었다. 그가 착수금으로 받아 유용한 금액만도 거금이었다. 아버지가 큰소리를 탕탕 쳤던 것도 근거가 있는 소치였다. 우리 식구는 입만 벌린 채 그렇게 엄청난 돈을 사기당했다는 데 대해 할 말을 잃고 있었다.

그러나 아버지는 좀 묘한 입장으로 보였다. 분명히 패배자다운 표정이긴 했으나 "것 봐라." 하고 자신의 무능을 변명하는 투로 말했다. 아랫사람을 잘못 다스린 무능은 아버지에게는 해당되지 않는 것처럼 보였다. 아버지에게는 현실적인 손해를 얼마를 보았건 오로지 법에서의 승부만이 진정한 승부였는지도 모른다. 어떻게 뒷수습을 할 길이 있을까 하여 서대문 구치소로 사무장을 면회하고 온 어머니는, 사무장이 유용한 돈에 대해서는 내놓을 염은 하지도 않고 출감하면 밑천을 삼겠다고 뻔뻔스럽게 말하며 아예 몸으로 때울 결심을 하고 있더라고 전했다. 그때까지만 해도 덤덤한 편이던 아버지는 얼굴이 붉으락푸르락해지더니 "뭐라고? 그눔 참 고약한 눔이었군그래." 하면서 분을 이기지 못하고 펄쩍 뛰었다.

"이천만 원이라니, 이십만 원만 있어두 한이 없겠수."

어머니는 어머니대로 씨근거렸다.

"아버진 귀가 얇아서 탈이에요." 하고 여동생은 언젠가 하던 말대로 아버지가 지나치게 남의 말을 잘 듣고 이랬다저랬다 한다고 힐난했다. 아버지는 두 눈을 부라렸지만 결과가 결과인지라 불호령은 떨어지지 않았다. 나는 아버지의 일이 버그러졌다는 사실에 대한 분개보다도 나를 법관으로 만들겠다던 뜻이 다소 무색해져서 아버지가 속으로 "저 녀석 내 꼴을 보고 제가 옳았다고 할 테지." 하고 생각할까 봐 안절부절못했다.

그날 저녁 아버지는 평소부터 다소 우려를 표명해 왔던 고혈압 증세가 도져 쓰러지고 말았다. 홧김에 마신 술이 화근이었던 것이다. 퇴근 무렵 전화 연락을 받고 병원으로 직접 달려간 나는 아버지의 한쪽 눈이 사팔뜨기의 눈처럼 옆으로 돌아가 있음을 보았다. 어머니와 아내가 그 옆에 쪼그리고 앉아 있었다. 의사는 이만하길 다행이라면서 조심하지 않으면 큰일이 난다고 경고를 하였다. 술은 한 방울도 안 된다고 한 방울에 힘을 주어 말했다. 아버지는 입을 반쯤 벌린 채 숨을 헉헉 몰아쉴 뿐 아무 말도 하지 않았다. 말을 할 수가 없었는지도 몰랐다. 그러나 나는 아버지가 변호사 일을 해서 일격에 재기해 보이겠다고 속으로 굳게 다짐하고 있음을 보았다. 마침 여름이 다가왔고 법조계도 예년과 같이 하한기(夏閑期)에 들어가 민사 재판은 휴정을 계속했으므로 아버지의 졸도는 그리 큰 문제가 되지 않았다.

아버지는 며칠을 누워 있다가 자리에서 일어나 혼자 걷는 연습부터 시작했다. 아무래도 성한 사람의 걸음걸이는 아니었다. 우리 식구는 아버지에 대해서 몇 번씩이나 실망을 거듭해서 별다른 기대를 가지고 있다고 할 수 없었으나 뒤뚱거리는 그 걸음걸이를 보고는 또 한 번 실망하지 않을 수 없었다. 아버지는 조심스럽게 걸음마를 할 뿐 우리 식구가 가진 만큼의 실망은 가지고 있지 않은 것 같았다. 아버지는 무엇보다도 나에게 보여질 초췌한 변호사상(像) 때문에 괴로워하고 있음에 틀림이 없었다.

우리 식구는 아버지가 변호사 일에 다시 욕심을 부리지 말고, 비록 액수는 적지만 다달이 고정 수입처럼 들어오는 공증 업무나 맡아 하면서 여생을 보내줄 것을 희망하였다. 오십 대 초반의 나이에 여생이라는 말이 공공연하게 입에 올려졌던 것이다.

"몸도 그러니 쉬시면서 그러도록 하세요." 하고 어머니를 통해 설득했으나 아버지는 "걸 말이라고 하나!" 하고 일축하고 말았다. 아버지의 말에 따르면 '도장만 빌려주면 되는 일'을 하면서 보낼 수야 없다는 것이었다. 그렇게 되기 위해서 젊은 시절 수많은 밤들을 새워 공부했던 것은 아니라는 것이었다.

아버지가 고등고시에 합격했다는 자부심이야말로 세상의 어떤 자부심보다도 강했다. 언젠가 내가 백일장이라는 데서 상을 받아오자 아버지는 "그것은 네가 잘나서가 아니라 잘난 사람들은 아예 그런 걸 거들떠보지 않기 때문이야." 하면서 노골적으로 폄하했다. 그러므로 자신의 우수함을 증명해 보이려면 모든 잘난 사람이 달려붙는 고등고시에 합격해 보이라는 논지였다. 아버지는 문학이란, 시란, 아무래도 현실에서 낙오한 자들의 넋두리라는 견해였다. 아버지의 견해는 옳았다. 문학이란 아무래도 소외 계층, 혹은 소외 그 자체에 대한 기록일 터였다. 그러나 그것을 기록하는 일조차 낙오된 짓일 수는 없는 것임을 아버지는 받아들이지 않았다. 패배를 기록한다는 일은 패배가 아님을 받아들이지 않았다.

여름이 지나고 법정이 다시 개정되자 아버지는 눈을 빛내기 시작했다. 하기야 계류되어 있던 사건들 때문에라도 당장 집에 틀어박힐 수는 없는 일이었다. 아버지는 성치 못한 몸을 이끌고 나가 새로운 사무장과 손을 잡았다. 그러나 이때까지 우리 식구는 무슨 일이 일어나고 있는지 알지 못했다. 지난번 사무장이 저질러놓은 일의 뒤치다꺼리로 사무실마저 날려버린 아버지는, 몰락한 변호사들의 마지막 길이기도 한 길로 접어들었던 것이다. 즉 이번에 사무장과 손을 잡았다는 것은 그 사무장에게 아버지가 고용되었음을 뜻했다. 그렇게 해서라도 아버지는 법정에 서야 했던 것이다. 변호사의 고용은 변호사법에 저촉되는 행위였다. 물론 변호사와 사무장 간에

면밀한 묵계를 하고 겉으로는 변호사가 사무장을 고용한 것처럼 꾸미고는 있었지만 그런 관계의 빈틈이란 쉽게 드러나게 마련이었다.

누가, 무엇이 아버지를 그토록 몰아세워 더듬거리는 말투를 무릅쓰고 변호인석에 서게 했던 것일까. 불편한 몸으로 법정에 서기 위해 나가는 아버지에게 우리 식구는 아무 조언도 할 수가 없었다. 어머니가, 아들이 버니까 이젠 집에서 쉬라고 했다가 날벼락이 떨어진 적이 있었기 때문이었다. 아버지는 막무가내였다. 아버지는 이른바 사건을 사기 위해 급기야는 집까지 저당잡히고 말았다. 브로커들이 몰고 오는 사건이었다. 이러한 일련의 몸부림이 아버지를 돌이킬 수 없는 함정으로 몰고 가고 있음을 아무도 몰랐다. 아니, 아버지로서는 알면서도 어쩔 수 없이 던진 승부수였는지도 몰랐다. 아버지의 변호사 일은 다시 활기를 띠어가고 있는 것처럼 보였으나 실은 그게 아니었다. 이번에는 사기를 당한 정도가 아니었다. 지나치게 욕심을 많이 낸 새 사무장 때문에 세무 사찰을 받게 되었고, 그 결과 아버지와 사무장의 고용 관계가 들통이 나 문제가 생기고 만 것이다. 어느 날 아버지는 얼굴이 핼쑥해져서 들어와 맥없이 자리에 눕고 말았다. "이젠 끝장인가 보다." 하고 아버지는 내뱉었다. 그 얼굴은 병마가 휩쓸고 간 마을 같았다.

"왜요? 또 무슨 일이 생겼수?" 하고 어머니는 붙어 앉았다.

"징계위원회에 회부됐어." 하고 아버지는 실토했다. 변호사의 구속에는 법무부 장관의 재가가 필요하므로 구속까지는 되지 않겠지만 변호사법 위반으로 얼마간 자격 정지가 될 공산이 크다는 것이었다. 이미 집에서 쉬기를 은근히 바라고 있었던 우리 식구는 자격 정지에는 별다른 관심이 없었다. 다만 문제라면 그동안 벌여놓은 사건들을 어떻게 마무리 지을 것인가였다.

나는 아버지의 자존심을 상하게 할까 봐, 일부러 아무 일도 일어나지 않지 않았느냐는 듯 무표정하게 대하려고 애썼다. 아버지의 심리 상태가 어떤지는 나로서도 읽을 수가 없었다. 그러나 아버지는 만회할 길 없는 실추에 누구보다도 가슴이 아픈 모양이었다. 태연을 가장할 때처럼 그리고 그 태연의 뒷면이 남들에게 보여졌을까 우려할 때처럼 초라해 보이는 때는 없다. 아버지는 밤새도록 잠을 못 이루는 것 같았다. 나 역시 까닭 모르게 잠이 오지 않아 불을 끈 채 희부연한 천장만 응시하고 이 생각 저 생각 더듬고 있었다. 나는 잠을 못 이룬 아버지가 불편한 걸음걸이로 마루를 왔다 갔다 하는 소리를 들을 수 있었다. 마루가 비틀린 뼈처럼 삐걱거렸다. 나는 마루의 어디가 어떻게 삐걱거리는지 알고 있었으므로 어둠 속에 누워서도 아버지가 어디쯤에서 다리를 끌고 있는지 잘 알고 있었다. 아버지는 내 방 앞에서 걸음을 멈추고 얼마 동안 숨을 몰아쉬었다. 자조일지도, 비탄일지도 모를 깊은 숨소리였다.

아버지의 눈길은 어디를 향하고 있을까. 어렸을 때 아버지는 나를 훈계할 때 나 스스로로 하여금 회초리를 구해오도록 했었다. 나는 마당으로 나가 내 종아리를 때릴 회초리를 구했다. 내가 맞을 것이었지만 지나치게 가는 것은 나 자신이 용납되지 않아 나는 울면서 마당을 뒤졌다.

아버지가 방문 앞에서 숨을 몰아쉬고 있는 동안 나는 문득 어릴 적 회초리를 구하러 마당을 맴돌던 때와 같은 심정이 되었다. 그러한 훈도(薰陶)는 모두 나를 법관으로 만들기 위한 일념 때문이었음을 나는 알고 있었다. 나는 아버지의 몰락이 나의 배반으로부터 비롯되었다는 묘한 자책감에 사로잡히는 것을 어쩔 수 없었다. 아버지는 하루아침에 화려하고도 어마어마한 성취를 달성해 보임으로써 내 고질화된 가치관을 뒤흔들어 놓고 싶었음에 틀림이 없었다. 그러나 나로 말하면 아버지가 꿈꿈 일격의 무모함을 미리 알고 있었고, 그럴 경우 내가 취할 수 있는 행동이 어떠해야 할 것인지 걱정되었다. 아무것도 나를 굴복시킬 수 없음이 너무도 분명한데 상대방이 그 수단을 은밀하게 열심히 강구하고 있다는 것은 참을 수 없는 일이었다. 나는 혐오와 경멸과 연민을 느꼈다. 그러면서도 함께 살아가야 한다는 당위는, 삶이란 형벌에 다름 아니라는 사실을 환기시켜주었다. 다음 날부터 아버지는 징계위원회의 통고를 기다리며 집에 틀어박혀 있었다.

"은행 돈이 벌써 삼 개월째 밀렸는데." 어머니는 울상을 지었다. 집을 담보로 얻은 대부금의 이자 때문이었다. 더군다나 그 무렵 알려진 사실로는 아버지는 은행에서의 융자 외에도 이른바 신문 광고에 흔히 보이듯이 '이중 대출도 됨'에 의해 개인 사채업자에게도 집을 담보로 잡히고 있었다. 사태가 이에 이르자 동생은 "우리가 이렇게 산다면 모두들 웃을 거야." 하면서 아버지가 변호사임을 비웃었다. 여동생의 그런 태도에는 다분히 자기중심적인 불만도 개재돼 있었는데, 말하자면 혼기가 다가오는데도 혼수금 따위는 한 푼도 마련돼 있지 않다는 데 대한 반발이었다. 지구가 돈다는 것은 그저 돈, 돈, 돈, 돈, 돈, 돈, 하면서 돈다는 것을 뜻하는 듯이 보였다. 지구는 돈, 돈, 돈, 돈, 돈, 돈, 돈, 돈, 돈다. 그로부터 열흘 뒤 아버지는 다시 육 개월의 자격 정지를 통보받았다. 변호사회의 자율적인 징계 결과였다.

"음." 하고 아버지는 짧게 신음을 내뱉었을 뿐 이미 예상하고 있었다는 듯 별다른 동요는 보이지 않았다. 아버지에게 그 육 개월은 돌이킬 수 없는 세월임을 나는 알고 있었다. 내 봉급으로는 아버지가 진 빚의 이자를 감당할 수 없는 것이었고, 아버지는 이제 다시는 재기를 꿈꾸지 않을 것이었다.

"어떡하지요?" 하고 아내는 자못 걱정이 되는 눈치였다.

“어떡하긴 뭘 어떡해.” 하고 나는 일축했지만, 이로써 아버지와 나의 쓰잘데없는 자존심 싸움이 제발 끝나 주기만을 바랐다. 지금 가진 쥐꼬리만 한, 그것도 마이너스 상태의 재산만 포기하면 그만이었다. 아버지는 갑자기 초췌한 모습을 띠어갔다. 걸음걸이도 전보다는 눈에 띄게 불안정해졌다. 이제야말로 나에 대한 아버지의 금법(禁法)은 옛 시대의 바이마르 헌법처럼 멀어진 것이었다.

6

터미널로 들어간 버스가 다시 몇 미터쯤 뒷걸음쳐서 멎었다.

“다 왔군요.” 하면서 나는 제일 먼저 좌석에서 일어섰다. 어서 버스에서 벗어나고 싶었기 때문이었다. 한겨울인데도 날씨가 따뜻해서 길은 눈 녹은 물로 질펀했다. 나는 녹은 팥빙수 같은 물구덩이를 이리저리 피하며 걸어나갔다.

“공원묘지 차가 대기하고 있다던데.”

어머니가 두리번거렸다. 그 말에 상복 보따리를 들고 뒤따라오던 동생도 건성으로 두리번거렸다.

“저쪽에 있는 긴갑십니더.”

매제가 턱으로 왼쪽을 가리켰다. 흰색 바탕에 검은색 테를 두른 마이크로버스가 거기 있었다. 우리는 어슬렁어슬렁 그쪽으로 걸어갔다. 광주 읍내에서 묘지까지는 십 분 안팎이라 듣고 있었다.

“그리 먼 거리는 아니군요. 아까 그 고개만 아니라면 교통은 좋은 편인데.”

나는 매제에게 말을 건넸다.

“맞심더.” 하고 매제는 동조하고는, “아까 그 운전사 술까지 묵었어예." 했다.

"그래요?"

"한 십 년 그 바닥에 굴러묵으문 압니더."

"아무튼 갈 때는 돌아갑시다."

"사실 아까즉에는 내심 겁이 덜컥 났어예. 사고 나는 걸 하도 마이 봐놔서예, 거게다가 술까지⋯⋯."

매제는 혀를 내둘렀다. 나는 매제가 새삼스럽게 지금에 와서 강조하는 것은 내가 아까 지레 앞질러 겁을 집어먹고 있었음을 알기 때문이라고 생각했다. 그러나 우리 모두는 아버지의 묘소를 비교적 알맞은 거리에 별 탈 없이 장만할 수 있었다는 사실에 안도와 위로를 느끼고 있었다. 아버지는 자신의 장례비용조차 남기지 않고 세상을 떴으니까 말이다. 은행을 비롯한 여러 종류의 빚쟁이들의 성화에 못 이겨 집마저 내놓고 사글셋방으로 옮기고부터 아버지의 병세는 갑자기 악화되었다. 두드러지게 나타난 증세는 감정실금(感情失禁)이었다. 조그만 자극에도 감정을 주체하지 못하여 텔레비전을 볼 때면 마냥 울고 있는 형편이었다. 운다기보다 눈물을 줄줄 흘린다는 말이 옳았다. 뇌혈관 계통에 장애가 온 것이었다. 숨을 쉴 때에도 간단없이 가래가 끓었다. "으이구, 그저 울기는." 어머니가 노골적으로 경멸하며 삿대질을 할 때면 무력한 분노의 눈을 멀뚱멀뚱 뜨고 멍하니 쳐다보기만 할 뿐이었다. 이빨과 발톱이 빠지고 우리 속에 가두어진 병든 짐승. 한때는 서슬이 시퍼래서 불호령을 내렸을 아버지였건만 그 패도(覇道)는 이미 간곳없이 사라져버렸던 것이다.

집에서 아버지를 비웃을 수 없는 구성원은 오로지 나뿐이었다. 그것은 일찍이 내가 아버지에게 복종하지 않은 대가요, 일종의 형벌이었다. 나는 과거에 이미 아버지를 실컷 매도했던 것이다. 아버지로 인해 편히 머리 둘 곳마저 빼앗겼지만 나는 군소리 한마디 입 밖에 낼 수가 없었다. 내가 아버지의 뜻에 따라 법을 택하고 그래서 실패를 했더라면, 그랬다면 나는 아버지를 매도해도 좋을 것이었다. 그러나 나는 아버지의 권외(圈外)에서 방관자요 국외자, 더 나아가 대응자로서 행동했기 때문에 그 마당에 뛰어 들어갈 자격이 없었다. 내가 뛰어 들어가 아버지를 매도할 수 있는 길은 옛날의 "뭐 미쳤다구." 하는 따위의 불복종을 철회함으로써만 가능했다. 그러니 인생에 있어서 세월, 즉 시간만큼 거역할 수 없는 속박의 율법(律法)이 어디에 있을 것인가.

사흘 만에 다시 보는데도 묘지는 상당히 모습이 달라져 있어 보였다. 사흘 사이에 날씨가 확 풀린 때문인지도 몰랐다.

"비석에 새길 비문을 지어오셨습니까?" 관리 사무소의 직원이 물었다. 지난번에 그런 부탁을 받은 바 있으나 나는 비문을 짓지 않고 있었던 것이다. 아버지에게는 아무런 수식도 필요 없고 다만 이름 석 자면 족하리라는 마음이었다. 나는 아버지의 묘소로 올라가는 길을 올려다보며 "글쎄 평범하게 하지요." 하고 막연하게 말했다.

언덕바지로 올라가는 길은 외길이었다. 그 오르막 외길을 보는 순간, 아무것도 남기지 않고 오히려 빚만 남기고 남루 속에 갔지만 법에 대해 가졌던 아버지의 남다른 외곬의 집착이 진하게 되살아났다. 그것이 오기라 해도 좋았다. 자신의 몰락과 파멸을 자신의 신념으로써 자초했다고 한다면 그 인생 또한 패배는 아닐 것이었다. 어려서 아버지의 직업란에조차 변호사라고 쓰기 싫었던 것은 그 외길을 이해하지 못했던 치기와 미망의 소치에 불과했다는 뉘우침이 밀려왔다.

나는 위로 향해 뻗어 있는 외길을 물끄러미 쳐다보면서 나도 모르게 "변호사 아버님." 하고 나직이 중얼거렸다. 그때 내 눈에는 눈물이 가득 괴었는데, 여동생이 무슨 말인가 하려고 다가왔으므로 나는 "신발에 웬 돌이……." 하면서 굽혀 얼굴을 땅으로 향하고 구두에 손을 가져갔다.

그와 함께 어떤 생각이 머리를 스쳤다. 그것이 천마 페가수스가 가리키고 있는 별이라는 생각과 연결된 것은 잠시 뒤였다. 나는 하늘을 올려다보았다. 그리고 마음속으로 그 별을 짚어보았다. 이제 아버지의 별은 어떤 음악 소리를 내며 빛날 것인가…….

혼돈 속의 작은 불꽃
―미니멀리즘 미학

권택영

왜 사는가, 우리는 어디에서 왔고 어디로 가는가. 나는 누구이고 내 삶은 의미가 있는가. 무엇이 진실인가. 종교에 의지하지 않으면 우리는 이런 물음에 답할 길이 없다. 그러면서도 잠시도 이런 질문에서 벗어나지 못한다. 철학은 이런 물음에 대해서 기를 쓰고 답을 하지만 질문은 여전히 계속된다. 혼돈에서 나와 혼돈으로 돌아가고 태어났기에 살 뿐이라면 이 고통은 의미가 있을까요. 문명은 이런 막연한 혼돈에 질서를 주어 끈질긴 질문을 피해 간다. 관습이나 제도는 그냥 두면 흩어져서 혼돈으로 돌아갈 인간의 버팀목이 된다. 그리고 예술은 신이 사라진 시대에 지팡이가 된다. 소설은 상상력으로 우리를 덜 고독하게 만들고 덜 고통스럽게 만들고 무엇보다 계속 살게 만드는 부드러운 안내자다. 상상력의 불꽃이 아니라면 우리는 진흙으로 빚은 형상에 불과하기 때문이다.

윤후명의 소설을 읽고 있노라면 그런 혼돈에 질서를 주는 숨은 불꽃을 느끼게 된다. 아무것도 잡히지 않는 막연한 삶에 가느다란

한 줄기 빛, 불안을 잠재우는 작은 평화를 맛보게 된다. 그의 소설은 답을 찾지 못하는 길 잃은 사람들의 이야기를 즐겨 다룬다. 그런데 그런 미혹과 방황이 독자를 따뜻하게 감싸는 이유는 무엇일까. 끝없이 하얀 들판의 어느 지점에 아주 작은 오솔길이 있고 파릇한 풀이 보이며 등불이 희미하게 비춘다. 그리고 모퉁이를 돌아가면 우리를 인도하는 아주 작은 문이 있다. 이 작은 문으로 인도하는 잔잔한 평화를 나는 "미니멀리즘"이라고 이름 붙이고 싶다.

미니멀리즘은 세상과 우주의 질서를 아주 작은 것에서 찾는다. 큰 것을 추구했지만 대답은 없고 정답이 없는데도 있는 것처럼 목청을 돋우면 그것이 오히려 진실을 왜곡시킨다. 이런 깨달음 뒤에 오는 작은 묘사요 작은 음성이 미니멀리즘이다. 인식론적 불확실성을 절대 논리로 입막음하려 하지 않고 오히려 우리가 왜 외로운가를 소박한 몸짓으로 전해 준다. 우리들은 모두 밤하늘에 외롭게 떠 있는 별이다. 제각기 안타깝게 노래를 부르지만 서로 들을 수 없는 별이다. 그 적막과 고독이 윤후명 소설의 실재다. 내재된 벽이라는 비극 속에서 우리는 말을 하려고 애쓴다. 아버지는 아들에게, 남자는 여자에게……. 그러나 음악 소리는 들리지 않는다. 그래서 우리에게는 이 말할 수 없음을 말해 주는 소설가가 필요하다. "모든 별들은 음악 소리를 낸다." 고 말해 주는 소설이 여전히 고달픈 삶의 여정에서 요깃거리가 된다.

1 모든 별들은 음악 소리를 낸다.

우리들은 서로를 모른다. 하늘 아래 가장 가까운 아들이 아버지를 증오하고 '나' 는 누군지도 모르는 언뜻 본 절집 여자를 잊지 못한다. 서로를 모르면서도 사랑하고 증오한다. 아버지는 성급한 판단으로 매사에 서툴다. 그는 변호사로서 실패의 삶을 살면서도 여전히 아들에게 법을 공부하라고 권유한다. 아들은 아버지의 실패를 증오하면서 시인을 꿈꾼다. 미군 부대에서 초상화를 그리며 먹고사는 큰 아버지는 미군 철수를 반대한다. 마치 나의 등단을 사일구와 연결시키는 것이 우스꽝스럽듯이 큰 아버지를 정치적이라고 여기는 것도 우습다. 정치나 이념은 자기 이익을 그럴 듯하게 포장한 숭고한 포장지다. 그래서 포장지가 화려할수록 알맹이는 빈약하다. '나'도 아버지도 그녀도 서로 이해하지 못한다. 어둠 속에서 서로 만나지 못해 안타까워하는 별들이다. 우리 생의 모든 인연이란 그저 스쳐가는 빛에 불과하다.

나는 나도 모르게 눈물이 그렁그렁해졌다. 천신에게 어떤 기원이 전해짐과 함께, 나는 하나의 별이었다. 아버지도, 어머니도, 큰 아버지도, 동생들도, 떠돌이 청년도 제가끔 하나의 별이었다. 절집 딸도 하나의 별이었다. 모든 사람들은 하나의 별이었다. 우리는 영원히 서로 만날 수 없어서 어둠 속에 눈빛을 반짝이며 알 수 없는 소리로 노래하고 있는 것이었다. 개도, 닭도, 토끼도, 돼지도 모두들 하나의 별이었다. 모든 생명은 하나의 별이었다. 그리고 그 모든 별들은 견딜 수 없는 절대고독에 시달려 노래하고 있는 것이었다.

—(본문 262~263쪽)

말할 수 없음을 말해 주는 소설이 미니멀리즘이다. 언어의 한계와 인식의 한계는 인간이 자연을 떠나 도시 속에 살면서 더 절실해진다. 자연은 아예 말이 없기에 우리를 편하게 하지만 사람은 말을 하지만 다 알아들을 수 없게 하기에 우리를 불안하게 만든다. 미혹

은 말의 잉여요 사유의 여분이다. 그래서 우리는 늘 일상의 탈출을
꿈꾸지만 출구는 어디에도 없다.

2 원숭이는 어디에도 없다.

윤후명의 소설은 대부분 일상에서 탈출하는 '나'의 경험을 다룬
다. '원숭이'를 찾던 나는 우연히 글에서 스친 '류다'라는 이름의
사람을 찾든, 생전 본 적이 없는 '동숙조개'에 끌리든, 어디론가 무
엇을 찾으러 떠나는데 그것이 거창한 이념도 명예도 아닌 일상의
아주 사소하고 작은 것이다. 민주화를 부르짖던 시대, 최루탄의 독
한 가스에 휩싸인 시대에 변두리에 직업도 변변히 없는 세 사내는
원숭이를 찾아 떠난다. 작은 서민 아파트를 소독하는 날, 갈 곳 없
는 배우, 연출가, 소설가 지망생들이 생각해 낸 것이 장터의 원숭
이다.

　　"원숭이를 보러간다…… 하, 그거 명분 하나 기막힙니다. 이 숨
　막히는 시대에 말입니다. 뭔가 오는 게 있군요. 이놈의 일상을 한번
　벗어나 봅시다. 마누라 등쌀에다 3김씬지 뭔지 도통 답답한 시대에
　말입니다. 원숭이……." ──(본문 67쪽)

그들은 실직했거나 꿈을 이루지 못하고 할일 없이 떠도는 사내
들로 아내에게 얹혀살거나 포장마차를 즐겨 찾는 변두리 아파트 사
람들이다. 누가 정권을 잡아도 이 주변부 사람들의 삶에는 볕들 날
이 없다. 답답한 혼동의 말잔치에서 원숭이는 이들에게 질서를 주
는 가느다란 끈이다. 어차피 지옥도 천국도 "그들"만의 것이니까.

그러므로 원숭이를 찾아 장터 약장수와 서커스를 찾아 떠나는 탈출은 자기 발견을 위한 여행이다. 원숭이를 찾아 자꾸만 걷다 보니 어느 새 날이 저물고 들어가서는 안 되는 금지구역에 들어와 버렸다. 겁에 질려 허둥지둥 길을 찾으면서 그들은 서로의 얼굴이 원숭이가 된 것을 본다. "우리 둘은 극도의 공포에 휩싸여 쪼그라진 원숭이 얼굴들을 하고 컴컴한 어둠 속을 허둥거리며, 그토록 우리가 벗어나고자 몸부림쳤던 일상을 향하여 거의 사력을 다해 발걸음을 옮겨 놓고 있었다."

무엇을 암시하는 소설일까. 자신의 얼굴에서 원숭이 모습을 본 것은 진실로부터 무력하게 봉쇄된 주변부 사람들이 본 자기 모습이었다. 만일 이 소설이 자기 허물을 남에게서 찾지 않고 바로 자기 얼굴에서 찾는 자아 발견을 암시한다면 그들은 최루 가스에 휩싸인 독한 거리, 답답한 사회를 향해 뭔가 말을 하는 것이다. 서로 허물을 남에게서 찾지 말고 자신의 얼굴에서 찾으라고. 만일 이 소설이 실재를 추구하는 소설이라면 원숭이란 아무도 모르고 어디에도 없다. 그가 마지막에 본 것은 자기 얼굴이었고 공포였다. 인식의 경계까지 밀고 갔을 때 본 것은 제 얼굴이었고 일상으로의 복귀였다. 만일 이 소설이 자기 음성은 없고 남의 흉내만 내는 서민들의 애환이라면 민주화에 대한 작은 발언일 것이다. 이처럼 미니멀리즘은 보편적 언어를 거부하고 평범한 일상 속에 숨은 벽을 드러내기에 의미가 다양해진다. 실재가 자의적이라면 거대서사는 불가능하다. 원숭이는 없었다.

일상의 작은 것에서 서술의 실마리를 잡아내어 그것을 물고 늘어지는 윤후명의 소설은 그 자체로는 무와 혼돈인 삶에 질서를 주는 행위이다. 「하얀 배」역시 류다의 "안녕하십니까."라는 한 마디 말이 끈이 되어 중앙아시아를 여행하는 이야기다. 그곳에 살고 있는 조선족들은 부침하는 역사의 희생자들이었다. 1937년 소련의 정책으로 갑자기 트럭에 실려 중앙아시아로 이주해야 했고 다시 소련이 해체되면서 민족국가로 나뉘자 이번에는 다시 그 민족의 언어를 모르기에 소외될 수밖에 없는 조선족들은 이제 한국을 그리워하지만 한국은 그들에게 먼 나라였다. 류다를 찾아 떠난 '나'의 여행은 드디어 그녀를 만나고 "안녕하십니까."라는 말을 듣는다. 일상을 벗어나 역사 속으로의 여행 끝에 만난 것은 조국의 인사말이었다. 일탈은 귀속이었고 고향을 그리는 자신의 모습이었다. 또 다른 단편, 「說話」에서 보듯이 일본 여인과 다시 시작하기 위해 찾은 고장에서 그가 발견한 것은 그녀와 헤어지고 싶어 하는 자신의 마음이었다.

윤후명의 화자는 거의 일인칭인 '나'이다. 사소설이라고도 불릴 수 있는 이런 형식은 '자아 발견'이라는 주제를 담기에 적절하다. 일탈을 향해 던진 화살은 부메랑처럼 자신을 향하고 자아 발견의 계기가 된다. 거대한 정치적 담론이 아닌 자기반성을 위한 탈출과 귀속의 모티프가 그의 소설 속에서 반복된다.

3 인간의 아픔과 소외를 공유하기

미니멀리즘은 무심한 일상의 표면에 묻힌 인간의 소외와 아픔과 단절을 들추어낸다. 「散花歌」는 이런 면에서 일품이다. 힘들게 마련한 서민 아파트 단지에 "회칠한 무덤" 같은 사내가 살고 있다. '나'는 그 사내에게 역겨움과 이유 없는 경멸을 느낀다. 고장 난 변기를 수리하는 남루한 그 사내는 지독한 구두쇠여서 그의 가게에는 온통 어디서 주워온 고물들로 가득 차 있다. 불혹의 나이가 된 나는 어느 봄날 꽃구경을 다녀온 마흔다섯 살의 그에게서 헤어진 여자 이야기를 듣는다. 떠돌이 시계장사를 하던 십년 전, 영주에서 사내는 시계까지 몽땅 날리고 술집여자와 살다가 꽃피는 봄날 다시 만나자고 약속하고 헤어졌다. 그 후 상경하여 결혼해 살면서도 그녀를 잊지 못해 그곳을 다녀왔다는 사내의 눈에서 '나'는 "숯불처럼 타오르는" 열정을 본다. 회칠한 무덤 같은 사내는 그가 아니고 바로 자신이었다. 마음에 꽃 한 송이 없이 살아온 자신이 초라해서 '나'는 사내를 창녀촌으로 유인하지만 역시 더욱 남루해지는 것은 그가 아니라 자신이었다. 가진 것 없는 수리공이지만 마음속의 비밀은 장미보다 더 화려했고 부자보다 더 풍요했다. 「散花歌」는 섬처럼 고독한 서민 아파트의 일상 속에 묻힌 열정과 소외를 반성적 시선으로 따뜻하게 비춘다.

화자가 스스로를 비추어보면서 동시에 사회를 향해 뭔가를 말하는 단편으로 「장구 치는 소녀」를 살펴본다.

서울의 변두리 지역의 어느 포장마차에서 닭발과 닭똥집을 먹는 아름다운 처녀애가 화자의 시선을 끈다. 별로 먹을 것이 없는 하찮은 닭발을 맛있게 먹는 그 애는 그마나 돈을 아끼느라 닭발을 충분히 사먹지 못한다. 결혼을 강요하는 부모 몰래 시골에서 탈출한 그 애는 어느 작은 봉재 공장에서 일했다. 그러나 그 애에게 닭발을 실컷 사주던 화자의 행복도 사라진다. 농악대에서 장구를 잘 치던 소녀를 술집에서 그냥 둘 리가 없었다. 욕정과 돈의 위력에 희생되는 젊음에 분노하며 화자가 생전 먹지 않던 닭발을 오도독오도독 씹는 소리가 지금도 들리는 듯하다. 가난한 서민의 삶을 닭발조차 충분히 먹지 못하는 아름다운 소녀의 입장으로 설정한 것이 돋보인다. 먹을 것 없기로는 닭발도 계륵에 지지 않을 것이기에 사회적 정의와 따스한 유머가 함께 어우러진다.

오래 산다는 것은 축복이지만 아무도 돌보는 이 없이 오래 산다는 것은 두려움이다. 동죽조개에 이끌려 외돌아진 섬마을을 찾은 나는 오래전에 문을 닫은 가게에서 늙은 할머니를 만난다. 그리고 그 노인은 남편과 꼭 닮은 화자의 모습을 보고 죽은 남편이 환생한 것으로 믿는다. 자신의 마지막을 순간을 화자에게 맡기고 먼 길을 떠나는 노인의 삶은 소외와 고독의 극치를 맛보게 한다. 남편의 환생을 믿는 고독의 극치, 공포와 두려움을 이겨내기 위해 환상을 창조하는 신비로운 인간의 힘은 독자에게 삶의 아픔과 동시에 신비함을 여운처럼 안겨준다. 「마지막 사랑 노래」에서 화자가 찾은 섬은 보물섬이었다. 왜 보물섬일까. 그토록 긴 세월을 홀로 살았지만 노인의 마음은 사랑으로 가득 차 있었고 죽는 날까지 그 사랑을 지니고 갔기 때문이다. 겉보기에는 무심하고 적막한 섬에 그토록 풍요한 비밀이 숨어 있었다.

「하늘의 거울」 역시 살았을 때 전혀 모르고 무심히 지나친 외증조 할머니의 풍요한 비밀을 엿보는 이야기다. 화자는 외증조 할머니의 부고를 받고 망설인다. 생전에 별로 기억에 남는 일이 없었기 때문이다. 그러나 마침내 단 한 가지 추억을 찾아내고 그곳을 찾지만 이미 영구차는 떠나고 없었다. 그대로 돌아설 수 없어 '나' 는 할머니가 자주 찾던 목계마을을 찾아간다. 아들과 손자를 전쟁으로 잃었으나 할머니가 목계 수몰지구를 매년 찾아간 것은 원한 때문이 아니었다. 그곳에 사는 한 사내에게 쪽빛 물감 만드는 법을 가르치기 위해서였다. 그리고 할머니가 쪽빛 하늘을 보며 보았던 것은 쪽빛으로 물들인 치마를 입고 시집가던 자신의 고운 얼굴이었다. 하찮은 삶이지만 소외된 인생이지만 얼마나 풍요한 비밀이 숨어 있는가. 화자는 언제나 상상력에 인색한 자신을 돌아본다.

286

4 맺음

미니멀리즘은 작지만 따스하다. 윤후명은 "작은 것이 아름답
다."는 말을 사양한다. 그렇다고 물론 큰 것이 아름답다는 것은 아
니다. 그는 역사의 희생자인 조선족을 찾아갈 때조차 "거대한 역사
의 수레바퀴가 어떻느니 저떻느니 하는 투의 이른바 큰 이야기는
내 몫이 아니라."고 말한다. "나는 아무리 작고 적은 것일지라도 그
의미를 찾고자 원하고 있었다." 그러므로 그가 "작은 것이 아름답
다."고 말하는 것을 거부하는 이유는 그것조차 되풀이 되면 거대담
론이 되기 때문이다. 그의 이야기는 대부분 '나' 라는 화자가 일상
에서 발견한 아주 사소한 것을 추적하면서 인간의 아픔, 신비한 열
정, 고독과 소외를 잔잔히 드러낸다. 그리고 자아를 반성하는 자의
식적인 시선이 냉소적인 경우보다 대부분은 철없는 자신을 유머로
따스하게 감싸는 경우가 많다. 예를 들면 "사군자"를 '매, 난, 국,
죽' 이 아니라 예수, 석가, 공자, 그리고 소크라테스로 할까 마호멧
으로 할까 망설이는 순진하고 엉뚱한 화자는 독자의 미소를 자아
낸다.

미니멀리즘은 인식론적 불확실성에서 거대 서사를 거부하고 대
신 미시적으로 삶에 접근하는 최근의 기법이고 사상이다. 보통사람
들이 지나치는 외돌아진 협궤열차, 잊혀진 목계마을, 흔하면서도
낯선 동죽조개…… 변두리 수리공, 닭발 먹는 소녀, 밀려난 조선족,
가난한 서민들이 윤후명이 다루는 인물들이고 소재들이다. 작고 사
소한 것에서 실마리를 얻어 그것을 찾아가는 이야기 속에서 인간의
고독과 소외뿐 아니라 그들이 오히려 더 삶의 비밀을 간직하고 살
며 더 풍요한 열정을 지니고 있음을 보여준다.

사람들이 떠나고 죽고, 그리하여 인생이 어떻고 하는 등등의 이야기들은 진부하기 짝이 없는 것들이었다. 사랑에 울고 짜고 하는 이야기들도 마찬가지였다. 우리들은 어차피 어디론가 떠나가게 되어 있는 것이다. 그런데 새로운 것이 있었다. 나는 여러 가지 조개 이름들을 알고 있는데도 동죽조개는 처음이었다. 무겁게 가라앉았던 내 마음은 그로 인해서 어느 정도 생기를 되찾고 있었다. 한 마리 조개가 인생이며 역사에 무슨 의미가 있느냐고 손가락질을 한다면 나는 무색해질 수밖에 없다. 그런 작은 것들에 유난히 눈길이 쏠리는 게 나라는 사람인 것이다. 어느 해 한겨울의 산속에서 바늘귀만 한 작은 꽃을 피우던 옹달머리만 한 여린 풀을 보고 내 눈길은 얼마나 오랫동안 머물렀던가.──(본문 189쪽)

하찮은 것은 소외되고 외롭다. 소설은 그런 소외된 것에 빛을 비추는 것이다. 아들에게 법을 공부하라는 아버지의 소망을 저버린 아들은 죄의식을 느끼지만 시인이 되겠다는 꿈을 버리지 못한다. "문학이란 아무래도 소외 계층, 혹은 소외 그 자체에 대한 기록일 터였다. 그러나 그것을 기록하는 일조차 낙오된 것일 수는 없는 것임을 아버지는 받아들이지 않았다. 패배를 기록한다는 일은 패배가 아님을 받아들이지 않았다." 이런 화자의 말처럼 미니멀리즘은 소외를 기록하는 것이다.

미니멀리즘은 나의 이야기이고 나만의 기록이다. "삶은, 모든 타인에 대한 나만의 뜻이며 말이었다. 나만의 외로움이며 고행이었다." 군중이 사라졌을 때 결국 혼자 남은 것은 '나'였고 이런 개인의 발견으로 그는 시를 쓰게 된다. 그러므로 윤후명의 문학은 자기 발견을 위한 '나'의 이야기이다. 그의 문학이 지닌 정치성은 나의 반성에서 시작하여 한 사회가 조금이라도 더 밝아지기를 바라는 데 있다. 그에게 사회의 어두운 구석을 밝히는 일은 먼저 마음의 어두운 구석을 밝히는 일이다. 객관적 실재란 알 수 없고 주관적인 것이다. 그러므로 소설가의 일은 알 수 없는 삶, 혼돈의 우주에 작은 질서를 부여하는 일이다. 이야기의 실마리란 아무 것도 아닌 삶에 질서를 주고 우리를 살게 만드는 힘이다.

윤후명을 소설을 읽고 있으면 미국의 미니멀리즘 소설가인 앤 비티나 레이먼드 카버를 떠올리게 된다. 언어와 인식론적 한계를 받아들이고 잔잔한 일상에 숨은 소외와 인간 사이의 단절을 그린 이들의 작품과 너무도 닮았다. 아, 그러나 여기에서 멈추자. 작은 것도 자꾸만 되풀이하면 커지고 미니멀리즘도 지나치게 주장하면 거대서사가 되니까.

(문학평론가 · 경희대교수)

작가의 말

이 책은 1989년에 나온 소설집 『원숭이는 없다』를 기본으로 다시 엮었다. 그 책의 장황한 '작가의 말' 말미에 다음과 같은 구절이 있다.

"어느 시대에나 살아 있음의 고통과 그 의미는 자별하다. 이 소설집이 내 인생의 위상을 뒤돌아보고 새로운 알을 깨고 나오는 힘이 되기를 빈다."

이 구절을 읽으며 지금의 나는 과연 '알을 깨고 나' 왔는가 묻지 않을 수 없는 것이 안타깝다. 그렇다면 '알'이란 무엇이며, 혹시 삶이란 영원히 '알' 속에 갇혀 있어야 하는 게 아닌가 또한 묻지 않을 수 없다.

「원숭이는 없다」는 올해 독일 프랑크푸르트 도서전 기념 현지 행사에서 내가 낭송하고 질의 받은 작품이며, 이상문학상을 수상한 「하얀 배」는 내 개인 소설집에는 처음으로 싣게 되는 작품이다. 그래서 이 책은 내게 더 뜻있게 다가온다.

2005년 가을, 윤후명

작가 연보

1946년 강원도 강릉에서 출생. 8세 때 고향을 떠나 나라 안의 여러 곳에
서 초등학교를 다녔다.

1962년 용산 고등학교 입학. 시와 소설을 써서 학원문학상과 여러 백일
장에서 입상했다.

1965년 연세대학교 철학과에 입학.

1967년 《경향신문》 신춘문예에 시 「빙하(氷河)의 새」가 당선, 시인이 되
었다.

1969년 연세대 철학과 졸업. 시 동인지 《70년대》 창간 동인.

1977년 데뷔한 지 10년 만에 시집 『명궁(名弓)』을 문학과지성사에서 펴
냈다.

1979년 《한국일보》 신춘문예에 단편소설 「산역(山役)」이 당선, 소설가가
되었다.

1980년 소설 동인지 《작가》 창간 동인.

1983년 중편소설 「돈황(敦煌)의 사랑」으로 녹원문학상을 수상했고, 동명
의 표제작으로 첫 소설집을 문학과지성사에서 펴냈다.

1984년 단편소설 「누란(樓蘭)」(뒤에 「누란의 사랑」, 다시 「로울란의 사
랑」으로 개작)으로 소설문학 작품상을 수상했다.

1985년 중편소설 「섬」으로 한국일보 문학상을 수상했다. 소설집 『부활하
는 새』를 문학과지성사에서 펴냈다.

1987년 산문집 『내 빛깔 내 소리로』를 작가정신에서 펴냈다.

1988년　중편소설 「높새의 집」이 국제 펜 대회 기념 『한국 소설집』에 번
　　　　역(서지문 역), 수록되었고, 중편소설 「모든 별들은 음악 소리를
　　　　낸다」가 무용가 김삼진의 안무에 의해 호암 아트홀에서 공연되
　　　　었다.
1989년　소설집 『원숭이는 없다』를 민음사에서 펴냈다.
1990년　장편소설 『별까지 우리가』를 도서출판 등지에서, 산문집 『이 몹
　　　　쓸 그립은 것아』를 동서문학사에서, 장편소설 『약속 없는 세대』
　　　　를 세계사에서, 문학선집 『알함브라궁전의 추억』을 도서출판 나
　　　　남에서 펴냈다.
1992년　장편소설 『협궤열차』를 도서출판 창에서, 장편동화 『너도밤나무
　　　　나도밤나무』와 시집 『홀로 등불을 상처 위에 켜다』를 민음사에서
　　　　펴냈다.
1993년　『돈황의 사랑』이 프랑스 출판사 악트 쉬드(Actes Sud)에서 번역
　　　　(최윤 역)되어 나왔다.
1994년　중편소설 「별을 사랑하는 마음으로」로 현대문학상을 수상했다.
1995년　중편소설 「하얀 배」로 이상문학상을 수상했다. 연세대학교, 동국
　　　　대학교 국문학과 강사, 한국소설가협회 기획분과 위원장.
1997년　소설집 『여우 사냥』을 문학과지성사에서, 산문집 『곰취처럼 살고
　　　　싶다』를 민족사에서 펴냈고, 한국소설학당을 설립했다.
1998년　추계예술대학교 강사.
1999년　단편소설 「원숭이는 없다」가 독일에서 나온 『한국 소설집』에 번
　　　　역(안소현 역), 수록되었다.
2000년　민족문학작가회의 이사.
2001년　소설집 『가장 멀리 있는 나』를 문학과지성사에서 펴냈다. 추계예
　　　　술대학교 겸임교수, 한국소설가협회 이사, PEN클럽 기획위원회
　　　　위원.
2002년　단편소설 「나비의 전설」로 이수문학상을 수상했다. 산문사진집
　　　　『그래도 사랑이다』를 늘푸른소나무 출판사에서 펴냈다. 중편 「여

우 사냥」이 일본의 이와나미 문고에서 나온 『현대한국단편선』에 번역(三枝壽勝 역), 수록되었다. 《서울신문》 명예논설위원, 연세 대학교 동문회 상임이사(문화예술분과).

2003년 　산문집 『꽃』을 문학동네에서 펴냈다.

2004년 　2005년 독일 프랑크푸르트 도서박람회 주빈국(한국) 출품 도서 '한국의 책 100선' 에 「돈황의 사랑」이 우리 소설 16편 중 하나로 선정되었으며, 동화 『두부 도둑』을 자유지성사에서 펴냈다. 한국 소설가협회 중앙위원.

2005년 　장편소설 『삼국유사 읽는 호텔』을 랜덤하우스중앙에서 펴냄과 함께 『돈황의 사랑』을 『둔황의 사랑』으로(문학과지성사), 『이별의 노래』를 『무지개를 오르는 발걸음』으로(일송포켓북) 제목을 바꾸고 여러 곳 손을 보아 다시 펴냈다. 프랑크푸르트 도서전을 계기로 독일 순회 낭송회에 참가, 본 대학과 뒤셀도르프 영화 박물관에서 작품을 낭송하고 해설하는 행사를 가졌다. 서울디지털 대학교 초빙교수.

오늘의 작가총서 24

모든 별들은 음악 소리를 낸다

1판 1쇄 펴냄 2005년 10월 15일
1판 2쇄 펴냄 2017년 10월 23일

지은이 · 윤후명
발행인 · 박근섭, 박상준
펴낸곳 · (주) 민음사

출판등록 1966. 5. 19. 제16-490호
서울특별시 강남구 도산대로1길 62(신사동) 강남출판문화센터 5층(우편번호 06027)
대표전화 515-2000 팩시밀리 515-2007

ISBN 978-89-374-2024-5 04810
ISBN 978-89-374-2000-7 (세트)